COLLECTION FOLIO

Régis Debray

Par amour
de l'art

Une éducation intellectuelle

Gallimard

Les articles de dictionnaire cités dans cet ouvrage sont tirés et adaptés du Petit Robert, *que nous remercions.*

Avec ce troisième et dernier volume prend fin *Le temps d'apprendre à vivre*, trilogie dont *Les masques* (*Une éducation amoureuse*) constitue le premier, et *Loués soient nos seigneurs* (*Une éducation politique*), le deuxième volet.

« *L'histoire des hommes est la longue succession des synonymes d'un même vocable. Y contredire est un devoir.* »

René Char

1.

UN MAÎTRE À L'ANCIENNE

Comme un polar — Mentors, nos gais remords — Qu'est-ce qu'un lycée? — Nul ne peut être dissident en tout — Une bonne éducation n'a rien d'irrémédiable — Quand un rétrograde devance les avant-gardes — Le vaccin rationaliste : avantages et inconvénients.

SCOLAIRE [skɔlɛʀ] adj. et n. - 1807 ; bas lat. *Scholaris*, de *schola* « école ». 1. ♦ Relatif ou propre aux écoles, à l'enseignement qu'on y reçoit et aux élèves qui les fréquentent. « *Une culture scolaire, c'est-à-dire (...) une culture traditionnelle* » (Bachelard). *Année scolaire* : période allant de la rentrée à la fin des classes. *Obligation scolaire* (loi J. Ferry, 1882, sur l'instruction primaire obligatoire). *Âge scolaire* : âge légal de l'obligation scolaire. N.m. (1907) Enfant qui fréquente l'école. 2. ♦ Péj. Qui évoque les exercices de l'école, qui a qqch. d'appris et de livresque, qui manque d'inventivité.

L'aigre sonnerie des fins de récré retentissait encore qu'il tapotait sa pipe d'écume sur le talon, l'enfournait dans sa poche de veston, et gagnait la classe sans lever les yeux. On se rasseyait, cahier ouvert, stylo en joue. Il posait sa serviette de cuir ridée au pied du bureau, et poursuivait ses ruminations en bas de l'estrade, le buste penché. Sans souffler mot. Le temps de se désencombrer, d'évacuer le brouhaha de la cour. Et notre recueillement expectatif n'était pas celui des fidèles avant l'office; de la salle de concert plutôt, quand le chef déboule. Aux aguets pour la joie, non pour la pénitence... « Aujourd'hui, le monde. Grand un, la perception, soulignez. Quelques définitions préalables. Petit a, le sujet et l'objet. Étonnons-nous. Il faut surmonter l'impression de banalité. Le fait que le monde nous apparaisse ne va nullement de soi... » Chacun s'inventait une sténo sur le tas; le nez sur sa feuille, plongeant vers l'inconnu, les premiers rangs se lançaient dans la course, et les derniers emboîtaient le pas, aspirés. Quand il reprenait souffle, entre un grand deux et un grand trois, le nôtre se mêlait au crissement des plumes sur le papier. Rien qu'une pause, un silence, à dix heures vingt, en classe de philo III.

Apparaissant, il s'effaçait. Les orateurs de profession soignent leur entrée en scène et en matière. Celui-là se glissait de biais dans notre champ visuel, sans réclamer crainte et tremblement, offrant le moins de prise possible à la curiosité — ni lavallière, ni cigare torsadé, ni mèche folle. Monsieur tout-le-monde ? Le prêtre qui monte à la sainte table abandonne sa carte d'identité (M. Tartempion, quarante-deux ans, breton, verrue sur le nez, champignons à l'aine, faiblesse pour l'éclair au café), pour renaître ministre impersonnel de Dieu. Le prof de philo dépose, en commençant son cours, bulletin de naissance et de vote pour transparaître anonymement à la vérité. C'est le seul point commun entre la Grâce et la Raison — son équivalent profane —, qu'elles permettent à leurs délégués ici-bas de donner le meilleur d'eux-mêmes, qui est à tous et transcende leur personne. Ces deux puissances hostiles agissent en nous, pardon pour ces termes pédants, *ex ritu operato* et non *intuitu personae* (par la vertu propre de gestes répétables en tous lieu et moment). À défaut d'uniforme, l'enseignant de taille, âge et poids moyens endossait, pour ne pas se faire remarquer, le même deux-pièces Bodygraph bleu marine, cravate de rayonne et chemise blanche (col à baleines) que le secrétaire de mairie ou le percepteur. Ainsi allégé de toute particularité vestimentaire ou charnue, se rendait-il transparent aux lumières naturelles qu'il réfractait vers nous et qui nous allégeaient à notre tour. À midi, la chape de plomb des origines nous retomberait sur les épaules, chacun retrouverait son état civil : fils de dentiste ou de robin, gandin lui-même ou bien marlou. D'ici là, deux heures durant, des cornichons de bonne famille auraient mis entre parenthèses prénom et ascendance pour composer une société d'attentifs anonymes, également paniqués et avides de comprendre. Une communauté sans ésotérisme ni mots de passe, et à laquelle n'importe quel nicodème aurait pu venir se joindre pourvu qu'il daignât arriver à l'heure avec une règle, un classeur et quelques souvenirs de géométrie élémentaire. La mise en suspens du besoin de pisser, phénomène psychosomatique et curieusement communicatif, relève d'une émulation indirectement spirituelle, pour peu qu'on plie son corps à un minimum de discipline : la contagion du bien.

Tenu hors d'haleine par mes premières heures de cours, je ne devais décrocher qu'après les *ultima verba* de juillet. Le suspense rebondissait de leçons en corrigés, huit heures par semaine. Ainsi donc, je *percevais* des choses (le cours avait commencé abruptement par « l'homme et le monde », sans préambule), j'avais fait de la perception, comme on fait de la fièvre ou de la prose, et je découvrais, sous cette innocente habitude, des abîmes de difficultés qui m'effaraient autant que l'insouciance où j'avais pu en rester jusqu'alors. Plus rien n'allait de soi — odeurs, toucher, déglutition. À la fin du secondaire, j'abordais enfin au cours élémentaire et c'était comme un polar. Les évidences craquaient à chaque tour d'horloge. Il y avait du sol ferme à espérer : on pouvait remonter aux éléments premiers, universels parce que simples. Il n'y fallait que de la patience, de l'ordre et de l'humanité. Cela s'appelait la « méthode réflexive ». Rien à voir avec la causerie, l'aimable et scintillante dispute dont la télé fait ses choux gras. On ne discutait pas le coup, on ne lançait pas des idées, on ne faisait pas assaut d'esprit. Il allait pas à pas, les étapes marquées, chaque terme défini. Et l'escalade des retournements de situation (qui tirait hors des trousses, par intervalles, règle graduée et crayons de couleur) n'altérait pas la coulée démonstrative. On en oubliait même qu'il y avait un baccalauréat en juin, un programme à « faire », et qu'il pût exister, sur des drames aussi brûlants, des congelés de réponses appelés « manuels » (ce dont je m'aperçus nombre d'années plus tard). Notre éclaireur parlait sans notes, sans images ni attirail. Non qu'il fût inspiré ou s'exprimât avec facilité. Il cherchait à voix haute, sans éloquence aucune, et chaque étape, chaque tournant semblait lui faire effort. Haleur maigre et sans abondance, il tirait jusqu'à nous vingt-cinq siècles d'arguments. Il captivait l'attention par l'absence, sans jamais s'imposer, et j'avais le sentiment d'assister à une réflexion *in statu nascendi*, peinant à se saisir d'elle-même et dont on ne savait plus à la fin si elle était la sienne ou la nôtre. Comme si, enseignant, il s'instruisait lui-même ; découvrant ce qu'il nous découvrait, une seconde avant. Pas plus que l'École d'État n'est l'école d'un État, cet apôtre de rien ne visait à nous inculquer un idéal, ni même une philosophie, mais à prouver la lenteur en ralentissant, pour nous inciter à faire raison ensemble, à son pas de montagnard. À quoi m'a-t-il fait naître, ce professeur de terminale pareil à tous les autres et qu'aucun n'égala ? À la joie de l'inutile, qui n'est d'aucun pays et de tous les temps (du moins doit-on le supposer, au début). Aux bonheurs de l'acte gratuit, chercher à connaître. Ce qui me stupéfia dans cette classe aux murs nus, ce fut de voir un homme sans charisme ni projecteurs accoucher de mots gris et mats sans calcul particulier. Non pour subjuguer, plaider, obtenir, plaire, séduire ou catéchiser mais pour se mettre d'accord avec le vrai des choses, ni plus ni moins. La vérité pouvait donc être l'objet d'une passion calme — à la loyale, sans halètements ni singeries (qui feraient plutôt fuir la farouche). Cette découverte peut s'oublier en cours de route, mangée par de plus urgentes démangeaisons, mais celui qui l'a faite une fois dans sa vie s'expose à la voir revenir à tout âge, à tout instant de la journée ; et nullement pour nous consoler de nos malheurs, tant cet intérêt désintéressé pour ce qui ne nous vaudra, au bout du compte, qu'un surcroît d'emmerdements, peut entraîner d'inconforts et de stupeurs. Mais le plaisir de ne pas se raconter d'histoires s'avère plus tonique, plus caféiné que tous les autres.

Il est mort et je l'entends. Je lui parle, il me répond. Lui et moi, nous demeurons en confidence. C'est qu'il n'y a pas d'hier dans le temps de la réflexion, où le vieil homme peut chuchoter d'égal à égal avec l'adolescent. Dans les disciplines scientifiques, se perfectionner, c'est changer d'objet et de soucis. Un professeur de physique théorique ne raisonne plus sur les cuves à robinet ou les lois de la gravité qui l'occupaient en terminale. Le professeur de philosophie creuse les problèmes qu'il survolait en bachelier, et ses travaux de maturité seront sans solution de continuité avec ses premières dissertations (et c'est bien la preuve, dira le positiviste logique, qu'il s'agit là de pseudo-questions mal formulées, auxquelles il ne faut pas répondre, sauf à tomber dans le verbiage). Les questions qui occupent sa maturité, il les a « tirées », au hasard, à son oral d'agrégation — « Illusion et savoir », « Être et temps », « Hasard et nécessité ». Elles traversent, lancinantes, les réécritures de chaque époque. Ce qui fascinait Héraclite travaillait encore Bergson, et Husserl reprend saint Augustin. Pas plus qu'à l'échelle d'une vie, entre les copies de l'étudiant et les livres du même devenu professeur, on ne voit de fracture, à l'échelle des siècles, entre les classiques (dont bien peu ont enseigné) et nos pédagogues (dont bien peu deviendront des classiques). Les philosophes d'avant-garde ou d'arrière-garde : ces termes martiaux feraient sourire, ici plus qu'ailleurs. Comment, dans des contrées qui échappent au calcul comme aux preuves expérimentales, tracer une ligne de feu entre répétiteurs et créateurs ? Saumâtre handicap, dira-t-on, que cette absence de progrès clair et garanti. C'est celui du chagrin, du rire et des clairs de lune, qui rabâchent, eux aussi. Ce piétinement a une contrepartie plutôt réconfortante : le palimpseste des philosophes est démocratique, chacun peut gratter et réécrire là où il veut, comme il peut. Notre fin du fin professionnel, qui se veut en rupture avec le ronron académique, pratique encore l'explication de texte, et des mêmes textes, sans cesser de publier morceaux choisis et précis annotés. L'égalitaire de ces matrices pédagogiques, valant mises à niveau, interdit de loger ici le conservatoire et là le laboratoire, en contraste avec la Cité littéraire plus hiérarchiquement cloisonnée entre inventifs et commentateurs : Claude Simon et Céline n'ont pas fait professeurs de français entre deux chefs-d'œuvre, mais Jankélévitch et Deleuze ont pratiqué, humblement, et du début à la fin de leur carrière, le cours magistral pour étudiants.

Le devoir de répétition en a lassé plus d'un. Il inspire deux vues contraires sur une discipline qui a contre elle une évidente difficulté à se renouveler. Les savoirs progressent mais les sagesses demeurent, et sur les questions sans réponse, le temps ne fait rien à l'affaire, dira l'esprit spéculatif, pour remonter le moral des troupes, tout en ne leur laissant rien espérer de bouleversant. On n'avance pas, constatera de son côté l'esprit positif, devant la maigreur des acquis. C'est bien la preuve qu'il n'y a pas de connaissances à attendre de ces gargarismes monotones et qu'il est grand temps de passer aux choses sérieuses. Ce dernier sera peut-être moins épris de certitudes ou de solutions que de dépaysement. Le premier fera un bon *enseignant*; et le second, pressé d'échapper au carcan des redites, ira grossir les rangs des *chercheurs*. Il deviendra ethnographe, historien ou sociologue : désireux de se mettre du solide sous la dent, par dégoût d'un sacerdoce trop routinier. C'est le choix qu'a fait Claude Lévi-Strauss, à peine agrégé, au sortir d'une année d'enseignement de philosophie, à un moment, vers 1928, où l'on pouvait espérer du progrès des sciences humaines qu'il réponde à chaque incertitude métaphysique par une formule d'algèbre. Maintenant qu'il nous a fallu en rabattre, il est devenu plus difficile de répudier comme stériles, formalistes, sans objet positif et même sans objet tout court les « notions du programme ». Et de s'en remettre, là-dessus, à la construction de modèles réfutables et susceptibles, eux, de faire l'unanimité (comme en physique, chimie ou biologie). J'entends mieux, à présent, ces deux parties à l'éternel procès. Un problème est philosophique tant qu'il n'a pas de solution scientifique, lance la voix acérée de l'ethnologue; méfiez-vous de la haute voltige dialectique qui permet de démontrer tout et son contraire. Cette grande ombre m'enjoint de renoncer aux sudations verbales en vase clos pour rallier de plus roboratifs exercices de plein air ; et je discerne au même moment la voix sourde et sardonique de mon vieux professeur évoquant, fantôme désabusé, les dogmatismes à statistiques qui cachent la pauvreté de leurs résultats sous le label bluffant de « sciences sociales ». Ces deux fortes parties, je les ai écoutées échanger leurs arguments ; j'ai appris à les respecter l'une et l'autre. Mais au grand jamais je n'accepterais, pour m'assimiler de façon flatteuse aux pionniers de la connaissance, de moquer le professeur agrégé qui, sans gratifications à espérer d'une société marchande tout entière vouée aux belles images et à Microsoft, donne année après année, à quelques dadais de bonne volonté, les moyens de ne plus prendre des vessies pour des lanternes. Ni un internaute pour un citoyen.

*

Avoir son dieu tout à soi : le rêve du prosélyte. J'ai partagé mon précepteur, Jules Ferry oblige. Les anciens élèves de Muglioni sont légion ; comme les philosophes qui passèrent, adolescents, par sa classe. Et l'image singulière que je garde de lui (la mémoire privatise jusqu'à l'école publique) ne recoupe peut-être pas celle qu'en ont Bernard Bourgeois, Clément Rosset, Henri Peña-Ruiz, François Ribes ou, dans un genre plus coloré,

Daniel Toscan du Plantier, qui a bifurqué sans déserter. Ce mentor si lointain m'a lesté de plomb. Il m'a mis dans les plis : définir, sérier, numéroter. Synopsis, tableaux récapitulatifs, glossaire. Expliquer d'abord, émouvoir ensuite. Les mots soulignés. Introduire, conclure. Didactisme, sainte lourdeur. J'ai appris par la suite qu'il fallait un maître pour pouvoir un jour se passer de maîtres ; j'ai mal choisi les miens : je mourrai disciple. Je m'en serais bien passé, de cette incapacité à ne tenir que de soi, mais qui peut se vanter, sans tricher, d'être fils de ses œuvres ? L'autiste, peut-être. Le *self-made man*, le grand singe. Ou le génie. Vous et moi, gens du commun, nous venons de loin. De très loin. De la communale, où d'anciens écoliers faisaient cours, qui avaient eux-mêmes reçu leur férule de plus anciens encore ; cette lignée sans fin transforme chaque cadet en une coalition d'aînés, la chaîne remonte jusqu'au premier silex taillé. Et culmine avec les arbres généalogiques du lycée. Jules Lagneau qui enfanta Alain qui enfanta Alexandre et Savin, profs de khâgne cent ans après... Le grand largage des amarres, la rupture que nous avons ensuite attendue de nos actes, quand sonna l'heure de fracasser nos serres chaudes (école, famille, ou nation) — chaque vague d'insoumis croyant pouvoir dater l'Histoire de la sienne propre, par génération spontanée —, c'est un franchissement de plus dans la classique course de haies. Faut-il se plaindre de devoir prendre le train en marche, dans le wagon de queue ? Chaque nouvel arrivant dans l'humanité s'accroche à la suite. À la file. En fin de convoi. Tiré par ceux qui nous sortent hors de chez nous — sens premier d'*éduquer*. Ces éducateurs nous ont nourris, petits à la mamelle, de leur humaine substance, et ils en sont peut-être morts. Parasites ingrats, nous n'avons que trop tendance à les rejeter dans notre préhistoire, en jeunes turcs agacés, comme si on était quittes avec eux.

On ne sait jamais tout ce qu'on doit à ceux qui nous ont *élevés*. Pour ma part, je commencerai par des excuses. Je n'ai pas tenu le serment qu'en les écoutant je m'étais fait sur ma chaise d'être « comme eux », plus tard. Ces Nimbus un peu gauches — la gaucherie du provincial affecté à Paris —, dont on dit qu'à force de se perdre dans les idées ils passent à côté de la vie, nous donneraient plutôt le sentiment d'être passés à côté de la nôtre, parce que nous n'avons pas tenu parole. Quand j'embrasse aujourd'hui ma procession de magisters, j'ai plutôt l'impression d'avoir rétréci que grandi. Et quand je me rassois en pensée à ma place, ma rangée, je rouvre un éventail de possibles, retrouve des degrés de liberté disparus en vieillissant — ce qui allège les contritions du *non dignus sum*. Les maîtres livres de notre adolescence ne donnent pas les mêmes remords à notre conscience morale ; et *Manhattan Transfer, L'espèce humaine* d'Antelme, *Orénoque-Amazone* d'Alain Gheerbrant, ou *Le Siècle des Lumières* de Carpentier me font moins surmoi que certains professeurs Tournesol. Un voyage d'une nuit enfièvre ; un maître en chair et en os s'incruste. Et pour cause, car ces « idéals du moi » — dont le sobriquet nous revient à l'improviste, en rencontrant un condisciple perdu de vue, révérence et blague mélangées (« hé, Mumu, tu te souviens, quand on l'a invité à prendre un pot, la tronche qu'il a faite »...) — ont prolongé notre existence de pointillés rêveurs ; comme autant de projections inabouties, par défaut de constance ou de courage. Ou plutôt, chacun de nos mentors a déposé son petit double au cœur de son émule ; ce nain de jardin n'a pas grandi ; et c'est un jumeau mutilé, une idée de soi à peine ébauchée que le parjure doit affronter après coup, tels des profils perdus en chemin. J'ai vu en Muglioni miroiter la « vie philosophique », mon premier plan sur la comète. J'ai entr'aperçu ensuite, chez tel conférencier de l'École normale, « la vie érudite », épigraphie latine ou archéologie assyrienne, et le mirage m'en revient encore quand je croise tel ou tel antiquisant de l'École de Rome ou bien des Chartes. Ces hommes intègres culminent, consécration suprême, aux Inscriptions et Belles-Lettres — la moins fameuse et la plus respectable des cinq Académies qui composent l'Institut de France, où ne rentrent que des savants et non des notables. J'envie encore le décolleur de palimpsestes, le requinqueur de vestiges. L'érudit aux mains tavelées comme les papiers anciens — avec ses bâillements de matou, son bedon bon enfant... Je le vois encore, celui-là, ronronner les yeux mi-clos dans les soutenances d'après-midi, sortant les griffes à l'improviste, et pour des coups de patte si bien fourrés de politesses que seuls le cher collègue visé et deux ou trois initiés perdus dans une salle Louis-Liard quasi déserte peuvent en savourer l'allusive âcreté. Devant ce malicieux qui n'en pense pas moins, auquel je me suis un jour identifié et que je ne serai jamais, je m'en veux d'avoir abandonné le cours de sanscrit qu'il donnait au musée Guimet, dont j'ai suivi quelques séances comme normalien, avant de tout plaquer, par pure flemme. Mon recul, sitôt passés les concours, devant des perspectives de vie trop prévisible, insuffisamment éventée à mon goût, travestissait sans doute le refus de l'austère en appel du grand large. Le demi-savant que je suis resté se passerait volontiers de ses avenirs qui n'ont pas eu lieu. Les revenants dont nous continuons, dans notre cœur, de quêter l'*imprimatur*, longtemps après leur mort, se cramponnent à nous, sans nous demander notre avis, comme s'ils ne se résignaient pas vraiment à nous voir si mal tourner.

Nous ne leur en voulons pas de nos déconfitures, à ces doux intransigeants. Autant les seigneurs dont nous avons croisé le chemin laissent un filet d'amertume (l'aventure commencée à leurs côtés dans l'enthousiasme semblant à distance gaspillage ou duperie), autant nos instituteurs tracent en nous un sillage d'affection, doublé d'un sentiment de dette qui va croissant. Le temps inverse les ascendants et les tristesses. Nous attendions la lune de nos petits guides des peuples à l'arrière-goût de cendres, dont rien ne nous laissait présager la stérilité, alors qu'on maugréait, on rechignait à ces Cripure un peu barbants à qui notre reconnaissance va bien tard, quand ils ne sont plus là. Comme ces gros romans classiques qu'on ouvre à contrecœur parce qu'on ne peut pas ne pas avoir lu *Anna Karénine* ou *Le Père Goriot*, qui vous captivent peu à peu et dont on a tant de mal, finalement, à se détacher, les devoirs et pensums de l'écolier donnent leurs fruits à l'automne, quand les équipées volontaires du militant électrisent sur l'instant et laissent ensuite sur le sable, batteries à plat. Le seigneur nous exalte, avant de nous déprimer; l'instituteur brime et ravigote en deuxième temps; sa leçon germe en retard, comme les pommes de terre au fond des caves : on s'en aperçoit dès les premiers frimas. C'est le moment où l'adulte qui jusqu'alors ne pouvait tenir en place se demande s'il n'a pas « perdu en voyageant le meilleur de son âge »; où il s'invente une ritournelle anti-dispersion, un *memento mori* préventif, pour calmer les fièvres du globe-trotter en quête de résonance : « Sous les temps morts, y a de la vie. Sous les temps forts, y a de la mort. » Quand on a appris à bien placer les intensités sur les heures de chaque jour, comme l'accent tonique sur les mots d'espagnol ou d'anglais, on ne balbutie plus une langue étrangère, on commence à vivre sa propre vie, à la bonne profondeur. On peut enfin rester seul le soir, télé éteinte, à lire des fables de La Fontaine ou à contempler les photos de Jeanloup Sieff, sans se dire : je perds mon temps. Le temps qui se perd en rêveries est le plus propice qui soit pour s'élever du réflexe à la réflexion. Les heures que nous croyons creuses sont nos vrais moments forts, où nous devenons productifs parce que nous ne faisons rien.

Dans *éducateur*, il y a *duc*, le chef, *il Duce*. Mais passé le *dux* latin, il se fait une bifurcation entre *educare* et *ducere*, l'autorité et le pouvoir. Notre cœur, par chance, distingue ce que l'étymologie confond. Nos anciens patrons nous inspirent plutôt de la rancune, et nos anciens maîtres, de la gratitude. Les premiers nous ont aidés à surmonter notre lâcheté, les seconds, notre sottise. Attachons-nous plus de prix à nos efforts d'intelligence qu'à nos essais de dévouement? Nous n'en voulons pas, en tout cas, à nos déniaiseurs, des palmes que les Académies ont oublié depuis de nous décerner, parce que de ce côté, croyons-nous, rien n'est tout à fait joué. Le revers du jour (et échec il y a toujours, par rapport à ce que nous nous estimions en droit d'attendre, la considération de notre concierge ou la médaille des arts et lettres), ce n'est pas le dernier acte de la pièce, c'est l'avant-dernier, l'ultime mauvaise passe. Après chaque veste, je me revanche, je réescompte la traite avec un : « Vous allez voir ce que vous allez voir, attendez la prochaine. » Un monologue de tous les temps : « Moi, l'homme le plus sous-estimé de ce pays, je grimperai d'autant plus haut demain que vous m'aurez relégué plus bas aujourd'hui. Bien le plaisir, messieurs-dames. Serviteur. » C'est l'avantage du recalé des sélections sur celui des élections qu'il peut se voir jusqu'à son lit de mort, sans trop faire craindre pour sa santé mentale, comme un nouveau Stendhal qui a écrit pour les lecteurs de 2180, et un second Nietzsche — alors que l'inconnu au bataillon médiatico-politique qui se prend pour un second Bismarck ou un nouveau de Gaulle n'intéressera que les psychiatres.

Trêve de plaisanterie. Les maîtres auxquels nous avons manqué (et dont nous serions prêts à nous avouer qu'ils nous manquent aussi, si nous n'avions peur du mot lui-même, ringardisé par trop de « mon vénéré maître » ou de « cher maître ») nous toisent à distance, plutôt réprobateurs, et ensemble ils font corps. N'allons pas croire à une joyeuse bande de pairs, une farandole de pères nobles. De près, et en temps réel, ils se boudaient et se débinaient parfois. Comme on eût préféré les voir faire équipe, nos passeurs, pour un relais quatre fois cent mètres ! Chaque *passage de témoin* fut hélas un petit déchirement, tel un abandon. Il nous a fallu non pas renier mais diminuer en secret le premier pour pouvoir continuer notre course derrière un second mieux placé, et ainsi pour chaque tour de piste. J'ai changé d'entraîneurs, d'une décennie à l'autre. Je puis témoigner que les déplacements d'autorité ont la tristesse un peu honteuse de déclassements subreptices. Aussi

déprimant que le tiers qui nous apprend, inopiné-
ment, que nos deux meilleurs amis ne peuvent pas
se sentir, nul Télémaque ne peut se soustraire à
cette amère découverte : les mentors que nous
admirons ne s'admirent guère; ils ne se côtoient
pas de bon gré. Nos modèles d'identification se
gardant de nicher à la même enseigne, on se
retrouve à vingt-cinq, quarante, soixante ans en fils
de divorcés, tiraillé entre plusieurs foyers, avec des
loyautés contradictoires. On peut vouloir se ranger
au nombre des « fils spirituels » de tel ou tel sans
s'estimer tenu à l'affiliation doctrinale. Je n'ai
guère suivi les traces de mes éducateurs — ou très
inégalement — mais il m'importe de payer tribut à
tous. Pas facile. À peine avions-nous sculpté la statue d'un admirable qu'en arrivait un autre, l'année
suivante, qui la déboulonnait d'un coup de pied
négligent, sans penser à mal, ignorant que c'est
nous qui l'avions dressée. Et le champion que nous
mettions à la pointe de la pointe se retrouvait en
queue : « Un tel? Ah oui, un beau fruit sec ! » Ou
encore : « Ne me parlez pas de cette momie ! La
pesanteur de l'institution faite homme. » Celui-ci
sera taxé par celui-là d' « idéaliste incurable », et
celui-là par celui-ci de « matérialiste primaire ». Un
troisième se retrouvera « poète approximatif », un
quatrième « philosophe de la Nature, n'entendant
rien à l'Histoire », ou encore « confondant Talmud
et critique ». Et j'en passe. Muglioni, Althusser,
Gouhier, Canguilhem, Serres, Derrida, Dagognet
— tous ceux qui m'ont corrigé la copie, au fur et à
mesure, avaient, disons, leur quant-à-soi, et ne

pratiquaient pas toujours entre eux l' « aimez-vous les uns les autres » qui m'eût réconforté. Cela fait sans doute trois mille ans, d'aussi loin qu'il y a trace de pensée, que chaque penseur tient son voisin pour de la petite bière. Sauf anomalie — l'amitié —, c'est la règle entre contemporains, les meilleurs hommes du monde au demeurant. Voilà qui transforme le parcours du lévite en un bout-à-bout d'obédiences interrompues, un *stop and go* de ferveurs frustrées (tantôt rapiécées, tantôt laissées en jachère, un peu lâchement, en attendant des jours meilleurs, où l'on se dit qu'on y verra clair). Une amie, me parlant de ses amours en tourniquet, a résumé la difficulté : « Les hommes, c'est fatigant. On passe la moitié de son temps à s'attacher à eux, et l'autre moitié à se détacher d'eux. » Nos maîtres, idem. Dès qu'on en a trouvé un, sécurisant et bien explicatif, un plus lumineux survient (plus au fait que le précédent) pour prendre sa place sans façon. Les montagnes russes du discipliné finissent par donner mal au cœur. Le zèle malheureux me fait mieux comprendre les « pratiques méditatives » en Savoie, les chercheurs de plénitude rassemblés sous les drapeaux de prière coiffant d'incongrus stupas framboise et pistache, les cadres sup marmonnant leurs mantras en robe bordeaux, le crâne rasé. Ceux-là jouent leur va-tout sur le bol de riz et l'encens, s'arriment au Dalaï-Lama, au merveilleux Bouddha, bien décidés à ne plus en démordre. L'option lotus — lama monosyllabique ou maître zen à paraboles —, il m'arrive de l'envier comme un havre de sécurité, une trêve de Dieu dans la bagarre des grands esprits. Le guide spirituel à l'orientale doit être doux comme un cessez-le-feu, comparé à nos chamailleries sans cesse rebondissantes où aucune révélation surnaturelle ne peut venir une fois pour toutes départager ceux qui sont dans le vrai et les autres. C'est l'honneur — et le malheur — des rejetons d'Athéna : les magistères discursifs restent sujets à discussion et on s'y bouscule ferme. Hiérarchies croisées, suprématies révocables, renversements de tendances... Un contemporain capital chasse l'autre, les fidélités se divisent et on se met à courir en soufflant à droite et à gauche. L'impermanence sans fin ni recours à quoi accule la fin des absolus, tous ces coups de théâtre propres à l'intrigue occidentale empêchent de s'engourdir, mais aussi, en attendant l'Éveil, de reposer son front contre une déiforme et conclusive poitrine (avec la certitude qu'en ce domaine invérifiable aucun petit malin ne viendra nous expliquer, après coup, que notre dieu était d'arrière-garde). Pour nous autres, les anciens du « bac philo », et je serais presque tenté de dire hélas, Bouddha ne sera jamais l'ultime reposoir, ni un sourire de compassion, la solution de l'énigme enfin trouvée. Le parti pris d'expliquer le monde par des raisons intelligibles ne va pas sans renoncements ni dommages. Chacun les siens. L'option du rien qu'humain oblige à un certain resserrement de compas, à un repliement des antennes dont je mesure ce qu'il peut faire perdre d'ivresses neuronales et mystiques ; mais dont je ne puis même rêver de me défaire, depuis que je suis tombé sur cet éveil-leur-là, par le hasard des affectations, au lycée Janson-de-Sailly, en 1956.

*

Qu'est-ce qu'un lycée? Immense question, où s'entre-nouent le destin de la Cité et celui de chacun. Au risque d'ennuyer, je dois m'arrêter un moment sur le premier des palais de la République (que le Jour du patrimoine, étrangement, oublie d'ouvrir aux visiteurs).

Distincte du collège jésuite dont elle procède, la chose nous vient de Napoléon; le mot, du *Lyceon* grec, le gymnase où enseignait Aristote à Athènes (l'allemand dit encore *Gymnasium*). Du «lieu consacré à l'instruction», notre Consulat a fait l'«établissement secondaire destiné à recevoir des élèves masculins» (le lycée de jeunes filles voyant le jour dans les années 1880, à Paris, avec Fénelon et Racine, pour damer le pion au Sacré-Cœur et au couvent des Oiseaux). *Lycée* sonne bourgeois et voltairien; *collège* (au sens ancien), aristocratique et curé. La Restauration et la monarchie de Juillet n'ont-elles pas effacé les lycées sous les «collèges royaux»? Ces derniers ont retrouvé leur nom en 1848, avec la Gueuse. Si l'école privée a fait des collèges, la République fait des lycées qui la font en retour.

34

Beaucoup plus qu'un « établissement public d'enseignement secondaire géré par l'État », le bahut est notre première patrie. En accédant au « grand lycée », un enfant passe du lignage au territoire, du droit du sang au droit du sol, en clair, de l'étouffement à l'aération. Le lycée est aux parents d'élèves ce que la nation est aux ethnies : pas un conglomérat, un brassage. Un lycée est pluriel, et non anonyme. Chacun a sa physionomie, son droit coutumier, sa légende, ses ancêtres, son argot. Son esprit de corps. On l'aime et on le déteste : comme son pays. C'est notre premier mauvais lieu, où rencontrer enfin des étrangers — et qui fait de l'adolescence l'âge entre tous de l'amitié (l'enfance étant celui de la famille). La première occasion que nous avons de nous *dépoter*, de nous exposer à des greffes insolites, nos semblables dissemblables. Et que dire depuis la mixité ! Dans les deux petites nations, Janson-de-Sailly et Louis-le-Grand, où j'ai traîné mes guêtres comme demi-pensionnaire, manquait la moitié du ciel ; la petite, la masculine, me donnait déjà de l'air. Entre les platanes fichés tels des plumets dans l'asphalte des cours et les préaux avec leurs piliers de fonte ajourés au sommet.

Il y a, sur les deux mille cinq cents lycées de France, des lycées-Suisse et des lycées-Zimbabwe, à l'image des pays nantis flanqués de nations prolétaires. La seule ville de Paris juxtapose — la carte scolaire redoublant celle des classes sociales — des lycées vieux-bourgeois, nouveaux-riches, classesmoyennes, commerçants, « mélangés », immigrés, banlieusards. Janson-de-Sailly fait partie des premiers : c'était un melting-pot à peu de frais où la grande bourgeoisie, de robe et d'affaires, se mélange à elle-même — avec un filet de sécurité, le collège catholique de Gerson en annexe, pour les repêchages. Population on ne peut moins populaire. Catapulté à Passy par l'élitisme républicain (avec sa clé de voûte : le concours de recrutement national et anonyme), un grain de sable imprévu vint gripper les rouages de la reproduction. Ni Clément Rosset, mon condisciple, ni moi-même n'étions statistiquement destinés à l'enseignement de la philosophie — plutôt à la voie Science-Po, débouché logique du « brillant élève » en section littéraire. La République met un surcroît d'imprévisible dans les devenirs individuels, transformant les meilleures familles en molécules à atomes lâches. Il suffit d'une infinitésimale déviation dans les conditions de départ, d'un minuscule écart à la norme pour échapper au calcul des prédestinations. Nombre de trajectoires aberrantes ont eu la classe de philo pour *clinamen*, justifiant le conseil de Jaurès (grand lecteur de Lucrèce), en un temps où les intérêts voulaient déjà éliminer le stage de « subversion subventionnée » : « Il me paraît impossible que l'État donne l'éducation classique à la bourgeoisie sans que cette éducation soit couronnée par le résumé, par l'interprétation systématique de tout ce qui a été appris, et c'est là, en somme, la définition de l'année de philosophie. » Il est difficile de faire la part, dans l'hasardeuse construction d'un homme, de ce qui revient à ses gènes, à ses rencontres, aux pentes trop prévisibles de son milieu; et comme on s'en voudrait d'avoir grandi au réflexe conditionné, nous ne tendons que trop à nous arroger le mérite rétrospectif de nos choix de vie. Je me garderai d'exagérer la part du volontaire dans les miens. Scolairement doué parce que socialement doté, je n'eus pas, comme mon boursier de maître, à forcer la porte de concours fermés aux enfants de pauvres. Mais ce n'est pas nier les causes sociales de nos affinités que de relever ce fait : les filières peuvent s'écarter des filiations. À table, à la maison, on ne parlait pas latin ni philosophie. On parlait politique, comme partout; et je n'ai pas été suivre la conversation à l'ENA, avec les miens. Si j'ai bifurqué vers des éthers moins lucratifs (par une déviation insignifiante mais que je ne puis m'empêcher de tenir, égoïstement, pour significative), c'est à cet aérolithe tombé dans les salons Louis XVI que je le dois. En contrepartie, il me faudrait imputer à la République des Jules ma surdité, tant était sacrifié l'enseignement de la musique et des arts en général. Je n'ai pas d'oreille. À qui la faute? Un tympan mal innervé? Mon pays trop catholique, qui ne pousse pas les enfants de chœur à chanter des psaumes dans le temple? Ou un enseignement qui ne met pas d'orchestre au lycée, bourrant les enfants de grammaire au détriment du solfège? Né de l'autre côté du Rhin, on m'eût, gamin, mis un archet ou un diapason en main, et je jouerais à présent des suites pour violoncelle les soirs d'hiver, à domicile. Sous-développé musical, surdéveloppé littéral : je ne saurai jamais si ce navrant déséquilibre est à inscrire au débit de ma paresse, de ma trompe d'Eustache, ou de Jules Ferry.

Les pierres pensent. Le matériau condense ce que les mots diluent : avantage à l'architecte, qui expose concis. Acropole, église, château, théâtre, stade — pas d'intuition faite édifice qui n'ait sa petite idée en assise. Les bâtiments qui « tiennent le coup » ont une pensée juste dans leurs fondations ; ceux qui vieillissent mal sont assis sur une pensée friable. Naguère couleur suie, aujourd'hui ravalé et blanc comme craie, fondu dans les quartiers nobles, l'ancien lycée du chef-lieu de département est toujours là. Il a traduit une certaine idée de l'homme en galeries, parloir, préaux, vestibule et salle des actes. Prenez le portail principal d'un lycée de haute époque à Paris. Le message est moins chargé qu'un porche d'église gothique, mais plus qu'une façade de mairie moderne. C'est un appareil monumental, qui se lit de haut en bas. En oculus au milieu du fronton, le cadran de l'horloge : l'horaire commande. Au-dessous, sur le tympan, le nom de l'institution : Lycée un tel. Sur l'entablement : Liberté Égalité Fraternité, entre deux R.F. Au niveau de la corniche, le drapeau tricolore, entre les cariatides en amortissement, allégories en haut-relief des Lettres et de l'Histoire, chacune un livre à la main. Tout un programme. Et même une conception du monde. Cette désuète architecture scolaire a mis en espace une philosophie un peu froide et puritaine, qui parle respect plutôt qu'amour. Et pour cause. Cette générosité retenue ne nous est pas venue d'un bon cœur mais d'une bonne tête — toute vouée aux idées et aux mathématiques : Condorcet. On la nomme, en français, République. C'est un optimisme de la règle, où il entre, si l'on choisit d'ironiser, un tiers de sergent de ville et deux tiers de pasteur. Le lycée traditionnel est un lieu où le moindre recoin a été étudié avec plus de soin que les préfectures et les hôtels de ville. Comme pour l'école communale, les textes réglementaires de la IIIe République ont calibré au centimètre près la distribution des espaces où ont logé, inconfortablement, les enfants de la IVe. Jules Ferry en personne a présidé à la pose de la première pierre de Janson, en 1881, en présence de Victor Hugo, et il y a vu le « lycée des temps nouveaux », vivant et lumineux. C'est lui qui a lancé la même année, après un soigneux examen des plans-masses, la reconstruction de Louis-le-Grand, là où le collège de Clermont menaçait ruine. La République conquérante, entre 1882 et 1891, a construit un lycée par an, via la « Commission des bâtiments des lycées et collèges », dans une capitale où il n'en existait que cinq : Charlemagne, Condorcet, Henri-IV, Louis-le-Grand, tous créés par Napoléon, et le lycée Saint-Louis ouvert sous la Restauration. Lamartine, Fénelon, Montaigne, Voltaire, Lakanal, Buffon, Racine et quelques autres sont un legs de cette période.

La transmission du savoir est chose grave, aimait à répéter cet Alsacien peu porté à badiner. Elle réclame des édifices d'aspect austère (Napoléon voulait déjà « une architecture décente »). Aussi confia-t-il ce chantier à l'école dite du rationalisme. À la probité du projet pédagogique, substituant à l'exercice de mémoire un idéal d'autonomie personnelle, répondit l'honnêteté architecturale consistant à ne pas masquer les matériaux utilisés — fer, brique et pierre — et à fuir tout ce qui pouvait distraire ou faire rêver. Cela est ingrat mais franc. L'idée de base excluait la débauche de couleurs, l'extraversion et le baroque. Elle veut à la fois du clos et de l'aéré ; la concentration d'esprit et l'hygiène des corps. Vestiaires, douches et gymnases. Que la lumière rentre à flots dans la classe par de hautes fenêtres grillagées, mais que les salles soient séparées de la rue par un couloir, ou par des vitres dépolies. Que le surveillant général puisse, du dehors, sur la pointe des pieds, jeter un œil sur les classes sans en être vu. Détails où s'indique une unité de conception et d'écriture, et donc un maître d'œuvre : l'État. Faute de moyens, il a dû remettre aux régions le soin d'entretenir, de restaurer cet immense patrimoine immobilier, voire d'y ajouter de nouveaux fleurons, et personne ne peut s'en plaindre.

Nos casernements scolaires logeaient la discipline du prytanée dans les plans du monastère. On a coutume de les appeler des *abbayes laïques*. Qui dit laïque, chez nous, dit protestant. Cherchez bien. Les chefs de chantier ont été le plus souvent des réformés, voire des catholiques convertis au protestantisme, comme Charles Le Cœur (cet architecte ami d'Auguste Renoir qui a construit, outre Louis-le-Grand et Montaigne, les Écoles normales de Sèvres et Saint-Cloud, les lycées de Bayonne, Aix-en-Provence et Montluçon). Il fallait des parpaillots, ces composés de ferveur et de froideur, de flamme et de méthode, pour tenir la balance égale entre ces deux ascendances : l'Armée, via l'Empereur, qui attendait que l'institution dûment caporalisée lui fournisse sa ration annuelle d'officiers d'élite et de fonctionnaires dévoués ; et l'Église, via Ignace de Loyola et la Compagnie de Jésus qui a, au xviie siècle, donné ses plis à l'enseignement moderne — ne serait-ce que son découpage horaire. Le mi-soldat mi-curé s'est longtemps reflété dans la division lycéenne du travail faisant du professeur de gymnastique un militaire et de l'infirmière une religieuse. Entrées et sorties des classes s'effectuaient au tambour jusqu'au début du siècle, et les punis avaient jadis droit au cachot, corvées et gardes forcées. Les espaces et les mots du lycée collent en fait, par-delà Napoléon, à la nomenclature ecclésiastique : s'appelaient *préaux* les galeries à colonnades du cloître ; *proviseur*, l'économe du monastère ; *intendant*, le moine cellérier ; *parloirs*, les lieux de rencontre entre les reclus ou recluses et les visiteurs ; le *concierge* oscillant entre frère portier et sergent-major. La rigueur protestante a relayé la mortification catholique pour dresser, dans chaque département, ces quadrilatères rébarbatifs qui sentent à dessein l'horaire et la règle. « On ne détruit que ce qu'on remplace », disait Danton. La République n'aurait pu battre en brèche l'emprise des congrégations sur les âmes sans l'emprise au sol d'une congrégation concurrente, mais intellectuellement mieux formée ; ni faire pièce aux cloîtres sans en édifier d'autres, plus hygiéniques et fonctionnels, ensoleillés et ventilés. On juge le maçon au pied du mur, et ceux qui sonnent le glas pour l'école de Jules Ferry devraient songer à présenter leurs éclatés et leurs maquettes.

Il y avait une mutuelle dépendance entre le dessin du bâtiment et l'esprit de laïcité. La medersa coranique est une annexe de la mosquée, comme l'école médiévale l'était du monastère. En Grande-Bretagne même, l'église reste le centre du collège, son vaisseau amiral, qui couronne les toits et donne son nom à l'institution (comme cela se voit à Oxford et Cambridge). En France, l'aumônerie s'efface, frappée d'alignement. Et le scolaire a pris son autonomie. Sans doute n'y a-t-il pas cent façons de couper au tohu-bohu. Il faut d'abord une *cour intérieure* sur laquelle donnent les salles de classe, et un seuil qui ne se franchit qu'à certaines conditions (« Que nul n'*entre* ici s'il n'est géomètre »). Un dehors et un dedans solennellement délimités. C'est le dessin du *portique* grec et du *claustrum* monacal : l'atrium dans le beuglant. Il y a loin du recueillement cistercien au tapage d'une récréation, mais une cour, centrale ou d'honneur, suffit à donner de l'âme à une bâtisse aux murs couverts de suie. Et quand on déplace la philosophie vers les cafés, au prétexte que Socrate allait dans la rue, on ne devrait pas oublier l'histoire matérielle de l'abstraction et le B.A.-Ba de toute conversion à l'invisible : le silence, et l'enceinte.

Les férus d'ouverture font reproche à l'école d'être « coupée de la vie ». Ils ne croient pas si bien dire : c'est ce qu'elle avait de meilleur, et de ce handicap, la République fit une pédagogie. La laïcité vraie n'est pas simple *tolérance* — accorte neutralité qui accueille indifféremment les idées de Darwin et les mots de la Genèse, le scientifique et la tireuse de cartes, l'antiraciste et le raciste, parce que toutes les opinions sont respectables et doivent coexister gentiment. C'est la revendication du *droit à la distance*. Le hussard noir de jadis avait à cœur de tourner le dos aux autorités de fait et aux dieux de la cité. C'était l'homme du général chez les particuliers, qui avait pour tâche de préparer les petits à se hausser au niveau de la *loi*, impérieuse parce que abstraite, au-dessus du *décret* individuel d'application. Celui qui a saisi la nuance n'a pas honte de s'éloigner des petits pour se rapprocher du citoyen, et de s'adresser, en chaque garnement, à l'adulte qui pousse en lui. Car ce n'est pas la même chose qu'un peuple et une juxtaposition de communautés ; la loi de Lynch et les lois du code ; l'égalité civique et la fratrie des potes ; le sondage et le vote. Aussi y a-t-il un dénivelé entre l'espace du lycée et celui de la rue. Il sort du sacré de cette clôture, comme avec tout enclos affecté à une opération cruciale pour la survie d'un groupe quelconque. Et quoi de plus vital, pour l'humanité agissante et pensante, que la *transmission* du flambeau d'une génération à une autre ? N'est-on pas fondé à réclamer à cette fin un privilège d'extraterritorialité, pour mettre les esprits à l'abri des passions sociales, des rapports de forces et des charivaris ? L'argent, alors, ne circulait pas, ni les journaux ni les tracts. Pas de propagande, ni politique ni confessionnelle ; pas d'insignes religieux, pour sûr. Ni l'actualité, ni le dogme, ni l'argent n'avaient droit de légiférer là. Car l'école — Muglioni le répéta jusqu'à son dernier souffle, après Bachelard — n'est pas faite pour la société mais l'inverse. Préparant à sa critique, elle se tient contre la société — tout contre, mais à côté. D'où le retranchement sévère et gris. Il donne force de prière à la séparation cartésienne de l'âme et du corps, ultime et radicale assise du républicain pur jus qui se refuse à confondre le jeu du « je pense » et le moi du « moi j'aime », la nation juridique et le pays ethnique. Une cour d'école n'est pas un square et on n'y va pas comme au garage ou au dispensaire. Le hiatus, c'est une marche à gravir, un vestibule à franchir, qui fait changer de niveau, idéalement. La vocation développe un certain vœu d'éloignement d'avec les « forces vives ». (Mais le même, bambin breton ou corse, avait eu le sentiment, franchissant le seuil de la communale, d'entrer en France parce qu'il abandonnait à la porte sa parlure familiale pour la langue de l'instituteur, avant de retrouver les mots de la ferme le soir, à la maison. Pour le fils de paysan, aller à l'école primaire, c'était comme aller à la ville.) Cette volonté d'abstraire a dressé nos petites forteresses sans pont-levis, dont le portail est parfois coiffé d'une tête de Minerve en médaillon, et où l'intrusion étrangère est réputée délit. Muglioni déplorait la disparition des blouses grises (que seuls portaient alors les internes), qui avaient la vertu de masquer les distinctions sociales, attestant *de visu* la dualité de l'enfant et de l'élève. Le professeur ne se dédoublait-il pas dans ses cours ? Les républicains trouvent leur liberté, comme les chrétiens leur salut, dans une certaine schizophrénie : double personnalité et double vie.

« Les jeunes » n'existaient pas encore. On disait : les élèves. Instituteurs et professeurs avaient une mission : faire en sorte que l'âge ne fasse pas une classe d'âge. Comment ? En raccordant les époques. En coupant de la société, à l'horizontale, et en branchant sur l'histoire, à la verticale (la télé fait l'inverse : elle tend à unifier une même génération à travers les pays, autour des mêmes idoles planétaires, en négligeant la filiation historique entre générations). Ainsi, ce qu'on gagnait sur un tableau, on le perdait sur un autre ; pour rétablir le fil, on commençait par se débrancher. Ce n'était pas impossible dans un monde sans électronique, où le professeur, principal prescripteur, n'avait pas le journaliste au-dessus de lui (et où la dérision était celle du *Canard enchaîné*, non pas celle des *Guignols*). Un patronage, un lieu d'animation socioculturelle ou une maison de jeunes peuvent donner de plain-pied sur le trottoir ; pas un lieu qui doit demander des comptes à ce qui est, parce qu'on y apprend à ne pas confondre l'actualité et l'idéal. Le renoncement et la démographie se sont combinés ensuite pour édifier à la va-vite des usines scolaires en préfabriqué, lycées-barres, lycées-blocs en forme de terrains vagues, aires de passage et bientôt de parking. « Un CES par jour. » Exigence du Baby-Boom, de l'allongement du cursus, de l'urbanisation ? Peut-être. Mais aucune société ne supporte un déficit cérémoniel de cette envergure sans chercher d'autres sites, d'autres leviers par où étancher ses soifs liturgiques. La banalisation d'une fonction civique en prestation de services, avec son corollaire, l'*ouverture* aux entreprises et aux parents d'élèves de communautés éducatives poreuses et malléables, repeuple, par un phénomène de vases communicants, les enceintes à mystique — sectes, ashrams et communautés de prières — tant le sacré collectif a horreur du vide. De même que la dépression nationale remet à flot le « pays » d'Ancien Régime, avec duchés et comtés régionaux, l'enfoncement des murs du lycée fait affleurer les ethnies parentales, qui remontent comme des bulles : le citoyen redevient corse, juif, basque, catholique, beur ou beauf. Lissez les lycées et vous gommerez la République. Vous verrez affleurer ascendances et généalogies, les ségrégations par la naissance, l'argent, ou le credo. Communautés. Familles. Comptes en banque. Toutes puissances qui ont pour objectif la répétition zoologique du même (les parents catholiques et juifs fabriquant des petits catholiques et des petits juifs à leurs image et semblance) et la reproduction sociologique du privilège (père notaire, fils notaire et ainsi de suite).

C'était, je l'avoue, des temps fort ridicules. Répressifs et rétrogrades. Où un professeur pouvait, sans passer pour un attardé, parler de la beauté d'un tableau ou de la vérité d'un théorème (au lieu d'un « travail intéressant », ou d'un « jeu de langage »). L'âge d'or des lycées se situe approximativement entre 1890 et 1960, entre le monde des demoiselles à bottines et chignon, maquillage interdit, et celui des potes unisexes, jeans et baskets. L'école moyenne pour tous, le délaissement des banlieues, l'élargissement des classes d'âge, plus moto, drogue et gavage télévisuel, l'ont rendu caduc. Nul n'ignore désormais ce que coûtait aux déshérités la promotion des héritiers. Le lieu qui m'a appris la liberté s'appellerait à présent une tôle, une cage. Le chamboulement soixante-huitard a mis fin à des rapports d'autorité surannés, et dans le serrement de vis jules-ferryen, il est séant de voir dressage des corps et modelage des esprits. Oserais-je dire que j'ai vécu cette répression comme une émancipation de chaque jour ? Cet âge révolu et bon pour le musée, on me le dit socialement inique et pédagogiquement obsolète ; il me reste dans les naseaux. Qu'y puis-je si les odeurs n'ont pas d'âge ? Mes désuètes patries ont à jamais mêlé la rêche fadeur de la craie au suri du bois humide. En classe, une odeur de cirage montait des parquets ; et au-dehors, la créosote humectant le plancher donnait aux couloirs et galeries couvertes l'odeur ammoniaquée du métropolitain. La demi-clarté des corridors, plaqués de faïence à mi-hauteur ou de brun chocolat, ajoutait à la méprise. Il y avait des *cahiers de correspondance* et des *prix d'excellence*, l'interclasse s'appelait la *récré*, le tableau vert était noir ; il y avait un examen d'*entrée en sixième*, pour se mettre au latin, le grec commençant en quatrième ; il y avait « vous me ferez cent lignes », les quatre heures de *colle* le jeudi et le samedi après-midi, le *conseil de discipline* en épée de Damoclès ; des *bulletins trimestriels* qui fixaient notre barreau sur l'échelle du mal — avertissement, blâme — ou sur l'échelle du bien — tableau d'honneur, encouragements et félicitations —, verdicts envoyés aux parents sous pli fermé et subtilisés chez le concierge par les plus vigilants, pour le cas où ; il y avait la logette vitrée du concierge et l'imperceptible contraction du diaphragme quand on regardait en passant l'horloge ronde au bois noirci, le moindre retard entraînant une *colle* ; l'histoire s'appelait *Malet-Isaac*, le français *Castex et Surer* ou bien *Chassang et Senninger* et l'anglais *Carpentier-Fialip* (les auteurs de manuels, tels les gendarmes et les bonnes sœurs, prenant la précaution d'aller par deux, comme déjà Erckmann-Chatrian et les enfants du *Tour de France*) ; il n'y avait pas de délégué des élèves au mystérieux *conseil de classe* des fins de trimestre, les demi-pensionnaires se mettaient en rang à la porte du réfectoire, et on cessait instantanément de parler quand le professeur faisait son apparition (à l'exception du titulaire de dessin, de musique et parfois de langue vivante, ces souffre-douleur ayant statut semi-officiel d'aspirateurs de désordre, soumis à des chahuts quasi réglementaires). Il y avait le *protal*, sommité sans visage mais qu'on pouvait apercevoir de loin, arrivé le jour de gloire ou de honte de la *distribution des prix*, une fois l'an, sur l'estrade (à peu près comme l'homme de troupe entrevoit aux Champs-Élysées, un 14 Juillet, la tête du général). Il y avait ses lieutenants terrestres, le *censeur* et le *surgé*, divinités moins redoutables mais plus tangibles, croisant l'œil aux aguets dans cours et couloirs. Il y avait le *déjeuner de la Saint-Charlemagne* et la *photo de classe* (les plus petits devant, assis sur un banc, entourant le professeur principal, assis sur sa chaise, les hauts de taille derrière, debout). Étrange époque, oui, où l'agrégé ne craignait pas encore d'« échouer dans l'enseignement » et où les meilleurs ne tenaient pas le secondaire pour une affectation de deuxième zone (Bergson resta professeur de lycée pendant seize ans, Brunschvicg pendant dix-neuf. Alain y passa sa vie, Louis Poirier aussi, et Sartre la moitié de la sienne). Heureux qui peut dire : la nostalgie n'est plus ce qu'elle était. La mienne s'entête.

La grise enceinte ne m'aurait pas à ce point dilaté les poumons, entre quinze et vingt ans (l'âge où les khâgneux prolongent leur sixième), si je n'avais été tenu aussi court. Comme l'imagination, l'intelligence s'aiguise aux contraintes — banalité dont l'oubli peut mettre tout uniment l'école et l'art en crise. Nul ne fait œuvre — écrite, peinte ou musicale — comme l'oiseau chante. Que n'a pu affiner chez Racine la résistance de la métrique ? Rimbaud serait-il arrivé à l'inconnu « par le dérèglement de tous les sens » sans les disciplines du vers latin qui permirent au prix d'excellence de Charleville d'en composer des milliers avant *Le Bateau ivre* ? Comment transgresser les règles si on n'apprend pas d'abord les règles ? L'apparition du lycée de masse a vu la fin des connivences, d'où l'on a conclu à l'inutilité des apprentissages. À la liberté comme autonomie (ou faculté de se donner à soi-même ses propres règles) s'est substituée dans les nonchalances collectives la liberté comme spontanéité (transformant toute règle en brimade et entrave à l'élan créateur). Libérons les enfants des devoirs, horaires et programmes qui les étouffent ! Le fanatisme de la spontanéité a donc remplacé celui des observances, par retour de balancier. L'école s'est rapprochée de la vie. A-t-elle rendu les esprits plus déliés ? Je n'ai pas entendu dire que la suppression des cours de dessin sur nature dans les écoles des Beaux-Arts, sous le souffle libérateur de Mai, ait donné un surcroît de « créativité » aux dernières générations de plasticiens, mais je pèche sans doute par manque d'information.

Les lycéens nés sous l'Occupation ont bénéficié d'un miraculeux retard. La République enseignante, la IIIᵉ (1871-1940), à laquelle la classe de philosophie en couronnement des études secondaires servait de fleuron, se survivait sans coup férir dans la IVᵉ (1945-1958). Enfants de la défaite, nous fûmes les « malgré nous » d'un indéniable conservatisme architectural et pédagogique, et bien nous en a pris. Il est dans la nature d'un système d'enseignement, s'il se veut productif, d'être vieillot — et donc d'appeler la ritournelle, correctif nécessaire et sans grand effet : il faut dégraisser, dépoussiérer, moderniser. Tout enseignement ne pourrait-il se définir comme une pratique mesurée de l'anachronisme ? C'est le propre d'une civilisation que d'ordonner l'avenir au passé, d'inscrire sa vie immédiate dans une certaine profondeur de temps, en plaçant les vivants à contre-jour des morts, et en transformant les morts en jalons avant-coureurs. Ce parti pris où le vital au funéraire se mêle transpire assurément mieux dans les humanités, où l'idée de progrès n'a pas de sens, que dans les sciences et les techniques, fronts d'avancées perpétuelles. L'idéal républicain exige de ne jamais vivre ni penser son présent au présent. Il a, malgré Pasteur, plus d'affinités avec les lettres qu'avec les sciences (comme cela se voit à la galerie d'illustres dont les bustes enguirlandent la longue façade de Janson, rue de la Pompe : nul homme de science entre Montaigne et Lamartine). On avance en intelligence — et en civisme — quand on fait retour à Platon, à Racine et à Hugo. De sorte qu'il est permis de se demander si l'inertie temporelle, qui prépare la prochaine guerre avec les canons de la dernière, fatale dans le domaine militaire, n'est pas plus salutaire qu'on ne le pense dans nos programmes. Si la singularité du *sapiens sapiens* — qui le distingue de tous les autres mammifères — est de ne pas recommencer le monde de zéro, à chaque naissance, mais de rebondir sur l'acquis amassé par les congénères, le maintien du révolu peut se lire comme une ruse futuriste, et cette sorte de transmission à reculons le paradoxe facétieux de l'innovation. Comment s'expliquer, sinon, la rebelle persistance de nos modèles, procédures et sanctions scolaires, roc battu par les vagues successives des réformes? Il est vrai qu'on a modernisé la vieille nomenclature. Le terme d'instituteur, laconisme magnifique, a été officiellement remplacé par *professeur des écoles*. On ne dit plus censeur mais *proviseur adjoint,* surgé mais *conseiller principal d'éducation.* Les pions qui somnolaient dans nos permanences se sont haussés au rang de *pédagogues non didacticiens.* Quand on descend dans l'échelle du prestige, on gravit celle des appellations. La terminale de philosophie, qui est, avec l'enseignement de l'histoire dans les petites classes, une particularité républicaine (latine en vérité : on la retrouve au Portugal et en Italie) et dont l'« école en mutation » n'est pas encore venue à bout, témoigne cependant pour la stabilité imprévue de nos socles de mémoire. « Ne pas marcher avec son siècle » : ce reproche ne serait-il pas un éloge involontaire ?

Quand un garçon ou une fille « d'un bon milieu » avaient dix ans en 1950, ils suivaient un plan d'études fixé en 1902 par des ministres nés autour de 1848, eux-mêmes éduqués à l'idée républicaine par Napoléon III. Ils avaient le choix entre A latin-grec, B latin-langues, C latin-sciences et, pour les moins allant, D langues-sciences (depuis 1902, le brevet de bourgeoisie pouvait s'obtenir sans latin). Maintenant que la filière classique s'est exténuée, et que les élèves ayant le plus de mal à lire et à écrire se voient aiguillés en priorité vers les lettres, la sélection par les sciences exactes a imposé sa loi. À mi-siècle, le français et la philosophie faisaient encore jeu égal avec les maths. Si c'était à refaire, aujourd'hui, je passerais par le bas, les fondements, pour tenter de comprendre les hommes : géographie, sciences de la terre, histoire des techniques. Vers 1950, le nul en maths, qui se jugeait (le pauvre) au-dessus des sciences expérimentales, n'avait pas le choix. Et la philosophie que l'on inculquait aux lycéens, davantage apparentée au subjectif qu'au positif, ignorait ce qui avait pu se construire à Vienne, Cambridge et Chicago. C'est vers la fin du siècle passé que notre matière d'enseignement s'est détachée du français et de l'histoire. Et qu'apparaît dans la vie nationale la figure ambivalente du professeur de philosophie, de cet Alphonse Darlu dont Proust fit l'attachant portrait dans *Jean Santeuil* et grâce auquel il devint lui-même dreyfusard militant. Elle a effrayé le bourgeois, avant d'inquiéter les apparatchiks. Ce *Janus bifrons* n'ouvre-t-il pas aux fils de famille les voies de la carrière avec des clés rouillées venues d'Allemagne ou de l'Antiquité grecque ? Moitié pion, moitié cher maître, il donne sa figure de proue au corps professoral, interlope et peu sûr, où se côtoient les gens de peu et les gens de bien. Il tient personnellement des deux (comme dans le clan Verdurin, ce Brichot ni lard ni cochon dont la patronne hésite à saluer les hardiesses ou à moquer les maladresses). Le saint Sébastien de l'enseignement, notre « sergent instructeur », cela fait si long-temps qu'on le larde de traits, Académie d'un côté, Hautes Études de l'autre. Ce louche individu a été tour à tour vilipendé par les poussiéreux comme agent de dissolution sociale, le loup dans la bergerie française (c'est l'infâme Adrien Sixte du *Disciple* de Bourget, le Paul Bouteiller des *Déraci-nés* de Barrès) ; et par les boutefeux, comme le chien de garde des classes dominantes et l'agent des hiérarchies (implicites sous les mécanismes de la sélection scolaire). C'est le Brunschvicg de Nizan et le « Socrate fonctionnaire » des pamphlets libertaires.

L'étudiant en philosophie, ce jeune vieillard, se condamne en tout cas à venir trop tard dans un monde trop vieux. Plus que ses condisciples de « math élém » et « sciences ex », assurément. Nos rubriques et certificats décalquent une partition fixée sous Napoléon Ier par le règlement du grand maître de 1809 (distribuant les cours entre logique, métaphysique et morale, pieux triptyque auquel le ministre de la monarchie de Juillet, Victor Cousin, qui voulait faire des professeurs de philosophie les « fonctionnaires de l'ordre moral », rajouta audacieusement un volet psychologie). Le concours d'agrégation remonte à 1766, après l'expulsion des jésuites, sous Louis XV. Ces jésuites dont le *ratio studiorum* de 1599 règle toujours nos rythmes scolaires. Quant aux branches de l'*ancilla theologiae*, la servante de la théologie, elles poussent jusqu'au XIIe siècle ; *trivium* littéraire et *quadrivium* savant, dont l'addition fait les *sept arts* du Moyen Âge (grammaire, rhétorique, dialectique, arithmétique, musique, géométrie, astronomie), se profilent encore sous nos isolats disciplinaires. Baccalauréat, licence, maîtrise, doctorat : les degrés du *cursus* en vigueur, ce sont les examens que mentionne Abélard dans son *Historia calamitatum* où l'écolâtre relate sa propre course d'obstacles. Et notre « leçon inaugurale » résonne à l'*inceptio* des ordres mendiants. L'Église apostolique et romaine a pieusement légué ces formes canoniques à notre État laïque, où le professeur occupe la chaire de l'évêque, et la Sorbonne a édité sa dernière thèse de lettres en latin en 1932, quatre ans après que l'Élysée eut troqué les attelages contre les automobiles. La thèse d'État ès lettres — le « chef-d'œuvre » — s'est finalement inclinée devant le « doctorat nouveau régime » allégé jusqu'au banal, et on ne voit plus guère de filiations entre le thésard de troisième cycle qui attend, debout, les félicitations du jury et le candidat maître ès arts recevant son bonnet carré des mains de Robert de Sorbon. Quelque chose toutefois subsiste de la scène primitive, où l'âme pécheresse du doctorant comparaît en tremblant devant son tribunal divin, le jury de soutenance. Les cabris que ces survivances inciteraient à sautiller sur leur chaise en criant « Moderne ! Moderne ! » pourront se faire une raison en observant que le sexy et cyber président américain qui prête serment sur la Bible reprend à son compte un stock de mythes mésopotamiens qui ont l'âge de Nabuchodonosor et que sa religion a roulés jusqu'à lui. Et personne ne juge ringards nos Jeux olympiques en mondovision parce que Homère en a très exactement décrit les principales épreuves — sprint, demi-fond, disque et javelot — au chant XXIII de l'*Iliade*, il y a près de trois mille ans.

1957-1997 : un clignement de paupières, allez-vous me dire, dans l'immobile coulée d'un enseignement aux pesanteurs ethnologiques, sinon géologiques. Rien pourtant ne ferait mieux toucher du doigt la cassure qui, sous la lisse continuité des sites et des titres, nous sépare de la préhistoire ici contée, que la solennité un peu tocarde du *concours général*. L'institution date de 1747 — invention d'un abbé pour couronner les plus belles pièces de poésie latine et de musique française. Depuis un siècle, même cadre : le grand amphithéâtre de la Sorbonne. Même mois : juin. Même objet : gratifier symboliquement les « sujets d'élite », avec de beaux livres reliés rouge et or — le nombre d'ouvrages décroissant par ordre de mérite, du premier prix au sixième accessit. En 1957, je m'assieds sur un banc de bois dur, aux côtés de Muglioni, pour recevoir un prix de philosophie ; en 1997, je m'assieds sur un fauteuil bien rembourré, avec une dizaine d'anciens lauréats, pour remettre leur récompense aux cracks de l'année. J'avais connu une cérémonie, je retrouve un spectacle. Ce n'est pas encore une soirée d'oscars, molières ou césars, avec suspense, nominés et projos, ce n'est plus une distribution de prix (laquelle a disparu des lycées depuis 1968). Le président de la République se dérangeait naguère en personne, y perdant la matinée, et je reçus ma pile de livres reliés aux fers des mains du bon René Coty (de Gaulle délégua par la suite son Premier ministre, et Pompidou, devenu président, recevait lui-même les lauréats à l'Élysée). À présent, un ministre adjoint — pas même le titulaire — arrive en retard et s'éclipse en coup de vent ; et ce sont des « personnalités de la société civile » — du banquier au couturier en passant par le chef cuisinier, le cinéaste et, touchant archaïsme, un ou deux hommes de lettres — qui, en lieu et place des élus du peuple, procèdent à la remise. De quoi? D'une belle estampe en son étui, et de deux albums d'images, une histoire de l'art et une histoire du cinéma — quand chaque discipline avait ses titres appropriés. Des auteurs classiques eussent été incongrus. J'avais écouté dans un silence religieux une homélie un rien pompier, compassée et repassée sur l'établi rhétorique du ministre (le discours était en latin jusqu'en 1890). Je distingue, dans le brouhaha, trois lieux communs expédiés en deux minutes par un politique pressé. L'étrange n'est pas là mais dans le remplacement d'un *palmarès de disciplines* par un *abécédaire de spécialités*. Ce dernier fait tourner sur l'estrade, en accéléré, un défilé à la Prévert de jeunes gens ahuris, qui suivent l'ordre de l'annuaire des métiers : commerce — composition française — organisation et production culinaires — dissertation philosophique — ébénisterie — génie mécanique — grec — hébreu — hôtellerie (technologie et gestion), etc. Le ministère a eu l'heureuse idée de diversifier les épreuves en les étendant aux baccalauréats professionnels, pour mettre à l'honneur l'indispensable culture technique trop longtemps déclassée par les disciplines prétendues nobles. Innovation ô combien salutaire, quoique tardive. La peur de la « distinction » a malheureusement conduit à l'indistinction, excluant tout regroupement par sous-ensembles d'égales noblesse et dignité mais à contenu différent. Sans doute a-t-on jugé qu'introduire là un principe de cohérence rétablirait un soupçon de hiérarchie, et qu'une séparation, fût-elle thématique, ferait injure à nos sentiments démocratiques (les républicains sont là-dessus plus coulants). La mise à niveau des disciplines dites d'excellence se traduit par l'ordre alphabétique ; et, sur l'estrade, par l'amalgame des notabilités, appariant chercheur en mathématiques et gestionnaire de portefeuilles, helléniste et hôtelier. Nos brillants sujets contemplent depuis la salle cette salade russe d'un air perplexe. La République entendrait leur montrer que rien ne sert de passer des concours pour réussir dans la vie, qu'on n'aurait pas fait mieux. Chacun devine que nos gouvernants, malgré les inventions d'une Direction de la communication en quête de trucs affriolants, se battent l'œil d'une corvée reconduite *pro forma*, par inertie. Des économistes *up to date* n'ont plus de temps à perdre à d'aussi ringardes formalités. Dommage, me suis-je dit en m'éclipsant, car les locaux ont gardé quelque chose d'auguste et la fresque en rotonde de Puvis de Chavannes m'a semblé avoir plus d'éclat, de fraîcheur qu'auparavant. Les acteurs du théâtre officiel filent la répétition devant des praticables rénovés, sur des livrets dégradés. Qui parlait de décombres ? L'époque mène de front deux tâches que les précédentes tendaient à dissocier : la restauration des temples et le démantèlement des rites. L'effritement de la foi s'avère propice aux restaurations comme au tourisme. Il confère à une capitale où palais et coupoles brillent de mille feux, où les vétustes hôtels du Marais richement restaurés exhibent leurs pierres de taille, un charme très prenant, propice à la balance des paiements. Ne boudons pas notre plaisir. Nous avons l'incrédulité fastueuse, tel un Opéra-Bastille. On ne croit plus dans l'école mais nos lycées ont embelli et rajeuni : gymnases agrandis, réfectoires devenus self-services, médiathèques sur cour, laboratoires flambant neufs. On découvre des roses et des jets d'eau dans les cours d'honneur, où les fientes de pigeon ne patinent plus les bustes des aînés. On ne croise plus de censeur mais un proviseur adjoint — car il est interdit d'interdire. Il en va des temples du savoir comme du reste : plus les fondations se dégradent, avec les feuilles de paie, plus les dômes reçoivent de feuilles d'or.

*

Le sociologue Durkheim fixait pour but à la philosophie du lycée de préparer les adolescents à la vie sociale. Muglioni initiait aux jouissances de la vie asociale. On doit à ce timide, homme à règles et non à système, un bel *Éloge de l'imprudence*. Il préparait de son mieux les élèves à l'*indocilité*, apprentissage qui, n'ayant pas de fin, gagne à commencer tôt. Comme cette vertu ne nous est pas naturelle, tant il nous est plus facile de marcher au pas que de sortir du rang, elle exige une certaine contention d'esprit. Ses références un peu collet monté provenaient de ce rationalisme critique qu'on dit « étroit » (épithète de nature), fondé sur le triumvirat classique : Platon, Descartes, Kant, qu'il flanquait d'un pontife inattendu, Auguste Comte. Rien de périlleux, en apparence. Et pourtant, de ces très orthodoxes prémisses, il déduisait une morale d'hérétique. Briller, à la rigueur; déplaire, toujours. « Dès que le maître a charge de plaire, répétait-il avec Alain, l'auteur des *Propos sur l'éducation*, il n'est plus qu'un joueur de gobelets. » Ou encore, Rousseau : « Pardonnez-moi mes paradoxes : il en faut faire quand on réfléchit; j'aime mieux être homme à paradoxes qu'à préjugés. » En 1880, l'ancien boursier de la République eût porté redingote, col dur, guêtres et pince-nez; il les portait toujours, à l'intérieur. Cet être inactuel ne l'était pas seulement par ses vertus de caractère, qu'il se gardait de nommer et *a fortiori* de recommander, tant elles lui paraissaient aller de soi, et qu'on qualifierait aujourd'hui d'ascétisme, d'austérité ou de stoïcisme. Démodé, il l'était aussi par ses refus, qui feraient de lui, pour un adepte des chronologies de surface, un fieffé « réactionnaire ». La décadence, je crois bien qu'elle commençait à ses yeux, pour la poésie française, au *Cimetière marin*, pour la musique à l'après-Wagner et, pour la peinture, aux *Demoiselles d'Avignon* (Picasso, silence, peintre espagnol mort en 1907, silence). Le théâtre avait jeté ses derniers feux avec Giraudoux — Brecht, Beckett et Ionesco n'existaient pas. La « dernière mode », en philosophie, c'était pour lui Bergson. Sartre, dont la faconde et l'omniprésence m'impressionnaient déjà : un as du reportage, mais une créature des journaux. Russell et Wittgenstein :

des noms inconnus. Muglioni n'est jamais allé aux États-Unis d'Amérique, et rien ne m'assure, en forçant le trait, qu'il soit un jour entré dans un cinéma. Devenu doyen de l'inspection générale de philosophie, il continua de ferrailler avec les ministres de passage, leurs vastes réformes annuelles et les démangeaisons décennales de la « nouvelle école ». C'était en plein essor de la « société permissive », qu'il traversa avec le flegme d'un Caton invité par erreur au banquet de Trimalcion. Tenant les *Fondements de la métaphysique des mœurs* bien en main, il observait notre *Satiricon* sans hargne mais sans indulgence. Et il arrivait à cet esprit libre de jouer l'esprit fort, voire le titi gouailleur, en bravant les bienséances sans se gêner. Comme ce jour où il envoya promener un garçon de restaurant qui lui enjoignait d'éteindre sa pipe au motif, énoncé d'une voix forte, que la maison n'avait qu'à distribuer des « préservatifs nasaux » à la clientèle puisqu'on en proposait partout en ville pour un autre appendice.

Préservatifs dans les lycées, monokini sur les plages, Gay Pride dans la rue, exubérances féministes — ces phénomènes de société qu'il aurait pu synthétiser sous le titre « la mentalité de jouissance des nouvelles générations » (les tournures du *Bulletin de l'enseignement philosophique* recoupant, sur ce point et lui seul, le style *Revue des Deux Mondes*) lui inspiraient un *O tempora! O mores!* adouci par une ironie fataliste. Mais le même qui n'eût pas détonné dans *L'Union pour la vérité* (créée en 1910 par Paul Desjardins) savait démoder d'un mot la dernière mode — que des esprits plus « avancés » tenaient pour le *nec plus ultra*. Il ignorait si bien l'engouement du jour qu'il n'avait pas à s'en démarquer le lendemain. Cette imperméabilité d'âme donnait à l'archéo une bonne dizaine d'années d'avance sur le dernier cri. En politique, socialiste ancienne manière (Blum, et non Mollet), il se refusa sous Mitterrand au culte de l'entreprise, à l'idolâtrie de la réussite individuelle. Comme peu lui importait d'être ou non dans la course, il ne tombait pas dans le panneau ; le stalinisme, ou la jobardise du compagnon de route, avait glissé sur lui, après guerre ; et le prêchi-prêcha droits de l'homme pour couvrir les âpretés de Jaurès fit de même trente ans après. Il reprit espoir en 1981, avant d'enregistrer avec un flegme sarcastique l'enfoncement des lignes de défense républicaines par l'empire de la marchandise. La rigueur, Maastricht, la guerre du Golfe : éternels tours de passe-passe que les malins jouent aux naïfs ; il réprouvait, sans pousser les hauts cris. Il eut de la considération pour Chevènement et Badinter, puis tourna la page ; et le chagrin de voir ceux de son bord inverser son idéal de jeunesse en condominium du chevalier d'industrie et de la dame de charité assombrit ses dernières années. Je ne jurerais pas que le vieux socialo, dans le village de montagne corse où il s'était replié, n'ait pas fini par voter extrême gauche, mais il ne s'étendait guère sur la loterie des suffrages et opposait à mes questions indiscrètes un sourire entendu. Si l'époque n'avait pas prise sur lui, il en avait aussi peu sur elle, comme c'est logique. Rebelle à l'air du temps, celui-ci le lui rendit bien, et les autorités de tutelle firent des misères au doyen, qui rechignait à la modernisation pédagogique, surtout quand les « anciens de 68 » purent faire la loi dans les cabinets. Ces vexations étaient dans l'ordre des choses, à ses yeux. Quoi de plus normal que ceux qui dénigrent l'autorité du savoir et de la culture soient aussi les plus portés à abuser du pouvoir. « Voyez, me disait-il, comme les antiautoritaires sont doués pour l'autoritarisme. » Ils avaient peu avant « contesté » les trois P (père, patron, prof), sans prendre garde que le prof serait plutôt un contre-père et un antipatron. Il ne protesta qu'en privé. Faire un éclat par voie de presse n'était pas son style ; l'invective encore moins ; il jugeait bas de parler contre quelqu'un ; et il en aurait voulu à ses défenseurs et amis de jouer du violoncelle avec les immortels principes. L'idée de république resta son seul et immuable credo. Elle était chez lui sans chauvinisme et le poussa à aller défendre dans les lycées de la francophonie, Afrique noire et Antilles, la liberté du jugement par-dessus tous les particularismes. C'est une cause fort ingrate à soutenir que celle de l'universel, incompatible avec le culte des racines, et qui ne passe pas, en tout cas, par l'exhibition des bons sentiments. Voilà qui conduit à s'interroger sur l'emploi des sobriquets passe-partout comme traditionaliste, subversif, novateur, bien-pensant — dont on peut se demander s'ils peuvent justement passer partout, au même moment et par les mêmes zones d'une personnalité.

Nous avons tous rencontré de ces êtres hybrides — le *traditionaliste subversif* en est un, le *démocrate autocratique* ou le *conservateur révolutionnaire* en sont d'autres. Nous tendons à rejeter ces originaux quelque peu dérangeants comme contradictoires, ou incohérents, en passant outre aux mobiles profonds de leur inconséquence. Puisqu'il n'y a pas d'esprit sans préjugé, par le seul fait du prénatal et du natif, avant d'incriminer chez autrui les « préjugés bourgeois », ne ferions-nous pas mieux d'établir, y compris pour nous-mêmes, une balance des blocages (comme il y a pour les pays une balance des comptes) ? Cela permettrait de mieux soupeser les indices de nocivité de nos bonnes habitudes, entre celles que nous prorogeons sans examen et celles dont on parvient non sans mal à se désengluer. Et nous pourrions alors comprendre le lien unissant l'actif et le passif d'une vigilance isolée. Il est bien vrai, comme disait Deleuze, qu'on ne résiste jamais assez au présent ; mais comme il est physiologiquement impossible de résister à tout son présent, et que personne ne peut faire sécession de A à Z, la vraie question est de *choisir à bon escient ses zones de dissidence*. Einstein, Mozart ou Jésus-Christ n'ont pas été intelligents ou audacieux partout. Eux aussi ont fait des impasses (comme Jésus, sur l'occupation romaine de la Judée et la libération politique de son peuple). Le meilleur cerveau ne peut tout problématiser de ce qui l'entoure, et il doit faire la part des opinions comme on le fait du feu. C'est peut-être en conservant certaines adhésions injustifiées qu'on a libéré en soi la force d'en renverser d'autres, car l'importance que nous retirons aux premières permet d'accorder toute celle qu'elles méritent à des conventions sociales qui ne paient pas de mine, et que nous décidons cependant de tenir en suspicion quand elles semblent naturelles à la plupart. Cette économie du questionnement, il n'est personne qui puisse s'y soustraire, incapables que nous sommes de porter toute la bêtise du monde sur nos épaules. Les pères fondateurs ne le pouvaient pas non plus. Aristote estimait l'esclavage naturel, indigne d'une réflexion, comme Descartes la monarchie absolue et Rousseau, la sujétion des femmes. Chez le plus radical des émancipés, on trouvera un bien-pensant, et ce point faible a été son point de jonction avec la société de son temps — adhérence spongieuse plus que transaction consciente. Là gît, dans ce qui semblait alors parfaitement anodin, le point de gangrène des visions du monde les plus puissantes, qui mériteraient de rester mais à partir duquel elles vont prendre de l'âge et putréfier à toute allure, par contagion, les tissus sains de la doctrine. Comment croire dans la justesse des propositions d'un homme qui, par exemple, ne tenait pas les femmes ou les esclaves pour des êtres humains à part entière... ? Muglioni adhérait peut-être aux préjugés de son village, de ses collègues ou de sa maisonnée, lorsqu'il se laissait aller (pas dans la salle de classe, où il n'abordait jamais des sujets aussi frivoles, mais en petit comité) à des poncifs assez peu glorieux sur l'art abstrait, la musique concrète ou l'emprise des pédérastes sur les belles-lettres — sottises qu'il aurait pu partager avec son notaire ou son coiffeur dont il y a fort à parier que l'univers moral, par ailleurs, le révulsait (lui qui, insoucieux du train de vie et des biens matériels, dépensait tout ce qu'il avait, tenant que l'argent était fait pour être jeté par les fenêtres et non placé en Bourse). La question cruciale, et d'autant plus incertaine que chaque époque rebat les cartes de la précédente, serait de savoir de quel côté il est pour nous le plus grave d'être bête. On minimise les risques en répondant : du côté du manche.

Les générations d'après 68, qui n'ont guère réjoui cet homme pourtant hostile à toute idée d'ordre moral, avaient troqué le conformisme des pensées contre l'anticonformisme des mœurs. Le vent d'Amérique gonflant ses voiles, la « dissidence libertaire » de ces années-là — d'avant le sida —, « jetant tous les tabous par-dessus bord », faisait sien l'individualisme libéral promu par l'ascension des grands intérêts privés. Convaincue qu'elle lutte pour l'émancipation humaine en fumant des joints et en célébrant des mariages homosexuels à la mairie, notre jeunesse scolarisée semble bel et bien remise au pas et plus cravatée, plus intimement sanglée que nous ne l'étions, malgré T-shirts et casquettes à l'envers. Ne considère-t-elle pas comme taboue la civilisation du marché, dont elle accepte, sans y faire attention, qu'elle règle aussi sa vie intérieure (et non plus, comme jadis, notre vie de subsistance ou de relations)? Les valeurs des loubards de banlieue, sous leurs accoutrements d'ilotes (qui singent ceux des supermen télévisés), ressemblent étrangement à celles de la *leisure-class* et de la *conspicuous consumption* des beaux quartiers : la gagne, la bagnole et la démerde. Comme les richards de Neuilly qui se croient affranchis parce qu'ils se fient en tout à leur intérêt matériel, les rebelles de la marge dont notre cinéma fait des héros ne sont-ils pas conformes à ce que le système central attend d'eux? On aura rarement vu tant de révoltés courir avec autant d'entrain à l'orthodoxie du jour. Conformiste sur l'accessoire, Muglioni avait choisi la résistance la plus difficile, celle qui a les apparences contre elle et dont tout incite à se moquer (à commencer par nos journaux les plus *in*) : la résistance du civique au civil, du symbolique à l'économique, et des institutions à la vie immédiate et pulsionnelle, à la « grande libération des flux » dont nous avons découvert qu'elle engendrait, contre toute attente, un bonjour tristesse. Et s'il n'avait pas été « ringard » en matière vestimentaire, musicale ou sexuelle, cet homme que peinait la disparition chez les élèves de deux vertus intimement liées, la timidité et l'insolence, n'aurait pu se montrer aussi intraitable sur le « culte des grands morts » dont nous avons besoin pour aller de l'avant. N'est-ce pas la raison d'être de l'enseignement, dont dépend la continuité inventive de l'espèce? Notre barbaque se reproduit toute seule, non la mémoire accumulée qui nous fait homme et dont la perpétuation va si peu de soi qu'il lui est déjà arrivé de se réfugier au large sur quelque île de Lérins, quelque mont Athos dressant ses bulbes au loin. Et qui se fixerait sur le passéisme obtus d'un personnage aux dehors étriqués oublierait la noblesse et l'audace d'un pari qui vaut bien celui de Pascal : jeter des ponts entre les valeurs et les grandeurs, l'héritage et l'économie. Chacun peut tirer de là une règle de précaution : sous les insolences voyantes et bruyantes, déterrer les déférences qui se cachent et le plus souvent s'ignorent. Cet insurgé clandestin en tenait pour les sécessions du dedans. Ce raidissement tout intérieur (qui pourrait bien être celui, instinctif, de la loi humaine contre l'animale, et plus largement du devoir de raison contre le fait de société) éclaire ce je-ne-sais-quoi de rogue qu'on trouve aux républicains de haute époque —plus bourrus, au demeurant, que bilieux — et qui me frappa plus tard à la Sorbonne, chez un maître plus en vue, Canguilhem, épistémologue rigoureux et grand résistant. Il glaçait leur façon de s'exprimer, imprégnait leur style et jusqu'à leur maintien d'un « atticisme » sardonique, économe de gestes et de mots, lointaine empreinte stoïcienne qui donnait à ces apparents misanthropes l'air d'être perpétuellement de mauvaise humeur (typologie modulable, du pète-sec au pince-sans-rire). Ne faut-il pas se montrer un peu psychorigide pour ne pas courber l'échine sous le vent des sondages ? Sur la fin de sa vie, une chute dans son jardin infligea à l'inspecteur général une sévère entorse cervicale. Gravant dans son corps une qualité morale, cet accident lui valut minerve et nuque raide. Le refus du compromis se traduisit, chez le vieux réfractaire, par un port de tête empesé et involontairement hautain. « Rendre la lumière, disait Valéry, suppose d'ombre une morne moitié. »

*

Sans y toucher, mon premier éducateur m'a délesté de ma bonne éducation — laquelle incluait le droit, sinon l'obligation, de voler à tire-larigot des 45 tours chez les disquaires de Saint-Michel, des chandails en cachemire dans les Marks & Spencer de Londres et de bousculer effrontément les petites Anglaises sur le sable entre les pilotis des casinos de Brighton, l'été (tous rites de passage auxquels j'avais satisfait de mon mieux). Il avait du pain sur la planche, notre fils d'un employé du gaz, avec une quarantaine de garnements bien élevés. Blazer, pantalon de flanelle, eau de Cologne — nous étions, à un ou deux fils de concierge près, des petits messieurs. Qui avaient fait première communion et confirmation. Qui avaient pleuré à la chute de Diên Biên Phu, devant l'héroïque reddition de nos soldats mal-aimés (oui, j'ai sangloté devant les caractères gras du *France-Soir*, au kiosque du Trocadéro). Qui étaient fiers, cette année-là, de nos parachutistes lâchés sur Port-Saïd, des défilés Dior et des rois nègres saluant le drapeau tricolore. Peu à peu, apprenant à réfléchir, et sans changer d'adresse, je perdis les bonnes manières. « Prenez le contre-pied de l'usage et vous ferez presque toujours bien », dit Rousseau dans l'*Émile*. Il n'a pas tort : les usages consistent d'ordinaire à préférer la décence aux principes. Cela rend l'iniquité tolérable pourvu qu'elle ne fasse pas scandale et sache rester à sa place — Annam ou Madagascar, lointains gourbis, indécises banlieues, prisons et bagnes hors de vue. Moule docile et flasque, les rudiments d'un retour critique sur nos us et coutumes m'ont décollé de mon rocher, et c'est entre ces quatre murs, non dans le vaste monde, devant ce pupitre entaillé au canif que s'est défait mon savoir-vivre. Si « expliquer » veut dire : dérouler le rouleau, *instruire* consiste, en définitive, à déséduquer. À dérouler les bandelettes que la famille, sa politique ou son apolitisme, sa religion ou son athéisme ont enroulées autour du rejeton. L'école est à compter au nombre des réalités qui permettent de ne pas tenir pour irrémédiables poisse biologique, cage de départ et mouise « socioculturelle » (comme on ne disait pas encore).

À quoi bon rompre avec « les préjugés de son enfance », me demanderez-vous, si c'était pour épouser de suite ceux de « la jeunesse du monde » ? Goulag pour sales guerres, ils faisaient couler le sang, eux aussi (chaque système social répartissant à sa façon, sous sa ligne de flottaison, ses cachots et ses cales). Drôle d'enseignement qui permet pareille rechute. C'est qu'il nous faisait prendre du recul sur notre environnement sans en faire miroiter de meilleurs. Sa critique de l'iniquité ne s'accompagnait pas d'une promesse de justice. À chacun de se débrouiller. Solitude du jugement personnel. Et quid de ceux qui voulaient être et faire *ensemble*? Notre prof n'évoquait presque jamais l'actualité, tenant, comme beaucoup de ses pairs, le journalisme pour l'écume des choses (les journaux étaient d'ailleurs interdits au lycée). Entre la voûte étoilée du kantien et nos flaques de sang, nulle passerelle. Il appliquait à la lettre les directives de Condorcet qui, dans son « Décret sur l'organisation générale de l'instruction publique », condamnait le recours à l'émotion et à l'imaginaire pour abus de pouvoir. Or le lyrisme, comme le forum, a horreur du vide. Face aux monarchies plus colorées, sans parler des fantasmagories d'hier, noire et rouge, la République a pour handicaps la grisaille de ses rites, la fadeur de ses symboles, la pauvreté de ses incarnations. Enthousiaste froid, notre déracineur s'adressait en nous au sujet raisonneur, non à la bête dynamique et croyante. Il pratiquait si peu le détournement d'autorité de la fonction sur la personne qu'il ne nous révélait rien de lui-même, et je n'appris son prénom qu'à la fin de l'année. Il délivrait un savoir en s'effaçant derrière, tant la pastorale républicaine se veut respectueuse, dépourvue de flatteries. C'est beaucoup plus tard, quand j'eus renoué avec lui au cours des années quatre-vingt (après les égarements racontés par ailleurs), que je pus constater que ce pudique, galant avec les dames, n'ignorait pas plus les sentiments que les bonnes manières. Il faisait de l'art lyrique un usage privatif, cultivait la rime, mais à côté de la raison, rime et raison mélangés n'engendrant, pensait-il, que des monstres. Ayant même du goût pour les tubes de couleurs et la soie des pinceaux, il dressait son chevalet en rase campagne et peignait à l'huile des paysages à la Cézanne, en fredonnant *Carmen* ou *Mireille* — le bel canto lui semblant plus plébéien que le grand opéra. Le sentiment n'effrayait pas cet intellectualiste d'abord frigide, surtout s'il pouvait, franc et massif, faire pleurer Margot. Il nous avait enjoint d'apprendre par cœur *La Jeune Parque* de Valéry, tout en s'enchantant lui-même de la *Tristesse d'Olympio*, et le « Hugo hélas » de Gide l'indignait comme un petit doigt en l'air, inutilement chochotte (cloisonnement ô combien salutaire : romantique, oui, tant que vous voulez, mais seulement dans la vie et pour son propre compte). À l'opposé du maître camarade ou du chic animateur de colo, le pédagogue ne voulait parler qu'à l'esprit, laissant l'âme aux professionnels. Ce dédain délibéré l'amenait à faire silence sur lui-même, sans jouer à l'éminence ou à l'exception. Ce n'était pas la *distance au rôle* qu'affiche le dandy pour bien montrer qu'il est au-dessus de son personnage social — cette distance affectée qui produit tant de faux originaux, comme le professeur qui se déshabille en pleine classe pour montrer qu'un philosophe est au-dessus des conventions —, mais bel et bien la pudeur de la chaire. Le fonctionnaire adhérait si loyalement à la fonction, qu'il y disparaissait corps et biens. Peut-on offrir à un enfant la chance de penser comme un orphelin sans satisfaire sa demande de paternel? C'est le hic des enseignements sans affection ni concession. Aussi peu gourou que nounou, déclinant l'image paternelle et toute forme de maternage, s'en remettant à la toute-puissance des idées vraies, il laissait la porte ouverte, en contrebas, à des hypnoses incontrôlées. Car il se trouve hélas que nous avons une âme, dessous l'esprit, ou à côté, c'est-à-dire une déplorable aptitude, vissée au plexus, à frissonner au drapeau, aux flambeaux dans la nuit, au Mondial de foot, au *Veni Creator*, à l'hymne repris en houle sur les gradins ou l'esplanade. Le recul qu'il permettait de prendre par rapport à la Tribu et à l'Argent libérait en beaucoup d'entre nous une sorte d'élan auquel il n'offrait ni emploi ni destination. Ce manque-à-espérer explique, je crois, que son éducation aux distances n'ait pu prévenir, en ce qui me concerne, l'emportement des oriflammes claquant au vent ni la chair de poule des chorus militants (à une époque où les chorales d'église n'avaient pas encore disqualifié les barytons de l'Armée rouge).

Il nous avait pourtant avertis, avant les grandes vacances. La société? Un champ clos peu recommandable, où il n'y a que le fanatisme pour le disputer aux intérêts. L'esprit n'a pas de comptes à rendre à si peu. La politique? La caverne des ombres folles... À laisser aux gens de moindre valeur. Déposez votre bulletin dans l'urne, quand vous aurez l'âge (vingt et un ans à l'époque), préférez toujours la conscience à la consigne et obéissez aux lois. Sans plus. Le premier trimestre avait été consacré à « L'homme et le monde »; le deuxième aux « Moyens et limites du savoir ». « La vie et l'action » étaient rejetées au troisième, déjà bien écorné. Il expédia ces affaires d'intendance en vitesse, au début de l'été, programme oblige. « Le pouvoir politique — je l'entends encore marteler ces mots (de ceux qu'on écoute sans entendre quand on croit que l'âge de raison suffit à rendre raisonnable) — doit toujours être jugé de l'extérieur et de plus haut que lui. » Méfiant envers toute politique de la Raison, il flairait du côté de Hegel et de Marx des relents d'absolutisme clérical. Faisant de l'indépendance à l'égard des princes et des intérêts la condition de toute pensée libre, il plaidait très fermement pour la séparation catégorique du spirituel et du temporel. La logique n'est pas l'Être, Hegel a tort; il ne faut pas viser à leur égalité, car de la dictature de la science on passera vite à celle des fondés de pouvoir de ladite science. J'ouvre mon cahier de cours un peu plus loin : « L'Idée n'est pas la substance des choses ni de l'histoire, mais, distincte et séparée, elle est ce qui nous fait comprendre le monde et juger l'Histoire. »

Aujourd'hui que je n'ai plus besoin de cette vérité un peu amère, je l'entends bien : le Verbe ne sera jamais Chair, et c'est tant mieux, sur le fond. Ne mêlons plus la Cité de Dieu avec la nôtre, celle-ci est déjà sanguinaire par elle-même. Pour un catholique, athée ou non, le constat que le Verbe ne peut et ne doit jamais s'incarner tourne le dos au sublime. Comme un renoncement calviniste à la chair vivante des dieux, des papes et des saintes communions. On entendait gronder derrière les murs. On rêvait de foules, de leaders rédempteurs et d'élans unanimes, de volontés et d'États du peuple entier. Cette posture de renoncement, d'apparence pauvrette et déprimante, qu'on brocarde en l'identifiant un peu vite au « citoyen contre les pouvoirs » des bedaines radicales d'avant-guerre, il n'est pas impossible qu'elle nous donne la morale de l'histoire. Et que ce refus du grandiose soit, à tout prendre, la grandeur simple et bienfaisante. Tout le mal des tyrannies politiques et cléricales ne vient-il pas de l'abusive incarnation d'un symbole par un humain de chair et d'os? Oui, la vraie vie est ailleurs, et Rimbaud nous l'assure par un autre tour de poésie. Il n'y a rien de consistant dans le temporel, sinon par ce qui lui vient de cet ailleurs, et qui ailleurs doit rester. Aimons les symboles, ne les confondons pas avec des représentants de rencontre. Construisons du sens à côté des faits au lieu de nous acharner, par mille contorsions, à faire passer du sens à travers eux, comme un chameau dans un trou d'aiguille. Et distinguons bien l'âme du corps. Gardons l'école loin des églises et des comptoirs. Séparons les ordres, celui du gouvernement et celui de la corbeille, par exemple (que le banquier fasse son boulot, puisqu'il en faut, mais sans effusions ni diktats). Muglioni ne se trompait guère en voyant dans le vieil Auguste Comte « le plus opportun des contemporains » — dont les pronostics réveillent de plein fouet, comme ceux de Malraux mais avec plus d'assises en sous-sol, le sommeil scientiste. On tient pourtant ce visionnaire au style trop lourd pour un emphatique un peu dingue, et « positiviste » est devenu une injure passe-partout (en particulier chez qui n'en a jamais lu une ligne). Aussi, en 1990, quand l'ancien doyen de l'inspection réunit en un volume les réflexions que lui inspirait le fondateur d'une religion athée, aucun des éditeurs n'en voulut — « Comte, ça ne se vend plus, vous savez. » Le pire est que le refusé expliquait dans son ouvrage le pourquoi du refus. « On sait que l'usage déréglé de l'intelligence, écrivait-il en introduction, a laissé un pouvoir sans partage à ceux qu'on appelle précisément les intellectuels, littérateurs, journalistes et politiques. Un tel pouvoir ne peut être confondu avec ce que Comte nomme pouvoir spirituel, parce qu'il est en réalité un pouvoir parfaitement temporel : la force d'entraînement du journalisme, l'influence des coteries parisiennes sur les comités de rédaction et sur l'édition ont pour effet de régenter les pensées et de les précipiter dans la dérive sans fin des modes successives. Ce que nous appelons aujourd'hui paradoxalement le pouvoir " médiatique ", qui agit directement sur les sentiments et les volontés, excluant ainsi toute communication et toute convergence réelles des intelligences, est donc le substitut et la caricature du pouvoir spirituel; il est le contraire et même l'ennemi acharné de l'enseignement qui obtient l'assentiment par les seules lumières. Car il ne faut pas se tromper sur l'autorité vraie qui est entière renonciation au pouvoir. L'autorité est le pouvoir pur de l'esprit qui renonce à la moindre parcelle de puissance temporelle. Elle est donc à l'opposé de tout autoritarisme, même caché. C'est en vérité le prestige d'un spécialiste, d'un technicien, d'un orateur, des lieux consacrés par la mode intellectuelle, qui entretient l'esprit de soumission et ainsi témoigne cruellement de la vacance du pouvoir spirituel. »

Cette cruelle vacance, il l'aura en partie comblée, pour une poignée de fidèles, par la bande, car au contraire de Comte, il n'a pas fait doctrine ni catéchisme, ni même une rangée d'infolio sur l'étagère. Comme les porteurs de Révélation, les éveilleurs laïques en tiennent pour l'oral. Mais, à la différence des premiers, ils fuient trop la promesse et le racolage pour recruter large. Ils se refusent à faire drapeau : aire de propagation limitée. Ils ont accepté de mourir avec leur parole vive. Les enseignants, de surcroît, ont rarement le temps d'écrire de gros volumes; ils glissent leur avis en bas de page, dans des revues trop savantes ou corporatives — mélanges, articles, hommages, notules ou notices nécrologiques. Ces *marginalia* ne favorisent guère l'inscription aux annales. Handicap de fonction, aggravé ici par un caractère, rare entêtement dans l'intempestif; ce faux sec n'était certes pas dans le bain (ce qui est encore le meilleur moyen d'être du suivant). Je me demande si le titre qu'il donnait à son Auguste Comte : *Un philosophe pour notre temps* ne devrait pas lui revenir également. Demander aux maîtres de maîtriser leur matière d'enseignement plus que les manières d'enseigner — car « il n'est peut-être pas indispensable d'être ignare pour être moderne » —, ou de se fier au contenu plus qu'aux relations, ce projet déplacé ne reviendra-t-il pas en grâce quand nous aurons vu où conduit une société de surinformés sous-instruits? Construire le complexe à partir du simple, selon une succession réglée, cette démarche peut paraître rétrograde. Peut-on la juger nocive dans un monde où la superstition technologique affiche la photo satellite mais non la carte de géographie, les cailloux de Mars sur Internet mais non les lois de la mécanique céleste, l'art conceptuel, non le dessin, le dernier cri, non le rudiment? Faut-il tenir pour périmée l'idée que l'humanité est une mémoire commune plus qu'une mosaïque de cultures, qu'une nation est un projet historique plus qu'une addition d'intérêts économiques? Et qu'il ne peut y avoir maîtrise du futur sans connaissance des généalogies? L'idée de République, issue de la Révolution française, n'a rien d'incorruptible. Cela se vérifie tous les jours. Serait-ce délirer que d'imaginer à l'avenir son retour? L'histoire se joue des modernismes, elle fait du neuf avec du vieux, et s'élance vers l'inconnu à coups de renouveau.

Dans ce qui fut, je crois, sa dernière intervention, à Sophia-Antipolis, en décembre 1995, sur « L'enseignement philosophique et l'avenir de la philosophie », Jacques Muglioni se demandait quelle place il resterait à la réflexion quand la politique, perdant son autonomie et sa finalité propre, se confondrait avec l'économie, ou plutôt cette sous-partie de l'économie qu'Aristote appelait la « chrématistique », l'art d'acquérir des richesses. « L'avenir de la philosophie, dit-il ce jour-là, dépend notamment de l'indépendance du politique à l'égard du monde du profit. » Si c'est le cas, on peut le juger sérieusement compromis. Qui ne voit que le déclin vertigineux de l'exigence scolaire n'aura fait qu'un avec l'ascension non moins vertigineuse de « nos horreurs économiques », comme les nommait Rimbaud ?

*

J'aurai fait un disciple éhonté. Si oublieux de ses leçons, si peu consciencieux que je devais dix ans plus tard, professeur au lycée Poincaré de Nancy, abandonner mes élèves en cours d'année — sans prendre garde qu'il y avait là plus qu'une faute administrative, une déloyauté envers eux. Les choses ne se sont pas améliorées depuis. Mon maître instruisait sans publier ; je publie sans instruire. Il fuyait les images, ces ombres qui détournent du vrai ; j'ai enquêté sur leur fabrique, et sur l'histoire de l'œil en l'Occident. Il redoutait la séduction des machines et des innovations, qui nous décourage d'exercer nos facultés; le médiologue veut sortir de l'ombre l'inconscient machinique, et tient la technique, non moins que le langage, pour le propre de l'homme. Il désincarnait l'Idée; rien ne m'interroge plus que le dogme chrétien de l'Incarnation. Il méprisait les puissances d'opinion, j'ai essayé de m'y infiltrer; il ignorait ses circonstances, j'y ai plongé. Ce récit même atteste mon infidélité. Repoussant la superstition contemporaine du *vécu* qui sacrifie les raisons d'une œuvre aux contingences d'une biographie, il eût assurément désapprouvé un projet aussi frivole que celui-ci – raconter comment flâneries et rencontres peuvent nous changer les idées, quand seule l'action de nos pensées sur la conduite de notre vie mériterait, pour un rationaliste de son espèce, d'être analysée. Et le pudique n'eût pas aimé qu'on se servît de sa personne à des fins édifiantes. Pourtant, si j'ai dérogé au contenu de son enseignement, je continue à respecter son intention, et ses règles. L'inoculation cartésienne a ses contre-indications mais le vaccin m'a immunisé, sinon hélas contre l'érudition superficielle ou l'argumentation hâtive, du moins contre ce dandysme un peu vantard qui est la pente naturelle des littéraires qu'aucun dogme, qu'aucune foi ne vient distraire d'eux-mêmes. Cette affectation chic menace les petits cousins de D'Annunzio qui aiment à citer Nietzsche pour cueillir le grand ton au vol. Immunisé aussi, dans le domaine collectif, contre l'ineffable, le tellurique et les noirs vertiges du sol et du sang — une vérité qui ne peut se dire en clair n'en étant pas — et, par là même, contre toute tentation fascisante ou vitaliste. Le Collège de sociologie, Abellio, la Kabbale, Mircea Eliade, le jeune Cioran, la gnose de Princeton — des époustouflances haut de gamme, cette prophylaxie sur papier quadrillé m'a préservé, et je n'y ai pas grand mérite.

★

Il y a un revers. Comment stimuler le cerveau gauche sans anesthésier le droit? Le virus critique dévitalise l'« orient de l'âme ». Il coupe les lignes de fuite. Le *Discours de la méthode* rend peu disponible pour Artaud, Breton, et tous les sortilèges du préfixe *sur*. Pour les désordres somptueux, comme pour les giclées laconiques de Pollock, les délires mythomanes de Henry Miller — l'énergie faite trace, à l'américaine. Pour les arythmies du free-jazz, les pulsations d'Ornette Coleman ou la houle de Phil Glass. J'ai longtemps tout ignoré de la culture beatnik qui cognait à nos vitres. Nos cours intérieurs étaient à des années-lumière de San Francisco, où Ferlinghetti subissait alors un procès pour obscénité. Si j'avais croisé Allen Ginsberg et William Burroughs qui séjournèrent à Paris, rue Gît-le-Cœur, à deux pas de chez Henri Michaux, je ne les aurais pas remarqués. En faisant hypo-khâgne à Louis-le-Grand (sur les conseils de

Muglioni, sans qui je ne me serais jamais retrouvé rue d'Ulm), on n'avait aucune chance d'entendre battre le pouls de la *beat generation*, ni de s'essayer au *cut-up* ni de se démolir à l'héroïne. On ne fera pas sauter les plombs de la culture occidentale. On ne voyagera pas avec les *soft machine* aux frontières du chaos. On restera vieux jeu, pas émeutier pour un sou. On ne pensera pas à corps perdu. Frilosité qui m'inspire, par instants, une certaine consternation. Surtout quand l'Occident de l'âme appelé « intellect » donne envie d'émigrer. À l'extrême Occident ou en Extrême-Orient.

En sus du mauvais caractère et d'une certaine idée de la République, cet homme m'a refilé le vice admiratif ; sans son exemple, je crois bien, l'amour du démontage aurait tourné au débinage. Étais-je doué pour faire brûler la cassolette ? Il ne décriait les faux-semblants que par parenthèses, insérées entre deux exercices d'admiration. Je dois à ce mauvais pli de n'avoir pas trop donné dans le ricanement, qui passe pour un signe d'originalité et où je continue de lire une marque de soumission. J'en vois tellement qui se vexent des êtres meilleurs que nous, des œuvres qui nous dépassent. Sous prétexte que « nous n'avons plus besoin de héros », et que guides et mages nous ont fait trop de mal, c'est à qui raillera le mieux celui qui sort du rang. Je vénère sans barguigner : de Gaulle, Orson Welles, Picasso. Et combien de fois ai-je eu envie, face à de moindres seigneurs pas encore béatifiés, de lâcher cette insolence : « Monsieur, madame, tant pis pour nous, vous m'exaltez, laissez-moi expliquer pourquoi. » L'aptitude à trouver un appoint d'énergie chez les têtes de file, je l'ai vue se noyer dans son contraire, l'idolâtrie panurgique du show-biz qui déteint lentement sur nos façons de sentir. On s'asperge en toute indifférence de superlatifs brouillons et expéditifs. Nous agissons entre nous comme les vedettes entre elles, dans ces émissions « promotionnelles » de radio-télé où les acteurs du film se congratulent à n'en plus finir en s'appelant « mon chéri ». C'est le nihilisme du samedi soir, version colorisée : quand rien ne vaut rien, n'importe quoi devient « superbe », « inouï », « génial », « magnifique », « bouleversant », « forcément sublime ». Je m'interroge : et si le haussement d'épaules, jadis acte de courage et vertu d'opposition sous les régimes absolutistes, s'était renversé, dans nos sociétés officiellement mécréantes, en conformisme paresseux, tel un trait « de gauche » passé « à droite », fronde inversée en suivisme. Pour faire front, quand cynisme et scepticisme deviennent un peu partout vérités d'évangile, j'incline à croire qu'il faut se refuser à la dérision généralisée et opposer au soupçon omniprésent la naïveté nue d'une louange. Elle n'est jamais facile. L'admiration est un vice embarrassant, propice aux timides et aux lents ; elle tourne autour de sa cible pour l'apprivoiser ; et si elle entend s'élucider, elle se détournera des épithètes, caresses sans âme, mufleries courtoises, pour aller vers les verbes, qui demandent, eux, du temps et du soin. Le courage et la patience de l'éloge sont ainsi chaque jour à réapprendre. Tout nous pousse au Festival de Cannes, à ses hyperboles et à ses désinvoltures. De même que l'omniprésence du *visuel* sert d'alibi à la standardisation des images, et les colloques sur l'*urbanisme* au zonage des cités, la marotte de l'*adorable* règle son compte à l'admirable, déguisant sa défaite en triomphe. C'est de cette année-là (et non du titre de Saint-John Perse) que m'est venue l'envie d'intituler *Éloges* mes recueils de critiques d'art et de littérature. *Célébrer* : pas une obligation, une jouissance. Mais un gros mot, à présent. Synonyme : hagiographie. Mon « péan pour l'école publique » suscitera les quolibets, « énième exercice d'héroïsation du maître à l'ancienne » où ceux à qui on ne la fait pas ne verront que fausse naïveté et intérêt bien compris. Ils n'ont peut-être pas tout à fait tort, les suspicieux de l'éloge posthume. Puisqu'il n'y a pas de maître qui n'ait été disciple, ce serait de sa propre personne que l'ancien élève fait l'éloge à travers celui de son mentor. Les favoris de l'institution académique se consacrent eux-mêmes en lui tressant des couronnes. J'aimerais bien, à vrai dire, pouvoir m'admirer en Muglioni. J'en suis loin, hélas, tant nos chemins ont divergé. Et je ne fais pas partie de l'institution. Voilà qui protège des reconnaissances du ventre et des affinités de calcul. Mes maîtres de jeunesse et de maturité ont tous eu pour avantage moral, et inconvénient pratique, de n'avoir pas été mes patrons : n'ayant pas fait carrière dans leur sillage, ma « position sociale » n'a pas dépendu de la leur. Ils ne m'ont jamais nommé à rien (comme je les comprends !).

Le premier d'entre eux ne voyait rien de déshonorant dans la chose — et la tournure — *scolaire*, tout en s'inscrivant en faux contre la manière *scolastique* (c'est ainsi que Kant, dans l'*architectonique de la Raison pure*, nomme la recherche d'une perfection logique de la connaissance, sans autre but que l'unité interne d'un savoir). Il lui préférait, en enlevant au mot toute fumée prétentieuse, la manière *cosmique*, qui cherche le rapport de toute connaissance aux fins essentielles de la raison humaine — et fait du philosophe non pas un vade-la-gueule mais un éliminateur de toxines. La *spécialisation dispersive*, favorable aux « esprits peu éminents », pour parler comme Auguste Comte, ne sévissait pas encore au même degré qu'aujourd'hui. Aussi éloigné des « scientificités de pure apparence » que du recensement d'opinions habillé en « histoire des idées », il faisait de la culture générale le pendant de la synthèse républicaine dans la Cité. Ce détour par l'élémentaire, qui est un retour au fondamental, n'a rien à voir avec nos aisances d'héritier. *Primaire* : il y a du mérite à le devenir, et de l'honneur à vouloir le rester.

Insensible aux prestiges de l'hermétisme, Muglioni proscrivait le jargon, et des termes aussi courants que *finitude, transcendance* ou *objectivation* se voyaient flanqués, dans nos copies, de points d'exclamation réprobateurs. Sans m'enlever le goût des néologismes, cette cure d'amaigrissement préventif, à l'âge où l'on était tout éberlué par « l'existentialiste » traduit de l'allemand, entraîne à une certaine réserve terminologique. J'aime inventer des mots (comme effet jogging ou vidéosphère), mais je me souviens qu'on ne crée pas un concept en inventant un vocable. L'expérience enseigne que plus maigres sont les énoncés, plus volumineuse se fait l'énonciation : une certaine théâtralité du dire n'augure rien de bon sur la valeur de ce qui sera dit. Ses lentes remontées aux principes communs « d'où le reste se déduit », son goût du sobre et de la litote coupaient avec le chichiteux en vogue. Nette et carrée, sans chatoiements ni pénombre, la prose républicaine renonce à la prime accordée aux grâces littéraires. Persuasion n'est pas démonstration. Il sort de là une certaine capacité de blasphème. Les grands séducteurs, en philosophie, me mettent sur mes gardes. Ce n'est pas parce que Foucault a un phrasé de virtuose que Foucault a raison sur le fond : on peut saluer le styliste et se dérober fermement au penseur (Bergson exigeait en son temps ce genre de précautions).

Autre règle de méthode : le rebrousse-poil. Je me suis efforcé de la suivre, non sans en pâtir, en esprit s'entend. On voyage mieux en ne sautant pas dans le dernier train ? Voilà qui incite à la marche à pied, excellente pour la cervelle, mais à l'heure des jets et des *news*, ce conseil d'hygiène morale fait rater le coche plus qu'à son tour. À trop les ériger en valeurs suprêmes, le pédestre et

l'accessible (synonymes de « scolaire ») insensibi-
lisent à l' « événement culturel », à tout ce qui est
« en flèche » ou « au top » — aux succès, lâchons le
mot. Un ancien élève de Muglioni sera toujours
moins exposé qu'un autre aux best-sellers. Précaution réflexe qui peut jouer de vilains tours. Il arrive
que des livres vendus à plus de trente mille exemplaires ne soient pas insignifiants, et qu'une œuvre
qui fera date ait aussi fait du bruit. On m'affirme
que cela s'est vu. Le refus du tintamarre n'assure
donc pas de mettre dans le mille, surtout si l'on
double le rejet de la « foire sur la place » par celui
des « petites chapelles ». Échapperont d'une main
les Boulez, Bonnefoy, Merce Cunningham, Beuys
et autres ésotérismes de pointe, parce que néo-
phytes et néomanes en raffolent ; et, de l'autre, les
romans de Gary, les pamphlets de Revel, les essais
de Guillebaud ou les sagas de Max Gallo, parce
qu'un auteur assez prisé du vulgum pour se retrouver sur les consoles d'aéroports n'est pas digne de
considération. Ce serait céder à un autre tour de
snobisme que de voir dans toute popularité un
signe d'imbécillité. Un stoïcien des marges doit
s'y résigner : entre les paillettes du supermarché
peuvent se glisser des pépites, une fois sur dix.

Qu'un esprit libre ne se doive qu'au vrai, et que
le vrai ne soit jamais totalement du monde – cette
profession de foi, en revanche, ne m'a pas vacciné,
à l'époque, contre le souci du monde. Au
contraire : en tenant bruit et fureur à distance, ce
militant du dégagement leur donnait l'attrait du

fruit défendu. *Res, non verba.* Des actes, non des idées. Et j'ai dit comment le jusqu'ici et pas plus loin qu'il opposait aux indiscrètes pressions de l'événement laissait vacante l'aspiration de notre part affective au bonheur de *faire corps.* De chanter, de prier ou vibrer tous ensemble, à plusieurs centaines de mille. Sans doute, sur ce quant-à-soi précautionneux, qui n'exclut pas la générosité (laquelle commence, pour Descartes, par une juste estime de soi), mais se dérobe à la pétitionnite comme aux communions de masse, on peut fonder un art de vivre et de penser. Il me semble que mon dérouteur aurait pu résumer la chose ainsi : pour se rendre malheureux, il suffit d'ouvrir le journal du jour, mais pour être heureux, de s'offrir une visite au Louvre. Les ombres de la caverne m'en ont longtemps privé. Je ne reviendrai pas au musée en repenti, tout passé aboli. Pour irritant qu'en soit le pli, je ne puis tout à fait cesser de lorgner les devantures de kiosque, les titres en une. L'idée selon laquelle l'abstraction est bienfaisante, nécessaire et libératrice n'incite guère à scruter choses et gens. Elle n'aiguise pas l'observation, sans faciliter par ailleurs la mise sous tension activiste. Nocif, ce point de départ, pour la sensation exactement transcrite, qui fait la bonne littérature et, au pôle vie publique, pour les responsabilités. Cela peut introduire, en revanche, à une certaine sérénité intime. Celle-ci suppose seulement la ferme résolution de ne plus être à la colle avec les dernières nouvelles, ni d'ajuster son penser personnel aux crécelles de l'actualité. Mon ancien maître avait fui ce ballottement sans fin dans la *philosophia perennis*, ce cimetière où les morts sont des vivants endormis qu'il nous est loisible de réveiller à tout moment, en ouvrant un vieil in-folio. Contre le tournis des *vient de paraître* auquel pousse le tourniquet du « c'est mieux parce que c'est neuf », j'ai plutôt tendance, aujourd'hui, à tenir le local pour un meilleur antidote que l'intemporel. Passent les orages d'acier, restent les vrilles de la vigne. La géographie à minuscules pour guérir de l'Histoire et de l'ivresse des majuscules : c'est beaucoup plus tard que je devais découvrir cette pharmacopée, auprès d'un tout autre maître. Mais n'anticipons pas.

Mon déracineur s'est éteint en 1995, emporté par un cancer du pancréas. Sa mort fut aussi discrète que sa vie : enterrement en banlieue, ni couronnes ni discours ; pas de nécro dans la presse ; une modeste réunion des collègues au lycée Henri-IV, en sa mémoire. Croisant peu après un chroniqueur en vue des pages culture, je lui demandai s'il était possible de faire passer dans son quotidien un bref rappel de ce qu'avait pu représenter cet ensemenceur à rebrousse-temps, pour plusieurs générations d'élèves et de professeurs. Il tomba des nues. Gaspiller de l'espace pour « quelqu'un de pas connu » ? Dont le nom ne disait rien à personne ? « Si on devait s'occuper de tous les p'tits profs qui clamsent, me dit-il, on ne s'en sortirait plus. » Et moi qui m'en étais sorti grâce à lui, je restai coi. Un gourou, ah! — un maître d'école, bof! Ainsi va notre monde, cul par-dessus tête. Culture par-dessus éducation. L'effet avant la cause. Et qui se répète chaque matin que ce monde va mal se le rend encore pis.

Je fis la nuit suivante un rêve. Il faut bien compenser. Sous un préau de Janson-de-Sailly, je vis luire devant moi la dalle du « prof inconnu ». Au réveil, la scène me resta, et l'envie de lui donner forme. En voilà un beau projet. Citoyen et tout. Les anciens des lycées, nous irions rallumer de loin en loin la bougie, comme les anciens combattants la flamme du soldat inconnu, sous l'Arc de Triomphe. Nous l'appellerions, celui-là, l' « Arc de la Défaite ». Puisque nous sommes, gens d'école et d'écriture, les dindons de la farce. Les naufragés de l'encrier. Cela ferait un monument peu coûteux, par récupération. Une arche sainte aux piliers de cartons récupérés et de papiers décollés, désencrés, compressés, empilements de diplômes, thèses et manuels défraîchis soustraits *in extremis* au pilon (cadeau des éditeurs). Recyclage des déchets écologiquement correct, qui aurait aussi, par sa pauvre mine, l'avantage de décourager tout laisser-aller narcissique, comme n'en suscite que trop le rituel apitoiement sur l'âge des fausses promesses, quand on s'imaginait avoir une destinée. Cette plaque votive, je me la représente sans noms propres en lettres d'or, sans icônes émaillées ni médaillons. Non seulement parce que le prof inconnu n'a pas de visage, l'étant de tous et de n'importe qui, mais parce que je vois une différence certaine entre le *gourou* et le *maître*, lequel exclut à mon sens tout fétichisme ou culte des reliques. Un gourou est celui dont on aime exposer la photo bien encadrée, au milieu de la cheminée, ou sur une étagère convertie en autel domestique, une veilleuse allumée devant le dieu lare. Un maître préfère rester invisible : il chauffe par infrarouge. Les flashs et les fastes ne conviennent pas à ce genre d'éclaireur, qui a moins besoin, pour filtrer ses lumières en nous, de nos rétines que de nos remords.

2.

LA GRANDE CLASSE

L'ombre d'Althusser — L'horticulture à la française — Lucien et Louis : début et fin du cortège — Quand l'abeille est meilleure que le miel — Apologie pour la dissertation — Pourquoi nos amours vieillissent mieux que nos idées — Anachronismes — On a repeint la classe..

NORMAL, ALE, AUX [nɔʀmal, o] adj. et n.f. - 1753 ; *verbe normal* h. xvᵉ ; lat. *normalis*, de *norma* « équerre » 1 ◆ MATH. *Droite normale,* ou n.f. *la normale à une courbe, à une surface en un point;* droite perpendiculaire à la tangente. 2 ◆ (1793) *École normale* : établissement où l'on forme les instituteurs. *L'École normale supérieure,* ou ELLIPT *Normale* : établissement où l'on forme les professeurs de l'enseignement secondaire et supérieur et des chercheurs. *Être reçu à Normale Lettres, à Normal Sciences* (→ **normalien**). 3 ◆ Qui sert de règle, de modèle, de référence (→ **norme**). (1034) *État normal* : état d'un être vivant, d'un organe qui n'est affecté d'aucune modification pathologique. *N'être pas dans son état normal* : ne pas se sentir bien (cf. N'être pas dans son assiette). 5. ◆ COUR. (sens génér.) Qui est dépourvu de tout caractère exceptionnel ; qui est conforme au type le plus fréquent (→ **norme**) ; qui se produit selon l'habitude.

Falote et grenue, une lumière cuivrée filtrait, passé minuit. Un *tacatac* résonnait dans l'allée. La fenêtre était celle de l'appartement d'angle, au rez-de-chaussée, devant l'infirmerie, à droite de la loge en entrant. Il restait de garde, lui. Cette machine à abstraire rachetait nos défaillances, à nous les petites natures vulnérables au Technicolor. La classe ouvrière pouvait ronfler, le concept ouvrait l'œil. Je l'imagine encore, notre séquestré de la rue d'Ulm, dans son appartement de fonction au ciel, tapant en rafales sur son Olivetti, entre les volutes du cendrier, sous une ampoule de quarante watts, un ultime « ce qui ne peut plus durer dans le Parti communiste ». Ce cadre de fenêtre a pris pour moi valeur héraldique, au fil des ans, cartouche d'ambre où besogne le Penseur tel qu'en lui-même enfin : le dernier couché du campement. L'insomnie des autres, ce signe de noblesse intérieure, me fait si souvent éprouver ma roture. (Pour les gens du matin qui se couchent comme les poules et pioncent comme des souches, le guetteur des remparts tient même de la vexation. Une vraie scène primitive. Paris, la nuit, l'hiver. Je lève les yeux au détour d'une rue, et l'ombre d'un vigile haut perché dans sa gloire électrique me rappelle à mes devoirs : conjurer, page après page, les monstres de la nuit. Je presse le pas, mais je ne serai pas à la hauteur.)

En 1960, quand j'y suis rentré, l'appartement d'Althusser donnait à la rue d'Ulm son cœur d'ombre. Les anciens, *carrés* et *cubes*, en parlaient à leur aise, un peu trop ; les *conscrits* de ma promotion s'interrogeaient, dans l'attente du mot de passe. L'emplacement signalait un magistère en flanc-garde, à l'intérieur, mais sur le côté, un peu en marge. Les saints des saints se protègent ; celui-ci restait accessible, mais il fallait plusieurs mois pour en deviner le double fond. Sur l'arrière, vivait Louis, avec sa compagne Hélène ; sur le devant, philosophait Althusser, avec ses compagnons. Y avait-il un passage entre le public et le privé ? Une porte sur le côté du bureau s'entrouvrait sur des chuchotements et des frôlements obscurs. Notre tuteur sous tutelle avait beau se dédoubler, pour la galerie, ses dépressions et disparitions périodiques suggéraient au profane qu'il y avait des fissures, malgré le corridor de séparation entre Louis et Althusser. Chaque ventricule avait sa porte d'entrée, son timbre sonore. Pour aller chez le philosophe (suite à un petit mot dactylographié sur papier à en-tête glissé la veille dans notre casier), on empruntait le perron devant l'infirmerie et on pressait un bouton de sonnerie acide. Et puis, les années passant, le soir, quand, déjà dans son intime, on allait dîner à l'appartement, on se retrouvait côté Louis. Autre porte, sonnerie plus grelottante, couloir obscur. Son bureau m'impressionnait comme un atelier de fonderie où arrivait le matériau historique à l'état brut, en coupures de presse, pour en repartir sous forme de thèses, produits finis et opérationnels (parce que scientifiques). Ce fouillis de paperasses en attente promettait. Mieux tenues, les pièces de l'arrière, où entrait la femme de ménage interdite au bureau, sentaient l'étriqué. Rien n'y faisait, pas même les gouaches rouge et noir d'Atlan sur les murs et les compotiers de pêches sur les tables. Un tanagra furtif et tout ridé, aux yeux de Chinoise, veillait là : la douloureuse, la suspicieuse Hélène. À la recherche de mon maître perdu, je ne sais plus trop comment raccorder les profils du captif, gauche le raisonneur, droite le délirant. Ni que faire de cette porte battante et mitoyenne entre le bureau et les chambres, que je ne puis dans mon souvenir ni tout à fait ouvrir ni tout à fait fermer, parce que je ne me résigne pas à ce que cette folie-ci frappe d'inanité cette raison-là.

Les rendez-vous du matin, ceux du tutorat pour agrégatifs, se doublaient d'autres, plus impromptus, destinés à régler les litiges entre élèves et administration. Cigarillo pendouillant, œil brumeux et pas lourd, Althusser venait ouvrir, et ses poches violacées sous les yeux, sa tête penchée, sa voix lasse témoignaient du travail nocturne, comme un *jet-lag*. Je m'enfonçais dans un fauteuil bas et culotté, et il allait se rasseoir lourdement derrière sa table jonchée de tapuscrits éparpillés, de bouquins ouverts, en cours de lecture, avec des piles d'*Huma* et de *Rinascita* sur le bord, encore sous bande. Cela sentait le vieux cuir et l'Amsterdamer tiède. Il posait sur vous un regard de paysan sceptique, mi-farceur, mi-résigné, avec des lueurs drôles dans la prunelle. C'était, sous un front démesuré, une bienveillance d'éléphant narquois, étrangère à l'esprit de sérieux et plus encore d'embrigadement. Moins tyrannique, on ne pouvait. La tolérance du directeur des études, et de conscience pour les plus zélés, jouxtait l'abstention polie, quoiqu'il corrigeât nos exercices d'assez près. « Bon, ce que je te dis là, tu en fais ce que tu veux, à toi de voir. Si tu veux passer l'agreg, tu joues le jeu. Sinon... » Je m'en fichais un peu, lui aussi, mais, bon pédagogue de serre, il nous repassait les tours de main, consciencieusement, comme le maître menuisier à l'apprenti, chez les Compagnons du Devoir. Le goût du fini, le travail bien fait. La dissert en trois parties, avec les transitions. Marque de fabrique ou rideau de fumée ? Le génie du lieu, qui n'a que du talent.

*

Qu'est-ce que cet établissement, dans le fait, avec ses deux sections, scientifique et littéraire ?

Un internat doté d'une bibliothèque, alors voué à la seule préparation du concours d'agrégation, d'où l'on sortait professeur de lycée et, avec de la chance, d'Université. Rien de plus. On y entre sur concours, entre vingt et vingt-trois ans, et on y passe entre trois et cinq ans, assisté, pour chaque discipline, par un responsable des études – agrégé répétiteur, maître assistant ou maître de conférences – surnommé *caïman*. Fonction assumée, pour la philosophie, par Jean Cavaillès avant-guerre puis, de 1948 à 1980, par Louis Althusser, secondé et bientôt relayé, de 1964 à 1984, par Jacques Derrida (la diversité d'inspiration entre les deux amis n'empêchant pas la plus grande estime mutuelle, comme il sied aux âmes bien nées). Cette fabrique d'enseignants n'a pas de corps enseignant propre, ni de programme à part. Rien d'obligatoire — les élèves peuvent suivre conférences et séminaires donnés sur place par des invités. Voilà pour la fonction, plutôt légère. L'histoire ? L'inverse des chromos. Malgré la sur-représentation du versant lettres dans notre légendaire, l'École, fille aînée de Lakanal et de l'*Encyclopédie*, incarna au temps de sa fondation, en 1794, la montée en puissance des sciences exactes. Il s'agissait de former des instituteurs d'école primaire en les mettant à l'école des plus illustres savants du temps, à grand renfort de mathématiques, de physique et d'astronomie. Jaurès, Bergson et Sartre nous voilent Laplace et Monge, qui y ont enseigné, et Pasteur, qui l'administra. Ni les grammairiens ni les philosophes n'ont porté les hautes espérances de l'an III ainsi consignées : parfaire « l'art d'enseigner les connaissances humaines » pour en inonder « toutes les parties de la République », afin que « cette source de lumière si pure, si abondante, puisqu'elle partira des premiers hommes de la République, en tout genre, épanchée de réservoir en réservoir, se répande d'espace en espace dans toute la France, sans rien perdre de sa pureté dans son cours ». Le temple du savoir positif, créé par décret de la Convention nationale peu après la chute de Robespierre, se dédiait moins à Homère, Virgile ou Racine qu'à Newton, Berthollet et Lagrange : le calcul avait priorité sur la rhétorique – défi au bel esprit. On était là plus près de l'École centrale que du collège jésuite.

Origines, fonctionnement : la réalité pèse peu face aux fantômes qui accueillent l'impétrant, au carrousel des ombres qui dansent dans la tête de chaque reçu. En témoigne l'article défini propre aux majestés symboliques : l'École, avec majuscule. Celui qui n'aurait jamais entendu parler d'amour, demandait La Rochefoucauld, pourrait-il tomber amoureux ? Deviendrait-on normalien si on n'avait lu ou entendu cent anecdotes envieuses sur les glorieux aînés ? Cette légende, très amaigrie, mais encore bien en chair, sous Pompidou, n'était déjà qu'un effet d'écho. Ce sont les marginaux de l'institution qui ont fait le plus clair de son aura : ceux qui l'ont calomniée, comme Péguy ou Nizan, ignorée, comme Bergson ou Sartre, ou qu'elle a elle-même achevés, comme Althusser. Et la caste, après coup, totémise ses *out-cast. Pendant,* il n'est pas rare qu'on y ronge son frein, humilié ou brimé (comme Michel Foucault, par une homosexualité alors inavouable). *Après,* un baume de nostalgie vient adoucir ces plaies. L'être normalien se conjugue au passé et à la première personne du pluriel, avec ce *nous* oblique qui sert d'ampli aux cantiques des générations, vieux mensonges attendus. Cette maison, c'est le Combourg des pions. J'en fais partie, sensible que je suis à la réverbération sonore que fait un siècle de qu'en-dira-t-on. Comme ces maisons de campagne où, enfant, on bayait aux mésanges en rêvassant à d'irrémédiables bris de clôture – « familles, je vous hais » – et auxquelles les années confèrent un goût de revenez-y qu'on eût été, quand on y traînait ses espadrilles, bien en peine de leur trouver, cette villégiature assez je-m'en-foutiste mais où les canulars n'ont jamais empêché les suicides, prend à distance le nimbe avantageux d'une abbaye de Thélème. Interné, on ne savait plus comment outrager cette douairière. Émancipé, l'on se prend à chevroter non seulement qu'on *y* fut – passe encore – mais, plus triste, qu'on *en* est. Le petit lien de fierté qui relie l'« archicube » à ce modeste bâtiment – la laisse, eût dit le Nizan des *Chiens de garde* – se resserre avec l'âge comme un nœud coulant. Un jour, un « nous les normaliens » lâche et complice monte aux lèvres d'un oublieux. C'est qu'un important à cheveux blancs, cravate et rosette, a fondu sur lui au milieu d'un cocktail avec un « mon vieux » et des bourrades canailles. Bien que sa lourde silhouette lui évoque vaguement un lymphatique bizut qu'il prenait bien soin de semer jadis, entre aquarium et pot, il a joué le jeu, embrayant dare-dare sur de faux souvenirs. Trop de menus compromis conduisent sur le tard à ces tendresses de gâteux : la chouette du khâgneux, l'insigne surnommé « vara » (du latin *varus*, cagneux) qu'il portait jadis au revers de sa blouse d'interne, prend son vol, elle aussi, à la tombée du jour. Et me voilà sur la pente fatale, banale infiniment, à m'interroger sur ce *nous* anxiogène.

La solidarité de l'entonnoir. Un refrain usé. « J'avais vingt ans... » La toise ordinaire. RAS. « Je ne laisserai personne dire... » Je suis un normalien normal, un de plus. Un normalien 1960 type. Pas ingrat, sous contrat. Pas iconoclaste, reconnaissant et reconnaissable. Nous nous tenons par la bar-bichette. Chaque année, dix anciens lâchent leur bordée de souvenirs émus, piquants, tendres, impertinents et sans intérêt. Étoffe commune. Espèce indéfiniment reproductible. À mon tour, donc. Sens du devoir. Contribution au florilège.

Des spécimens, j'en ai connu : certains, d'occa-sion, qui passaient là par hasard ; et d'autres, de souche, qui manquèrent d'en être, pour une mau-vaise nuit avant l'épreuve ou un solécisme de trop en thème latin. Car les puissances et latences de la « normalitude » sont à chercher du côté des khâgnes, les anciennes « rhétorique supérieure » où des écoliers prolongés (à l'instar des *taupins* pour Polytechnique et des *cornichons* pour Saint-Cyr) tirent la langue deux, trois, quatre ans de suite pour *intégrer* — critère suprême, unique pensée (je m'étais personnellement promis de me suicider si je n'intégrais pas à mon deuxième concours). Pour attester l'absurde de ces lignes de partage — qui ne deviennent traits de feu qu'après coup, dans les arguments de carrière ou nos propres fantasmes —, il n'est que de voir combien peu distinguent ces distinctions, vingt ans après. Personne ne soutiendra sans rire que les historiens Le Goff, Le Roy Ladurie ou Julliard, qui ont intégré, sont d'une autre veine ou envergure que leurs camarades Furet ou Vidal-Naquet, au même moment recalés. Ou qu'il y a une différence de nature entre le *culal*, le reçu dernier d'une promotion, comme Jean-François Revel, et un *premier collé* (qui est un titre en soi) comme Jacques Rivière ou Pierre Nora. C'est une banalité : les défroqués d'un monastère où l'on croit plus au Panthéon qu'au paradis, baptisés *archicubes*, présentent à peu près le même pourcentage de minus et de fortiches, d'Adrien Deume et de Solal, que « les » pantouflards de Saint-Cyr ou de Polytechnique. Étrange « parti intellectuel », comme le vomissait Péguy, qui peut admettre côte à côte, d'une promotion à l'autre, un cardinal et un franc-maçon, un résistant et un collabo, un « établi » et un « exploiteur », gauche extrême et droite dure. Seule la prétention essentialiste, biologique ou féodale, au choix, peut les mettre en accolade. Giraudoux : « Le normalien est le familier des grands auteurs. Il peut très bien demeurer petit et médiocre, mais il est de leur *race*. » Pompidou en tenait pour la chevalerie (dans la préface, fort spirituelle au demeurant, du *Rue d'Ulm* d'Alain Peyreffitte), lorsqu'il évoquait la « céleste cohorte » de sa jeunesse : « On est normalien comme on est prince du sang... Cette qualité est consubstantielle. On ne devient pas, on naît normalien, comme on naissait chevalier. Le concours n'est que l'adoubement. » Qui se moque du sang bleu et redoute autant le racisme de l'intelligence que les autres peut-il ajouter foi à ces fariboles ? Amant de la terre, il m'arrive de craindre que mon refus de camper en fils du ciel ou du Moyen Âge ne relève encore d'un faux-fuyant. « Tous les normaliens se ressemblent, comme les nègres » : ce mot sinistre flanque la trouille. Serions-nous donc tatoués, coincés à vie dans cette tribu conforme et raplapla, sans possibilité de démission ? On ne brise pas le moule d'une pichenette, merci beaucoup, et aujourd'hui encore, je ne puis entendre *pécufier* un compère sans rire sous cape de nos trop faciles ficelles, rimes et rustines du bien-dire. Les vieux augures, diserts comme des anciens de régiment, se reconnaissent entre eux à cette langue de vent qui permet d'« avoir l'air de dire quelque chose tout en ne disant rien ». Faisant de l'effet sur les gentils, permettant de rafler les places à bon compte et de se faire admirer des moins savants, ce dialecte est rentable. Et assez misérable. C'est le mien, et je l'abhorre.

Entrechats, cabrioles, inversions, assonances, contrepèteries... Un fauteuil de velours tend les bras au rhéteur, où se caler à vie, avec ou sans bicorne. Un emploi assuré, casting héréditaire : le « brillant intellectuel ». Marché stable mais purement intérieur, car nos minauderies intraduisibles ne sont pas des articles d'exportation : le pastiche tenant lieu de style, la formule, d'observation, l'analogie, de déduction, et l'aisance verbale, d'aptitude à dire son mot sur tout et n'importe quoi. Ce charmeur sans-gêne, aux séductions précaires, croisement, pour le haut de gamme, de Jean Giraudoux et de Jean d'Ormesson, peu s'en faut qu'il déchoie chez d'autres, moins doués, en « marché de volume », le tutti frutti des desserts rotaryens. Ainsi oscille notre idéal-type, fléau de pendule, entre diamant et Burma, la papillonne et les papillotes. Non que nous ayons le monopole de ces fleurs en plastique. L'art de ne pas se prendre trop au sérieux protège les nôtres du pompier ou de certaines boursouflures sous-préfectorales. Le sabir du quartier est moins déclamatoire, plus aigrelet, avaricieux aussi, bienséant, sauvé du kitsch par le sourire en coin. Habiller de grâces la peur du ridicule : le ton jamais dupe.

Est-ce une tare, d'avoir trempé là ? Pas vraiment. Pas plus que d'être français, mais pas moins, si l'on y tient. Curieux et coquet, prévisible mais attachant, bricoleur et délié — ce profil relève, en longue durée, d'un inconscient paysager.

Outrance, puissance, fulgurance n'appartiennent pas à notre air de famille, qui peut être fantasque mais reste raisonnable. Il confond les credo. La facture domestique transpose la Touraine à Paris ; elle doit moins à la chevalerie qu'à l'horticulture. Le jardin des lettres françaises qui se bêche dans notre potager est un jardin-grammaire qui rattache aux racines grecques et latines l'ardoise et l'œillet, le clos et l'aubépine. Il a l'étriqué du terroir. Le petit-village-au-clocher-carillonnant-blotti-au-bas-de-la-colline, voilà bien, direz-vous, un calendrier des postes, un visuel pour cantonales. Cette France jardinière existe. Elle a produit la culture cultivée, la nôtre. Nous portons ce classicisme au carré, nous élevons l'arpent à la puissance supérieure. La pensée a ses corsaires ; nous lui fournissons ses hauts fonctionnaires. Ce qu'est un parc à une lande, une trouvaille à une percée, une fraise sous cellophane à une fraise des bois, Hippolyte Taine l'est à Karl Marx, René Clair à Orson Welles, Pompidou à de Gaulle, Jules Romains à García Márquez. Entre ces incommensurables, il y a toute la distance qui sépare le bassin Île-de-France des *wide open spaces* ou le plateau beauceron des démesures andines. Affaire d'échelle, de tonus. Notre inaptitude au chaos ne traduirait-elle pas à sa manière les joliesses du pré carré ? « Plus mon petit Liré que le mont Palatin / Et plus que l'air marin la douceur angevine » – Du Bellay était déjà normalien, comme Musset (mais d'Aubigné était océanique, comme Hugo). Si peu représentatives qu'elles soient du granit breton, du basalte de l'Aubrac, sans aller jusqu'aux Hautes-Alpes, la craie et l'ardoise fine du Vendômois insistent, et se retrouvent dans le babil khâgneux, ce canular géologique. Grande classe, petit souffle. Le léché, le bien peigné, le morceau de bravoure relèvent en quelque sorte du handicap territorial, dont il n'est pas plus séant de se moquer que d'un zézaiement ou d'un bec-de-lièvre. Cette poétique sans poésie, dont nous héritons malgré nous, ce je-ne-sais-quoi de fardé et d'artificiel, mais aussi d'agile et d'irrévérencieux – ces qualités de nos défauts –, monterait alors du *pagus* à la *pagina*, du lopin au papier, par atavisme agricole. Petite foulée, petits marquis, petits truqueurs, petites méchancetés – mais aussi bonheurs d'expression, arômes, finesses, dentelles. Sans vouloir faire du jardin à la française le bouc émissaire d'une personnalité collective (où je me résigne à loger la mienne, quoi qu'il m'en coûte) – une certaine pauvreté de sang, un manque d'âpreté, de sauvagerie ou de truculence –, force est d'admettre que de notre emblématique atelier sont issus plutôt des charpentiers de petite cognée, plus à l'aise aux lambris qu'aux solives. Notre côté fleur coupée donne d'autant plus d'attraits à l'herbe folle, musquée, baroque – aux Bernanos, Genet et Artaud qui ne sont pas de cette souche-là. Nous, on ne renverse pas, on fignole. À la pointe, pas à la brosse. Taille-douce plutôt qu'eau-forte. Clair-voyants, au mieux, pas visionnaires. Ça couine, ça ne gueule pas. On pétrarquise, on satirise, on vocalise – sans brûler ses vaisseaux. Pour rehausser le patelin, sans briser avec lui, nos aînés ont inventé la tournure « à l'échelle humaine », chère à Léon Blum ; la guerre d'Espagne et la Forêt-Noire donnaient plutôt dans le surhumain et l'inhumain, d'où certaines défaillances sur l'obstacle ; chaque communauté a le nombre d'or de ses horizons, son aune d'humanité. Peu propices à l'épique et aux errances, les aménités régionalistes auxquelles entraînent nos concours de rhétorique, consécrations trop précoces, ont pour inconvénient principal de refouler le cri sous l'écrit. Ainsi se perpétue la musique française dans le concert européen des esprits. La belle manière. Le beau toucher. Pavanes, gaillardes, courantes et passacailles. Clavecin et corde. Clavicorde et flageolet ? Un garde-fou. Il protège des gouffres d'outre-Rhin. Mais à combien de petits Wagner ce baroque de cour a-t-il ôté l'espoir ?

Tordre le cou au gracieux ? Cela s'est vu. Notre colline moyennement inspirée a vu passer quelques déviants hors classe, comme Péguy ou Gracq. Nos anormaux, les *off-limits*. Et puis, je me console avec l'idée qu'il ne faut pas rougir d'une certaine lignée française, élégante sans affectation, cavalière sans désinvolture. Celle qui remonte à Montaigne, si l'on veut, n'a rien à envier aux rudesses allemandes, au pointillisme américain. Et si le prime-sautier était la politesse du savoir (l'humour l'étant déjà du désespoir) ? Cette fausse insouciance peut cacher le comble du souci. Il conduit le freluquet de ces zones médianes à *travailler double* : une fois,

pour accumuler les matériaux, compiler et anno-
ter, comme tout ouvrier qui se respecte ; et une
deuxième, pour effacer, tel un danseur, ces
fatigues de rat en lissant dix fois ses brouillons,
pour transformer la sueur en sourire. Le procès en
légèreté qui nous est fait ignore qu'on peut refuser
les galimatias imités du germanique, parce que
tout ce qui est lourd et obscur n'est pas nécessairement profond ; et donner un tour avenant à la
monographie documentée, à l'anglo-saxonne,
parce que tout ce qui est bardé de notes en bas de
page n'est pas *ipso facto* savant. Faut-il forcément
mal écrire pour bien penser ? Contrefaire sa nature
pour singer le haut du pavé ? Autant garder le bon
aloi, sans surestimer les vertus vernaculaires :
l' « esprit normalien » fait partie des meubles. La
qualité française, le fait main. La tradition maison ?
Aucune garantie d'excellence mais pas de quoi
raser les murs.

★

C'est dans ce qui fut au début de ce siècle, selon
le mot d'Andler, « le foyer brûlant de la conscience
nationale », toujours suspect aux cléricaux et aux
gestionnaires, que se réunissait pendant l'affaire
Dreyfus le mess intellectuel, Herr en officier général, Péguy en chef de section, Zola en agent de
liaison avec le civil. C'est au 45, rue d'Ulm,
Paris V^e, qu'aura été expérimenté avec méthode le
mélange de l'eau et du feu, du spirituel et du tem-

porel — dosage difficile laissé entre les mains du *parti intellectuel* censé posséder le secret. L'alchimie communisante, rebond gnostique, a tourné court. Le grand œuvre s'est cherché sur cent ans, et le couac final a retenti ici, sur cette mini-plaque sensible — aux signes des temps.

1880-1980. L'alliance de l'encre et du charbon a rêvé de fusionner l'avant-garde des clercs avec celle des travailleurs manuels, ou plutôt avec les mythes moteurs qui fouettaient l'imaginaire du « mouvement ouvrier » — grève générale avant-hier, Octobre rouge hier. Deux normaliens, à Paris, ont ouvert et fermé cette gageure, dont les prémisses remontent, via 1848, à Babeuf et à la Conspiration des Égaux, et dont les derniers soubresauts, via 1968, expirent avec le maoïsme : Lucien Herr (1864-1926), bibliothécaire de l'École, et Louis Althusser (1918-1990), son secrétaire général. En 1883, un bûcheron bibliophile entre à l'École; en 1980, un autre en sort hagard — en ambulance, direction Sainte-Anne. Un siècle juste. De la IIe Internationale à la chute de l'étoile rouge : les drames privés s'encastrent dans cette tragédie historique. Le premier a rédigé le brouillon du fameux *Manifeste des intellectuels* de 1898 que Clemenceau fit ensuite imprimer sous son chapeau; puis participé à la fondation de *L'Humanité* en 1904. Il fut le mentor de Jean Jaurès et de Léon Blum. Ce que fut l'Alsacien à la Section française de l'Internationale ouvrière, le pied-noir, promotion 1939, qui a couvé les *Cahiers marxistes-léninistes,* aurait bien aimé l'être au Parti communiste, qui ne voulut rien lui devoir. Le dernier n'aura donc cornaqué aucune politique d'envergure. Ainsi, deux hommes sans œuvres et quasiment sans actes ont-ils chez nous introduit et conclu, tout désespérés qu'ils fussent eux-mêmes, une période de l'espérance humaine (dont on peut penser qu'elle fera tout de même époque). Oui, on peut tenir pour singulier ce moment de l'esprit où les professionnels de la vérité se sont estimés comptables, ès qualités, de la justice sociale. Pour insolite, l'idée qu'il faut non pas descendre dans la rue un livre à la main, mais qu'intellectuels et manuels ont une communauté de destin. Elle n'avait pas cours jusqu'alors, cette hypothèse, et n'a plus cours depuis. La justice est repassée côté cœur, chez les gens bien, les bonnes âmes — et la vérité est remontée chez les savants, côté cerveau. Le « je sais » ne culmine plus en « il faut ». Si les deux se rencontrent, c'est par l'effet de positionnements subtils ou de légitimes indignations qui renvoient à une éthique ou à une psychologie. Chaque destinée file désormais sur son erre. Comme par-devant. Reste cette parenthèse à cheval sur le siècle, qu'on dira aberrante ou bien miraculeuse. Nos deux théoriciens ne couraient pas après un énième « rapprochement des intellectuels et du peuple », vieille lune quarante-huitarde qui vous juche un beau matin sur un tonneau à Billancourt, mégaphone à la main, entre deux nuits de ratures, en entracte. Voyant dans la praxis une rigueur menée à terme, et dans la politique une prolongation de la pensée par d'autres moyens, la militance, pour ces philosophes, faisait partie du métier. Pas leur devoir de vacances : leur ordinaire.

Ils n'ont pas tenu le haut du pavé. Ils besognaient dans les marges, nos serre-files, sans rancune. Barrès et Sartre, princes de la jeunesse en leurs temps respectifs, les noyaient dans leur cône d'ombre, mais les positions en vue ne sont pas les plus marquantes. Deux jésuites du peuple, en bernard-l'ermite dans une jésuitière d'État, puisque l'apprentissage du discours servait de propédeutique au gouvernement des citoyens (et le normalien se destinant à « cultiver les lettres et exercer les emplois publics », tenant pour la sagesse même que les sages accèdent aux postes d'autorité, se conduisait sur ce point en Chinois très normalement confucéen). Deux exilés de l'intérieur, deux révoltés fonctionnaires, mêlant soufre et encens, prêchant le dissensus « ouvrier » au cœur du consensus « bourgeois ». À l'immémorial mépris des « petits crevés » pour les pédants de collège, s'ajoutèrent, aggravant l'opprobre, les suspicions juste-milieu. Il est vrai que la folie, licence poétique, ne passe pas pour une vertu professorale (ce qui embellit à nos yeux Hölderlin aurait abîmé Hegel). Ces « Lucifers du ratage », chefs « d'une bande de faussaires et de sans-talent » — c'est un Hussard qui parle —, étaient au vrai des gêneurs, avec leur manière austère et grise. Gênants moins par les doctrines qu'ils se gardaient de professer dans leurs fonctions, car ces collectivistes avaient un libéral respect des libres arbitres, que par l'exemple de vie qu'ils donnaient, si peu recommandable. Ils n'ont pas reçu la Légion d'honneur. Ils n'ont pas été membres de l'Institut. Ils n'ont pas eu de chaire, ni de toque ni de médaille. Ils n'ont rien présidé. Ils n'ont pas honoré de leur présence. Ils n'ont pas solennellement remis, inauguré ou clôturé. Ils n'ont exclu personne. Ils n'auront ni ruelle ni square à leur nom. Ils tenaient pour allant de soi le refus de faire carrière, le mépris de parvenir et l'indifférence à la gloire — glorioles incluses. N'était son désuet, le cliché du « saint laïque » leur conviendrait assez bien, si saint est le prêtre qui refuse la mitre et la crosse auxquelles il pourrait pourtant prétendre. De l'abnégation, il en fallait pour faire rentrer l'Apocalypse chez Descartes, au jour le jour. Ce fut leur commune croix, à ces deux agnostiques. Le saint a la foi ; et le laïque a des doutes. Mystique plus critique ; résultat : un crève-cœur. Comment être deux en un ? Comment soutenir une religion civile au moyen des Lumières ? Ainsi souffrent les docteurs lorsqu'ils épousent la foi des charbonniers. Car une moitié de soi peut s'entêter de rigueur et de méthode, s'enticher de « coupures épistémologiques », et l'autre communier avec les simples qui croient au drapeau rouge et au Grand Soir. On peut, ou justement on ne peut pas. Ce mariage contre nature donne des nausées sournoises de cancéreux — on les oublie un jour, on y retombe le lendemain —, avec, sur la fin, des hoquets de néant. Lucien Herr et Althusser ont vécu ce porte-à-faux leur vie durant, sans broncher ni abjurer, trop fiers pour se plaindre.

Un Plutarque des héros français de la raison nous donnera quelque jour des *Vies parallèles*. On découvrira alors leur ressemblance — un même physique d'Eaux et Forêts, haute taille, front dégarni, corpulence rustique et santé fragile. La répétition des parcours : l'enfance mystique, l'éducation catholique, la conversion tardive à l'Histoire ; dans les deux cas, après un long séjour en Allemagne, d'études pour l'un, de captivité pour l'autre ; l'engoncement au retour, derrière les mêmes murs, dans un poste assez subalterne ; le conseil au leader en sous-main, l'entrevue entre deux portes ; l'article de presse sous pseudonyme, ou la contribution non signée ; la tristesse du travail inachevé (Herr n'a jamais terminé sa synthèse sur Hegel) ; l'ascendant malgré soi, par le tête-à-tête, la correspondance, l'amitié suivie, et non par des œuvres ô combien incomplètes et rapidement introuvables (volontiers intitulées « Notes pour une recherche », ou « Prolégomènes à une introduction pour une éventuelle étude de... »). Mystère du formateur de grand format. Leurs ouvrages sont leurs élèves — et ils sont payés pour savoir que « nos œuvres nous quittent ». Ces universitaires rejetés par l'Université, ouvriers sans opus, furent obsédés l'un et l'autre par l'idéal hégélien du « métaphysicien journaliste » ; ils ont lorgné tous deux vers l'Est, qui vers une Russie rédemptrice,

qui vers le salut par la Chine — *ex Oriente lux.*
Même mélange de hardiesses théoriques et de
timidités physiques. Hommes publics ennemis de
la publicité et publiant peu, stratèges sans armée,
activistes mélancoliques, recommandant l'action
sans s'y lancer eux-mêmes. Coincés entre le tract
et la thèse, absents aux rendez-vous de l'aventure
(Althusser se trouvait hospitalisé en mai 68); tiraill-
és entre le train-train et les fantasmes, les compromis et la Parousie, cabotant entre deux rives,
trivialité politicienne et raideurs d'orthodoxie. Les
premiers chrétiens se disaient à la fois de ce monde
et de l'autre; là et pas là. Le penseur prolétarien a
repris le rôle : un pied dans l'immédiat, un autre
dans l'ultime, versant l'obole au Parti, nouveau
César, sans considération aucune pour ses chefs.
La main droite ignorant la gauche. Trop occupés
d'autrui pour ne pas déprimer leur propre génie
(qu'un égoïsme sans complexe eût bien mieux stimulé), ces accoucheurs sans enfants ont mis leur
plus fin talent à accoucher celui des autres. Ils ont
édité des esprits, plus et mieux que leurs livres,
avec la même générosité que l'éditeur, le directeur
de collection qui poussent des apprentis auteurs à
« sortir » les manuscrits qu'ils portent en eux mais
qui, sans leurs secours à la fois distants et méticuleux, n'auraient jamais vu le jour. Leur seul bonheur, à ces malheureux, fut d'aider des louveteaux
à vieillir loups, faire monter en graine des cadets
pour qu'ils deviennent des pairs, des ingrats et parfois des ennemis — comme Péguy le fut pour
Lucien Herr qui l'avait secouru. Ils avaient, au

115

reste, trop de culture, la pire des œillères dans l'action, pour admettre que les grandes entreprises sont affaire de décision plus que de réflexion. Dans « la bête de pouvoir », c'est le bêta qui donne son allant à la bête ; le breveté d'état-major et le capitaine chanceux ne sont pas de la même trempe. La gamberge et le coup de dés : ces mariés de convenance ne font pas de vieux couples. On peut leur faire maintes objections, aux deux incorruptibles hors service, sauf de s'être servis eux-mêmes. Serait-ce céder à la complaisance que de saluer bien bas les généraux d'une armée morte ? Leurs noms vont-ils périr, doucement effacés des tablettes officielles, sans examen ni critique (l'époque n'est pas à l'affrontement : on saute, on pousse hors du cadre, sans violence) ? C'est probable. Comment pourraient-ils survivre à ce sourire de politesse navrée qui pousse le postmoderne à *passer l'éponge*. « De quoi s'agissait-il déjà ? De qui parlez-vous ? » Adossés au rugueux Spinoza, ils ont tous deux voulu semer l' « esprit nouveau », à quoi répugne le spiritualisme douceâtre des républiques conservatrices. Et le souci de rentabilité les renvoie aujourd'hui *ad patres*. Cela ne fera qu'une injustice de plus. À quoi bon les décompter ?

*

Le miel est meilleur que l'abeille : il faut laisser les créateurs à leur ruche, sans tenter le diable. Mieux vaut ne pas fréquenter les Aragon dont les

Aurélien nous mettent des larmes aux yeux. Emportons la valse, et laissons le valseur à ses roueries moches? Peut-être parce qu'ils ont élu domicile dans l'impasse de l'arbre sec, nos grands spéculatifs ne tombent pas sous le coup de cette prudence. Ils se surveillent trop par écrit; ils se découvrent entre quat'z-yeux, tous freins relâchés. Louis jurait avec les rêches déductions d'Althusser. L'ondoyant dormait dans l'anguleux; l'affectueux se rançonnait doctrinaire; le mou rédigeait dur. Il n'y a pas de leçons de l'histoire, mais la mienne m'a appris ceci : on ne voit pas de concordance entre les vertus des hommes et leur credo. Parmi les latinos, j'ai jadis rencontré des « totalitaires » dont beaucoup de démocrates de mon pays pourraient envier l'humanité et l'altruisme. Le contraste du programme au programmateur se vérifie chez les studieux comme chez les agités. Tel libertaire de gauche, dans ses manifestes et manifestations, se conduit dans l'Université en despote rancunier; alors que tel éditorialiste de droite fut en sa discipline ouvert et tolérant, allant jusqu'à faire la carrière des disciples qui pensaient contre lui. On peut faire profession de générosité sur le forum, et n'avoir à domicile aucune générosité d'esprit — ce bienfait des dieux dont Althusser était surabondamment pourvu, et qui le rendait si peu sectaire. Gardons-nous donc de conclure de l'œuvre à l'âme, ou des affichages aux comportements. C'est pourtant notre premier mouvement, que de déduire le docteur de sa doctrine. D'où notre surprise — mauvaise, soyons francs — de découvrir, au hasard d'un vis-à-vis sur un quai vénitien ou d'un côte à côte en avion, la gentillesse on ne peut plus avenante d'un venimeux pamphlétaire auquel on s'était juré de rendre un chien de sa chienne, ou la timidité quasiment souriante, à l'oral, d'un critique littéraire à la plume féroce. Nous avons tout lieu de craindre ces démentis, d'abord, parce qu'ils n'en sont pas vraiment, ensuite, parce qu'ils seraient de nature à saper notre allant, en ruinant même nos réflexes d'auto-défense. Car si nous devions admettre qu'il y a des bons du mauvais côté et des méchants, du bon — entendons du nôtre —, nos oukases perdraient de leur tranchant et nous finirions, baissant la garde, par nous abstenir de tout jugement préconçu, tel un bonze du Petit Véhicule perdu dans la jungle et souriant aux bêtes sauvages. Nous nous sentons plus à l'aise quand, pour fulminer des thèses adverses ou contrariantes, nous pouvons procéder *ad hominem*; et faire la distinction entre le caractère et la position, sur l'échiquier des attitudes sociales où nous jouons notre partie, compliquerait singulièrement notre jeu. C'est un signe de belliqueuse vitalité que ce refus d'entendre et de voir, qui nous fait calquer d'instinct, face à l'adversaire (car nous nous laissons à nous-mêmes plus de marge), la personne sur le personnage. Le danger qu'il y a pour un doctrinaire comme pour un pamphlétaire à rompre le pain avec ceux qu'il foudroie par encycliques interposées réside dans le hiatus qui ne manquerait pas en ce cas de se creuser, toutes bouteilles bues, entre ce que nous savons de nos bêtes noires et ce que nous avons besoin d'en croire pour continuer de leur tailler des croupières. Nous avons déjà assez affaire avec nos coreligionnaires, ceux de notre bord, dont nous ne sentons que trop, pour frayer avec eux, à quel point ils nous sont étrangers.

Observant les malheurs de mon maître, fluxus inflexible, qui tirait de ses crises de confusion mentale un culte de la rigueur conceptuelle, j'en suis venu à me demander s'il n'y avait pas une secrète cohérence dans l'association des contraires, et si l'union des termes opposés n'était pas le plus constant ressort de la production intellectuelle et littéraire. Althusser, écarté par la captivité et son propre tempérament de toute lutte directe, a fait son idole de la lutte des classes. Jean-Paul Sartre, qui n'a pas brillé, avant et pendant la guerre, par une témérité excessive, prêcha après coup un activisme sacrificiel. Gilles Deleuze, qui a construit dans *Mille plateaux* une scintillante théorie du nomadisme, ne bougeait pas de chez lui, et ce chantre nietzschéen des grandes affirmations de vie s'est donné la mort en se jetant par la fenêtre. Nietzsche lui-même, qui célébra la force et la santé, ne jouissait ni de l'une ni de l'autre. André Breton composa une *Anthologie de l'humour noir*, lui qui n'en avait aucun ; et ce puritain mit l'amour fou à notre firmament. Flaubert excelle à dépeindre le bourgeois et le cloporte, qui sont à l'extrême opposé de sa nature. Un antisocial comme Rousseau a fondé *Le Contrat social* et, après avoir abandonné ses enfants, a rédigé l'*Émile*... Interminable, la liste de ces prouesses contre nature dont la morale pourrait se résumer ainsi : ce que nous travaillons le mieux, ce sont nos propres manques. Dans la mesure où l'on fait la philosophie, ou la littérature, de ce qu'on n'est ou n'a pas, il nous est toujours loisible de tenir une œuvre signalée pour une imposture réussie. Ce n'est qu'une demi-vérité ; l'autre tient au caractère moteur de ce défaut. Car nous progressons par nos vices autant que par nos lacunes. Fort de cette pénétration intuitive que confère l'étrangeté à n'importe quel pays exotique (cette magique prescience du débarqué en vertu de laquelle, atterrissant à Port Moresby, Nouvelle-Guinée, Mélanésie, vous aurez, dans le quart d'heure qui suit, rien qu'en voyant défiler les bicoques par la vitre, sur la route menant du terrain d'aviation à la bourgade-capitale, la révélation surnaturelle et photographique du génie du lieu, à savoir une cocasse et irrémédiable tristesse, pour la plus grande surprise de l'expatrié assis à vos côtés, auquel, dit-il, il aura fallu trois ans pour aboutir à la même conclusion, celle-ci n'étant que la première sensation retrouvée, la même que la vôtre, et qui l'avait lui aussi frappé à sa première descente d'avion, avant son enfouissement sous de chatoyantes, subtiles et finalement fallacieuses *second thoughts*), c'est en imitant le Persan de Montesquieu ou le Huron de Voltaire que vous serez mieux à même de cerner la physionomie d'un domaine étranger ou nouveau, dont l'indigène, qui en connaît tous les recoins, ne s'étonne plus. Rien de tel qu'un bègue pour comprendre ce que parler veut dire. Je sais de quoi il retourne. Depuis quelque vingt ans, sous le nom de médiologie, je cultive une curiosité, voisine d'une philosophie de la technique, pour nos modes et appareils de transmission. Ma chance est que je ne sache pas me servir d'un Minitel, encore moins d'un ordinateur ; je noircis des rames au stylo, et les billetteries automatiques, dans le hall des gares, me font suer à grosses gouttes. Ces répugnantes médiations machiniques, comme elles ne cessent de me désarçonner, je ne cesse de les interroger, et leur emprise m'apparaît peut-être plus clairement qu'à leurs familiers que le machinal égare. C'est le côté charlatan de cette affaire, qui a son revers : une certaine aptitude à détecter dans l'environnement immédiat les effets de machine.

L'affinité entre contraires règle à notre insu et détriment ce livre des retournements que notre vie écrit contre nous, ou qui s'écrit sarcastiquement dans notre dos. Tout arrive, oui, mais à l'envers. Le cas de Louis, à lui tout seul, aurait dû suffire pour m'éduquer à la défiance, devant la façon dont les choses non pas tournent mais se retournent à la fin (appelée *fatum* en style noble). Quel tête-à-queue ! Structuraliste, il prônait la pensée sans sujet ; reconnu non responsable du meurtre de sa femme, il devint juridiquement, ses dix dernières années, un sujet sans pensée. Intégriste de l'anonymat, il recommandait un mourir à soi pascalien, en affichant un certain dédain pour les scandaleux et les morbides qui, comme Sartre et autres héros de bandes dessinées, défrayaient la chronique avec leurs faits et méfaits. « Il faut négliger la psychologie des philosophes », martelait le psychotique. Comme la vérité elle-même, le philosophe, supposait-on au vu de ces évanescences, se reconnaît à son art de jouer les arlésiennes et de déjouer les objectifs. Les sophistes télégéniques, dont quelques-uns avaient traversé la Maison, et qui, sous le nom de « nouveaux philosophes », racolaient la clientèle sur les trottoirs avec une grosse caisse, inspiraient, dans les années soixante-dix, à notre père abbé et aux membres du chapitre, ce même haut-le-cœur navré qui soulève le Carmel lorsqu'il apprend qu'une ex-béguine tapine rue Saint-Denis. Et voilà qu'en 1980 le trappiste fit sauter l'Audimat et monta en une. Un maître penseur qui étrangle sa femme, cela n'arrive pas tous les jours. Quoi de pire, pour un régulier, que de rentrer dans le siècle par un fait divers ? Le pudibond qui se désolait que « nos écrivains se réfugient dans l'autobiographie, refuge de la facilité », restera des nôtres par une autobiographie, *L'avenir dure long-temps*, impudique enquête sur ses difficultés d'être. L'effacé qui voulait ignorer les journalistes de la philosophie devint, au dernier tournant, le philosophe préféré des journaux, la légende noire du marxisme. Belle leçon d'humilité. Nos maîtres à penser ne valent pas mieux que nous : les pauvres ne sont maîtres de rien, pas même de leur pensée, et moins encore de l'ombre que projettera sur elle, à tout jamais, l'instant d'aberration qui désarme toute pensée.

Bon maître ou mauvais génie ? « On ne met rien dans l'âme humaine, sentenciait le Vicomte lui-même, que ce que la nature y a mis. » J'étais déjà assez mûr pour donner une certaine profondeur à des fumisteries. Cette faculté réside en tout animal doué de déraison : c'est la raison ratiocinante. Le « socialisme scientifique » qu'il assaisonnait de chinoiseries pour le rendre plus appétissant nous persuadait que nos sautes d'humeur, ou nos névroses, ou nos ingénuités, découlaient en droite ligne de la vérité. On retirait de là une morgue assez vulgaire — l'engagement contraire, ou l'abstention, ne pouvant attester que l'idiot ou le salaud. Nous n'avions pas conscience d'exercer un quelconque terrorisme intellectuel. L'invocation à Spinoza nous faisait un devoir d'habiller en savoir une mythologie utile, le marxisme. Je m'en veux beaucoup moins d'y avoir cru, en la justice sur terre, que d'avoir pris une foi confuse pour un résultat logique, ou un idéal honorable pour une idée exacte. Incroyable me paraît après coup cette dénégation de croyance. Et assez dévalorisante. N'est-il pas plus méritoire, finalement, d'aller à contre-courant que d'épouser « le cours objectif de l'histoire », comme se l'imaginait celui qui croyait savoir et ne savait pas qu'il croyait ? Un homme de gauche devrait se réjouir que la nature des choses soit plutôt de droite : une raison de plus pour lui faire contrepoids, à ses risques et périls. Poursuivre des buts grandioses dont notre intelligence établit, au même moment, le caractère contradictoire ou inconsistant, n'est-ce pas la tâche du militant un peu lucide ? Je puis fort bien aspirer à plus d'égalité autour de moi sans perdre de vue qu'une société strictement égalitaire, sans écarts différentiels en son sein, serait une société en équilibre, vouée à l'immobilisme, donc à la mort par ossification. Outre que les plus désespérées sont les luttes les plus belles, fonder dans l'être un devoir-être, n'est-ce pas amoindrir le défi et diminuer nos mérites ? La certitude d'avoir quitté l'idéologie pour la science caractérise justement l'« idéologue » (et pas seulement marxiste : le libéral fait aussi bien). La suffisance théoricienne engageait dans un cul-de-sac, qui s'annonçait, à l'entrée, en voie royale. Notre brevet idéologique de scientificité valait pour dispense de vérifications, et loin de le combler, creusait encore plus le fossé entre les deux cultures, lettres et sciences, qui est devenu une spécialité française. C'était à nos camarades physiciens et mathématiciens de venir s'instruire chez les philosophes de ce qu'était la science, et non l'inverse. Ce monde à l'envers me semblait la sagesse même.

Ce dont je pourrais, à meilleur droit, lui faire reproche, à lui Althusser, n'est pas de m'avoir converti à un pseudo-savoir, mais de m'avoir éloigné de la littérature. En hypo-khâgne et khâgne, à Louis-le-Grand — trois années de lycée en rab —, l'horaire était le même dans les deux matières. Six heures par semaine pour papa et maman, français et philo. Aucun visage, en littérature, ne me revient : preuve de performance, le bon médium disparaît sous le message, comme la route sous les pneus. Les philosophes étaient physiquement plus pittoresques, mais leurs cours m'avaient laissé sceptique. Étienne Borne, grand chrétien, était efflanqué et cultivait d'une voix expirante le balancement œcuménique entre contraires ; Maurice Savin, ancien élève d'Alain, épicurien rondelet, égrenait des finesses erratiques, savoureuses, mais sans charpente. Pas de quoi soutenir une vocation. Un maître réordonne notre monde ; un enseignant le retouche. Depuis Muglioni, je n'avais rencontré, en philo, que des utilités ; j'aurais dû en profiter pour puiser à des sources plus troubles et vivifiantes au lieu d'empêcher, par une mise logicienne, l'ouverture des écluses. Sans me prendre pour un lyrique (tout en commettant force chansons, paroles restées sans musique), je me croyais encore génétiquement destiné à faire chanter les douleurs humaines. C'est pourquoi j'avais commencé une licence de philo, où l'on évoluait avec plus de liberté que dans la grammaire grecque. Quand, à la rentrée des nouveaux, j'allai me présenter à qui de droit, je posai en catéchumène hésitant sur le seuil, se jugeant indigne du service de la chaire. J'assisterais à ses séminaires, soit, mais en auditeur libre (mieux que « dilettante »). Althusser me demanda, en rigolant, ce que je voulais faire de ma vie : « Écrire, lui dis-je — Écrire quoi ? » Des romans, évidemment. Pas des thèses ni des essais, et encore moins des autobiographies, ces pots d'échappement de l'âme qui empestent notre fin de siècle d'intimités toxiques. Cela, je le gardai pour moi. Lui avouer mon goût des belles histoires m'eût fait passer pour un lunatique un peu pompette. Qu'y a-t-il de réel en dehors des fictions ? J'en tenais pour la plume triomphante pour et par elle-même, brandissant d'un air buté ce fétiche de famille, notre inusable épée de bois, l'Écriture. Un verbe sans complément d'objet, c'est l'absolu à la portée des tire-au-cul. *Écrire* projetait, sans rien de particulier à *faire*, dans l'*être*. Être quoi ? Un « grantécrivain », comme l'orthographie Noguez. Quelqu'un qui fait des conférences sur l'humanisme à l'Alliance française d'Istanbul et de Buenos Aires, qui a des maîtresses soyeuses et parfumées, avec collier de perles, une Aston-Martin et dont les ministres se disputent la présence à dîner : le roi Voltaire en somme. Le passager clandestin en cabine luxe. La dissidence, plus les hochets. Devina-t-il ces petites saloperies sous mon air buté ? Toujours est-il que le cas lui sembla moins désespéré que bouffon. « Vous n'allez tout de même pas passer une agreg de lettres ! me répondit-il, plus goguenard que jamais. On ne devient pas Aragon en potassant du Cicéron. » Ce point accordé, il me convainquit de m'atteler à la prochaine dissertation, pour voir. Il me livrerait son diagnostic ensuite. Le sujet tomba :

« La cruauté. » Ce fut ma perte. Ma copie me revint trop bien notée, avec un corrigé trop indulgent — il n'annotait pas les copies dans la marge, mais résumait ses impressions de lecture sur une feuille volante dont il gardait l'original et nous donnait le double — pour continuer mes coquetteries. Astuce de sergent recruteur ou sympathie personnelle ? D'un novice des lettres, qui se serait voulu à part, ce « bon pour le service » fit un fournisseur de croyances autorisées, un parmi des milliers. Ayant vu l'original dans une exposition, tiré de ses archives, avec en haut à gauche, griffonné au crayon : « De premier ordre. Un peu de génie même » (ce qu'il fit bien de garder pour lui, ma seule modestie étant la fausse), je puis bien aujourd'hui reproduire la fatale pelure.

Cher Debray,

Votre texte est absolument remarquable. Je l'ai lu avec passion, dans un sentiment qui passe de loin le simple plaisir...

Je ne veux pas vous couvrir d'éloges. Vous avez tous les dons, ceux de la rhétorique, de la réflexion, et de la langue. Vous êtes brillant et profond. Et par-dessus tout intransigeant avec vous-même et avec votre pensée. On vous appréciera ; mais aussi on vous estimera.

Je puis en toute confiance répondre à la question que vous vous posiez devant moi l'autre jour, et qu'ainsi vous me posiez : vous n'avez pas à craindre de vous perdre en vous engageant dans la philosophie. Vous avez déjà (peut-être à votre insu?) réglé votre «rapport personnel» avec la philosophie. Si jamais il y eut problème, il est déjà derrière vous, et résolu. Vous ne buterez jamais que sur des difficultés d'ordre technique, c'est-à-dire instrumental, comme d'ailleurs en toute autre discipline, quelle qu'elle soit. Mais vous êtes si bien armé qu'elles ne vous coûteront que peu de peine. C'est dire que vous pouvez être philosophe et libre : ce texte prouve que vous l'êtes déjà, il prouve aussi que vous ne cesserez pas de l'être. N'en doutez pas, je vous prie, un seul instant.

Venez me voir.

Plus qu'un oblat, moins qu'un prêtre : un diacre de plus. Après ce repêchage *in extremis*, mes tentations littéraires devenaient péché véniel. C'est sans remords que j'envoyai peu après à Jean Cayrol, directeur de la collection «Écrire», et à Claude Durand, son assistant, quelques nouvelles impubliables à publier. Pour ma conversion à la religion du Vrai, splendeur cachée du Beau, elle tenait plus du changement de portage que de l'apostasie : je me rassurais vite. Ma nouvelle obédience consisterait, dans la pratique, à chiader l'ancienne, qui avait nom *dissertation*.

*

Plaidoyer pour une exception française. On a cent fois moqué ce bachotage supérieur aux increvables balançoires. Introduction en trois mouvements : suggérer le sujet, le poser, puis le diviser en esquissant son plan, sans dévoiler ses batteries ; trois parties — thèse, antithèse, synthèse ; une conclusion — trois mouvements encore, résumer ses dires sans les répéter, suggérer qu'il n'aurait pas été impossible de dire le contraire, et prendre congé sur une sentence qui donne à penser (le point d'orgue narquois montrant qu'on la fait aux autres mais pas à nous). Le tout ponctué de citations intimidantes (les meilleures sont les présocratiques), en langue originale — chaque partie commençant et finissant par la formule qui en jette et élargit le sujet d'un seul coup. Le plus ardu : les transitions intérieures, discrètes et néanmoins marquées. Ce moule hexagonal, jugé par d'aucuns élitiste et impropre à une évaluation objective des connaissances, nos réformateurs s'apprêtent à le briser. Qu'on me permette, avant qu'elle ne tombe à la trappe, un ultime salut à la structurante structure, qui mérite mieux, me semble-t-il, qu'une condamnation pour « rhétorique ». Comme si la rhétorique, ou l'art codifié de l'argumentation, n'était pas un peu plus que la probité du discours : une souche de civilisation. Et si la nôtre — par le biais des humanités classiques — a pu depuis mille ans embrasser dans une même mémoire le passé païen et le monde chrétien, c'est parce qu'un certain art d'exposer a servi de trait d'union entre l'avant et l'après-Jésus-Christ et parce que l'idéal du *vir bonus dicendi peritus* désignait aussi bien une éthique qu'une technique. La dissertation était une culture en soi; comme peut l'être l'olivier, le haut-de-forme, ou la pâte à pain. Aucune n'est sans ridicules; encore peut-on jeter un regard sur ce que l'on va jeter aux orties ou au musée.

Amor fati : cette matrice d'apprentissage me colle à la peau. Je n'écris que des dissertations, et n'ai vécu que pour en écrire. La vie normalisée, un moteur à deux temps : la chasse à l'ailleurs, puis la cuisson au calme. Se gorger de crudités, au galop; et ensuite digérer bien posément ces lambeaux sous la lampe. Meilleure est l'aventure sans retour, mais relié je reste, par un élastique dans le dos, à la Forme reine. Au goulot d'étranglement national.

Un écrivain, comme un peintre ou un cinéaste, c'est quelqu'un qui entend à la radio que la guerre mondiale est déclenchée et qui se dit aussitôt : ces emmerdeurs vont encore m'empêcher de terminer mon bouquin (mon tableau ou mon film). Sans prétendre à pareil exploit dans l'outrecuidance, la philosophie scolaire permet de recycler le privilège d'effronterie reconnu aux littérateurs. Le devoir de français est en comparaison plus réfractaire au « ton personnel », permettant aussi peu de mentir que de se déshabiller. Tout tient au distinguo *moi/je*; et je brouillais les pistes, tuant le particulier sous l'universel, *in fine*, par respect humain. Lard ou cochon, le correcteur n'y voyait que du feu. C'est que la dissertation philosophique permet de mettre son cœur à nu sous prétexte d'introspection méthodique. Une composition française, exercice asservi, force un élève, sinon à se faire tout petit devant le chef-d'œuvre qu'on livre à sa sagacité, du moins à graviter craintivement autour, en prêtant à un muet illustre, Racine ou Baudelaire, maintes intentions ou sous-entendus. Le forçat des études de lettres est un apprenti ventriloque — il transcrit les astuces putatives d'une momie ; il prend sous sa dictée, sans l'ouvrir, petit secrétaire posthume et ventriloque. L'Auteur sous la dalle, ce despote qui tire la couverture à lui, parle par sa bouche. En philosophie, on jouit aussi de la compagnie des spectres mais on peut se faire un assortiment à soi. Chaque « sujet » ouvre une zone franche où le dissertant reste maître de ses trafics funéraires, par le choix de ses références. Il se taille un fief à façon dans la nécropole des vieux frères. Le bon élève n'est pas invité à livrer ses sentiments ou ses humeurs sur « Justice et charité », « Héroïsme et sagesse » ou encore « Pourquoi met-on des fleurs sur les tombes ? » — thèmes bateau et toujours prometteurs, sujets à d'infinies variations dont aucune n'est censurable *a priori*. L'étudiant doit d'abord produire un exposé de raisons valables pour tous, où son grain de fantaisie peut se loger sous un « n'importe qui » anonyme et raisonnable, le *je* de l'homme en tant qu'homme. Je dois m'enjamber pour retrouver l'humanité, par quoi le jeu des mots n'est pas qu'une sophistique. La subjectivité impunie à laquelle initie cette échappée vers les catacombes offre à l'apprenti une jouissance double :

un retour de l'entendement sur lui-même qui permet de transcender ce qu'aurait d'inconsistant et de gratuit un étalage d'opinions gratuites, puisqu'il doit s'effacer à mesure qu'il se livre, en escamotant ses caprices derrière l'ego universel qui norme en sous-main l'ego de l'égotiste; et, tempérant cette ascèse, la solitude du discoureur de fond qui se repeuple à mesure de nobles compagnons puisque nul ne peut penser par soi-même qui n'ait d'abord pensé la pensée des autres (et en particulier des auteurs au programme). Il les convoquera un par un sur son rectangle de papier, Platon, Sénèque, saint Thomas, ou dix autres. Le mini-auteur d'une copie se sentira alors pousser des ailes de metteur en scène, maître de ballet, chef d'orchestre. Il dialogue avec chacun de ses devanciers, et les fait se parler entre eux; il invente les répliques, les apartés et les ruptures de ton. Ces voix ne lui étaient pas étrangères. C'est au fond de sa tête qu'elles résonnent parce que c'étaient les siennes, à son insu. Car il a été, successivement et avant de naître, Platon, Sénèque et le gros Thomas, qui l'ont fait bon an mal an ce qu'il est : un enfant de vieux. Ils se pensent en lui, obscurément, et c'est à lui d'éclaircir cette mystérieuse ascendance. Il n'est lui-même qu'un nain, pour sûr, mais en se juchant sur les épaules de ces géants et en sautant de l'un à l'autre, il parviendra à voir plus loin. Ces aînés éponymes, que nous sortons de leur nuit à point nommé, sont les haltes d'un voyage de quelques heures (ou de quelques jours, quand on travaille chez soi) vers une conclusion désabusée à laquelle les plus malins donnent un tour interrogatif. Ainsi peut-on vivre cet exercice imposé comme l'accomplissement et le dépassement de la composition française, son substitut subversif — ce qu'est le Nouveau Testament à l'Ancien. On y conjugue nos extravagances les moins avouables et la pensée la mieux autorisée, le marbre des classiques et tout un décrochez-moi-ça d'improvisations biscornues. On replonge soi-même dans le fil du temps, puisque l'histoire de la philosophie et l'histoire tout court, du moins depuis Hegel, sont la philosophie elle-même. Ces malices sont-elles promises à la disparition?

Nos modernes didacticiens férus de « docimologie » — et peut-être victimes de l'outil informatique — s'inscrivent dans le courant qui rabat la pensée sur le savoir (ou la force de production sur le produit fini) et, par un deuxième tour d'écrou, plus sévère encore, le savoir sur l'information (marchandise périssable et fragmentaire). Il n'est pas impossible que l'épreuve écrite de philosophie au baccalauréat se réduise un jour à une liste de « QCM » sur écran - « Anaximandre est-il le nom d'un gourou indien, d'un philosophe grec ou d'un dieu égyptien? Cochez et cliquez. » La question à choix multiples permettra des évaluations sûres. Une société du court terme préfère vérifier des compétences qu'éprouver des aptitudes. La rentabilité immédiate veut de la connaissance contrôlable, à l'américaine, garantie par des tests; c'est la logique de la tâche, close et parcellaire. Logique d'esclave, celle du salaire aux pièces ou du travail en miettes dont la notation au coup par coup serait l'équivalent pédagogique. Enfants de la *scholè*, le loisir studieux, et soustraits par privilège à la presse, les privilégiés d'antan avaient du temps à perdre. Assez pour ne pas réduire l'allant d'une copie à une juxtaposition de couper/coller. Car cette remontée à la source qu'est l'opération réflexive, autre chose qu'un stock d'idées en magasin, ne peut pas être un exercice de mémoire, un par cœur appliqué. Elle suppose une écriture, sinon un style, qui permet vite de savoir s'il y a de la pensée sous les mots, ou bien de la mémoire. S'il est vrai que le mot est la chair de l'idée, l'argument est mouvement et l'élégance un élément de preuve (comme c'est le cas, dit-on, en mathématique). La raison sans la rime sera au mieux un savoir, non la pensée vive et présente à elle-même ; et la rime sans l'idée, esbroufe et versification. Entre ces deux banquises, la bonne dissert est un passage du Nord-Ouest réussi.

C'était le principe. Dans le fait, en m'astreignant par un rigorisme d'emprunt à l'analyse de conjoncture, je devais, à peine sorti de ma cloche, oublier la musique et la touche personnelle. Et mes « interventions militantes » — par écrit s'entend — portaient faux col et souliers vernis. Outre la satisfaction de se brimer, l'absence de style (et de pensée propre, pile et face) attestait, croyais-je, ma sincérité morale. Pas question de jouer sur les deux tableaux, conviction et séduction. Comment, sans punir la chair, expier ses péchés d'origine? Plus on veut transformer le monde, moins on le regarde; et plus l'illusion de se croire utile l'emporte sur l'abandon du cœur et la folie des rêves (le sens du devoir peut faire un écrivain contrarié, comme le gaucher du même nom). *De la révolte à la révolution* — le programme des surréalistes des années vingt, qui ne leur a pas volé leur âme, les veinards — aurait pu se traduire, dans ce qui fut, pour mes condisciples, les années Spinoza (et pour moi les années Maspero), par un *Des « Mains sales » au « Capital »* — triste devise pour qui se tape des taux d'escompte ou de plus-value. La révolte est littérature, elle s'écoute écrire en bombant le torse; la révolution se veut épanchement surmonté, passion bridée par la logique. Notre idiome amidonné nous rendait absents à nos propres sentiments, mais ce distributeur automatique de formules, circonlocutions rituelles et regroupements numériques (les trois ceci et les cinq cela) donnait accès aux diverses sierras, bidonvilles et deltas où se jouait l'espérance du monde, gage de fraternité; quand la couverture blanche NRF aux mille succulences débouchait au mieux sur une timbale annuelle et des émois municipaux — nos comices de novembre, qui sentent par trop le clocher. Partir, partir au loin : adieu les flûtes, roulez tambours, et bonjour l'incendie. Le nouveau chrétien pousse-t-il la romance quand Babylone va brûler? Demain, la guerre. L'homme nouveau arrive, foin des troubadours, place aux communiqués d'état-major. Et tant pis pour les envoûtés, les maniaques de Céline et de Faulkner qui s'obnubilaient de points-virgules ou de non-ponctuation pour oublier les mechtas incendiées, les Algériens jetés dans la Seine. Ces roucouleurs s'appelaient les Hussards, *Tel Quel*, le Nouveau Roman, que sais-je encore. Rythmes et rigodons, pauvres effervescences.

Je ne savais alors rien du passé ultracatholique de notre maître marxiste, de sa qualité d'ancien Prince Tala (la tête de file de ceux qui vont-à-la-messe), de ses liens perpétués avec Jean Guitton. Ni même que dans l'école de Simone Weil on avait chanté complies dans les années trente, en pleine guerre d'Espagne, et qu'un maître de chapelle pouvait alors faire chanter cantiques à cent norma-liens, en un « pot chantant ». Malgré Vatican II dont les échos nous parvenaient très assourdis, ces chaleurs mystiques s'étaient évaporées. La tradi-tion droitière n'avait plus pignon sur notre cour carrée, dans un lieu où, avant guerre, Maurras venait se promener en famille, en un temps où Boutang, Clavel, Brasillach ne détonnaient nulle-ment. Dans la foulée de la guerre froide, les communistes, seul groupe organisé — la cellule pouvait rassembler une cinquantaine de membres —, donnaient toujours le ton. Marxiste, j'étais donc normal. Conforme au milieu, homogène à ma bulle. On croit que nous arborons nos cou-leurs ; celles-ci sont des effets de détrempe, d'intensité toute relative : le ton sur ton rue d'Ulm serait devenu rouge sang à Sciences-Po. Et tel qui se fera remarquer comme un dangereux révolutionnaire à Passy redevient, sur le Boul'Mich', une manière de conformiste soucieux précisément de ne pas se faire remarquer. Ordre et désordre, ces mots, ces jeux, ces drames ne sont souvent qu'affaire de mimétisme. Le dogmatisme des Lumières, dans notre France insuffisamment byzantine, me détournait d'élucider les nocturnes religieux. Non que ce fût un fruit défendu, inadmissible. Cela paraissait inintéressant, pas sérieux (en milieu universitaire, la pire des censures). Le même aveuglement m'empêchait, à l'autre extrême, de saisir la formidable montée en puissance des technosciences et le basculement médiologique en cours. Jamais je n'entendis parler arts et métiers. « Technologie » était un gros mot, un alibi pour « technocratie ». L'automobile, les rayons hertziens, la pâte à papier dont on fait les doctrines ne faisaient pas question. Ni les centrales nucléaires, les robots, le silicium. Notre matérialisme ignorait matériaux, dispositifs, réseaux — au bénéfice des signes et des codes formels. Quoique théorisant le travail et la condition ouvrière, l'idée ne me vint jamais de visiter une usine, un chantier, un centre d'apprentissage. Ni même de suivre les cours de Leroi-Gourhan, ce préhistorien révolutionnaire dont le nom même me resta inconnu (au moment où son chef-d'œuvre, *Le geste et la parole*, sortait en librairie). La cybernétique ? Une baudruche américaine. Shannon et les sciences de l'information ? Diversion techno. La nouvelle matérialité dominante, l'électron, pour ne rien dire du bit, échappait au matérialisme dominant. Hormis la confirmation rhétorique, je puis donc dire que je n'ai rien appris, sur le fond, à l'École normale. Du moins si le fond touche à mes deux foyers de prédilection, le fait religieux et le fait technique. C'est sur le tas et le tard, à l'étranger, loin du « couvent anarchiste » (si peu couvent et si peu anarchiste à l'époque), que j'eus le pressentiment, à mon cerveau défendant, que se nouait entre ces deux pôles la question capitale. La routine sorbonnarde et en particulier le programme de l'agrégation lui tournaient rigoureusement le dos.

On goûtait l'ultime rebond de la primauté philosophique. Car Normale lettres a ses saisons, ses tonalités dominantes. La littérature, avant guerre, avait donné sa couleur à tout l'arrondissement. La philosophie domina l'après-guerre, majesté prolongée *in situ* par le moment althusséro-structural qui fut le mien. Elle semblait devoir absorber la montée des *sciences humaines* et en particulier de l'histoire, la nouvelle discipline reine. Les plus originaux suivaient naturellement la voie philosophique : Badiou, une grande tête sur de longues jambes, en qui chacun voyait le successeur de Sartre, et qui devait venir, contre vents et marées, me visiter à Camiri ; Balibar, fougue et rigueur, l'ami et sans doute l'hérétique héritier d'Althusser ; Clément Rosset, qui campait à part sur la gaieté tragique, loin de nos crédulités savantes. On savait déjà que Bouveresse, solitaire et colérique, rebondirait sur Wittgenstein ; que Rancière, impertinent, aigu, prolongerait le sillon des radicalités souterraines ; et Dominique Lecourt, souriant, celui de la meilleure épistémologie française. À côté de ces véritables philosophes, mes contemporains, je ne pouvais que faire semblant, même si je tentais de mon mieux de leur emboîter le pas. Ils m'ont distancé depuis, sur la voie de la vérité. Ils ont pris tôt leurs marques et les affolements d'aiguilles ne leur ont pas fait perdre le nord. Nos dignités sont à vie et nos capacités, d'un moment. Ancien agrégé, me voilà philosophe putatif. Comme un titre de noblesse aux prouesses du roturier promu, les titres universitaires survivent indûment aux connaissances qu'ils ont naguère récompensées, et qui fondent à l'épreuve des distractions comme neige au soleil. L'aptitude à philosopher ne s'entretient pas sans quelque contrainte pédagogique. La meilleure façon de ne pas tricher, sur ce chapitre, est de faire classe, en terminale, parce qu'on doit couvrir l'arc entier de la discipline ; à l'université et en « prépa », parce que les changements annuels au programme des concours contraignent le professeur à combler ses impasses d'étudiant. J'ai déserté les classiques et je ne m'applique plus aux théories du jour. Alors, je m'y consacrais dans l'enthousiasme, en dévot. Lévi-Strauss et Granger ; Braudel et Pierre Vilar ; Durkheim et Weber. Freud et la suite. Koyré, Bachelard, Canguilhem. Ce dernier ayant avalisé et même adoubé Foucault, l'*Histoire de la folie*. Marx bien sûr, Feuerbach, Auguste Cornu (pour son captivant *Marx-Engels, la vie et l'œuvre*). Sartre et

Merleau-Ponty s'amenuisäient aux lisières du recommandable. Raymond Aron ? On s'accordait à le mépriser de bon cœur, comme idéologue et journaliste, bourgeois et superficiel. Volumineuses et volatiles comme les foules, les idées maîtresses du moment, quel qu'il soit, ont la texture ambiguë des meetings, défilés et attroupements dans nos vieilles bandes d'actualités. Compactes, entraînantes et même évidentes, pour qui en était, elles prennent à distance une consistance saugrenue de fantôme.

*

Nos idées vivent et meurent ; nos amours aussi ; qui oserait les confondre dans un même « glissons, mortels... » ? À supposer que nous ayons assez de cynisme pour laisser nos chrysalides se dessécher derrière nous, nos mues ne seront jamais passibles de la même insouciance, ne l'étant pas de la même personne en nous, et les leurres dont nous nous sommes dépris ne nous font pas la même peine. Il nous en coûte plus d'affronter nos pensées que nos sentiments évanouis. D'où vient que dans l'évocation par flash-back (qui rend chaque remontée du temps semblable à la *nekuia* d'Ulysse, lorsque guidé par Circé à travers l'océan jusqu'à la fosse aux trois libations, il voit monter les ombres au rebord du puits), il est des fantômes qui nous effraient plus que d'autres ? À croire que nos sentiments prennent leur retraite aux Champs Élysées, et nos croyances aux enfers... Lorsqu'en ouvrant une boîte à chaussures nous tombons sur une jolie créature en Ektachrome aux yeux verts, nous affrontons son souvenir d'un cœur plus léger que telle profession de foi scientiste ou politique signée d'un sosie et contemporaine de notre ensorceleuse. Nous l'avons peut-être négligé, ce jeune regard trop confiant, mais on se pardonne plus facilement le désaimer que le décroire. Et si nous étions aussi peu libres de nos partis pris que de nos désirs ? Nous sommes tombés dans le panneau, avec la créature ou l'obédience qui nous ont fait tant de mal ? C'est peut-être que l'idéalisme subjectif ou le matérialisme dialectique était notre « genre », comme on le dit de la grande brune mince ou de la blonde bien en chair.

Ce qui rend plus humiliants pour notre amour-propre les articles de revues jaunis que les lettres d'amour fanées, c'est la découverte que ce n'est pas nous qui formulions cet avis catégorique, mais les autres, l'époque, l'atmosphère, alors que c'est bien moi qui me suis entiché de cette « sale garce » ou de cette « petite oie ». Et cela change tout — au bénéfice des demoiselles, au détriment des doctrinaires. De nos chagrins d'amour, nous sommes sujets et auteurs ; nos dérapages intellectuels, ces trous noirs du souvenir, nous devons les partager en compte-à-demi avec des milliers, des millions d'autres, alors que nous les avions crus sur l'instant on ne peut plus sentis et intenses (le pire est qu'ils l'étaient). Nos credo successifs vieillissent en énigmes, plus impardonnables que nos *love affairs*, dans la mesure où le temps écoulé nous en révèle la banalité ou du moins la forte probabilité, vu les conditions atmosphériques du moment. Le recul nous replonge dans la sociologie des tropismes d'époque, comme une silhouette en premier plan dessinée sur une toile qui, de près, nous semblait différente des autres, se recolle, vue de plus loin, au *fond de tableau*. Et là est l'impardonnable : avoir pris un fond de l'air pour une forme, avoir laissé un *on* s'installer à la place d'un *je*. C'est en quoi reconstituer le fil de nos « prises de position » nous sera doublement vexant : pour l'image singulière que nous nous faisions de notre petite histoire, moins exceptionnelle que ne l'eût souhaité notre vanité ; et pour l'idée que nos professeurs se faisaient de la pensée en général, et qu'on eût aimé pouvoir décalquer sur la nôtre : une espèce d'ozone insensible au temps qui passe ou à celui qu'il fait. Combien de nos architectures savantes ont su vieillir ? Et que vaut une pensée qui se ride avec ses circonstances ? En fouillant dans nos dossiers et archives, on sent monter un doute fort immoral qui amène à se murmurer, quand nous relisons ce que n'importe qui d'autre – même troupe, même théâtre – aurait pu proférer à notre place : que m'importe désormais ce qui n'importe pas qu'à moi. Ce tournant se fait à mi-vie ou sur la fin : un projet de société, bien meuble et accessible, cède la place, au fond de nous, à une mémoire affective, propriété incessible et difficilement communicable. À ce point d'inflexion prend fin, individu ou nation, une certaine jeunesse d'esprit.

Pour nous sauver des idées reçues, ou de ces mentalités d'époque que nous prenions pour des convictions, le Grand Horloger met à notre disposition des théorèmes et des poèmes, insubmersibles bouées. Ces planches de salut, où la date de fabrication importe peu, et qui traversent les âges sans propagande ni marketing, ont une vertu d'assurance tous risques, qui s'apprécie au fur et à mesure que nous perdons la nôtre. « L'Aube exaltée ainsi qu'un peuple de colombes » et le carré de l'hypoténuse... À Rimbaud et à Pythagore, chacun peut s'agripper, comme à l'aria de Mozart que l'aérienne autonomie des notes, sans lieu ni langue, protège à jamais du ridicule. Le beau vers et l'algorithme, grâces en suspens, nous élèvent en un instant dans un asile inaltérable, notre temps immobile. Alors que nos prospectives idéologiques nous enfoncent dans notre obsolescence, emportées qu'elles sont par le passage des très ordinaires délires dont sont faits nos élans collectifs, pauvre étoffe de nuages que chaque année déchire.

Ce serait se prendre pour Dieu que de vouloir être immortel dans tout ce qu'on pense ; et la doctrine de l'engagement a mis un point d'honneur à se vouloir périssable, à se fondre dans l'époque au point de devoir même disparaître avec elle (serment d'ivrogne que son auteur eut la bonne idée de trahir en fabriquant d'impérissables motsnuments). Oublions ces crâneries intellos. Nous qui faisons profession d'interpeller l'avenir, tout en rêvant de ne pas couler avec le *Titanic*, nous serions bien avisés de choisir pour radeau quelque chanson à fredonner, plutôt qu'un traité sur la morale de conviction ou le multiculturalisme. Car nos ariettes donneront plus de fil à retordre que nos argumentaires : autant nos petites distractions ont des chances de sonner juste, à distance, autant la forteresse systématique que les théoriciens, ces bâtisseurs de ruines, estiment imprenable, s'écroule en trois décennies, comme ces édifices ultramodernes qui s'effritent et se rouillent aux premières intempéries. C'est qu'on change d'académisme rien qu'en changeant de millésime. Notre vie sentimentale n'accumule guère de nouveautés et on s'y retrouve, si l'on peut dire, à tout moment. Notre vie intellectuelle, que nous croyons plus solide, s'avère en fait plus friable car moins sujette à l'ordre immuable des fantasmes. Nos discours raisonnés nous trempent dans le courant d'opinion, d'où l'on déplonge à notre insu par nos cafards et nos ballades de quatre sous. Je ne puis plus raisonner comme Althusser après la chute du mur de Berlin ; mais je puis tenter de sentir ce qu'il a souffert. Ses artefacts didactiques, pensées sans sujet mais non sans date, ont pris un coup de vieux qui épargne son journal intime et ses confessions finales. Nos névroses nous survivront-elles mieux que nos systèmes ? Le penseur conquérant me vieillit ; le souffreteux me rajeunit. C'est par ses impuissances que le dogmaticien rejoint à la limite Pascal ou Van Gogh écrivant à Théo. Il devient posthume ce qu'il dédaignait vivant : un artiste. Celui-là a cette supériorité sur l'idéologue de nous faire oublier notre âge, et le sien. Elle n'a rien de surnaturel : n'importe quel pékin peut fausser compagnie à la chronologie, pourvu qu'un créateur lui tende la perche. Nous avons d'autres occasions de rajeunir – il est vrai, heureusement plus anodines et dont nous profitons avec d'autant plus d'avidité que le compteur tourne. C'est un bonheur pas assez vanté, même s'il est involontaire (mais quel bonheur est volontaire ?), que de pouvoir changer de date de naissance rien qu'en changeant d'occupations. Tirons-nous assez parti de cette boîte de vitesses intérieure ? Je puis me croire immortel quand je scande à voix haute l'*Éthique* de Spinoza, une lettre de Flaubert, ou quand j'écoute l'ouverture de *L'enlèvement au sérail*. Mais j'ai trois ans quand je m'endors, et dix quand je me réveille ; quinze quand j'enfourche mon vélo sur une route de campagne, dix-huit quand j'ouvre un tout nouveau roman d'amour ou d'aventures, et vingt-cinq ans quand j'invite une belle inconnue à dîner. Quand je feuillette des doctrinaires, en revanche, qu'il s'agisse d'Althusser, de Maurras ou de Raymond Aron, je deviens centenaire en un clin d'œil. En tournant les pages, j'entends mes os craquer.

★

Déboulant de l'histoire comme tragédie, j'ai trop longtemps regimbé devant la parodie, pour avoir connu encore un monde de croyances graves, où il n'était pas rare qu'un philosophe se tue par politique, comme les poètes de 1830 se tuaient par amour. Une menace d'exclusion, une accusation de trahison, une quelconque affaire Lyssenko ou les remous d'un procès en sorcellerie, à Prague ou à Paris, dans le Parti ou aux pourtours, mettaient des vies en danger (Michel Serres, au début des années cinquante, compta dans le milieu une dizaine de suicides). C'était à un millénaire de notre univers, où la politique fait peut-être mourir nos jeunes zappeurs, mais de rire.

La superstition de l'histoire portant en elle, par justice immanente, sa propre punition, rien n'est plus porteur de contretemps que le guet hallucinatoire des temps nouveaux. Togliatti et Thorez, Mao et Guevara se profilaient en maîtres du futur, voilant l'arrivée des Ted Turner et des Bill Gates. C'est que le règne de Cronos est celui du quiproquo, et qu'il n'est pas plus passéiste que celui qui jure, et chante, qu'il faut faire « du passé table rase ». La rumeur 1900 qui avait soufflé aux lycéens de 1950 que là soufflait l'esprit, c'était le syndrome de Julien. *Le Rouge et le Noir*. Le héros stendhalien mise sur la pourpre cardinalice, au moment où les Monsignori quittent la scène. Ainsi vont les ambitions de tête en France, nation plus passéiste que d'autres parce que plus littéraire (et on ne voit pas comment la Grande Nation aurait pu survivre à sa littérature). Prendre la voie des humanités, en 1960, pour jouer le jeu de l'influence et de la gloire, comme il se jouait en 1920, quand Édouard Herriot, la république des professeurs et la moitié de l'Académie française sortaient de Normale sup, où se formaient alors les « cadres de la nation », c'était entrer dans l'avenir à reculons, avec deux illusions au chaud, la suprématie des lettrés sur les technos (tous les autres) et le primat du politique sur l'économique. Et comme sur l'imaginaire maison, sur nos turnes et nos organigrammes, trônait au sommet la philosophie — ce qu'attestait la présence au poste de directeur de Jean Hippolyte, bienveillant commentateur de Hegel, plein de largesse d'esprit —, je ne doutais pas que le philosophe-roi, en bon époux de la Providence, renaisse bientôt premier conseiller du « Prince nouveau » qu'était le Parti, dépositaire privilégié de la Science de l'Histoire (celle qu'a inaugurée Hegel en 1807 avec la *Phénoménologie de l'Esprit* et que clôture Marx en 1867 avec le premier livre du *Capital*). En Europe, un marxiste conséquent eût trouvé de l'emploi sans difficulté, vers 1910 ou 1920; comme Julien Sorel ou Frédéric Moreau l'eussent fait vers 1790 ou 1800. De même qu'il y a, dans les affaires de cœur, un délai de viduité, dit de décence, qui pour les veufs et les veuves tourne autour de trois cents jours, il y a, pour les ferveurs collectives, un délai de nostalgie, qui oscille entre trente et cinquante ans. Il existait alors, par bonheur, une machine à remonter le temps : le tiers monde. Cinq mille kilomètres, cinquante ans. Amérique latine, Afrique, Asie : un coup d'aile remettait nos manuels en marche. Au milieu des meurt-la-faim, l'apprenti marxiste éprouvait une euphorie dont les bagnoles et les mixers le privaient outrageusement à domicile : celle de voir ses idées engrener sur les hommes, et les mots sur les choses.

Mon système de valeurs mettait plus haut que tout le révolutionnaire professionnel ; le système des concours, le moisi des grimoires. Pourquoi Lénine devait-il conduire à Célestin Bouglé ? Althusser indiquait d'une main le Palais d'Hiver et, de l'autre, le Collège de France. Par où filer le moins doux ? Et comment rejoindre la bataille en cours sans déserter son bataillon ? Un clerc à son créneau n'avait le choix, voyant monter « les masses en colère », qu'entre renier sa cléricature en « ralliant les luttes », usines ou sierras — selon qu'il en tenait pour le prolétariat ou la paysannerie —, ou bien renier la révolution en restant sur ses rails. Leningrad est redevenu Saint-Pétersbourg, et notre rue des Écoles brille comme un sou neuf. La direction Palais d'Hiver n'était pas la bonne ? Ce serait oublier que les rêves, quand on les vit, sont tout sauf des rêves.

L'irruption en salle Dussane du vent de folie germanopratine qui, autour du séminaire de Lacan, mit vers 1964 notre citadelle « prolétarienne » à l'heure du Café de Flore et de ses mignardises acheva de me convaincre qu'il fallait prendre la tangente : quitter le compliqué pour le simple. L'arrivée du psychanalyste parmi nous tenait de la reddition : un désaveu d'Althusser par lui-même, puisque c'est lui qui avait invité à se produire *intra-muros* ce munificent chaman qui faisait flèche de tout bois, algorithmes inclus (ce n'est pas un crime : il m'est arrivé de faire d'un théorème un usage exorbitant). J'échouai à trouver éclairants ses feux d'artifice et ses calembours (on est plus sévère pour les autres et le show n'y aidait pas). Chaque frère convers, à tour de rôle, porte dans son cœur le deuil d'une école qui était toute l'École. « Normale lettres n'est plus », disait Aron après 1968, en y voyant chassée la pensée libérale. Un découragement inverse me saisit dès alors, en voyant s'installer dans nos murs, au cœur de nos vieilles probations rationalistes, la version psy et farceuse de la religion du signifiant. Coup de lune sur Descartes et fils. Je dus même, la deuxième et dernière fois où je me rendis à cette quasi-messe noire, quitter la salle pour étouffer un mauvais fou rire. Dans le mage adulé, idiotement, je ne vis que le magicien, au sens esbroufe. Je confesse n'avoir pas, sur ce point, beaucoup progressé. La ferveur verdurinesque et dévote qui entourait ce mystagogue de haute volée continue de me voiler l'apport solaire du freudisme, ses schémas d'explication charpentés à la loyale, à l'antique (quoique extrapolés un peu vite, on le sait aujourd'hui, d'expériences cliniques bricolées). Pour desséchée qu'elle soit, la poudre aux yeux des épigones continue de m'embrouiller la vue. Le grand sorcier de la rue de Lille s'en serait bien moqué, mais je me compte encore au nombre de ses victimes ; non comme patient, mais par impatience. Dois-je l'en remercier ou m'en plaindre ? C'est Jacques Lacan qui m'a fait tomber du nid académique avant terme. En coupant court à la lente ascension de l'*auctoritas*, échelon après échelon. Quand on a raté ce funiculaire au départ, inutile de brûler les étapes *post-festum*. En vain, la cinquantaine venue, reprendrez-vous votre carte d'étudiant pour mettre vos papiers en règle (l'agreg n'étant pas un grade universitaire) : diplôme, doctorat nouveau, habilitation, liste d'aptitudes, notre ordinaire batterie de titres et diplômes. *Mater et magistra* ne s'en laissera pas conter. Votre ticket est périmé. Vous n'êtes plus de la famille.

Pourquoi ? D'abord, le corps (toujours le corps). Trop de fourmis dans les jambes. La crue des signes et le fétichisme du langage — tout pour la face, rien pour les mains — donnaient l'envie de se dégourdir. Manque d'espace, d'exercices physiques ? Avec leurs boulingrins, leurs prairies à marguerites et les vaches paissant sous leurs fenêtres à meneaux, leurs glissades en *punt* sous les saules et les régates en yole, les poumons d'Oxford et de Cambridge, ces lieux où l'expression de *pré aux clercs* n'a pas perdu tout sens, respirent mieux que leurs homologues du Quartier latin, privés de verdure et de sport. Les *undergraduate* du collège britannique, où le claustral est tempéré par le cricket, ont de l'air à domicile, avec le Commonwealth derrière chaque porte. À notre pépinière trop confinée, il manquait du champ. Nos livres, qui ne disaient plus le monde, ne parlaient que des livres. Ce qu'avait de creux un matérialisme historique sans histoire ni matière suscitait un besoin de dégagement (*engagement* est un antonyme), pour s'arracher aux relents stagnants du livresque. Anglais ou écossais, j'aurais pu faire, à mon retour, un fils prodigue. On est plus indulgent là-bas avec les excentriques. Britannique d'Oxford ou de Cambridge, j'aurais surtout appartenu à une véritable communauté de mémoire, une tribu avec écusson, cravate rayée et parapluie. L'École normale a finalement un folklore trop pauvre pour créer un sentiment d'obligation et, partant, de remords. L'absence de professorat installé à demeure et le repliement individualiste des pensionnaires ne donnent pas à la rue d'Ulm, malgré ses complexes de supériorité, le poids, la sourde continuité d'un club à vie. Ses homologues d'outre-Manche ont des us et coutumes moins démocratiques et plus snobs, en apparence, mais paradoxalement, de l'intérieur, plus égalitaires et conviviaux. Notre grande classe, par comparaison avec le *college*, me paraît manquer autant de rituels que de pelouses et d'agrès. Les professeurs de Normale, qui dînent et dorment chez eux, loin de l'École, déjeunent dans une salle réservée, hors du regard des élèves, où leur est servi le menu collectif. Les *fellows* des *colleges*, qui y vivent en administrateurs responsables et titulaires de droit,

goûtent soir et matin sur leur estrade et sans se
cacher des mets et des vins de premier choix. Et
les élèves, en contrebas, s'en moquent bien.
Comme si privilèges et préséances s'allégeaient
d'être affichés; comme si la hiérarchie, en
s'avouant, choquait moins. On démystifie les
règles quand on les assume; et je devais depuis
respirer (sur invitation et pour une brève visite) à
Trinity College une atmosphère curieusement
plus traditionaliste *et* plus fraternelle, plus féodale
et plus actuelle. Du collège jésuite, l'École parisienne, construite bien tard, en 1847, a gardé le
plan de base : une cour carrée, avec plates-bandes
et jet d'eau, ceinte de quatre façades composées
de longues galeries à plusieurs étages se croisant à
angle droit. D'ascendance plus ouvertement
médiévale, fondations religieuses au départ, les
colleges de Cambridge, monastères catholiques
confisqués par l'aristocratie anglicane, affichent
carrément la couleur cléricale et l'orgue reste plus
présent à la *public school* que le clairon dans nos
lycées. Dans ces gros villages académiques, la
décontraction habillée du *town-and-gown* entraîne
aux cocasseries du gothique pop, qui peut glisser,
à Westminster Abbaye, un Elton Jone entre deux
polyphonies anglicanes. Le cycliste en smoking,
mollets à l'air et buste cambré; les *proctors*, mi-
appariteurs, mi-surveillants, chapeau melon et
gilet; le *clergyman* à col romain et queue-de-
cheval; le bar psychédélique jouxtant la nef flam-
boyante, où iront les choristes en haut-de-forme
et veste Eton écouter de l'acid jazz après avoir

entonné du Haendel; le *student* en costume de *degree ceremony*, adoubé par le vice-chancelier en robe qui lui touche l'épaule avec son parchemin; le *breakfast* dans le chœur-réfectoire, où des rayons de vitrail bleuissent l'assiette d'*eggs and bacon*, sous l'arrogante bedaine de Henri VIII dominant le vaisseau — l'original de Holbein; la procession nonchalante des *fellows* derrière le *provost*, du fumoir à la *high table* au pied de laquelle attendent les maîtres d'hôtel en gants blancs; dîner suivi, pour les célibataires, par la cérémonie des fromages, bordeaux et porto dans une *combination room* éclairée par des candélabres qui font miroiter au mur, à travers les brouillards du sherry, les effigies vernissées des *masters*; le rocker cheveux longs à guitare électrique sortant, le joint au bec, de la maison de Marlowe, bâtisse à colombage rouge brique et pansue de l'époque Tudor. Notre pension était trop collet monté pour ces pieds de nez; et trop libre penseur pour ces *God save the Queen*. Quoi d'étonnant si l'informatique du Nouveau Monde installe ses centres de recherche le long de la *Cam River*, dans ces cours cloîtrées où culture humaniste et savoir scientifique échangent à table leurs résultats en mêlant, mélange détonnant, tel un poème d'Apollinaire, l'ordre et l'aventure, le sportsman et l'esthète?

153

« Le grand théâtre de la tragédie politique »,
comme le pronostiquait lucidement Derrida à la
mort d'Althusser, a fermé ses portes. Et les
ombres voltigeantes et jalouses qui épouvantaient
notre camarade telles des Érinyes lancées de tous
côtés à ses trousses — le Parti, l'École, l'Église,
l'État — nous font rigoler comme des vieilles
biques. Ce n'était donc que cela, ces spectres
voraces qui pouvaient rendre fou ? Dégonflés, rendus à leurs chétives proportions, on hésite entre
rire ou pleurer devant tant de grandiloquence. Le
naïf, vraiment, se mettait le doigt dans l'œil : un
sourire. Le pauvre, vraiment, ne méritait pas cela :
une larme. Tout bien pesé, j'opte pour la terreur
et la pitié devant ce meurtrier-victime, cet insensé
extralucide. Saint-Simon le socialiste à qui Charlemagne en personne est apparu une nuit, dans
son cachot de prisonnier, était d'avis que
« n'entrent dans le temple de la philosophie que
les échappés des Petites Maisons ». Althusser s'est
échappé légalement de Sainte-Anne et, lui qui
avait rêvé de s'emparer du monde et de l'histoire
par la pensée, il fut le premier à demander aux fils
de Marx et de la déroute qu'on ne se racontât
plus d'histoires. Il a ouvert des yeux proprement
philosophiques sur la réalité objective d'un monde
où plus personne ne dirige rien : plus de visée historique, plus d'unité de conception, plus de
centre de décision. « La politique, a-t-il noté *in
fine*, peu avant de rendre l'âme, est chassée
comme instance autonome de la scène de l'activité mondiale. » Privé du droit de parler et d'inter-

venir, recroquevillé sur ses abîmes, clandestin parmi les siens, Louis a clairement pensé ce qui rendait sa pensée obsolète, et sa vie vaine, au total; il a regardé sa mort dans les yeux, et au-delà de la sienne, celle d'une figure emblématique du métaphysicien pour qui la lecture du journal s'appelait « la prière du matin » parce qu'il y avait encore du divin sous l'actualité, du sens sous l'anecdote, à raccorder et déchiffrer. Avec lui, le philosophe de l'histoire découvre qu'a débuté ce matin une autre époque de l'esprit, celle où un penseur peut se dispenser sans crainte de prendre connaissance du résultat des dernières élections. Parce que le mot fameux de Napoléon sonne désormais comme un bon mot : « La tragédie, aujourd'hui, c'est la politique. » Celle-ci n'est plus la forme actuelle du destin. L'âme du monde, ce ne sont plus les rois et les félons, les prétendants au trône et les despotes. En Occident, Shakespeare est mort. Il a quitté les palais pour les labos. Nos Elseneur se nomment Institut Pasteur et Xerox Corporation, MIT ou CERN. À quoi bon un nouveau Machiavel, quand ne restent plus en scène, dans le rôle du Prince, que « les hommes de cirque et de télévision »? Lisons entre les lignes de sa bouteille à la mer : « En somme, ma vie durant, j'aurai pissé dans un violon. Alors ce suicide-là ou un autre, vous savez... »

*

Trente ans. On a quitté une pension de famille délabrée, malodororante, où se cultivaient les révoltes logiques, et on retrouve un trois-étoiles, une antichambre assagie de la haute administration, pimpante, claire et propre. Notre religion du déluge purificateur disparue, l'École en sécession de l'après-guerre a été désaffectée dans l'âme pour cause de retour à la paix : on en a profité pour désinfecter les lieux. Je m'en rendis compte, brutalement, un jour que je gagnais la Bibal, en quête d'un titre rare. En dessous de l'escalier s'ouvrait une enfilade de pièces nues où s'affairaient des peintres en bâtiment. Je rentrai, par curiosité. La porte intérieure, et cruciale, entre chambre et bureau avait disparu, murée. Les ouvriers rénovateurs me laissèrent errer dans ces lieux anonymes. C'était un logement lumineux et fonctionnel, cadre sup, clé en main. Ripoliné, amnésique. Chassons les calamiteux. Un meurtrier a vécu là. Un communiste. Un aliéné. Moyen Âge. Nettoyons, raclons, dépolluons. Il n'y aura plus d'appartement d'Althusser. Autres temps, autres nurses.

Le 45, rue d'Ulm retrouvera-t-il un jour ses humeurs insociables et le goût de dire non ? Espérons que la propreté soit compatible avec la solidarité. Pour l'heure, on est professionnel. Souriante, décrispée, l'institution anciennement introvertie se tourne vers le dehors et entend établir sans réticence ses élèves dans la société. Du sectarisme au conformisme ? A-t-on fait sa paix avec les puissances, l'argent, l'image? Soucieux de ses débouchés, l'établissement a souhaité hier se réconcilier avec la World Company. Il a mis à l'affiche, bicentenaire aidant, ses exemples de réussite sociale, composé un valorisant comité de parrainage avec ses *rich and famous* (on a des relations, nous aussi, n'allez pas croire). Côté lettres, signe de sociabilité accrue, les « sciences sociales », proches des réalités du terrain, ont absorbé les « sciences humaines », trop hautaines, et la philosophie s'est faite plus discrète. Un excellent directeur, le physicien Étienne Guyon, a pris l'initiative de croiser, via des « sessions de Cavaillès », littéraires et scientifiques. Les décrues de la croyance sont intellectuellement fécondes. Au fronton du portail, entre les deux allégories sculptées des Lettres et des Sciences, là où s'arbora jadis un drapeau rouge, flotte le drapeau bleu étoilé — les couleurs de la Vierge Marie — de l'Union européenne. Ses plis ombrent l'imposte où se détache encore, gravé sur l'oculus vitré : « Décret de la Convention, 9 Brumaire an III ». Un banquier préside des cérémonies opportunes. Les patrons recrutent du capital-lettres. La mixité acquise, les effectifs ont quadruplé; les échanges se multiplient avec l'extérieur; les téléphones marchent; il y a des fax dans les turnes. Qui se plaindra que les locataires d'une Arcadie coquette et frileuse découvrent au plus tôt les âpretés du marché des connaissances en se frottant d'un peu près aux paillasses d'outre-Atlantique? En l'an 2000, Marianne veut des compétences, et rentables. Pas

157

d'éternels apprentis, insoucieux de Dow Jones et du cours de l'euro. Peut-on adapter le normalien sans le banaliser ? Sans lui faire perdre ces « qualités de l'esprit qui sont en même temps les qualités du caractère », comme l'indiquait, non sans quelque présomption, un Giraudoux qui, commissaire à la Propagande en 1939, montra dans la bataille plus d'esprit que de caractère ? C'est un risque à courir (qu'il est assez confortable de laisser à d'autres). Marianne n'a plus que faire du vers anapestique, elle ouvre un forum sur Internet. Deux brèves, une longue — où va-t-on avec cela ? Et qui lit encore Homère ? Le glissement de l'État éducateur à l'État séducteur rend les humanités à leur solitude. On ne voit pas comment la pépinière de retardataires subversifs que j'ai traversée aurait pu survivre à l'américanisation du paysage que nous appelons « mondialisation » — au quadruple déclin d'une vocation, l'enseignement, d'une mémoire, gréco-latine, d'une foi, la socialiste, et d'une exception, la France. S'il faut bien normaliser Normale, prions pour le maintien de cet atrium intempestif. Giraudoux a peut-être flatté le surmoi monastique des Rastignacs de l'intelligence, en vantant « l'école des hommes qui proportionnellement ont publié le plus grand nombre de livres et obtenu le moins grand nombre de gros tirages ». On ne se vantera pas d'avoir ce mérite mais la formule sonne comme une devise. Le serment du réfractaire : « Je tiendrai bon sur le vers anapestique et tant pis pour mes rentrées et ma surface » — n'était-ce pas le meilleur service à rendre à ses compatriotes : ne servir à rien, et ne servir personne, hormis le saint langage et le saint savoir ? La transformation de la planète en supermarché remet le désintéressement à l'ordre du jour, parce qu'il y a un biotope de l'esprit, qui ne respire bien que dans la gratuité. En offrant un écosystème de rechange, sinon un foyer de remplacement, aux fils et filles de famille, Ulm et Sèvres (comme, en sens inverse, Saint-Cloud et Fontenay) ont contribué à soustraire le jeune pauvre — et le jeune riche — français à la pollution ambiante en accroissant leur volume d'air pur. Peu chaut ici la majesté perdue des lettres. Si l'on doit souhaiter que se perpétue la lignée « généraliste », malgré les déficiences qu'on n'en finirait pas d'analyser, c'est bien pour des motifs de salut et de santé publics, à toutes fins inutiles : d'abord, un normalien lettres a plus de probabilités qu'un centralien ou un polytechnicien de saisir que le monde où il se meut n'est pas né avec la révolution industrielle, ni même en 1789, comme nos frontons nous le suggèrent, mais du côté de l'Euphrate et de l'Ionie, trois millénaires auparavant. Ensuite, il lui sera plus loisible de devenir (ou de rester) un *inadapté* chronique, quand nos principaux centres de conformation ont pour tâche de formater les jeunes esprits aux normes de la demande socio-économique. Si l'adage selon lequel on entre une fois dans cette grande école mais qu'on en sort toute sa vie paraît exagérément pessimiste, cela fera au moins trois motifs pour implorer nos démagogues de ne pas mettre leur nez dans d'aussi encombrants héritages. Certains rêvent, au nom de la rationalisation des coûts, de supprimer ou de banaliser le concours d'entrée, où ils voient un rite de passage inutile et non rentable. Ils seraient capables, si on les laissait faire, de trancher l'un des derniers fils rouges, de plus en plus ténus, qui relient l'entreprise France S.A. aux souscripteurs de l'*Encyclopédie* et à l'an III de la République.

Il voyagea.

Il connut la mélancolie des aéroports, les froids réveils dans le hamac, l'étourdissement des conciliabules et des meetings, l'amertume des espérances interrompues.

Il revint.

Il fréquenta le monde et fit d'autres ouvrages encore ; mais l'attente du vrai livre à venir les lui rendait insipides. Et puis la véhémence du désir, la fleur même de la sensation était perdue. Ses ambitions d'esprit ne s'étaient pas encore calmées. Des années passèrent ; et il supportait l'émiettement de son intelligence et l'invincible ennui des colloques.

Vers la fin de mars 1867, à la nuit tombante...

Post-scriptum 1

Conversation avec un conservateur sur le bel avenir du passé

Voyons... Ouvrages du même auteur... C'est trop... On s'y perd... Vous connaissez nos limitations de crédits... d'espace... de public. Je ne suis pas la Bibliothèque nationale, on ne peut pas tout emmagasiner (son crayon monte et descend la fiche, hésitant).

— C'est déjà gentil à vous de me demander mon avis. Cochez celui-là.

— 1981. *Critique de la Raison politique*, Gallimard, « Bibliothèque des Idées », 475 pages. Un pavé. Vous êtes sûr ?

Je ne le connais pas plus que cela, mon examinateur. Je l'ai rencontré chez un ami, dans la Drôme des collines. Frais diplômé de l'École nationale des sciences de l'information et des bibliothèques, ce bibliothécaire a déjà du galon. Il est venu en stage dans la bourgade voisine, où s'ouvre une médiathèque. La « filière territoriale ». Le maire l'a chargé de mettre en ordre les archives communales et de constituer un début de fonds contemporain. Il m'a invité à visiter son nouvel « espace » encore vide — deux étages en transparence sur un atrium intérieur —, m'a exposé sa « politique d'acquisition » et, de fil en aiguille, évoqué par quoi je pourrais figurer dans son catalogue. Idée cruelle : demander à un polygraphe de se résumer. « S'il n'y avait qu'un seul livre de vous... » La sélection autogérée. Incisif, ironique, il est passé par l'université de Vincennes, où il s'est pénétré de Deleuze et de Foucault, avant de bifurquer sur l'école de Villeurbanne. On ne peut pas lui vendre n'importe quoi, à ce post-soixante-huitard. Je le soupçonne même de faire l'âne pour avoir du son.

— Réfléchissez bien. C'est une bibliothèque municipale, la philosophie n'a pas beaucoup de clients par ici.

— J'y ai mis beaucoup de moi-même. La moitié de ma vie. Je crois que c'est un procès-verbal utile.

— Utile à quoi ?

— À diminuer le désenchantement. Les espérances mal placées, si vous préférez.

— Et si on me demande de traduire le titre en français ?

— Voyage au bout de la nuit. La nuit des croyances. L'éternelle nuit du délire collectif.

— Démarquer la *Critique de la Raison pure*, ce n'est pas un peu prétentieux de votre part... ?

— Plus qu'un peu. La prétention est notre maladie professionnelle. Séparer le bon grain de l'ivraie, le vrai du vraisemblable. *Critique* = à quelle condition un phénomène est possible ? *Critique de la Raison politique* = comment fait-on pour se rassembler et, une fois réunis, pour le rester ? À quelles conditions un *tas* d'individus peut-il se constituer en un *tout* ? Que ce tout soit une nation, un parti, un club, une Église, une secte, un peuple. Disons : l'établissement humain.

— Est-ce vraiment sérieux de se poser ce genre de questions ? Cela ressemble aux sujets farfelus que les académies de province du XVIIIᵉ siècle mettaient au concours.

— On s'interrogeait alors sur l'origine, on imaginait un pacte d'association, un *contrat social*, au départ, pour légitimer l'autorité politique. C'est évidemment une vue de l'esprit. Aucun document ne fait foi d'un beau serment unanime au pied d'un chêne. Je me demande simplement, les choses étant ce qu'elles sont, comment ça marche.

— Quoi, ça? Les élections, les Assemblées, les partis, les dictatures?

— Non. Cela, c'est *la* politique. *Le* politique, c'est ce qu'il y a avant. C'est le fait inouï qu'il puisse exister des groupes stables, survivant aux éphémères qui les composent. Pour se poser le problème d'une logique propre aux organisations collectives, il faut commencer par admettre — c'est un postulat, mais tous les faits d'observation vont dans ce sens — que le collectif est plus et autre chose qu'une addition de calculs ou de volontés individuelles (comme le supposent libéraux et libertaires). Vous connaissez l'observation de Valéry : « La confusion mentale est pathologique quand on est seul, normale quand on est plusieurs. » Comment rendre raison de cette déraison? *Raison politique* veut dire : système de fonctionnement, règle de syntaxe. On ne peut faire ce qu'on veut avec la syntaxe. Les langues ont une grammaire, les collectifs aussi. On est libre de dire tout ce qui nous chante mais pour que les mots fassent sens, ils doivent être disposés dans un certain ordre, dont nous n'avons pas idée mais que nous respectons inconsciemment. Nous avons le choix des mots, non des relations entre les mots. De même ne pouvons-nous faire corps en faisant n'importe quoi. Il y a des contraintes.

— Est-ce que vous ne jouez pas un peu sur les mots ? Une langue, ça ne change pas fondamentalement. Une société, par définition, ça évolue. Cela s'invente. Et c'est plus turbulent, me semble-t-il.

— Raison de plus pour allumer les Lumières dans tous ces recoins d'ombre, ces zones troubles, croyances, idéologies, « folies collectives ». On ne peut plus penser que les progrès de la science et de l'éducation vont dissiper ces nuées sanglantes, et répéter les yeux fermés : « Une école qui s'ouvre, c'est une prison qui ferme », même si c'est dans la charte de l'Unesco. L'imprévu, l'inexpliqué, c'est que l'humanité massacre, torture, et déporte de plus belle, au moment même où elle a le plus de maîtrise sur les choses. Dans le savoir, on avance, on renouvelle la donne tout le temps. Dans le pouvoir, on rechute, on répète. On n'est jamais sûr de sortir de l'ornière. Dans un cas, vous suivez une flèche ; dans l'autre, une sorte de cercle.

— Et dans quoi tourne-t-on en rond ?

— Dans la croyance. Plus qu'un lubrifiant, le moteur même. Pour que des dispersés se regroupent, et que ça « prenne », il faut une croyance en commun. C'est plus mystérieux et compliqué qu'on ne croit, une croyance. On sait à peu près comment nous *savons* ; on ne sait pas encore pourquoi et comment nous *croyons en* ou *à* — sans parler de croire *que*. Les ethnographes étudient les croyances des autres, des primitifs, des superstitieux, des Indiens d'Amazonie. Les croyances incroyables sont plus faciles d'accès que les nôtres, que nous jugeons plus crédibles. Il est difficile d'ethnographier sa *propre* croyance, parce qu'elle nous semble normale et raisonnable. De même est-on plus sagace sur « le passé d'une illusion » que sur le présent des nôtres...

— Pour tout vous avouer, j'ai toujours craint le bavardage et l'abstraction en ces matières. Les historiens me semblent là-dessus plus fiables que les philosophes : eux au moins ne racontent pas d'histoires.

— C'est bien mon sentiment. Ils sont au départ de tout, mais ils s'arrêtent à mi-chemin. L'historien nous présente une liste de cas. Communisme, nazisme. Nationalismes. Violences interethniques. Guerres civiles. Guerres de religion. Reste à faire le pari qu'il existe une règle générale à laquelle ces événements récurrents peuvent se rattacher comme autant de cas particuliers. Expressions variables de fonctions invariantes. C'est la permission que prend le philosophe : rechercher l'*invariant des variations*. En amont. La *raison des effets*. À l'unicité de l'espèce humaine doit correspondre l'universalité d'une raison explicative.

— Elle risque d'être bien vague et bien pauvre, si elle s'applique à tout. Et comment pouvez-vous l'établir ? À partir de quoi ?

— La difficulté, je vous l'accorde, vient de ce que cet invariant, on ne peut le saisir qu'à travers le prisme de sociétés et de conjonctures très différentes. Comme l'Homme lui-même, que l'on ne voit pas. Je ne vois qu'un Anglais, un Zoulou ou un Belge. Je ne peux pas *prouver* le fondement, comme on démontre un théorème, ni *vérifier*, comme une datation au carbone 14. Mais la conjecture retenue doit mettre en cohérence tout le faisceau des indices recueillis (même si vous pourrez toujours m'opposer que j'ai choisi les indices en fonction de l'invariant que j'avais en tête).

— Admettons, pour faire vite. Vous pouvez me résumer votre « conjecture »... ?

167

— Une articulation logique entre le clos et l'ouvert. D'un côté, je constate qu'un groupe stable est nécessairement délimité. Il y a ceux qui sont dedans et ceux qui sont dehors. Et, de l'autre, je constate que ce groupe identifié s'est unifié autour d'une valeur de référence qui le dépasse, ou se situe à un autre niveau que le sien ordinaire, que ce soit un héros fondateur (Romulus, Lénine ou Washington), un âge d'or, passé ou à venir (le village en haut de la colline ou la société sans classes), un texte suréminent (la Constitution américaine), une devise à majuscules (Liberté, Égalité, Fraternité). Vous avez là deux constantes observables et simultanées et je mets au défi un historien de nous montrer 1) une communauté qui ne se donne pas une limite, pour séparer l'intérieur de l'extérieur, et 2) une communauté qui ne croie en rien, où rien ne serait « sacré », intouchable, sous peine de sanctions (on ne brûle pas en public le drapeau de son pays). Ma thèse, c'est qu'il existe un lien logique entre l'acte de poser une enceinte (*physique* comme un mur ou une ligne, *idéale* comme un règlement ou un code de nationalité, *légendaire* ou *sentimentale*, comme un passé ou une promesse partagée par *nous* et non par *eux*), et l'acte d'imaginer un point de fuite ou d'absence (individu mythique, texte sacré ou référence fondatrice). Entre la *délimitation* et l'*adhésion*. La communauté circonscrite et l'acte de foi s'engendrent l'un l'autre. Je soutiens, pour forcer le trait, qu'il est impossible de *regrouper sans découper* ni de *découper sans délirer*. Nous avons de bons motifs pour faire confiance, nous ne sommes pas complètement fous, mais il y a toujours plus dans ma croyance que ce qu'autorisent les faits qui m'autorisent à l'avoir (la figure du Christ vivant outrepasse, pour un chrétien, la somme des témoignages dignes de foi concernant la personne historique de Jésus).

— C'est un schéma bien abstrait. Applicable à tout et n'importe quoi. Disons : à faible capacité discriminante. Ce qui est intéressant, ce sont les différences concrètes, les singularités. Pas les redites.

— Vous avez raison. La loi de la gravité aussi est très abstraite. Elle s'applique aux avions qui décollent comme aux gens qui se jettent par la fenêtre. C'est tout de même bon à savoir. Ce qui fait du cohérent en bas, dans un plan d'immanence, c'est un point de transcendance en haut. J'appelle cela l'incomplétude, au sens Gödel du mot. C'est un squelette logique, un schéma vide, que chaque culture remplit à sa façon, mais on ne peut pas en sortir. La cohérence de l'interne s'obtient, se garantit par de l'externe. C'est ce lien entre un *nous* et un *Il* — dieu, saint, génie ou héros — qui revêt un caractère constant et nécessaire. C'est par lui qu'on peut passer d'un ramassis d'individus à un collectif intégré, d'un tas à un tout. Kant appelait cela une condition *a priori* de possibilité. Est-ce clair ?

— Peut-être, mais cela a un air rétro. Je suis plus jeune que vous. Tous ces mots que vous utilisez, *clôture, frontière, délimitation*, me paraissent ringards et même dangereux. Vous ne voyez donc pas que nous sommes entrés dans un monde « sans frontières » — comme les médecins, les reporters, l'Europe, le Net, les sexes ? Et qu'on vit beaucoup mieux ainsi ?

— Permettez-moi d'en douter. C'est encore quand ils perdent leurs repères, leur inscription, que les humains deviennent le plus fous, comme des vaches folles. Adam et Ève, rappelez-vous, filaient le parfait bonheur au paradis, qui est un *jardin clos* de murs, avec un ange à la porte en guise de concierge. Mais les pathologies de la frontière nous ont fait oublier ses bonheurs, c'est vrai. Je vous accorde que les fanatiques et les xénophobes sont plutôt installés aux bordures qu'au milieu d'une culture, où l'infidèle, le renégat, le différent sont moins à craindre. *Goush Emoumin*, intégristes musulmans, fervents du Christ-Roi — les troupes de choc identitaires que sont les partis religieux exercent non dans les zones centrales mais sur les glacis extérieurs, au contact, aux marches d'un territoire de croyance, en colonies de peuplement ou en diaspora. Le *fanatisme*, qui est une inflammation du sens du sacré, est une *conduite de bordure*. Les maladies de la frontière, c'est comme les maladies de peau : ce sont les plus virulentes et les plus difficiles à soigner. Je ne crois pas, cela dit, qu'on puisse opposer, comme Deleuze, la bonne immanence grecque à la transcendance organisatrice des empires. Ou, comme Bergson, les sociétés closes et les sociétés ouvertes, le nationalisme et le mondialisme, comme l'on dit à présent. Et pour cause, si pour fermer en bas, il faut ouvrir vers le haut. Sans projection verticale en ordonnée, vous n'aurez pas une connexion horizontale autre que fonctionnelle et momentanée. La connexion sans connivence, la cohésion sans l'adhésion, c'est le « Si tous les gars du monde » de la cyberculture. Un vieux truc. Les soviets, et l'Internationale sera demain le genre humain. Les libéraux, et le marché planétaire fera le bonheur des consommateurs, pour peu qu'on supprime les droits de douane, les frontières entre États, langues et cultures.

— La restauration des transcendances et des frontières, c'est justement ce qui nous menace. La soumission aux hiérarchies... Et moi qui croyais que la philosophie luttait contre toutes les dominations...

— Je suis d'accord avec vous. La raison du collectif est on ne peut plus antipathique. Mais ce n'est pas parce qu'une chose nous plaît qu'elle est vraie. Et ce n'est pas parce qu'une idée est antipathique qu'elle est fausse. C'est un fait qu'il y a toujours des seuils, des discontinuités, des rites de passage, dans le temps de chacun et dans l'espace de tous. Le lissage des seuils, plus de discontinuités, un seul espace, un seul temps, un seul agenda pour tous, c'est votre grande illusion. L'appartenance sans la hiérarchie, grâce au câble et au Net. « Vive les rhizomes et les réseaux, à bas les États et les pyramides ! » C'est ce qu'il faut dire, n'est-ce pas ?

— Deleuze appelait cela la déterritorialisation. La victoire de la Terre sur le territoire, de tout ce qui bouge sur tout ce qui fixe, famille, mythe, État. C'est exactement ce qui se passe avec la mondialisation. Le recul des cadres religieux, le déclin des États, la construction de l'Europe, la révolution des transports, le tourisme, les métissages, les réseaux adoptifs, le cyberespace, les messageries, bon, je m'arrête. Les identités à la papa, le pré carré et la ligne bleue des Vosges, on en est heureusement débarrassé.

— Et pourtant, tout nous vient de la frontière, le meilleur et le pire. Avez-vous remarqué que, dès qu'on efface une démarcation dans un domaine, il s'en recrée une autre ailleurs, plus névralgique, plus inflammatoire que la première ? On efface les anciennes frontières nationales, et on se retrouve avec des régions, « pays », ethnies, communautés religieuses encore plus hérissées qu'auparavant. On laisse une langue se mondialiser, l'anglais, et on voit renaître cent langues disparues ou mortes : de l'hébreu à l'arabe classique, du gaélique au basque. Plus on mondialise d'un côté, côté normes, appareils, marchandises, plus on balkanise de l'autre, côté traditions, solidarités, réflexes. Chaque groupe élève ses petits murs à lui. Les juifs, leurs yashivas ; les musulmans, leurs mosquées ; les cathos, leurs encycliques — sept en dix ans. Curieux, vous ne trouvez pas ?

— Je vais être franc, cher ami. Personnellement, ce n'est pas le livre que j'aurais retenu de vous. Vous avez parlé de Gödel. Et moi, qui n'ai pas lu votre *Critique*, je viens de lire l'excellent bouquin de Sokal et Bricmont, *Impostures intellectuelles*. Ils mentionnent votre « incomplétude » empruntée au théorème de Gödel comme un exemple parmi d'autres d'abus de confiance. Je vous aime bien mais, tout élève de Deleuze que je sois, je préfère encore les croire eux. Ce sont de vrais scientifiques.

— Seuls des étrangers au bocal avaient assez de recul pour en démystifier les faux prestiges, qu'ils en soient remerciés. Mais ce n'est pas un travail sérieux. Amalgamer à la va-vite tout et n'importe quoi, Deleuze et je ne sais qui, non, vous ne devez pas l'admettre. Ils ne sont d'ailleurs pas rentrés dans mon bouquin, ils me l'ont dit eux-mêmes car ils sont honnêtes. Découvrant dans *Histoire des sciences* de Michel Serres une allusion à l'« apport de Gödel-Debray », dont Serres, qui ne parle justement pas de théorème mais de *principe*, assure, avec un certain humour provocateur, qu'il « boucle et récapitule l'histoire et le travail des deux cents ans qui précèdent », ils se sont reportés aux quelques pages de ma *Critique* où il est question de Gödel, sans égard pour les tenants et aboutissants de cette référence.

Ils m'accrochent en passant, mais avec raison, sur une formulation malheureuse : « *généralisation* du théorème de Gödel ». Je fais amende honorable. On ne peut extrapoler un résultat scientifique en dehors de son champ de pertinence. Si le *théorème* d'incomplétude est passible de démonstration, un *principe*, hypothèse explicative touchant aux sociétés et à leur devenir, ne peut prétendre au même statut. Mais je ne suis pas parti du fameux théorème pour aller ensuite aux faits d'incomplétude. Je suis parti des réalités, d'un inventaire de similitudes (les mythes de fondation grecs et romains, le vocabulaire indo-européen, le réel historique), ajouté à mes propres rencontres et surprises (comme la *joie* des funérailles officielles, ces grands moments de ferveur populaire, et l'abondance de rituels, mausolées, sacralisations dans les pays professant officiellement l'athéisme). J'aboutissais, dans mes tentatives de compréhension, à des conclusions paradoxales et qui me semblaient plus qu'incongrues, informulables. La lecture d'un article sur le logicien autrichien (dont je n'ai approché que plus tard, et de très loin, la grande complexité) m'a donné sur ces entrefaites comme une illumination, disons un éclairage sur la façon dont peuvent s'articuler le dedans et le dehors, l'immanent et le transcendant. Ce qui peut s'exprimer ainsi : « Aucun système ne peut se clore à l'aide des seuls éléments intérieurs au système », ou encore : « Aucun ensemble de relations n'est relatif à lui-même, ou alors ce n'est plus un ensemble. » Pour moi, ce n'est pas un socle mais un tremplin. Mon tort a été de confondre, dans l'exposition de l'hypothèse, *contexte de découverte* et *contexte de justification*, intuition de départ et argumentation d'arrivée, en passant sur tout ce qui différencie un système formel d'un collectif intégré, ou un « indécidable » mathématique (quand on ne peut dire si l'énoncé est vrai ou faux) d'un sacré politique. On ne peut laisser filer la métaphore, certes, mais sans association d'idées, on n'aurait pas fait beaucoup de découvertes. On ne serait pas allé en Amérique, et l'attraction universelle aurait encore tardé. Je range l'incomplétude au nom des universaux de l'humanité, comme l'ensevelissement des morts et la prohibition de l'inceste. Pour l'ignorant en mathématiques que je suis, la référence au double théorème de Gödel présentait l'avantage d'être, non pas familière, tant s'en faut, mais éclairante parce que établie et acceptée, alors que les phénomènes dont je m'occupais restent dans le flou des supputations ou dans l'ombre du refoulé. Mon accès de « gödelite » a été en tout cas assez passager et bénin pour qu'on m'exempte de tout soupçon de relativisme et d'irrationalisme. Ce serait plutôt le postulat d'après lequel aucune sphère de la réalité n'est en droit inaccessible à l'explication rationnelle, y compris la sphère religieuse et superstitieuse, qui m'a conduit à adopter le « Un modèle, même médiocre, est meilleur que pas de modèle du tout ». Après tout, un atome et le système solaire, cela fait deux. Mais le modèle planétaire a servi à Rutherford-Bohr pour analyser la structure de l'atome. On peut aussi prendre ses outils dans les légendes indiennes. Pour faire tenir ensemble le continu et le discontinu, Lévi-Strauss maintient que Bergson a dû penser comme un Indien sioux.

— Vous avez été marxiste, n'est-ce pas ? La caque sent toujours le hareng. Vous continuez de vouloir à tout prix qu'il y ait des lois générales de l'histoire.

Pourquoi tout réduire à un modèle d'explication? C'est de la théologie... Loi unique, cause unique, Dieu unique. La vieille manie du point oméga, « le point suprême d'où la vie et la mort, l'ancien et le moderne, le clos et l'ouvert cesseraient d'être perçus contradictoirement... ». Le point de vue de Dieu, c'est aussi celui, sauf votre respect, des penseurs du dimanche...

— Je n'y peux rien. Si j'enregistre les choses, rien que pour les décrire, je peux faire du chatoyant, du subtil, du multiple, etc. Mais si je me mêle de vouloir les expliquer, je les appauvris nécessairement. C'est le propre d'une explication rationnelle que d'être unitaire et réductrice. La science a pour caractéristique de simplifier des situations compliquées, en dégageant d'un chaos d'apparences un ordre invisible. Son idéal est même d'expliquer le plus possible de phénomènes par le moins possible d'entités. Relativité, théorie atomique ou quanta expliquent par quelques formules un monde sensible foisonnant, pluriel et toujours déconcertant. Je ne vois pas pourquoi les lois de l'univers devraient s'arrêter au seuil des civilisations, qui en font partie. Rien ne peut empêcher la simple curiosité intellectuelle de chercher un fil directeur dans l'embrouillamini des apparences. Je ne vois d'ailleurs pas d'autre excuse à l'exercice de la pensée abstraite. La Providence, la Raison, le Progrès, l'Histoire, etc. sont des idoles, des absolus laïques. Mais une relation entre des termes opposés, disons une règle de grammaire, ce n'est pas un fétiche, c'est une régularité. Pourquoi ne pas admettre qu'il y a des propriétés universelles de l'esprit humain (comme, par exemple, l'association par contrariété ou l'union de termes opposés, qui nous sert à classer les choses et les gens), comme il y en a de la matière, de l'énergie et des nombres? C'est mon credo, je le confesse. Si le genre humain est un, pourquoi les sociétés japonaise, africaine et européennes n'auraient-elles pas en dénominateur commun les mêmes propriétés fondamentales?

— Dans la nuit toutes les vaches sont grises, mais je ne vois vraiment pas le rapport entre le culte de l'empereur, le fétichisme des esprits et la religion des statistiques dans nos démocraties athées...

— C'est vrai. Les sociétés ne croient pas de la même manière aux mêmes choses. Chaque culture a un *croyable*, un *crédible*, des agencements et des intensités de croyance très différents; et cela vaut pour les latitudes comme pour les siècles. Les « bâtisseurs de cathédrales » n'avaient sans doute pas la foi aveugle et béate que nous leur supposons, et nous n'avons pas nous, les agnostiques de l'an 2000, l'incrédulité en béton que les chercheurs de l'an 3000 seront peut-être tentés de nous prêter. Et tous nos rites n'impliquent pas les croyances qu'ils suggèrent. Ce n'est pas parce que nous déposons des fleurs sur les tombes que nous croyons que les morts ont des narines pour sentir le parfum et des yeux pour voir la couleur des chrysanthèmes. *In God we trust* est imprimé sur chaque dollar, et cela n'oblige aucun acheteur de cacahuètes à aller mettre un cierge à l'église. Et pourtant le dollar en sait plus que nous, comme la prière en sait plus que l'athée. Il sait qu'il n'y a pas deux croyances qui se ressemblent mais qu'il n'y a pas de communauté sans valeurs fiduciaires. Chacune a ses confiances irraisonnées mais le *faire foi* est transculturel. Comme le *commander*. L'ascendant d'un roi bantou n'est pas celui d'un président élu, lequel n'est pas celui d'un capétien guérisseur d'écrouelles. Soit. On connaît des sociétés sans État ; mais on n'en connaît pas sans chefs ni hiérarchie. Ce sont ces invariants-là dont une anthropologie philosophique doit rendre compte.

— Votre pavé est en poche, d'après ma fiche, ça coûtera moins cher. Avec un sous-titre : *Essai sur l'inconscient religieux*. Dois-je en conclure que tout est dans tout... ? Religion, politique, psychologie... ?

— Ne vous moquez pas trop vite. Je sais, l'idée d'inconscient collectif a mauvaise réputation ; elle fait penser aux tables tournantes et aux forêts de Walpurgis. Rien de cela ici, pas de romantisme, pas d'ineffable. Le mot désigne seulement le système des procédures (l'inscription territoriale, l'impératif d'appartenance, le complexe de Constantin, la hiérarchie, la fonction funéraire, etc.) qui s'imposent à n'importe qui. Ce ne sont pas des façons de voir ou de rêver mais des façons de *faire*. Elles ignorent le temps, comme l'inconscient individuel. Elles sont transhistoriques et compulsives. On ne décide pas de créer un beau matin une religion ou un mythe collectif, comme on fonde une association loi de 1901. On ne fabrique pas du « lien social » sur plans, à la demande, à coups de décrets ou avec des bons sentiments. Pour le reste, oui, je crois, comme Luc de Heusch, l'anthropologue belge, que « la science politique relève de l'histoire comparée des religions ». La sécularisation des sociétés ne casse pas la « machine à fabriquer des dieux ». Qu'ils soient au ciel ou sur la terre. Voyez le mouvement de bascule en Russie, entre popes et commissaires. Aller retour en moins de cent ans. « Et il en sera ainsi jusqu'à la fin du monde, disait Dostoïevski ; même lorsque les dieux auront disparu, on se prosternera devant des idoles. »

— Pas besoin d'aller si loin. Il me semble avoir lu cela dans le catéchisme d'Auguste Comte : « La religion c'est le but. » Passer du moi subjectif au Grand Être... Et moi qui croyais que les républicains étaient laïques !

— Notez que dans ma conception la religion n'est qu'un moyen de cohésion, comme l'idéologie : le meilleur moyen de faire corps, et de façon durable. Le groupe ne pouvant *consister* que par plus haut que lui, nous pouvons bien nous émanciper des religions instituées, avec clergé et catéchisme, préférer une accorte sagesse bouddhiste (en réalité, très hiérarchisée et féconde en déités diverses) aux dures observances romaines — mais je ne vois pas comment nous pourrions échapper au sacré. La fin des dogmes promet un bel avenir au fétichisme. Le Grand Timonier, Rambo ou sainte Diana. Ne confondez pas religion et religiosité. Le point de sacralité qui fait tenir le collectif, ce peut être la Shoah pour la communauté juive, même athée, ou le roi Juan Carlos pour le bon démocrate espagnol. Rien de nécessairement surnaturel. On ne compte plus les religions civiles sans dieux. Qu'on me montre en revanche une communauté historique sans un homme, un jour ou un lieu *à part*, où l'on n'accède pas de plain-pied, où l'on ne peut pas entrer dans n'importe quelle tenue. Soustrait à la dérision des foules et des esprits forts. Le sacré n'est pas « une exigence de l'âme », une effusion, un épanchement, c'est la rançon d'une prise de corps, l'effet déclic d'un regroupement. Il n'y a pas plus de religion universelle que de nation planétaire ou d'État mondial : non parce qu'« on n'en est pas encore là », mais parce qu'il est structurellement impossible d'y aller. Autant dire que nous ne sommes pas sortis de l'auberge.

— C'est réactionnaire et bien désolant, ce que vous me chantez là, monsieur le philosophe. À vous entendre, rien ne peut bouger et la démocratie ne sert finalement à rien, il n'y aurait aucun progrès possible.

— Il y a toujours des changements bons à prendre, et même à arracher, mais dans la syntaxe de base, dans *le* politique, je ne vois pas, en effet, qu'on puisse changer de règle du jeu. Pas d'innovation radicale à attendre de ce côté. Il n'y a de révolution, au sens fort, que dans l'ordre scientifique et technique. C'est déjà beaucoup, non?

— Dois-je en conclure qu'au fond tous les régimes se valent? Démocraties, dictatures, capitalisme, socialisme, laïcité, intégrismes.

— Comme c'est drôle. Nous devons continuer d'apporter remède aux misères autour de nous, bon an mal an et sans se lasser. Nous devons même rêver de faire mieux et plus, mais en sachant ce qui distingue le rêve de la réalité.

— Et concrètement, cela vous a servi à quoi, votre petit système de lecture? Dans la vie pratique...

— À déjouer d'innombrables pièges à cons, à résister aux grandes rafales de bla-bla qui nous tombent dessus périodiquement : la fin de l'Histoire, le nouvel ordre mondial, le village global, le gouvernement de la planète par l'ONU, le règne du droit, la société d'autogestion, l'émancipation de l'humanité par l'informatique, la victoire définitive des techniciens sur les magiciens, « la restitution de l'homme à lui-même », que sais-je encore, les délires sont sans fin. Et pour cause, puisque aucune société ne peut vivre sans.

— Je ne vois rien de très positif et productif là-dedans.

— Peut-être, mais cela évite beaucoup de parlotes inutiles. Et permet d'assez bons pronostics. Vous trouverez dans ce livre non seulement annoncés mais expliqués, quinze ans avant qu'on en parle partout, la prolifération des néo-nationalismes et des fondamentalismes, le retour des logiques d'exclusion, les guerres culturelles, Djihad contre McDonald, le démantèlement des fédérations de surface, Union soviétique et Yougoslavie, et nos propres crises de légitimité. Quand Gorbatchev croyait qu'il pouvait désacraliser Lénine et maintenir l'unité de l'empire, ou quand ces pauvres commissaires de Bruxelles s'imaginent qu'ils vont faire de l'Europe une puissance politique avec une monnaie et des règles commerciales, mais sans légende et sans ennemi, vous vous dites : les malheureux, avec une petite heure devant un tableau noir, ils s'épargneraient beaucoup de temps perdu. Les seules certitudes, en histoire, sont négatives. On ne sait pas exactement ce qui va marcher, mais on peut fort bien savoir ce qui ne marchera pas.

— Bon. Cela me fait mal au cœur mais je vais commander votre bouquin. Personnellement, j'aurais pris *Le scribe*, bon résumé historique... Pour tout vous dire, je n'en avais guère entendu parler, ni vu ce titre dans une quelconque bibliographie d'histoire ou de philosophie des religions. Notre petite conversation m'aura au moins mis la puce à l'oreille. Il y a tellement de titres sur tous ces sujets...

— Vous êtes tout excusé. Il est passé inaperçu et je ne suis pas dans les fichiers de la corporation. Ne s'y sont intéressés que des philosophes non inscrits et non apparentés, Michel Serres, tout le premier : c'est un esprit indépendant, inventif et savant. Son amitié m'a honoré.

— J'appartiens personnellement à une autre école. Foucault m'a appris à me méfier des prétentions à la totalité, des analyses globalisantes et massives. Cela dit, rassurez-vous. Aucun livre ne trouve son public tout de suite. Ça viendra peut-être (après l'ironie, les cajoleries : ce jeune homme ira loin...).

— Pas d'espoir pour celui-là. Plus d'un quart de siècle. C'est une sensation étrange de voir reposer année après année des problèmes qu'on a le sentiment d'avoir un tantinet éclairés, par un modèle rationnel, mais en vain.

— Éclairer... Je m'amuse de vous voir invoquer les Lumières pour légitimer l'obscurantisme...

— Non, pour le combattre en connaissance de cause.

— Le médiologue que vous êtes devrait pourtant savoir acheminer le message...

— Non, mais un four est plus instructif qu'un succès d'estime. L'échec à la transmission est même une providence.

— C'est bien connu : les cordonniers sont les plus mal chaussés, les économistes ne font pas fortune et les spécialistes de la poste, j'imagine, font de mauvais facteurs. Cela a dû vous mettre sur la piste d'une petite *Critique de la Raison messagère*, j'imagine. À quelles conditions une lettre peut-elle arriver à destination? Expliquez-moi cela.

— Tout au plus : améliorer ses chances postales. Rien n'est donné à l'homme. Passons sur les titres à coucher dehors, l'épais et l'indigeste de ce genre de factum. La première condition, je crois, c'est que le facteur ressemble à sa lettre. Comme le Christ à l'Évangile : *Sum veritas*, je suis la vérité. C'est plus facile pour les élèves de n'avoir pas à choisir entre la personne du professeur et le contenu de sa leçon.

181

La propagation de la foi reste une belle leçon de choses. Ce qui veut dire, en clair, qu'un message disons (pour parler bêtement) pessimiste ne peut avoir pour émetteur un monsieur ou une dame supposé progressiste. Ce livre est paru pendant l'arrivée des socialistes au pouvoir, en 1981. Et quand je débarquais moi-même dans l'officialité. J'étais malvenu à soutenir, de façon argumentée, que la politique est le lieu par excellence où nous sommes refaits. Ce contre-emploi n'est pas crédible. Un homme censé communier dans les lendemains qui chantent doit entonner les hymnes à la victoire. Qu'un pessimiste actif (et qui réclame le droit de faire le contraire de ce qu'il pense) ne fasse pas automatiquement un fasciste, cela ne va pas de soi. Car on peut être pessimiste sur la société et optimiste sur l'homme, sur sa capacité de connaître et donc de distancier son malheur, sans s'y résigner. Ajoutez à cela le baromètre. L'état d'esprit. La pression atmosphérique de la *doxa* intellectuelle. Vous n'êtes pas mal placé pour savoir de quel côté soufflait le vent, dans la foulée de Mai 68 : un certain esprit individualiste, libertaire et « nietzschéen ». Autonomie, autogestion, développement autocentré, auto-institution de la société : on fait tout par soi-même. Pas d'hétéronomie, jamais. La question centrale était : « Qu'est-ce qui peut me permettre de me détacher du tout ? » Exaltation des marges, des « libérations » et des spontanéités. Des questions comme « Qu'est-ce qui fait tenir des hommes ensemble ? » et « Pourquoi l'institution est-elle indispensable ? » n'étaient simplement pas audibles à l'époque. On rêvait de la fin des ordres imposés ; j'étais fasciné par tout ce qui est naissance d'un ordre, genèse d'une Église, d'un parti, d'une nation.

L'imposition volontaire d'une discipline, pour survivre. On privilégiait la dissidence ; je recherchais les opérateurs d'adhésion. On parlait société, jamais nation. Les meilleurs esprits, en parfait accord avec la révolution des mœurs, idéalisaient le *drop-out*, le routard, le non-conforme et la contre-culture. Militaire, juridique, universitaire, médicale, pénitentiaire, familiale — la cible était l'Institution, ce gros mot. Frontières, interdits, hiérarchies, centre, organisation : des obscénités. Ils disaient : éparpiller, éclater, défaire. Je pensais : retotaliser, retendre. Et puis, on avait alors tendance à confondre le *discours sur* et la *réalité de*. Foucault avait même proclamé que « la réalité n'existe pas, il n'existe que du langage et ce dont nous parlons c'est du langage ». Et l'archéologie très fine des formes, régimes et règles de formation des discours masquait, dans les cercles légitimes, l'objectivité bête des contraintes. Vous vous souvenez : « La langue est fasciste » ; « totalisation et centralisation, deux mots haïssables ». Groupe information prison, comités d'action, comités de base. C'était la « nouvelle conception du pouvoir ». Foucault y travaillait avec finesse et modestie dans les procédures (« Je ne suis qu'un marchand d'instruments, un faiseur de recettes, un cartographe... »), mais, en cette matière du moins, une grosse inexpérience des choses derrière les mots, des pratiques sous les discours. Même si sa microphysique des dispositifs d'enfermement, pour ce qui touche au passé, machines, instruments, espaces, était par moments, et fort heureusement, matérialiste. « Le siècle sera deleuzien », affirmait-il. Ouvrez le journal, et dites-moi si c'était le bon pronostic. Quand on philosophe sur la chose politique, il ne faut pas abuser du bonheur.

C'en est un, assurément, que de n'avoir eu ni à commander ni à tuer ; de n'être pas tombé dans une embuscade ni dans un appareil d'État ; de n'avoir pas connu la violence et la prison. C'était le bonheur d'un temps et d'un pays sans guerre. Cela peut faire oublier qu'une résistance qui dure, c'est une trame de Pénélope chaque jour à refaire, une organisation toujours à remonter : hiérarchie, frontières, lignes de commandement.

— Tout ce contre quoi il faut lutter, comme Foucault l'a fait. Il avait le sens du concret et des analyses de terrain, vous ne trouvez pas ? Il s'intéressait aux détails.

— Oui, il savait écouter et ses enquêtes sont admirables. Mais chaque auteur va par théorie là où son existence ne l'a pas conduit. Foucault analysait l'« infiniment petit du pouvoir politique » avec un talent indépassable, la « micro-analyse » en test de consistance. Ceux qui, de ces détails significatifs, ont eu leur content dans la réalité ont plutôt envie, quand ils reviennent dessus, de chercher le macro. D'intégrer les conjonctures pratiques où ils se sont trouvés pris dans une grille plus large, en prenant du champ. Sans avoir à mentionner le matériel expérimental dans l'exposé des résultats. Dans le coucou que, tout ridicule mis à part, j'essaie de vous fourguer, il y a, sachez-le, beaucoup de *vécu*, militant et par instants militaire. Le temps ne fait rien à l'affaire, soit. Mais qui ne fait pas de monographies ne parle pas nécessairement dans le vide.

— Vous m'étonnez. Quand on a des appuis dans le landernau, rien ne peut vraiment tomber à plat. Les courroies de transmission, ça ne marche donc pas, dans la gauche institutionnelle ?

— Justement. Les discours disons décourageants, on ne sait pas par où les prendre. Ils n'ont pas de *poignée*. Intransportables. Les idées ne sautent pas comme des puces d'un cerveau à un autre ; elles cheminent en groupe et par mouvances, réseaux, chaînes d'affinités. Revues, journaux, chaires, colloques. Dans la théorie, c'est comme dans la guerre, l'intendance précède. Rien ne se propage de soi. Ce qu'il y a au fond du panier vaudra toujours moins que l'anse, la prise dont pourra se saisir tel ou tel groupe ou institution pour accroître sa cohésion ou son influence en colportant la bonne nouvelle. Il y a un *intérêt à transmettre* comme il y a, en justice, un *intérêt à agir*. Face à la matière ou aux nombres, l'éthique de connaissance se passe d'adjuvant. Les triangles et les particules ne heurtent aucun intérêt. Pour ce qui nous touche de plus près, il faut nous motiver. Avez-vous remarqué que nous relayons en priorité ce qui nous met en valeur, ce qui nous distingue ou sert nos propres buts ? Les histoires drôles ou les bons mots volent de bouche en bouche parce que chacun aime faire rire ses copains, ou épater par son esprit. Les dispositifs circulatoires, droite ou gauche, ont des requêtes analogues. L'incomplétude ne peut les satisfaire. C'est une thèse désincarnée, sans pathétique, et qui ne valorise aucun côté. Nul groupe de pression, parti, Église ou puissance ne peut en tirer parti. Si vous faites un livre pour démontrer que les vérités qui vont sauver le monde gîtent dans l'Évangile, ou encore que le christianisme est la plus civilisatrice des religions, l'amie naturelle de la laïcité et de la démocratie, votre message trouvera preneur. Il y a une mouvance intéressée ; elle a ses journaux et ses revues, ses ordres et ses facultés, ses centres d'étude, ses relais intellectuels et ses critiques, de grande qualité. Si vous expliquez, chiffres en main, que le communisme n'aura été qu'une machine à tuer, sans plus, vous n'avez même pas besoin de timbrer, dormez sur vos deux oreilles. Ça ne se perdra pas. Si vous montrez à l'inverse qu'avec la fin du capitalisme et des rapports marchands, l'humanité trouvera enfin son bonheur, ma foi, il y a des vecteurs, de l'autre côté du spectre, qui se dévoueront. Moins performants mais toujours alertes.

— C'est bien cynique ce que vous dites là. Je vous assure que ce genre de considérations ne rentre pas dans les choix d'un bibliothécaire, même à tout petit budget.

— Vous êtes contre toute forme de censure, bravo. Mais vous ne pouvez empêcher l'instinct de conservation de se tourner vers les belles promesses. Voyez les succès du siècle. « Mieux se connaître pour vivre mieux. » « Venez chez nous, et ça va s'arranger. On va vous aider à souffrir moins, à faire l'amour sans complexes, à rester en famille sans trop broyer du noir. » C'est la promesse freudienne. « Regardez : d'un côté les forces psychiques hostiles à la guérison, et de l'autre, du nôtre, les agents d'une guérison possible. » Ça a bien marché. « Venez chez nous, on va faire la révolution, et tous ensemble nous mettrons fin à la préhistoire, plus d'exploitation ni d'oppression. » La promesse marxiste. « À votre droite, les bourgeois, à votre gauche, les forces du salut, choisissez. » Ça a marché. À chaque époque ses berceuses. Un énoncé est épidémique quand il annonce un mieux et exorcise un pire. Montrer en quoi le collectif est le lieu du malheur, et d'un malheur indépassable ; par quoi l'inhumain hante toute histoire humaine possible, avec ou sans Internet ; dont on peut atténuer les effets mais non évacuer les causes ; car il en va non d'un envoûtement passager, d'une malédiction provisoire et révocable, mais d'une contrainte logique, inhérente à l'acte d'organiser, d'établir des relations entre des gens qui au départ n'en ont pas. Avec cela, on peut négocier de moins mauvais compromis que d'autres, mais de cela, on ne peut se libérer. C'est un peu dire : « Si vous voulez tenir ensemble, camarades et amis, faites-nous un beau programme, un grand projet de société. Mais ne nous dites pas que vous allez le réaliser. » Bref, venez chez moi et apprenez que ça ne s'arrangera pas. Voilà qui n'a rien d'électrisant. Ce n'est pas le message de salut, de plénitude, du bonheur au tournant de la route que nous sommes en droit de demander à un idéologue. C'est pourquoi, monsieur le conservateur, je vous serai reconnaissant de faire exception à la règle et de mettre ce bouquin dans votre fonds, et si possible en libre accès. On ne sait jamais.

Un an plus tard, retournant dans cette médiathèque nouvellement ouverte, je n'ai vu, à mon patronyme, qu'un libelle de circonstance et un gentil petit roman. Mon interlocuteur avait raison. Les médiologues font de piètres médiateurs.

3.

CONSEILS PRATIQUES
À UN JEUNE TALENT

*Maxime ou Gustave, le choix inaugural —
Prendre les bons alliés — Ne pas disperser l'effort
—* No politics and joking *— Pas de retour sur le
passé — L'art difficile du plagiat — Les médias
ou la part du feu — Le plus enviable des états...*

CARRIÈRE [kaʁjɛʁ] n. f. - 1534; it. *carriera* « chemin de chars »; lat. pop.° *carraria*, de *carrus* « char » 1 ♦ VX Arène, lice pour les courses de chars. 2 ♦ DONNER CARRIÈRE (À) : *laisser le champ libre; donner libre cours.* 3 ♦ LITTÉR. Voie où l'on s'engage. *La carrière de la gloire.* « *Nous entrerons dans la carrière* » (La Marseillaise). 4 ♦ MOD. Métier, profession qui présente des étapes, une progression. **→ profession, situation.** *Le choix d'une carrière. Embrasser, suivre une carrière. En début, en fin de carrière. Plan de carrière* : projet d'évolution professionnelle (pour un cadre). *Faire carrière* : réussir dans une profession. *Il ne cherche qu'à faire carrière* (**→ carriériste).**

Tu as vingt ans, du talent, une belle âme. Tu veux écrire, des livres ou des articles. Les mots de carrière et de métier te donnent sans doute envie de vomir (c'est la règle chez les juniors, dans la fraîcheur du petit matin). Mais ne te leurre pas. Tu seras un jour candidat à l'Académie, au Collège, à l'Institut. Tu voudras la Légion d'honneur. Tu viseras la présidence d'une mission, d'un haut comité éditorial, d'une commission de surveillance. Tu voudras retentir et plastronner. Et tu te demandes, impatient champion, piaffant de grands projets, à quoi peut bien te servir cette grisâtre et passéiste éducation. Tu veux du pratique, du rentable. Eh bien soit. Le temps que j'ai perdu, je vais te le faire gagner. T'aider dans la course aux sommets. Et ne viens pas m'opposer, brillant espoir, mon jeune frère, que je n'ai ni ruban rouge à la boutonnière ni fauteuil ou chaire sous les fesses. C'est fort de mes déboires que j'ai pu, hier, pour rendre service, prodiguer quelques conseils aux jeunes générations montant les allées des ministères. J'entends rendre le même à ceux qui auront demain à trancher du Beau et du Juste. Un esprit ambitieux doit déjouer plus d'embûches qu'un futur gouvernant, et ce qu'il y a de foireux à cet égard dans mon curriculum, dont je fais don à la science (au carriérisme en tant que science), te servira à faire infiniment mieux. Crédite-moi au moins d'une certaine expérience des sables mouvants où tu risques de t'enfoncer d'un pied léger.

Rassure-toi. Je ne vais pas te faire la morale, mais te parler métier. Commençons, si tu le veux bien, par abandonner fausses pudeurs et grands mots. Je me doute que les turpitudes d'arrière-boutique où je vais devoir entrer pour ton bien te soulèveront le cœur. Béjaune je fus aussi. Tu vas me juger pignouf et rabat-joie. C'est qu'il te faut un valet de chambre, petit homme, pour devenir grand. Un tour par les cuisines, pour pérorer au salon. Je te laisse le bien-dire et ne me soucierai ici que du bien-faire. Je tends mes filets un peu trop bas, penseras-tu. Comme tu les tends toi-même un peu trop haut, cela fera l'équilibre. Splendeurs et misères. Tu tiens déjà un bout de la chaîne : idéal, inspiration, génie, etc. Joins-y le bout misères, et tu décrocheras la lune.

Un peu d'humilité, avant tout. Dans notre cuvette, chaque poisson rouge se prend pour le plus irremplaçable des êtres, par codage génétique et spécifique. Laisse de côté roulades et légendes : tu n'es pas chargé de la vengeance des peuples.

Occupe-toi d'abord de vieillir. Pas même intègre : sain et sauf.

*

1. *Fixe-toi au plus tôt ta destination propre.* Pas de stratégie sans but de guerre. Sur quelle piste veux-tu courir — celle de l'intellectuel ou de l'artiste ? Velléitaire est celui qui ne veut pas les conséquences de ce qu'il veut. Et combien se sont perdus pour errer au petit bonheur sur notre champ de bataille, sans but ni point de mire. Il est si facile, sais-tu, d'échapper à son destin. Veux-tu avoir une œuvre ou bien une influence ? Toi seul peux trancher. Tout au plus puis-je t'aider à ne pas te prendre pour un autre. *Ars longa, vita brevis.*

Aucun talent n'est d'une seule pièce. Le lettré est le plus souvent double : il abrite dans une même âme un Gustave Flaubert et un Maxime Du Camp. Souviens-toi de ces inséparables. Le premier a œuvré, sa vie durant, avec et contre celui qu'il appelait « mon jumeau ». Il a vingt-deux ans quand ils se rencontrent en fac de droit, et les deux amis ont commencé par une parfaite communion. Ils sont allés côte à côte par les champs et les grèves — de Bretagne et d'Orient. Ils ont travaillé aux mêmes livres, caressé les mêmes culs, bu aux mêmes goulots ; sans partager les mêmes chimères. Sous des carrosseries assez semblables, c'étaient deux moteurs incompatibles. Ce qui était moyen pour l'un était une fin pour l'autre. Du Camp écrit pour sa gloire, et déplace beaucoup d'air. Flaubert renonce à la gloire pour écrire, et fait le mort dans son coin. Le faiblard, le retardé, en 1850, n'est pas celui qu'on croit. Maxime est un moderniste à tous crins, féru de photographie et de nouvelles technologies — vapeur, électricité, télégraphe —, anxieux d'épouser son temps. Gustave, un ours noir et morose, cloîtré, acharné à gratter ses plaies, sensuel rêvant de se castrer ; présent à soi, absent aux autres, il n'entend pas gouverner mais régner. Le bruyant vit à Paris, où il est l'ami de tout ce qui compte (Théophile Gautier, Michelet, Fromentin et Baudelaire, qui lui a dédié son *Voyage*), pour mieux rester le contemporain permanent de son époque ; le silencieux à Croisset, un trou perdu, près de Rouen. Ce ruminant, très en arrière de la main, veut se plaire plutôt que plaire. Maxime dirige une revue, édite et trie les confrères ; il cherche à faire sensation, captiver les journalistes, en devenir un lui-même ; il s'escrime dans l'œil du cyclone ; il veut le pouvoir dans et par les lettres. Et il l'aura. Il sera officier de la Légion d'honneur et entrera à l'Académie. Et l'autre, dans les mémoires. Maxime, bien que le substantif n'eût pas encore cours, est l'intellectuel à grande surface, Gustave, l'artiste. Le premier est un séculier, le second un régulier, et la prédication écarte des monastères. Ce n'est pas blanc et noir. Grand reporter boulimique et curieux de tout, étonnant de perspicacité, Maxime Du Camp, note bien, n'est pas seulement le faux ami « haineux », le pourchasseur de communards que colporte la légende. Entreprenant, volontaire, organisateur hors pair, sportsman et bonne plume, médiologue avant la lettre (le premier homme de lettres qui se soucia d'enquêter sur les moyens matériels de transmission et de transport, du courrier aux égouts), il se faisait une idée toute militaire de la carrière. « Il faut, écrit-il à Flaubert en 1850, dans le renouvellement littéraire qui se prépare, que je sois capitaine et non pas soldat. » Gustave se moquait de prendre ou non du galon. Il avait ses hiérarchies à lui. Il y a deux façons en somme de faire la guerre au néant : en se donnant de l'importance sociale, ou en s'en privant résolument. Voilà ton premier carrefour : parti des Maxime ou club des Gustave. *Notoriété* ou *postérité* (beaucoup d'appelés, peu d'élus). Pour sûr, le « ou » t'embête, pourquoi pas « et »? Qui ne souhaiterait cumuler vie profonde et occupation des réseaux, encombrer les ondes tout en se calant dans un coin du Panthéon, bien à l'écart, pour quand auront disparu bruitage et gros tirage? À ta place, je ne jouerais pas ce doublé. Rares, à la chasse, sont ceux qui réussissent le « coup du roi » : abattre deux faisans en vol, d'une même cartouche. Sauf hugolienne exception, hit-parades et anthologies ne font pas bon ménage.

Que veut, que peut ton corps? On ne choisit pas son horloge intérieure, son tube digestif, ni ses neurasthénies. C'est ton organisme, en définitive, qui décidera de quel côté, le silence ou le bruit, va ton plus violent plaisir, ou ta moindre douleur : rumination ou bougeotte, l'ombrageux entêtement des ermites du gueuloir ou les virevoltes des énervés du forum. La prière ou la pastorale. Et de ce choix initial (le plus tôt sera le mieux) devront découler pour toi situation matrimoniale et résidence principale.

Célibat or not célibat ? Dame postérité a une inclination pour les franciscains, bourreaux d'eux-mêmes ; et la notoriété, demoiselle moins regardante, pour les épanouis. Selon que tes rêveries de vanité te porteront vers Voltaire ou vers Baudelaire, selon que tu te vois acclamé dans la rue, vieillard courtisé par les têtes couronnées ou bien conférenciant à Bruxelles devant des chaises vides, tu aménageras différemment tes amours. Si tu t'offres l'orgueil d'œuvrer pour les pas encore nés, ombre parlant aux ombres, reste vieux garçon ou vieille fille, et tiens tes muses à distance, productivement. Si tu veux que ta voix résonne, sans attendre, fais équipe. Pour l'artisan perdu dans la jungle des villes, le tandem reste la première des petites et moyennes entreprises. Un esseulé a dix fois moins de chances qu'un autre de se faire un nom et de retrouver ses ouvrages au Monoprix du coin. Occuper le terrain, couvrir l'événement, fidéliser son public requiert une patience de sapeur ; les galeries ne débouchent qu'à la longue (entre vingt et trente ans), et la division du travail facilite. Les frais généraux sont devenus tels dans la crémerie culturelle que tenir boutique, garder un minimum de *surface* exige de s'y mettre à deux. Le couple idoine doit juxtaposer, sans redoublement improductif, deux branches complémentaires : tu éviteras à la fois l'endogamie fonctionnaire (le classique couple d'enseignants) et la mésalliance artiste (le plombier-zingueur et la poétesse). L'optimum est la princesse cathodique (ou le prince) ; les places sont chères, et les reines, fugaces. Plus attendue mais de bon rendement : la microsociété d'admiration mutuelle, sobrement professionnelle (tradition locale). Il est bon de pouvoir se faire la courte échelle, pour édifier sa légende, brique à brique. Économies d'échelle mises à part, l'addition de vos adultères et de vos carnets d'adresses, réseaux, antipathies et sympathies (fais en sorte que l'un regarde à droite et l'autre à gauche) te permettra une défense élastique des positions dans le revers de fortune, et, en contre-attaque, des progressions en tenailles qui forceront le respect. À défaut de l'âme sœur de rang égal — « femme de peintre et peintre moi-même » —, tu veilleras à dénicher non pas la servante au grand cœur, commodité révolue, ni le bas-bleu rose pâle, ennuyeux doublon, mais la coéquipière agile et fonctionnelle, directement intéressée aux bénéfices. Un pied au nid, un autre en foire, elle (ou il) saura faire le vide autour de l'Inclassable, engainant son ver à soie d'un cocon nourricier, pour mettre l'Incompris(e) en valeur, car il (elle) a si peu à voir avec son homonyme qui papote à la télé, siège dans des jurys et multiplie les interviews. Cela fait, pour une moitié, un travail à temps plein — n'exigeant pas moins d'affection que d'information. Ton conjoint-adjoint remplira déclarations d'impôts et feuilles de maladie, filtrera les fâcheux, passera les coups de fil, préparera les dîners, organisera les week-ends, tiendra l'agenda et l'argus, discutera les contrats, fera signe à l'ami oublié (donc vexé, donc dangereux), réparera tes gaffes, préviendra les dissidences et jettera ses filets vers les zones insoumises, sait-on jamais, pour prendre langue. Seule une intendance stable et minutieuse peut éponger l'ordinaire et faire de toi le (la) solitaire dont toute la ville parle. Sans bourse délier, et avec économie fiscale. Peu importe le sexe, mais cherche dès aujourd'hui la moitié d'ombre de ta lumière. Comme le Chateaubriand du crépuscule tenté par la retraite, nous rêvons tous d'une cellule, oui, mais sur un théâtre. Construis ta cellule mais trouve quelqu'un pour remplir la salle.

Paris or not Paris ? Si tu prends l'option Gustave, fuis à la campagne ou à l'étranger. Mets-toi vite en quête d'un presbytère, vieux moulin, mas provençal, palace suisse ou île bretonne. La capitale, qui excite l'intellectuel, gâte l'artiste. L'iode et la chlorophylle entretiennent les vertus d'enfance ; poètes et enchanteurs, enfants prolongés (c'est un labeur), vieillissent prématurément dans nos bousculades. Calme et silence. Avec son optimisme végétal, Rilke a dit l'essentiel. S'en remettre au lent travail des profondeurs intimes, « laisser mûrir comme l'arbre qui ne précipite pas le cours de sa sève ». Les printemps à la campagne ne sont plus ce qu'ils étaient, avec les tondeuses et les pylônes géants, mais le forage est plus productif sous la frondaison. Fuis la Ville-Lumière, le bûcher des vanités y est cliquetis d'armures. Qui dira les bienfaits de l'habitat dispersé ? Il y a de l'air entre les chanteurs des carrefours. Ils n'ont pas besoin de vivre les uns *contre* les autres. Critiques et publicistes, en revanche, doivent se surveiller, se démarquer, se répondre du tac au tac, comme on se gratte. Mieux répartis à travers le territoire, nos imaginatifs voyagent, baguenaudent, le nez au vent. Au début de son *Histoire des animaux*, Aristote (premier chroniqueur connu des scènes new-yorkaise, londonienne, parisienne, etc.) remarque que « les animaux sont en guerre les uns avec les autres quand ils occupent les mêmes lieux et qu'ils usent pour vivre des mêmes ressources ». Nos royaux Robinsons se saluent d'île en île, et se fichent cordialement les uns des autres. Le miroir aux alouettes du créateur, c'est le vrai champ de manœuvre de l'homme d'influence. Celui-ci, depuis le XIIIe siècle au moins, a besoin de la presse. C'est à Paris (plus encore qu'à Londres, Berlin ou New York) que se fait l'opinion, disait Balzac, avec de l'encre et du papier. Ajoutes-y une pincée d'électrons et de rayons hertziens. Là seront tes ateliers de gloire : cafés, loges, quotidiens nationaux, hebdomadaires, clubs, éditeurs, académies, grandes écoles, colloques, commissions et conseils scientifiques, sans compter les déjeuners et dîners où se prennent les vraies décisions. Urbanisés jusqu'à la moelle, logés dans trois arrondissements, la compétition « intraspécifique » contraint les adeptes de l'option Maxime à se frotter cuir et museau sans répit. Mêmes colonnes, mêmes micros, mêmes projections privées ; mêmes antichambres et corridors ; mêmes studios, mêmes bistrots. Entre humains, la distance physique est le meilleur gage de tolérance. Comment ne pas se chercher noise quand on se croise ou se lit soir et matin ? Irritable, réactive, soupe au lait, la gent intellectuelle ? La société lui cache la nature, et la politique, l'humanité. Elle manque moins de générosité que d'espace vital. Avise la librairie ou le kiosque le plus proche : un shérif dégaine sous chaque couverture. « Rends-moi l'étoile, et dégage, OK, man ? » Nos têtes de file sont condamnées à ces bagarres de western ; les rêveurs ont tout intérêt à prendre le large.

L'art est d'abord un emploi du temps ; le savoir aussi ; et l'influence. Chaque office a son *tempo*. Ne confonds pas les inventifs à cycles longs et les importants à rythme court. La campagne a d'autres règles d'hygiène que la ville, ce funeste accélérateur de vitesse. En comptant whisky, bordeaux ou cocaïne, plus l'accident de voiture, statistiquement, on a plus de chances de faire de vieux os à l'arrière qu'en première ligne. Les artistes ont une espérance moyenne de vie supérieure aux intellectuels, surexposés aux radiations médiatiques, contraints de répondre à la demande, stressés par le staccato des nouvelles. Les explorateurs de sensations intimes découpent leur temps par saisons, indifférents au rythme des rotatives, sous-traits à la hantise du journaliste : rater le train. Et puis, un débranché, sans cellulaire en poche, prend mieux soin de son cœur. Les mosaïques citadines (comme ce club du Siècle, le bien nommé, où se retrouvent à Paris intellectuels, grands patrons et hautes personnalités), indispensables aux hommes d'influence, qui doivent régulièrement *prendre le vent*, sont inutiles à l'artiste. Si tu penches pour le modèle Gustave, évite autant que possible (car il y a un minimum incompressible) les politesses de l'urbanité : colloques, cocktails, salons, signatures, inaugurations, dîners priés. Si l'on peut y régler, en aparté et dans une embrasure, quelques affaires pendantes, on s'y dépense le plus souvent à perte. Interféconds sont les esprits appartenant à une même espèce ; nul n'échappe à cette loi zoologique. Chaque soir dans la capitale, les meilleures maîtresses de maison se donnent pour tâche, autour d'une table bien garnie, d'apparier une oie avec un coq, un teckel avec un angora ou un renard avec un puma. Elles ont beau relancer les ardeurs et la conversation, ça ne produit rien. Tu t'économiseras, là, des saillies parfois agréables mais sans fruit (synapses incompatibles : de là vient l'improductif de neuf mondanités sur dix).

Tu te demandes par quoi se distinguent en toi Dr Jekyll et Mr Hyde ? À quel signe sentiras-tu lequel donne le ton à l'autre ? À l'oreille. À l'acoustique. À un certain grondement de gorge, à un vibrato reconnaissable entre tous, cet imperceptible hérissement qui frise l'air de nos trottoirs (et non de nos chemins de terre, entre le cri d'une poule d'eau dans les joncs et le son d'une horloge du clocher au loin, sauf lorsqu'il y a du canon et des envahisseurs dans l'air, deux ou trois fois par siècle). C'est seulement sur le pavé qu'on sent la poudre, qu'il y a *urgence*. Tu croises un camarade, une connaissance, dans une rue du Quartier latin. Il t'attape par le revers. Ferme les yeux, écoute. « As-tu lu le dernier Tartempion ? Insurpassable ! Quelle leçon ! Il donne du cœur à l'ouvrage. Tu devrais te précipiter. » Voilà un Gustave. Un hors-jeu, qui a tout son temps. Un Ponce Pilate, un déserteur, qui ne se rend pas compte que l'adversaire est sous nos murs. Ce n'est pas ainsi que parle un Maxime responsable, entre deux rendez-vous et trois colloques (et point n'est besoin de matamore pour hisser les couleurs). « Tu as lu l'article de un tel hier ? Il est en *position de force*, donc il *attaque*. Mais tu vas voir, il va *déguster*. Je prépare une *démolition en règle*. Il est temps de passer à la *contre-offensive*, non ? Au fond, c'est un minable, ce type. Tous des petits. Ils vont *reculer* sur toute la *ligne*, tu vas voir. Ils ont *perdu la bataille*, et ils n'en savent rien encore, on va s'en charger, hein ? Au fait, fameuse ta réponse à truc : *une balle entre deux yeux*. Un *coup fumant*. Il ne s'en *relèvera* pas de sitôt. À mon avis, tu devrais passer *alliance* avec Machin. Allez, ciao, bonne continuation ! » Pas cadencé, phrasé de clairon, course au sacrifice, baïonnette au canon : te voilà dans le mille. Loin des ermitages et des verts paradis. Sous le feu. Au vif du boutefeu. D'autant plus mortifère et mortifiant, le vif, qu'il n'y a plus d'hostilités en vrai, pour épancher l'irascible. Quand le canon se tait, nos missionnaires s'entre-tuent, alors que la mobilisation générale — 1870, 1914, 1939 — diminue le taux de suicides dans la population et d'animosité entre grimauds. Regarde nos années noires. Sous les lumières bleutées de la défense civile, les côtoiements redevenaient fraternels. Malraux retrouvait Drieu en cachette sur la Côte d'Azur, Camus se saoulait au Flore avec Sartre. C'était relâche. Nos guéguerres intestines ont repris de plus belle avec la paix. *S'instruire pour vaincre*, disent les élèves officiers de Saint-Cyr. La carrière des armes exige plus de vertus que celle des idées, mais c'est au-dessus du porche de la Sorbonne et non de Coëtquidan que les pouvoirs publics devraient graver la devise (avis à la Direction de l'enseignement supérieur).

La médisance est le symptôme infaillible. Celui des deux qui, d'entrée de jeu, te refilera le dernier ragot, c'est lui, l'intello (ou ton alter ego en toi). Un conteur de gratuités peut vivre sans médire de ses pairs et amis car un griot ne retire pas le pain de la bouche à un autre. Non qu'il soit, le nombriliste, soustrait à la concurrence ou d'un naturel particulièrement aimable. Si vachard soit-il, il sera trop absorbé par ses travaux de dentelle pour devenir vraiment teigneux — comme l'est un fabricant d'orthodoxie. Plus distrait, moins secrètement incertain de ses certitudes, je crois l'auteur de fictions plus enclin au pardon des offenses que l'écrivain d'idées. Aussi nos prises de bec gardent-elles l'aspect bout-de-gras et pot-au-feu qui donne aux chamailleries du *Lutrin*, depuis trois mille ans qu'il y a plus d'un jongleur sur la place du marché, le pittoresque d'un folklore rosse mais bénin. Les disputes de susceptibilité ou de gros sous, entre littérateurs, ne touchant pas à l'âme, laissent le corps intact. Avec « les escopettes du maquis littéraire », il n'y a pas mort d'hommes. Les guerres d'idées ou de religion font bien plus couler le sang que les conflits d'intérêts. C'est la philosophie qui a tué, non la littérature. On n'enferme personne au nom d'Homère, de Shakespeare ou de Victor Hugo. C'est pour Origène, saint Thomas, Maurras et Marx qu'on a grillé, pogromé, exilé et fusillé. Le feu purificateur rampe encore sous la cendre, sous les euphémismes de la décence. Les clercs à projet ne cherchent pas à donner joie ou rêve, mais à télécommander les corps avec des mots (Princes, rédactions ou mouvement social). La vérité est une, et la beauté multiple. « En art, disait De Kooning, une idée en vaut une autre. » Il n'est pas étonnant que les artistes soient enclins à l'abstention et les intellectuels à l'extermination.

2. *Il te faut des alliés hors de ta profession.* Et les substantiels de Gustave ne sont pas ceux de

Maxime. Les ermites aussi ont besoin d'un minimum de sécurité collective. Retraité dans l'écriture, il sera de bonne stratégie de te choisir quelques complices au-dehors parmi les gens d'images — cinéastes, peintres, photographes, sculpteurs. Ils ont à cœur, comme toi, de fabriquer des produits qui ne servent à rien. Tu te sentiras avec eux en famille : même bonhomie quiète et maniaque, même souci du détail. Ils t'accueilleront bien, car tu n'es pas des leurs. Les lois de l'hospitalité jouent à plein d'un étouffoir à l'autre (tout *estrangement* est un rafraîchissement). En revanche, si tu vises à l'arbitrage des élégances, acoquine-toi avec les hommes d'influence et de pouvoir. Fréquente le show-biz, toutes affaires cessantes. Acteurs, chanteuses et chansonniers subodorent le fond de l'air. Ils donneront du lustre à tes fêtes et à tes entreprises. Ils relaieront ton nom et tes lubies auprès du grand public. Les vedettes de variétés ont le *feeling*, et dans les médias, la priorité. Parasite-les sans vergogne. Et allie-toi, accessoirement, à un chef politique : arrivé au gouvernement, il te permettra de convertir tes marottes en grandes réformes, en programmes nationaux. Auquel cas, les odeurs de térébenthine, les bouffes entre peintres, toujours excellents cuisiniers (mieux arrosées et plus goûteuses qu'entre intellos), les vernissages en galerie et les coulisses de studios ne seront plus que tes soirs de perme. Tes moments de détente. Comme pour les affairés. À défaut, ménage-toi des accointances auprès des conteurs. Ces faux égoïstes ont en général le sens de l'amitié. Cela te reposera des altruistes professionnels qui ne s'occupent que d'eux-mêmes.

Changer de bocal, sache-le, c'est toujours vacances : les remarques aigres-douces, les sourires à double détente nous échappent. Les gens d'images ne sont pas meilleurs que d'autres ; mais pour l'étranger de passage, la méchanceté fait relâche. Ne t'attarde pas trop. Trois jours à Cannes — cinéma —, à Venise — art contemporain — et en Arles — photographie —, et tu détectes déjà les petites vacheries en sous-conversation. Car il n'y a pas plus de sympathie mutuelle entre graveurs, peintres, chefs opérateurs, vidéastes et photographes, qu'il n'y en a entre poètes, journalistes, écrivains, professeurs et fabricants de best-sellers. Prends la tolérante photographie, plus ouverte sur le monde que la peinture, où la curiosité mutine d'un Cartier-Bresson peut faire emblème. Si tu traînes là tes basques, loin des *shooters* qui chassent la princesse et le play-boy, tu seras étonné de voir, entre mouvances voisines et nobles comme le photo-reportage, la photo de mode, la photo plasticienne, le portrait stylisé, la photo publicitaire (sans parler de la vulgaire photo industrielle) —, régner un mépris de caste de type hindou (l'intouchable étant le contigu). Méfiance, dérision, évitement : chaque genre voit dans l'autre son inférieur. La galaxie Nadar, c'est, en France, cent personnes qui comptent, mais réparties par planètes, et chacune entourée d'espaces infinis.

Horripilations microcosmiques mais révélatrices : fera « milieu » n'importe quelle collectivité dont les membres se hérissent le poil, la détestation mutuelle servant à la fois de ciment et de frontière. Tu sauras, par exemple, que tu es sorti du « milieu intellectuel » dès lors que, mentionnant à la cantonade un sentencieux en vue, nul ricanement ou fou rire ne te revient à l'oreille. Lorsqu'un nom propre ne suscite plus qu'indifférence polie ou murmure admiratif, c'est le signe qu'on se retrouve dans un autre cénacle — télécoms, dentistes ou inspecteurs des Finances. Nos têtes de Turc sont toujours ceux du sérail.

Les gouverneurs de la vérité ont l'humeur infiniment plus féroce que les gouverneurs de la rosée. Serait-ce parce que, des goûts et des couleurs, on ne discute pas ? C'est faux : l'esthétique ne fait rien d'autre, et nos bisbilles sur l'art contemporain en témoignent. Faiseurs de mots et d'images gigotent sous la même loi : ils se vendent au prorata de leur notoriété, laquelle mesure la valeur marchande de leur produit ; mais les ordres de grandeur sont incomparables. La spéculation joue sur les objets, non sur les imprimés, de sorte que le prix d'une « proposition plastique », conceptuelle, minimale ou figurative, peut s'envoler de un à dix mille, selon que le signataire aura ou non reçu l'aval des *taste-makers* du jour. Les écarts entre un auteur à succès et un autre, pour le niveau de vie et de réputation, n'atteignent pas ceux qui se creusent en un clin d'œil entre un plasticien et un ami moins heureux, dès lors qu'un conservateur-imprésario, une commission d'achat ou une Direction régionale des affaires culturelles aura fait choix du premier plutôt que du second. Prends, dans notre maisonnée, deux anciens jumeaux d'un quatuor anti-institutionnel qui choisirent jadis, comme qui joue aux dés, l'un la bande horizontale, l'autre la verticale. Vingt ans après, Buren est un globe-trotter universellement connu; l'excellent Parmentier, coincé dans une discrétion hexagonale. Seront-ils brouillés? Non. Ils continuent de dialectiser, fraternellement, et de propos délibéré, comme par-devant. Quand les rapins s'opposent en bandes rivales, pas d'excommunications; on s'injurie un soir et on se tombe dans les bras le lendemain. Et que d'argent, et combien d'accrochages, auraient pu les brouiller! L'impécuniosité, qui n'empêche personne d'écrire, peut empêcher de peindre ou de sculpter (cela coûte cher). Un écrivant recalé, rien ne lui interdira de tenter sa chance à nouveau. Un fabricant sans débouché, sa carrière se joue de son vivant; c'est la course de vitesse au concept nouveau : qui fera rupture le premier, qui lancera l'infraction, la transgression inédite avant les copains; le centre Pompidou n'attend pas, et un destin d'avant-garde, dans le tourbillon des urinoirs, se décide en temps réel (il y a de quoi s'énerver). Un romancier invendu peut toujours espérer soulever sa dalle en différé, tant on voit d'exhumés dans nos manuels de littérature. Une plus faible pression marchande devrait donner plus d'insouciance à la plume qu'au pinceau.

C'est l'inverse. Regarde nos Fromanger, nos Cueco, nos Ernest-Pignon. Ils sont de bonne humeur, généreux et sans rancune. Ça leur est plus facile, sans doute. L'objet plastique a son opacité, alors que les écrits donnent sur l'âme comme des baies vitrées. Les plasticiens ne se profilent pas en ombres chinoises derrière leur « travail », comme nous. Un peintre me disait d'un sien confrère : « J'aime ce qu'il est, non ce qu'il fait. » Cette élégance est rare dans la bouche d'un auteur. Ce que nous faisons, nous les mains à plume, c'est ce que nous sommes. Le style, c'est l'homme — hélas — et un in-octavo n'est pas un bouclier : on voit nos infirmités au travers. Si nous n'aimons pas ce pisse-copie, nous laisserons choir sa copie. Mais nous ne sommes pas forcés d'aimer la personne de Salvador Dalí pour aimer ses tableaux. « C'est tout à fait honteux ce qu'a fait ce monsieur. C'est un scandale. Je ne lui serrerai plus la main. » Pareil oukase ne viendrait à l'esprit d'aucun connaisseur circulant dans une galerie d'art, mais il monte à ses lèvres quand il lit tel article hétérodoxe dans une revue d'art. L'œil est-il plus tolérant que l'esprit ? Peut-être, mais n'importe qui s'expose plus dans une publication que dans une exposition. Gribouiller, prends-y garde, est plus compromettant que barbouiller.

Si tu donnes le pas à l'ascendant, ne prends pas modèle sur tes amis et alliés politiques. Ils sont trop bons. Vous êtes de la même souche, pour sûr. Ils chassent en meute comme toi en mouvance.

Pour la direction de l'opinion, eux aussi, et avec le même besoin de projeter son nom en avant et de planter le drapeau sur une circonscription — électorale ou élective ; avec le même mélange d'animosité envers le concurrent et d'envie de se faire aimer. Mais ne te fais pas d'illusion, marchand d'illusions. Tu seras une bête de pouvoir aggravée, aux coudées plus franches, plus carnassière que ton homologue encarté. Aucune discipline de groupe n'est là pour te brider. Ce que l'animal politique vit comme compétition, tu le vivras en termes de guerre. Les fâcheries, tu en feras des ruptures ; les enthousiasmes, des bigoteries. Dans l'hémicycle, on dit « nos adversaires » ; dans nos galeries couvertes : « mes ennemis ». Ah, ces prunelles qui noircissent à un nom propre ! Je n'ai pas entendu un élu dire qu'il ne mettrait pas les pieds dans telle réunion, qu'il n'écrirait pas dans telle revue parce que son adversaire ou son rival en sera aussi. Mais la première demande d'une éminence sollicitée pour un colloque, un jury de thèse ou une revue, est : « À qui d'autre avez-vous demandé ? » Et deux fois sur trois, tu entendras, après réponse : « Avec lui, jamais ! Pas question ! » J'ai vu des députés s'estimer, s'admirer même, après s'être déchirés ouvertement — avec des « Bien joué ! », des « Chapeau, l'artiste ! ». Je ne me souviens pas d'intellectuels aux options opposées qui se reconnaissent entre eux quelque valeur intellectuelle. Les premiers se lancent des noms d'oiseaux à l'Assemblée, puis vont boire des coups à la buvette ; les seconds se donnent du « cher collègue » dans les soutenances, et se lancent des vannes sitôt le dos tourné. C'est un curieux chassé-croisé que celui-ci : le milieu politique, qui a pour pâture et raison d'être la division des intérêts, paraît avoir des mœurs plus civiles que le milieu doctoral où l'objet déclaré est la recherche de la vérité (pour laquelle, en principe, personne n'est de trop). Les luttes de prestige, des clans et d'institutions, que recouvrent tant de jugements sur la « qualité du travail scientifique », sont plus inexpiables dans les sciences humaines qu'exactes (à sciences molles, haines dures ; à sciences dures, haines molles). Pour accéder un jour à l'*honoris causa*, mieux vaut se tanner l'épiderme. La République des savants, je l'imaginais, à ton âge, pareille à une grande amitié, à une interminable Fête de la Fédération tournant têtes et cœurs vers le soleil levant, source de rayons intelligibles dont l'écart ne pouvait que se réduire avec le temps. Je voyais dans l'histoire des idées un constant progrès vers l'universel, réduisant peu à peu nos différends. Il m'arrive à présent de me demander si la Raison n'est pas notre plus grand diviseur commun. Et si un trop vif souci de la vérité ne conduit pas à oublier toute fraternité. Vertige sacrilège ? Peut-être. C'est que je fixe un peu trop les bas-côtés où nous nous conduisons, loin de nos grimoires ou nos labos, en très ordinaires coqs de village. Semblables, dans nos petites pointures, à ces Nobel de chimie, si pointus dans leur partie, et qui replongent illico au café du commerce dès qu'un micro les questionne sur le destin de l'humanité. On n'est intelligent qu'à la marge. Nous ne valons, tous autant que nous sommes, que par ce 5 % de notre vie que nous consacrons, bizarrement, qui aux hapax chez Hésiode, qui aux colonnes de gaz en effondrement dans la nébuleuse M 16. Ce qui déborde du minuscule domaine de compétence est à l'avenant. Pas fameux ? Raison de plus pour bien choisir notre 5 %, et n'en pas déborder.

3. *Quelque voie que tu choisisses, il faudra t'y tenir, en bon laboureur.* Sans sortir du sillon. Les deux pieds dans le même sabot. Pommier, une pomme tous les deux ans, en septembre. Essayiste, gare au roman-fleuve. Philosophe, pas de caméra. Poète, à ta foudre. Unicité du but, simplicité des moyens. Fais peu mais bien. Et gare à l'éparpillement désinvolte (préfaces et conférences à tout vent) qui accompagne l'épaississement autoritaire de la cinquantaine. Les interférences d'intérêts nuisent autant à la consécration que les intermittences du cœur à l'amour-passion. Monocorde et monomaniaque. Si tu veux devenir quelqu'un, oublie que tu es né, et mourras, plusieurs. Tu deviendras alors une valeur sur qui l'on peut tabler, honnêtement connue dans son quartier, à qui on peut faire une place (on : maison d'édition, presse, Université, Panthéon). Outre que nomades et arlequins se privent de toute rente de situation (juste

récompense de la ténacité morale), une certaine paresse d'être s'accorde à ce qu'il faut de persévérance pour gagner en personnalité. Projet de bruit ou de musique, c'est une certaine façon de *s'accrocher* qui fera le départ entre le petit sauteur et l'homme de poids. Si ton idéal (ou ta plus forte jouissance, ta plus impérieuse névrose) est de sermonner, tancer, convertir, avertir ou moucher, donne-t'en les moyens. Creuse ton trou. Tu te sens une pâte d'intervenant ? Une libre opinion ne fait pas un courant d'opinion. Il te faut une chronique régulière, un rendez-vous fixe avec le public pour devenir une puissance morale à l'égal des autres. C'est parce que la foule est volatile que ses repères ne peuvent l'être, sauf à verser dans le coup de gueule sans lendemain ni bénéfice. Cristalliser un ras-le-bol, incarner une sensibilité, mobiliser une clientèle exige petit trou et taraudage hebdomadaire : tiens la rubrique comme on tient la corde. Toutes les baronnies se conquièrent et se conservent à la force du poignet, et le dur devoir de durer fait partie du métier. Indispensable pour ton front intérieur, pour asseoir ton nom vis-à-vis des collègues et les mettre hors d'état de te nuire. Le bocal fonctionne au mimétisme ; tes confrères te respecteront s'ils voient que d'autres te respectent. Présent à l'horizon, par le seul fait d'avoir fenêtre sur cour, tu les verras, ces rivaux, se conduire peu à peu en alliés. Ils n'auront bientôt plus intérêt à se gausser de tes grosses bourdes pour se pousser du col, car tu les auras pris en otage par dissuasion réciproque (si tu me dévalues, je te dévalue, on y perdra tous les deux). Une fois dans le peloton de tête des visibles, notre pire adversaire se met à nous porter, comme nous à le tirer; chacun prête l'épaule à l'autre; cynique et matoise, cette connivence entre briscards vaut assurance-vie. Qu'est-ce qu'un journaliste? Celui qui, dans chaque pays, lit tous les journaux, et pour qui aucun autre journaliste de ce pays n'est un inconnu. Il s'ensuit que celui qui n'écrit pas régulièrement dans les journaux, les journaux n'écriront pas sur lui, car les journalistes, qui ont assez à faire en rendant compte de ce qui est, ne peuvent de surcroît s'occuper du non-être : ils mentionneront ce que les autres mentionnent, et rendront compte puissamment de ce qui existe puissamment (en première page). Ce montage en boucle des communications, en se mondialisant, fait boule de neige (le correspondant d'un journal américain à Paris, qui a pour occupation principale de lire les journaux parisiens, interviewe ou cite en anglais les personnalités qu'interviewent et citent les journaux parisiens; et comme le correspondant de l'*Asahi Shimbun* à New York, dont la principale occupation, etc.). La spirale hertzienne et inter-nautique des réputations apporte une valeureuse confirmation à saint Matthieu : « À tout homme à qui l'on donnera, il aura du surplus; mais à celui qui n'a pas, on enlèvera même ce qu'il a. » Les pauvres en notoriété seront toujours plus pauvres, et les riches toujours plus riches. Chaque citation de ton nom dans une capitale triplera les demandes d'article qui te seront adressées de toutes les latitudes, lesquelles donneront lieu à de plus nombreuses citations, et ainsi de suite.

Si tu te vois en « grantécrivain », si tu veux suivre les traces de Jacques de Lacretelle ou de Pierre Benoit, travaille tenacement au suivi. Tu connais le filon : se faire adouber à son premier cri par un grand aîné ; hériter d'une belle propriété paternelle, au fin fond du Berry, où se ressourcer à pas feutrés ; monter à Paris en évoquant régulièrement le jardin perdu (« c'est une symphonie écrite pour moi seul et que j'écoute depuis l'enfance... ») ; éviter extra et trop longues éclipses ; besogner en retrait de la mêlée, ou n'y descendre qu'à mots comptés, moyennant message envoyé depuis sa thébaïde ou, mieux, conférence de presse avec déclaration liminaire suivie seulement de trois questions dans la salle. C'est un art simple et tout d'exécution : s'abonner à l'argus et archiver les coupures de presse ; répondre aux lettres et photocopier avant envoi ; se faire photographier en illustre compagnie ; recevoir des jeunes gens intimidés ; conférencier en Scandinavie à l'automne (les jurés Nobel ont de ces distractions) ; postfacer ses nouvelles éditions et surveiller de près les ventes ; prendre rang dans un jury, pour garder le contact. Ce trotte-menu fera une statue, à la longue. Puisse-t-il ne pas te casser les pieds.

Gustave, tu as sans doute envie d'avoir deux cordes à ton art. Écriture et peinture, comme Henri Michaux. Photo et dessin, comme Henri

Cartier-Bresson. Le Corbusier était peintre le matin et architecte l'après-midi. Et Dubuffet aussi bon pamphlétaire que plasticien. Il est dans la nature du talent de déborder; et dans celle de notre époque, de croiser les genres. J'ai, à ma petite échelle, en Maxime étourdi, donné dans le transversal et le polyvalent. C'est même ce qui m'attirait tout jeune chez Diderot, à qui j'ai consacré, quand j'avais ton âge, vingt ans, mon diplôme d'études supérieures en philosophie. Un bien mauvais exemple. Où l'aurait-on classé, lui qui jouait sur tous les tableaux? Roman? Politique? Histoire? Théâtre? Sciences dures? Philosophie? Tourisme? Critique d'art? Ce touche-à-tout mort à la tâche, ce dispersé fort bien organisé vivait avant la séparation des deux cultures, les maths et les mythes; et ce qui a depuis brisé l'unité de la science a également reloti les humanités par appartements. Au temps des Lumières, pas de fichier central, ni de sections au Conseil national des universités. On allait par monts et par vaux sans passeport ni profession. Le commissariat médiatique et l'état civil des spécialités ont mis de l'ordre dans cette pagaille. À ta première publication tu recevras ta feuille de route — « militant », « essayiste » ou « professeur »; et ta raison sociale sera bientôt ta raison d'être. La France pratique le menu biographique à prix fixe — fromage ou dessert, art ou science, blue-jean ou habit vert. Impossible de repartir à neuf. Au jeu de l'oie hexagonal, à chaque fois qu'on change de case, on recule : autant de perdu pour l'obtention de son certificat de bonne vie et mœurs. Philosophie, terrorisme, élections ou beaux-arts, le parachuté doit, pour une gratification équivalente, se dépenser cinq fois plus que l'indigène qui bêche son lopin sans lever le nez.

L'étranger nous épingle encore plus et nous ne devons pas compliquer la vie de nos présentateurs : ils ont déjà du mérite à vouloir intéresser leurs compatriotes à nos imbroglios. Mets-toi à la place du directeur des *French studies*, sur un campus américain, lorsqu'il doit introduire un zigoto de mon espèce. Il me donne envie de rentrer sous terre, quand je l'écoute lire sa fiche à la tribune : « *radical activist*, Che Guevara ; *presidential adviser*, Mitterrand ; *social scientist*, docteur d'État ; *novelist and writer also...* » Sa gentillesse a beau faire, je vois bien dans toutes les méninges le « total égale zéro » qui conclut ce CV de Fregoli. Notre généreux introducteur dévide le patchwork et je suis le premier à en rire. Un sauteur à histoires. *A very controversial guy, indeed.* Je sens bien qu'on m'en veut, dans la salle. Écoper d'un nom avant de se mettre à une œuvre, cela ne pardonne pas. Il y a amnistie des crimes de guerre, non des titres de journaux. Pas de prescription pour les *news*, la première dépêche est un tatouage sur l'avant-bras. J'ai mille fois plus respiré la poussière des livres que celle des chemins ; j'ai passé quelques semaines dans les sierras et quelques années en bibliothèque. Pourquoi ne me présente-t-on pas en « ancien compagnon d'Auguste Comte » quand je dis quelques mots quelque part ? Je rêve d'une gomme à effacer les notices biographiques ; un homme, n'importe qui, pourrait prendre la parole à visage découvert et, pourquoi pas, se faire entendre de quelques-uns.

L'image reine veut des gueules, des rôles de répertoire qui identifient un nom à une fonction, un pays ou un métier, une fois pour toutes. Pour le bouddhisme, la culture des champignons, l'Amérique latine, pour la Formule 1 et pour la réforme judiciaire, voyez un tel. Fais-toi une gueule de pro, enfile le costume de l'emploi et deviens ton propre rôle. Comme ces acteurs de *La leçon* de Ionesco qui ont tenu trente ans au Théâtre de Poche, dimanche et matinée inclus. À défaut de quoi tu « brouilleras le message » ; on n'a droit qu'à un seul, et le trop-plein fait trou noir. À l'ère électronique, le Maxime qui compte doit incarner quelque chose et pas deux. Seuls les seconds rôles peuvent en changer, les premiers n'en ont qu'un. C'est la seule nouveauté apportée par le star-system à la « pantomime des gueux » qui fascinait déjà le père Diderot et *Le neveu de Rameau*. Au rebours des clichés d'école, l'œuvre à présent disparaît derrière le personnage. D'où l'intérêt pour toi d'enfoncer le clou toujours au même endroit, balisé et labélisé, jusqu'à devenir ton propre panneau indicateur. Si les autres nous prennent pour quelqu'un — en prêtant à notre défroque un for intérieur correspondant vaguement à notre CV —, nous sommes mieux placés qu'eux pour savoir que l'étranger plein d'aplomb dont la bobine s'exhibe au coin nord-est de notre carte d'identité donne le change pour cacher son bordel intérieur. Sur notre scène culturelle, les plus sincères doivent jouer la comédie pour ne pas mentir, et nos vedettes se « relooker » pour ôter le masque (ainsi Romain Gary, lorsqu'il souhaita parler vrai, dût-il arborer la gueule d'un pseudo). Nul ne se démaquille impunément, mais il en coûte plus à l'ère des Photomaton qu'à celle des portraits à l'huile. Roger Martin du Gard l'avait pressenti. « Vous savez avec quel soin j'empêche toute photo de moi de paraître dans les journaux, écrivait-il en 1933 à un ami, en lui reprochant d'avoir donné une photo de lui à un magazine illustré féminin. Que cette malédiction retombe sur votre tête et la tête de votre postérité jusqu'à la millième génération ! Amen ! » Les photographes de presse veulent une gueule et une seule ; mais comment muter ensuite, sans passer pour un faux derche qui ne respecte pas le contrat ? Aragon a tellement changé de têtes qu'il y a pléthore de masques pour une légende. Conformiste de jour, anarchiste de nuit, Valéry se moquait, au petit matin, des frontons en stuc qu'il recouvrait, à midi, d'apophtegmes en toc. Insoumis sous habit brodé, le bicorne lui fait encore de l'ombre. On peut retourner l'argument et dire : la célébrité met en état d'apesanteur, le salut est dans le nom, la figure et les titres. L'*immunité mythique*, ce sera l'équivalent pour toi de l'immunité diplomatique. Le public ne se demande plus, quand la diva entre en scène, si la voix du soprano a gardé sa *coloratura* ; ses couacs eux-mêmes seront exquis ;

219

et le connaisseur à l'orchestre applaudit d'avance. Quand on est une figure, on peut écraser un bambin à cent cinquante à l'heure sur un boulevard, ou s'amuser à démontrer que $2 + 2 = 5$. Marques d'originalité. Emmanuel Berl rencontre Colette au Palais-Royal : « Je viens de relire *Les Faux-Monnayeurs*; c'est vraiment très mauvais. — C'est vrai ce que tu dis, Minou chéri, mais ça n'a aucune importance. » Le monstre était déjà sacré, et c'est irrévocable. Les chiens aboient, la figure passe.

4. *Ne te croise pas prématurément. Reste sur ta besogne.* Je durcis le ton, oui : c'est « l'intellectuel le plus engagé de sa génération » qui t'avertit. Si le démon te chatouille, bâillonne-le ; borne-toi à de sobres déclarations d'intérêt général (la Paix, la Justice, l'Homme). Ne te découvre pas avant l'heure, botte en touche. Pour l'option Maxime, tu t'étonneras peut-être, car tu as entendu dire que « l'intellectuel » est un signataire-né de pétitions, qu'il a été baptisé par l'affaire Dreyfus comme celui-qui-se-mêle-de-ce-qui-ne-le-regarde-pas.

Erreur. C'est le clerc qui, fort d'une autorité acquise dans et par sa cléricature, décide, au milieu ou au soir de son existence, d'étendre son aura aux affaires en cours. Tout est dans la chronologie, et fatal te serait un engagement précoce. Le report d'auréole fonctionne seulement de haut en bas, du régulier au séculier. Une notoriété intellectuelle est convertible en termes politiques, une notoriété politique n'est pas convertible en termes intellectuels. Plus tard tu quitteras ton cabinet, ou ton labo, mieux sera saluée ton entrée dans l'arène. N'oublie jamais ceci : la tour d'ivoire, il est plus facile d'en sortir que d'y rentrer. On en sort poussé par une noble colère, un vibrant sentiment d'injustice ; on y rentre en se reniant, parce qu'on injurie sa jeunesse, ou que le lion « vieillit toutou ». Vois Voltaire, Zola, Barrès, France, Gide, Sartre, Foucault : jusqu'à la quarantaine, une vie discrète, pépère et popote, dans l'entre-soi des livres ou des thèses. Sans cette accumulation primitive en marge, le jet de gourme à mi-vie serait passé inaperçu. Prendre ses risques sur le tard est plus payant que de passer pour un intoxiqué chronique, un agité congénital. Centre ta cible, et passe après au flou. La bêtise est interventionniste, et la lâcheté, abstentionniste. De ces deux maux, le moindre, chez nous, est la prudence. Ne fais pas le malin à contretemps. Si tu passes un *battle-dress* à vingt ans, tu seras regardé à cinquante comme un déserteur, inévitablement, quand il te faut être, au même âge, une grande figure qui condescend à la mêlée. Le vieux Churchill, à qui on demandait un jour le secret de sa longévité, répondit : « *No sports, and smoking.* » Veux-tu savoir le secret d'une longue autorité morale et intellectuelle ? *No politics, and joking.*

Prendre parti divisera par deux ton audience possible, en te mettant à dos le parti contraire, peu disposé à mettre le nez dans la prose d'un galapiat ou d'un forban capable de — non, c'est pas possible — et ami de, si je vous jure, c'est dans le journal. À long terme, cela réduira ton œuvre à sa part la plus commune ou la moins sentie, en faisant écran à l'âme. Tu auras beau te pencher et t'épancher, à tes moments de vérité, sur tableaux, concertos, cuisines, odeurs de jungles et corps de mélusines, théologies et gnoses — les œuvres vives, quoi —, on dira : coquetteries, faux-semblants. Le public n'en voudra qu'à l'ultralibéral ou au socialiste de gauche, au partisan ou au détracteur des nationalisations, au champion de l'Europe ou de l'anti-Europe. Et quand toutes ces questions auront éclaté comme bulles de savon, tu partiras avec elle — en buée.

Le pire serait de pousser l'irresponsabilité cléricale jusqu'à assumer une quelconque responsabilité officielle. Conseiller du Prince, ministre, bureaucrate : ta réputation n'y survivrait pas. Fais-toi plutôt confier une « mission de réflexion et de propositions » ; et sache que des mauvais lieux d'État, nul ne sort grandi. Tous ceux qui, dès potron-minet, ont eu la bonne idée de s'établir à leur compte et de courir sous leur propre casaque feront des gorges chaudes de l'*homme aux ordres* âpre aux prébendes (et qui a eu, supposons, la sotte idée de vouloir servir son pays, ou sa foi, en mettant un moment sa personne et son œuvre entre parenthèses ou encore, autre sottise, qui voulait voir de quoi il retourne, sous prétexte qu'il vaut mieux parler des affaires publiques en connaissance de cause). Prison, à la bonne heure ; bureau, jamais. Dossiers, chiffres, décisions : pis qu'une faute, une erreur. Je t'ai conseillé de ne pas changer de cheval, mais l'important est de ne pas changer d'écurie. Un philosophe qui s'adonne à la comédie musicale ou un journaliste épris de chasse aux papillons prennent des risques de carrière ; un universitaire qui va au charbon va droit dans le mur ; il perdra ses pairs sans se gagner des collègues. Il restera un marginal chez les officiels, tout en devenant un officiel pour les marginaux. Le ministère des grognes est le plus beau de tous ; reste un homme d'opposition, en dehors et contre « le pouvoir » — quitte à changer au fur et à mesure de positions. On ne peut plus rejoindre Sartre au Flore quand on a fait l'Emmanuel Berl à l'Hôtel du Parc. Autant passer une canadienne sur une queue-de-pie.

Pour l'option Gustave, la voiture de fonction est proprement irrémédiable (le lambris a privé Malraux du Nobel, comme le Commissariat général à l'information, durant la drôle de guerre, a taché l'aile de Giraudoux — ange encore souillé, sinon déchu). L'enrôlement partisan est franchement suicidaire (le communiste entamant plus un crédit d'écrivain que le fasciste, du moins auprès des raffinés, qui préfèrent Céline et Ezra Pound). La politique collera à ton image comme la crotte de chien aux semelles. L'indécrottable poisse est ce qu'il y a de plus facile à retenir. Tes ennemis en raffoleront; les malheureuses boutades du lion mort seront exhumées à tout propos et hors de propos par les ânes — et ces perles noires dissuaderont les intimidés d'aller y voir par eux-mêmes. Que reste-t-il de Sartre, pour ceux qui ne l'ont pas lu ? « Un anticommuniste est un chien, je n'en démordrai pas », plus une mascarade de justice populaire contre un malheureux notaire, après 68. D'Aragon, pour ceux qui aiment haïr : « Vive le Guépéou, feu sur la social-démocratie », et l'abject portrait de Nizan dans *Les communistes*. De Genet ? Un éloge de la Fraction armée rouge et des souvenirs émus de l'occupation nazie. Et pour combien de jeunes Allemands l'auteur de *Sur les falaises de marbre* n'est-il pas celui qui a écrit, sans plus : « Je hais la démocratie comme la peste » ? C'était en 1924, dans *Boqueteau 125*. Il a enlevé la phrase dans les rééditions d'après 1933 parce qu'« elle était devenue trop à la mode ». La roue avait tourné, la formule est restée. Qu'en dit Ernst Jünger cinquante ans après ? « J'étais tombé alors au-dessous de mon niveau, non à cause de mon engagement nationaliste mais de l'engagement en soi. » Le problème c'est que, droite ou gauche, le genre conduit quiconque à son étiage, parce qu'il faut ferrailler contre des zombies et s'arrimer à des courants d'air. Si tu n'as que du talent, tu auras moins à craindre ; c'est le génie qui pousse à la faute : le premier joue au centre et petit ; le second joue gros et aux extrêmes — plus esthétiques, plus excitants. Regarde dans la famille. Aron, talent honnête, ne se fait pas pincer comme Sartre, cet effrayant génie. Dans le doute, abstiens-toi. Les positions juste-milieu ne permettent pas de faire l'intéressant et obligent à frayer avec des imbéciles. Les excessives sont existentiellement plus riches, physiquement plus risquées — là, on sait s'y prendre —, mais intellectuellement plus périlleuses. Mesure bien la difficulté. Les cambrures extrémistes, qui sont les plus entraînantes, procèdent assez souvent d'une insuffisance d'information et d'observation. D'où l'ambigu des attitudes vantées comme « radicales » : s'y mêlent des pensées on ne peut plus exigeantes avec d'autres simplement paresseuses.

Si le nazi te force la main, troque la plume contre le revolver. Engage-toi comme soldat, non comme écrivain. Donne ton corps, ou ton sang, si nécessaire ; non ton œuvre et encore moins ton journal intime. Même si ces abnégations nous dépassent, prends pour étoiles, dans l'insupportable, René Char ou Cavaillès : nos plus beaux exemples de double vie. La politique vaut une conversation, un meurtre ou une gifle en passant — non un livre. C'est un métier qui ne supporte pas l'intelligence, hormis celle, assez sommaire, de ses moyens. Ce constat n'est désobligeant pour personne, et surtout pas pour les hommes d'action qui ont mieux à faire que d'aligner des commentaires sans matière et sans contrôle. Médite l'intégrité d'Orwell, l'ancien combattant de Barcelone, en pleine guerre froide : « Suggérer que l'écrivain créateur, en une époque de conflit, doive diviser sa vie en deux sections, peut paraître défaitiste ou frivole, mais je ne vois pas comment il pourrait faire autrement, car il est raisonnable d'être prêt à combattre dans une guerre si on pense que cette guerre doit être gagnée et en même temps refuser d'écrire de la propagande. » En temps de paix, tire des bords entre ces deux inconforts : bébête mais courageux (prise de position), malin mais un tantinet dégonflé (silence prudent). Rappelle-toi qu'il ne reste pas tripette des commentaires d'actualité, après dissipation des brumes matinales. Des plus fines spéculations sur l'événement — la prochaine législature, le traité de paix ou l'imminent renversement d'alliances — émoussent déjà la pointe, et le sens. En comparaison, la collection Harlequin grave dans le marbre (tant les valeurs d'engagement — extrême urgence à part — glissent comme larmes sur la joue). Si tu proposes une analyse de conjoncture pleine de discernement — donc en avance sur son temps —, tu fâcheras toute ta paroisse le jour même (quand le délire est roi), et personne ne t'en saura gré le lendemain (quand tes propos, hier trop originaux, auront fondu dans la banalité). La lucidité, en ces zones de myopie partagée, consiste à énoncer aujourd'hui l'évidence de demain. Or, avant l'heure, c'est pas l'heure, et après non plus. Morale : l'écriture politique est une passion inutile. Elle n'a jamais suscité ou amélioré une action gouvernementale (encore moins aujourd'hui, quand les zombies de passage, qui se gavent de journaux, n'ont plus le temps d'ouvrir un livre), ni atténué un délire collectif (le public n'entend et ne voit que ce qui confirme ses illusions). Outre que rien ne refroidit plus vite que la surchauffe des foules et ne sonne plus faux que le ton au-dessus propre à nos « trois petits tours et puis s'en vont », l'apostrophe imprimée dont micros et caméras devraient nous dispenser ne nourrit même plus son homme. Ces énervements d'un jour poussent à la stridence, au grossissement du trait, quand de deux mots il faut choisir le moindre (la clé du perdurable). Concède le minimum à cette bravoure apéritive, où l'écriture artiste ne viendrait qu'aggraver les ridicules. Remercie plutôt le soldeur bienveillant qui vient avec ses toiles et ses cartons, éboueur semestriel, nettoyer ton appartement des éclats du moment.

5. *Jamais d'autocritique ni de* mea culpa. Si par malheur — les époques troublées, cela arrive, n'est-ce pas? — tu cédais au débordement et que tu lui survives, passez muscade. Moins tu en rendras compte, plus tes errements te grandiront. Rappelle-toi que tu n'es pas soumis aux juridictions ordinaires — privilège dit du for ecclésiastique que le droit canon reconnaissait au « clerc portant l'habit ». La sécularisation nous a mis en complet-veston, mais tu peux toujours tirer parti d'une condition qui ajoute au droit de ne pas aller au bout de ses actes celui de ne pas revenir dessus.

Quel clerc majeur s'est abaissé à répondre de ses grosses bêtises ? Le dessus du panier, passé l'orage, bat en retraite dans le cumulo-nimbus — sublime et négligent. Heidegger se retranche derrière Hölderlin, Céline dans des hoquets, Morand dans un sourire de vieux Chinois. Cioran se tait et caviarde. Aragon noie l'*Hourra l'Oural* dans *La valse aux adieux*. Et nous serre le cœur. Les grands ont le droit, ils le prennent ; nous protestons pour la forme mais nous leur en savons gré. Seul le petit personnel fait ses comptes. J'ai égrené les miens — nous sommes quelques méticuleux dans ce mauvais cas — étape par étape : du temps perdu — qui n'empêche pas les magazines de brocarder les volte-face du guévariste devenu gaulliste. Peu importe qu'on s'efforce de faire exception au cliché, sans esquives ni clair-obscur. Je parie que tu n'as jamais entendu parler d'aucun des nombreux ouvrages où je m'explique en détail sur mes ruptures et que mon « itinéraire » n'est à tes yeux qu'une suite incompréhensible de reniements inexcusables — espèce oblige. Preuve que tu gagneras à couper court, en ce qui te concerne, à toute explication ou bilan. Donner ses raisons déçoit et ennuie. « La foi qu'on a eue, disait Renan, ne doit jamais être une chaîne. On est quitte envers elle quand on l'a soigneusement roulée dans le linceul de pourpre où dorment les dieux morts. »

Un auteur doit garder quelque chose d'énigmatique. Nous n'aimons pas ceux qui roulent trop soigneusement leur passé dans l'armoire. N'élucide rien, tu défriserais. Reste l'*alter deus* aux foudres imprévisibles, aux confessions dédaigneuses. Transforme tes erreurs en mystères. C'est de l'inexactitude, quand on donne dans les idées, que nous tirons nos plus beaux effets. Exposer les faits, c'est tuer la poule aux œufs d'or. Tes bourdes te rendront intouchable, pour peu qu'elles soient énormes et sans complexes. Pour être sacré prophète, rien de tel qu'une petite confusion matérielle au départ, mais bien exploitée, amplifiée en doctrine et déclinée une vie durant. Sois épiphanique, décousu, égrène tes coups de tonnerre dans un ciel bleu. Tu veux captiver? La toquade. Le virement sur l'aile. On dira : enfin un esprit libre.

Si l'honnêteté te pousse à tenir un journal intime, un impudique cahier de raisons où tu examineras sans fard tes défaillances ou tes incertitudes, boucle-le à double tour. Pas de publication avant cent ans. Le malheur avec l'autodérision, dangereux exorcisme, c'est qu'on risque toujours de vous prendre au mot. N'imite pas Drieu la Rochelle, qui à force de se traiter de raté a fini par en devenir un, ni certaine façon de pousser son tableau au noir pour en conjurer le gris. Outre que l'étripage préventif de ses démons peut tourner à la prophétie autoréalisatrice, il ne serait pas sage pour toi de compter sur le principe de charité. Le « blague dans le coin » des superstitieux qui renchérissent sur leur colonne débit disparaît à la lecture. N'écris de toi qu'en bien. Jouer à qui perd gagne est vraiment trop risqué.

Que l'opacité soit ton orfèvrerie ; et ta langue, chantournée au possible. On ne soupçonne pas les bienfaits du galimatias. Le grand Fourier, qui passe à tort pour un délirant, répartissait les collègues en deux catégories, les « obscurants » et les « expectants » : ceux qui construisent des énigmes et ceux qui fabriquent des attentes. Les *expectants* comblent notre besoin d'apocalypses ; qui ne redoute rien s'ennuie comme un rat mort, l'attente excite les neurones ; il y a une demande sociale d'angoisse, comme d'espérance, à peu près stable, que nos gourous du pire satisfont en renouvelant l'offre de terreurs. Moins démagogiques, les *obscurants* ont une musique plus subtile ; et leur public a meilleure oreille. Ils savent que, pour être entendu comme un dieu, il faut parler obscurément. La clarté, cela fait professeur, non penseur. Le magistère va à ceux qui savent inventer une langue sans se commettre au dictionnaire. Si n'importe qui en sait les règles, qui aura envie de rentrer dans le jeu ? On s'imagine être poli en définissant les mots ; on offense et on déçoit ; les profanes veulent être initiés, et donc déroutés, étourdis, voire interdits d'entrée. Pas de cryptes, pas de dévots. Tes fidèles te sauront gré de leur faire miroiter une clé imminente. Tu les transporteras au bord du cratère, pour les faire bicher. Mets des barreaux à ta cervelle, on aura envie d'y entrer. Quant aux élèves, auxquels ce *teasing* tend la perche, une langue un peu absconse en fera bientôt des disciples. On prolonge un effort de pensée par un autre, mais pour s'affilier à une élite, qui tient plus chaud au corps, un lexique suffit. L'inscription dialectale à la mouvance permet d'aller de continent en continent sans avoir à changer de langue. Une fois connecté au réseau (l'ancienne « chapelle » mondialisée), qui fait office de tour-opérateur (comme l'école de pensée, d'agence de tourisme aux prix avantageux), on ne peut plus se perdre, on est pris en main dans chaque fuseau horaire par les correspondants locaux — traducteur, ancien élève et fidèle lecteur. De même qu'un trotskiste, un rose-croix ou un philatéliste, un adepte de Wittgenstein, d'Heidegger ou de Rawls (et à la limite, de n'importe qui) est sûr, tel un compagnon du tour du monde, de trouver une « maison », une « Mère » et du travail à Tokyo, Chicago, Valencia, Glasgow (comme le fait en France un compagnon charpentier à Angers, Brest et Marseille). Paradoxalement, une langue plus difficile rend la doctrine plus expansive et séduisante qu'une expression courante et transparente. Si tout est accessible par simple réflexion, quel besoin de Sacré Collège, d'échelons intermédiaires et d'organes autorisés ? Le jargon, c'est la haute couture en dégriffé. Et c'était sans doute une naïveté excusable chez un Muglioni, fils de tableau noir et de la probité, de supposer qu'en tout un chacun le désir de connaître l'emporte sur le besoin d'être reconnu. Ce serait trop beau, et trop simple.

6. *Ne te crois pas original. Reste prudent sur tes droits d'auteur.* Et ne fais pas de l'originalité un but en soi, tu seras déçu. Quel écrivain est l'auteur de ses livres ? Il y a neuf chances sur dix pour que ta dernière trouvaille, qui t'enchante, figure déjà dans un lointain sottisier — que tu ignores ou dont tu ne te souviens plus. C'est notre destin, et notre métier, que de nous recopier les uns les autres — depuis six mille ans. Je redis ici ce qu'ont écrit mille fois mieux Montaigne, Pascal, Lautréamont, Borges et Michel Schneider, qui a fait le tour de cet infini. « Tout est dit » : cela fut dit mille fois et qui l'a dit le premier le redisait déjà. On ne connaît pas d'auteur qui n'ait été, n'est ou ne sera dénoncé comme plagiaire par un autre — et à bon droit, le plus souvent. Virgile déjà pompait sur ses voisins ; Pascal, n'en parlons pas ; Stendhal n'y allait pas de main morte ; Alexandre Dumas s'en vantait : « L'homme de génie, disait-il, ne vole pas. Il conquiert. » Et il mettait le Créateur dans le coup : « Dieu lui-même lorsqu'il créa l'homme ne put ou n'osa l'inventer : il le fit à son image. » Nos « chaînes trophiques » et nos « mécanismes d'équilibration » sont pareils à ceux du monde animal, où chaque individu, à la fois proie et prédateur, sert de pâture à un autre. Comme nous, voleurs de mots bientôt volés, voleurs de voleurs et gendarmes à nos heures. On fait du même avec de l'autre, ou de l'autre avec du même, comment savoir ? Longue chaîne carnassière, métabolisme sans début ni fin (les générations futures se nourriront de nous comme nous nous sommes nourris

des précédentes). Avec la croissance de la matière écrite, gisement d'idées libres d'emploi « où rien ne se perd, rien ne se crée, tout se transforme » (merci Borges), nos dépendances nutritionnelles se multiplient, comme les apports énergétiques. L'« entreglose » dont s'égayait Montaigne (bon praticien lui-même, et qui a montré comment atteindre à la création par la resucée) est devenue la substance même de nos activités productives. En littérature et dans la plastique, le détournement est le fin du fin, et l'emprunt, un devoir d'avant-garde, un signe d'originalité. Tout suggère que le plagiat sera le grand art de l'avenir. C'est un genre difficile, qui requiert prudence et tact.

Il impose de combiner la défense et l'attaque, les guillemets et la gomme, la citation et l'« oubli » avec une vigilance de chaque instant. Il ne dépend pas de nous, hélas, de pouvoir donner à chaque fois la référence. J'ai pratiqué plus d'une fois, à côté de l'autre, le plagiat involontaire. Tiens, un exemple : le Tintoret. Il me vint l'idée, jadis, qui me sembla positivement géniale et me valut plusieurs jours de lévitation, que le peintre vénitien avait inventé le septième art et notamment les contre-plongées d'Orson Welles — ivresse d'où je tirai force digressions sur les rapports de l'espace et du néant. Celle-là, on ne me l'enlèvera pas, me dis-je alors, ce sera mon truc. Je me suis promené six mois avec cette idée neuve en sautoir, jusqu'au moment où je lus dans *Les voix du silence*, 1951, la même remarque sous la plume de Malraux à propos de *La montée au calvaire* (« C'est lui qui invente la perspective qui surprend l'œil au ras de terre, et que retrouvent les cinéastes en baissant l'appareil »). Désespoir. Me voilà refait : j'ai contrefait, on va me sauter au collet (ce qui n'arriva pas : avantage de n'avoir pas de lecteurs). Cinq ans plus tard, stupeur derechef. Je n'avais rien emprunté à Malraux — mais tout à Élie Faure, qui devant *Le paradis* du Tintoret, notait en 1922 : « Ce charme spécial me fait songer au cinématographe... » Me voilà soulagé. Et peiné pour Malraux, qui connaissait fort bien son Élie Faure. Il ne le cite pas. Lui a-t-il barboté l'idée ? Peut-être pas. Coïncidence encore. De toute façon, *de minimis non curat praetor.* Malraux est exempté de l'obligation citative. Seuls les besogneux ont des dettes. Le grand (auteur) se distingue du petit (commentateur) par ceci qu'il a le droit d'effacer les guillemets. Ce droit, il suffit de le prendre une fois, sans autorisation, pour devenir soi-même une autorité. Permettant l'allusion suggestive, sans référence précise (qui ferait lourdingue) à des auteurs qu'il n'est point nécessaire d'avoir lus pour s'afficher en leur compagnie — Nietzsche, Dostoïevski, Rilke —, ce privilège saisi de chic, à vingt ans, vous classe tout de suite dans la première rangée (des immortels à qui personne n'ira chercher des poux dans la tête, quoique n'étant pas eux-mêmes les moins voyous).

Les gros mangent les petits, qui ne peuvent rien contre les premiers. As-tu remarqué qu'on ne cite jamais moins prestigieux que soi, sans même aller jusqu'au total inconnu? Ce *quia nominor leo* ne choque plus personne. Il laisse les concurrents dans l'ombre et brouille les traces à merveille. En matière de philosophie de l'art, le boa Malraux a fini par avaler le bœuf Élie Faure (ainsi que Walter Benjamin, à qui il emprunta l'idée de la reproduction photographique comme révolution, à la source de son *Musée imaginaire*). Inconsciemment respectueux des faits accomplis, j'ai pu écrire encore hier, et publier dans un journal, que Malraux, avec sa *Psychologie du cinéma* (1939), avait été « le premier philosophe qui a payé ses dettes au septième art, à un moment où les grandes consciences ne jugeaient pas le grand écran digne d'elles ». Comme si Faure n'avait rien écrit d'excellent et de prémonitoire sur le cinéma vingt ans auparavant. Voilà qui te renforcera, j'espère, dans ta détermination à saturer le canal, hausser le décibel, remplir le cadre. Fais ce qu'il faut pour mettre ta griffe, coûte que coûte, sur un fief, chacun ne supporte qu'un champion et un seul. Ici, on mange ou on est mangé. La *guerra spirituale* n'est pas pour les demoiselles. Personne n'est roi de ses métamorphoses, comme on l'est de ses douleurs. Mais il y a certaines façons de diminuer les risques, disons : de conjurer ses cendres prochaines. Oserai-je te recommander la meilleure, quand on est à court de sève : la mort volontaire. Une vie entière s'éclairera, avec ce qu'il faut d'énigme, à la lumière du beau geste final. Les biographes aiment bien. Ça simplifie le travail.

L'ingratitude qui fait un apprenti Gustave abîme un futur Maxime, lequel est censé revendiquer ses filiations et confesser ses emprunts. C'est encore au râtelier universitaire que s'applique le mieux le constat de Lautréamont : « Le plagiat est nécessaire ; le progrès l'implique. » Côté Alma Mater, où l'originalité est tenue pour un manque de scrupules, le compilateur est récompensé et la contrefaçon recommandée. Dans les parasciences en exercice, la citation n'est plus gratuite, au petit bonheur, décorative, comme souvent dans les essais, mais substantive et stratégique. C'est le gagne-pain du chercheur, son critère ontologique, l'indice quantifiable de sa position sur l'échelle des prestiges. Il y a un barème annuel des cotes. Sa valeur est graduée d'après le nombre des mentions qui sont faites de son nom par ses pairs, indiqué chaque année dans le *Social Sciences Citation* (l'équivalent pour les sciences sociales du *Kunst Kompass* allemand pour les arts plastiques). L'institut qui recense et arbitre est américain — une raison de plus pour te fendre d'un *abstract* en anglais et décrocher un poste en métropole, dans les disciplines habilitées aux États-Unis.

Les citations dont on peut faire l'objet, m'objecteras-tu, ne sont pas à confondre avec celles qu'on fait des autres. Certes, mais elles se suivent, s'engendrent et s'enchaînent par nécessité. La chrysalide cite, la chenille est citée, et le papillon s'envole. Reprenons. Les doctorants citent les docteurs, lesquels dirigent leurs travaux et notamment leur thèse de doctorat (*bis repetita placent*). Ces reflets de soi-même aideront le déjà docteur à promouvoir à des postes d'influence le futur docteur dont il guide les premiers pas. Donnant-donnant. C'est en citant son professeur qu'on en devient soi-même un autre. L'élève cite son maître, non l'inverse. D'où l'importance d'avoir beaucoup d'élèves, en plus d'un lieu. D'où la lutte pour les postes entre candidats maîtres. Pas de chaire, pas de citations ; pas de citations, pas d'existence (c'est pourquoi, dans les publications du jour, tu trouveras rarement cité un très grand philosophe, Manuel de Diéguez, dont nulle carrière n'a jamais dépendu pour être resté hors institution). Et plus le patron dressera de poulains, plus il aura le plaisir de voir ses œuvres abondamment commentées. Progression géométrique de l'autorité, due au pastiche voulu par la cooptation. Reproduction élargie. Rétroaction positive. Une fois lancée, la machine ne s'arrêtera pas. Dans un laps de temps donné, s'entend. Car l'autorité « théorique » de chaque période fait sourire la suivante ; on a le cafard en feuilletant un ancien numéro de revue savante (d'économie, de psychologie ou de sociologie) ; rien ne vieillit plus une contribution que la carapace de références autorisantes sous laquelle le chercheur de 1935 ou bien de 1955 devait se couvrir pour avancer et lancer son trait, tel le soldat romain sous sa tortue.

Un jour donc, dans vingt ou trente ans d'ici, tu te sentiras pousser des ailes en feuilletant encyclopédies, répertoires et articles, signés par tes anciens élèves reconnaissants. Comme tu leur auras beaucoup donné, tu recevras beaucoup en retour. Tu passeras alors de la condition serve du *citant* — la servitude volontaire du disciple — à celle, combien plaisante quoique passive, de *cité*. Toute citation tenant de l'autopromotion, façon de se valoriser soi-même par apparentement à la classe supérieure, il te sera agréable d'apprendre que tu peux donner de l'importance à d'autres. Te voilà enfin émancipé — le bruit des citations n'est-il pas celui des chaînes ? Et avec cet avatar de l'argument d'autorité médiéval, opération propre-ment magique permettant à un quelconque petit de s'augmenter par simple contiguïté avec un grand (l'*auctor* étant celui qui ajoute de la valeur à quelque chose ou à quelqu'un), tu goûteras au bonheur astral de la mise sur orbite. Ce sera le sommet de ta carrière, quand tu verras ton patro-nyme devenir un insigne, de petits en grands cercles. L'instant où il sera devenu flatteur de faire mention de toi. Où le Président aura le sentiment de gonfler son crédit en proférant ton nom, après celui de Montaigne, Valéry, Raymond Aron et Edgar Morin. (Étant entendu que la même allu-sion augmentative et dilatante dans la bouche d'un politique, en terres semi-cultivées, nous semblerait comique et même irrémédiable dans la bouche d'un collègue, entre initiés, où l'on sait distinguer entre le nom qui pose et distingue, parce que pas trop connu, et le nom grand public du *tuttologo* mis à toutes les sauces, mais qu'on aurait soi-même consenti à prononcer trente ans plus tôt, quand ses tirages restaient confidentiels, au meilleur d'une œuvre encore pour *happy few*. Le bon de garantie est relatif à qui cause et où, il n'y a pas de référence soutenable dans l'absolu, même l'invocation du Tout-Puissant doit se moduler selon le temple, les ouailles et les concélébrants.)

Dans l'immédiat, tes obligations restent ingrates. Citer ou ne pas citer? Aucun parti n'est innocent, et il t'en cuira dans les deux cas. Chacun ne lit d'un livre que la ligne qui le concerne (et qu'il interprète régulièrement à contresens, tel Jean-François Revel me comblant de boue dans ses *Mémoires* pour l'avoir comparé autrefois à Marcel Déat, quand je soulignais littéralement l'infamie du procédé — mais pot de terre contre pot de fer, j'aurais désormais cent mille témoins à charge). Ton collègue t'en voudra, quoi que tu fasses : d'être cité à côté d'un tel, au même niveau. Et de ne pas l'être. Allez savoir. Pourfendre sans nommer, c'est batailler contre des moulins à vent en se rendant la partie vraiment trop facile. « Des noms, des noms ! » Nommer, fût-ce en tentant de rentrer dans les raisons de son contradicteur, c'est régler un mauvais compte et glisser au pamphlet. Que faire ? Le moins possible, t'aurais-je dit, si je ne savais que la citation est entre doctes la règle du jeu, un moyen de reconnaissance, une politesse réciproque. C'est notre panneau routier. Il nous permet en parcourant l'index nominatif et les bas de page de savoir à quelle mouvance appartient un inconnu et contre qui il travaille (comme nous, contre ceux que nous ne citons pas, que nous ne citerions pour rien au monde, dont nous nous honorons à cor et à cri de ne jamais citer le nom, « du moins dans ces colonnes »). Ce « dis-moi qui tu cites, je te dirai qui tu es » fait gagner à tous un temps précieux. Il permet la lecture rapide ; dès la troisième page (« comme le rappelle opportunément X » ou « ainsi que Y l'a solidement établi »), on sait à qui on a affaire, comment, d'où, pour la plus grande gloire de qui et contre le renom usurpé de quel autre. C'est commode (neuf sur dix de nos lectures consistant à repérer si nous sommes ou non cités par celui-ci ou celui-là, l'opération prend quelques minutes). Au vrai, il y a cent types d'investissements, seul le contexte peut nous aider à choisir : la *citation-remerciement* (tu m'as cité, je te rends la pareille, quittons-nous bons amis) ; la *citation-boutique* : avec mon patron en exergue, je montre ma patente, sachez à qui vous aurez affaire si vous élevez la voix ; la *citation-angoisse* : qui suis-je pour faire l'original ? Voici un nom qui avalise mes dires, si vous ne me croyez pas ; la *citation-à-charge-de-revanche* : si je montre à un tel qu'il existe pour moi, peut-être finirai-je par exister pour lui ; mais il faut bien que quelqu'un commence (et c'est rarement l'autre) ; la *citation-alibi* : après avoir pendant trois pages présenté comme mien le raisonnement d'un tel, je le dédommage en le citant dix pages plus loin, sur une broutille ; la *citation-prise d'otage* : j'enrôle au culot un grand nom sous ma bannière en le plaçant bien en évidence, pour afficher une connivence qui en fait n'a jamais existé. Infinies sont les ruses de l'autorité. En ces matières subtiles et décisives, il n'y a que le détail qui compte. Dur métier. Il te faudra te faufiler entre chapardage artisanal et braquage industriel; entre nos filouteries habituelles et le pillage organisé. Tu en feras toujours trop et pas assez. Ne jamais citer ses maîtres, c'est ne pas payer ses dettes et faire l'homme sans aveu. Trop les citer, c'est ne pas couper le cordon et faire l'homme sous influence. Jusqu'au moment, qui a une chance sur deux de t'arriver, où l'indécision ne sera plus à ta charge mais à celle des suivants (qui se demanderont si c'est bon ou non pour eux d'avancer ton nom noir sur blanc). Cela flattera ton amour-propre mais tu aurais tort de t'en réjouir. Ce sera la fin de ta jeunesse et d'une certaine grandeur d'âme. À quel symptôme découvre-t-on qu'on n'a plus l'étoffe militante? Quand on commence à réclamer ses droits moraux et patrimoniaux. Avant, on partageait avec tous ceux qui voulaient. On croyait en la pensée indivise de la communauté — du Parti, du labo, de la petite bande. Et il est vrai qu'on pense mille fois mieux à plusieurs. Mais le communisme des idées, cela ne dure pas plus que l'autre.

Je ne te demande qu'une chose, vois-tu : mastique à loisir. N'avale pas d'un coup. Prends ton temps. Les idées vraies ne sont pas des flashs d'information : elles adviennent au terme de longues et pénibles digestions. Nous devons garder une confiance absolue dans la venue du Jugement dernier qui, un jour lointain, départagera les copistes en deux catégories : ceux qui ont pris le temps de ruminer, de recycler et de transfigurer leurs innombrables larcins — et les autres. Nous devons nous arc-bouter au postulat selon lequel les ruminants iront au ciel et les butineurs en enfer ; c'est la clé de voûte du seul Évangile qui doit nous importer. Gros et petits, chevaliers et piétons, patrons et salariés — l'éternel combat n'a plus qu'un nom de nos jours : la lutte des rapides et des lents. Les véloces, irrésistibles prédateurs, recrachent ce qu'ils avalent tout cru ; les lents malaxent, et en font autre chose, leur chose. Comme les puissants ont de moins en moins de temps disponible, ils cueillent et croquent de mieux en mieux. Et gagnent de plus en plus d'argent et de surface. Ils se nourrissent à toute vitesse de l'œuvre des lents, qui sont gens de peu, sans renom ou d'accès difficile. Je te raconterai un jour comment une grande surface a capté et avalé d'un coup, avant publication, un manuscrit qui m'avait demandé deux ans de travail (il a vendu, en me prenant de vitesse, cent mille et moi, mille). C'est le jeu. Je l'ai sans doute exercé sur d'encore plus petits poissons que moi. Les plus forts traduisent, redécoupent, et dispatchent les moins forts. Cela satisfait le gogo, cet homme pressé qui doit absorber le maximum d'informations dans le minimum de temps. Mais le digest, cela ne tient pas au ventre. À la bonne heure, me diras-tu. Le public en redemande, il reste sur sa faim. Tu as peut-être raison, en termes de rotation d'items. Si c'est le cas, tourne-leur le dos, à l'achalandage et au marketing, et prépare au calme ton sac de grain en attendant le jour J du bon Dieu. Dans trois cents ou trois mille ans. Tu n'y crois pas? Fais comme si. Question de moral. Je t'avais promis de ne pas t'en faire? Je ne me dédis pas, je n'ai pas mis de lettre *e*. Je ne parle que de cela qui empêche de décrocher à mi-pente. Question purement professionnelle.

Et d'intérêt pratique. Il en va des esprits comme des voitures. L'adhérence à la route comme l'attention au monde décroissent en raison de la vitesse. Plus un véhicule accélère, plus se réduit la surface de contact du pneu avec la chaussée. À trop grande vitesse, et sur un sol mouillé, l'inspection devient survol, le penseur vaticinateur, et l'automobile, aquaplane. Cela s'appelle : voler dans le décor. Ralentis aussi pour tenir la route.

7. *Face aux médias, prends tes risques dès le départ, sachant à quoi tu t'exposes.* Voilà qui t'évitera fausses espérances et vaines récriminations. Avec cette machine vorace, comment faire pour bien faire? Accepter l'interview, la table ronde, le bruitage en studio? Et jusqu'où? La perquisition domiciliaire, le micro dans la gueule? L'Audimat est une escalade, une réputation aussi, et il faut nourrir la bête mois après mois si on ne veut pas

rechuter dans le néant. Ou dois-tu t'interdire d'antenne pour ne pas mettre le doigt dans l'avilissant engrenage ? Je comprends tes perplexités.

En la matière, tout dépend des marges de temps que tu te seras données. Si tu te ranges parmi les hommes à message, te voilà coincé comme un pape. Obligé à suivre le médium, et à confondre bientôt influence et affluence. Quiconque vise à peser sur l'événement, à exciter les espoirs et les colères, à exister aux yeux du plus grand nombre, ne peut que faire sienne la maxime du Captain Planet — le Français le plus célèbre de cette fin de siècle : « Les médias gouvernent le monde, il faut en être. » Corollaire (pour qui n'a pas deux mille ans d'institution derrière soi) : les médias qui gouvernent le monde étant américains, devenons américains ou assimilés. Si tu consultes la liste des célébrités du patelin, tu t'apercevras qu'elles ont toutes reçu, à un titre ou un autre, le blanc-seing de la métropole. Pour être reconnu dans sa périphérie, il faut l'être d'abord par le Centre. Le lobby qui fait et défait la science et l'art, les mythes et les carrières est à présent anglo-saxon ? Pour notre période historique, c'est incontestable. Il était français jadis, et sera peut-être chinois un jour. Le mandat du Ciel est tournant, comme la course du soleil et la roue des empires. N'étant ni une rock-star ni le commandant Cousteau, les mondes du silence et du décibel ne nous font guère souci. Nos messages un peu gris ne sont pas de ceux qui colorent les antennes, et c'est nous,

« les farceurs à idées », qui pour imposer nos idées courons après la caméra, non l'inverse. Le dilemme du missionnaire, pour modeste que soit sa mission, rappelle celui des jésuites en Chine. Comment répandre le catholicisme dans une population étrangère à toute religion du salut ? En enchinoisant l'Évangile, au risque de le défigurer en sous-produit vaguement chrétien du confucianisme ? Auquel cas on dira la messe en chinois et administrera les sacrements dans une langue étrangère au dogme latin. Sinon, le dogme gardera son intégrité mais ne pénétrera jamais l'Empire du Milieu. Pragmatiques, les jésuites ont préféré courir le premier risque au second, contrairement à Pascal et à la papauté d'alors, peu portés au compromis. Ce fut la Querelle des rites. Elle se poursuit dans les disputes sur la vulgarisation, y compris scientifique. Les jésuites du savoir tiennent que le grand public vaut bien un petit déguisement. Ceux-là causent dans le poste et font des séries télévisées. Les jansénistes restent sur leur Aventin et gardent les pieds au sec.

Les marottes et autres inventions ayant un invincible penchant à vouloir se faire connaître, point n'est besoin d'être astrophysicien ou biochimiste à Pasteur pour ressentir ces tiraillements. Tu connaîtras donc ce dilemme : propulser ses thèses en les rendant un peu légères, médiatiquement consommables, ou bien sauvegarder leur complexité mais en coupant le moteur. Un exemple. Il m'était apparu naguère, quand le voile à l'école et le « multiculturel » faisaient chez nous tapage, qu'il n'était pas inutile d'éclairer la controverse à la lumière de deux sensibilités historiques différentes, la démocratique et la républicaine. Un hebdomadaire accepta, à ses risques et périls, de publier là-dessus un texte. Comme il était long et rébarbatif, il fallut l'enrubanner pour lui donner quelque attrait (et éventuellement des lecteurs), en l'accompagnant de photos de vedettes, devinettes et sous-titres aguichants. La chose était sérieuse ; bien médiatisée, elle devenait un jeu de l'oie : « Êtes-vous démocrate ou républicain ? » C'était plus compliqué qu'une simple antithèse, mais l'alternative parlait à l'imagination et le problème ainsi posé eut un bref retentissement. Une autorité en sciences politiques, dont l'avis fut peu après sollicité, le prit de haut. Il n'était pas d'humeur à participer au « dernier jeu de l'été », car on ne batifole pas sur des enjeux aussi graves, qui réclament un traitement méthodique, entre personnes de l'art. Il avait raison. Avais-je tort ?

Tu as choisi de te confier au papier parce que tu t'entendais mal avec ton zézaiement, ton nez en patate, ton regard chafouin, ton air empoté. Mais pour te faire lire, il faudra te faire voir et entendre. Plus les pouvoirs de l'écrit s'estompent, plus l'écrivain doit les représenter *in absentia*, en parlant et gesticulant à la place de son œuvre. Tu seras alors jugé sur la seule part de toi que tu n'as ni travaillée ni même méritée : ton esprit de l'escalier, tes chemises sales, ta balourdise, ta voix rogue et emphatique (je m'avance peut-être, cher inconnu). Tel le chef cuisinier auquel le guide Michelin demanderait de savoir chanter juste, avant de lui accorder ou non l'étoile. Porte-à-faux chagrinant, dont je ne suis pas sûr que tu savoures longtemps la cocasserie (à commencer par l'embarrassant déphasage de la promotion sur la production, qui nous oblige à aller dans les studios défendre les couleurs d'une reine éteinte, quand on est tout imbibé du sujet sur lequel on travaille, sans rapport avec l'ancien pour lequel on doit faire de la retape et qui nous est complètement sorti de la tête. Sur le trottoir littéraire, le sentiment amoureux et le conter fleurette ne coïncident jamais).

Y aller ou pas ? Quoi que tu fasses, tu t'en mordras les doigts. Ne pas « passer à la télé », c'est aujourd'hui parier sur un dieu inconnu qui viendra, aux calendes grecques, te soustraire au pilon (les piles en librairie durent un mois à peine). Mais passer sous ces fourches caudines-là, c'est entrer sur un terrain miné où le m'as-tu-lu pèse peu devant le m'as-tu-vu.

Les mass media seront donc tes j'aurais-pas-dû. Aller à ce *talk-show*, où un voisin intarissable a raflé les mises et où tu n'as pas pu en placer une. Donner cette interview, où après avoir passé trois heures à expliquer ton cas à un gentil garçon, tu retrouveras un mois après un encart de vingt lignes, tes propos charcutés, incompréhensibles, mangés par un titre en parfaite contradiction avec le texte et ironiquement placés à côté d'un article qui prend tes dires à contre-pied. Laisser le représentant d'un journal sérieux dans la salle où tu interviens devant un public spécialisé — une chance sur deux pour un compte rendu accumulant inexactitudes et citations hors contexte (laquelle recension te fera passer pour un débile auprès des dizaines de milliers de pointus qui ne connaîtront de ton exposé que les simplifications faisant foi parce que imprimées noir sur blanc). Non, tu n'aurais pas dû. Autant exiger, avant l'interview, un espace en blanc pour le rectificatif du surlendemain (avec le dilemme du procès en diffamation, indécidable lui aussi : efface-t-on la tache de graisse sur le revers du veston avec une plainte publique ou l'étendra-t-on encore plus à la vue ?). Les petits lapsus décident des grands discours, et un méditatif est jugé à présent sur les menus interviews qu'il expulse à la va-vite, et non sur ses ouvrages dont chaque mot est pesé.

Si tu acceptes le jeu, connais ses règles, sans t'abuser sur tes marges de liberté. Une fois mis ton précieux petit doigt dans la moulinette, ne te plains pas qu'il sorte saucisse à l'autre bout : noms propres estropiés, coupes malencontreuses, dates mauvaises, citations tronquées. C'est la perte en ligne — au moins 50 %. Déperdition de sens automatique (et plus il y aura de tuyaux, plus le *coefficient de transmission* baissera). N'incrimine pas le journaliste, en fantasmant des malveillances. Simplement, la machine ne fait pas attention aux mêmes choses que toi. Elle s'intéresse à ton nom, et pas à tes arguments; non à ce que tu as à dire, mais à qui tu le dis, et en quelle compagnie; non aux textes, mais aux contextes. Inutile de jouer au plus fin, les supports sont les plus forts. Ton journal préféré était là avant toi et il y sera après. Le dernier mot lui appartient. Tu as relu ton interview avec soin? Mais c'était trop long, le secrétaire de rédaction a dû couper au dernier moment. Le titre te désespère? Il est du ressort de la rédaction, qui a ses critères à elle (un titre se choisit par rapport aux voisins, à l'intérieur d'une symphonie dont tu n'es qu'une mesure parmi d'autres). À bon escient : l'effet optique du titre, c'est tout ce qui reste d'un article de journal, si engorgées sont nos mémoires (comme de ce Premier ministre dont on se souvient, à charge ou décharge, de la manifestation où on l'a vu et non de ce qu'il a pu *dire* au même moment). Et ton article aura finalement le sens que lui donneront sa mise en page et un titre que tu n'as pas choisi. *Sustine et abstine.*

Puisses-tu en tout cas n'être jamais dupe de tes ivresses, ni dégoûté de tes fiascos. Et je ne sais ce que tu dois le plus souhaiter des deux, l'esbroufe ou la disgrâce. Un long vedettariat, au-delà du petit quart d'heure imparti à tout un chacun, m'inquiéterait plus pour toi qu'une franche mise au cachot. N'oublie jamais que les médias ont un instinct très sûr pour repérer et couronner, dans chaque profession, les truqueurs et les charlatans (si tu en doutes, demande aux juges et aux policiers, aux banquiers et aux industriels). L'image : vérité sociale, imposture intime. Plus ta renommée sera grande chez les gogos, plus piètre sera ta réputation chez les connaisseurs ; et l'inverse (petit et grand cercles se contredisent). Car le cathodique prend un malin plaisir à projeter le mérite à l'envers, comme sur la rétine et dans les chambres noires. Fais-toi donc ta part d'image sans crier au feu, puisque rien ne lui résiste, à court terme ; joue la comédie sans bouffonner, le plus honnêtement possible, et sans te prendre pour le personnage qui porte tes couleurs. En publiant un volume, simple prétexte à débats et déballages, hommes publics ou gens d'images (c'est recto verso) s'achètent un droit d'apparition médiatique. Ils pratiquent le système « auteur faible — diffuseur très fort ». Les vieux de la graphosphère sont abonnés au système inverse : « diffusion faiblarde — production soignée ». À long terme, c'est sans doute le meilleur. Console-toi : le on-dit fait vendre, non lire — et les auteurs de renom sont plus riches mais guère plus lus que les autres. Donne-toi au papier et prête-toi au micro. C'est d'ailleurs ton intérêt, tant micros et caméras font gagner en renommée ce qu'ils font perdre en mystère — un bien mauvais marché.

Quelque inconvénient que tu choisisses, ne te laisse pas troubler par les batailles d'épithètes. La société intellectuelle carbure au mépris mutuel, que les perfectionnistes peaufinent en apitoiement amusé. C'est le jeu. Il se retourne. Le premier qui méprise le second l'est à son tour par un troisième, qui met les deux premiers dans le même sac. Ça le rassure sur sa propre valeur... mais survient un quatrième qui l'enfonce dans sa propre poubelle — dévaluations sans fin. Un épistémologue se croit pointu et ne marchande pas son dédain pour les essais « populo-littéraires » des vulgarisateurs en vogue. Surgit un deuxième théoricien, qui qualifie à son tour le premier de « subjectif et d'a-scientifique », bon pour les salons. Comme il serait fatigant d'inventer un mépris particulier ajusté à chaque particulier, chacun procède sur ses collègues par classements et rangements généraux. Dans le rouge, naguère, « déviationniste » et « petit-bourgeois » fusillaient assez vite le fusilleur. Chacun ses boomerangs. Dans notre profession, nous avons « mandarin » et « médiatique ». De même qu'un peintre sera réputé *académique* par son concurrent, qui se veut moins maudit et incompris que seul à l'être, un intellectuel est toujours le *médiatique* d'un autre, comme on est en général le *mondain* d'un homme du monde. Pour Chayssac, l'intraitable de l'art brut, Dubuffet était bien frelaté, muséal et marchand. J'ai connu un intégriste des catacombes qui tenait Henri Michaux pour une étoile de music-hall, et Blanchot pour un personnage un peu trop *répandu*. « Médiatique » est particulièrement prisé des détenteurs de chaires qui n'ont pas à racoler par micro et écran interposés, bénéficiant d'un marché captif, la population étudiante. C'est un plaisir bien excusable que celui-ci : mettre des barbelés autour de sa chasse et, la panse bien remplie, moquer *ex cathedra* les faméliques qui braconnent dans les friches en quête de pigeons. Quant aux « intellectuels-journalistes », errant dans leurs bruyères, ils daubent en retour sur les Diafoirus calfeutrés des écoles doctorales. Idiotismes de métier. Passons.

8. *Que ces mises en garde ne te découragent pas de viser au statut de leader d'opinion*, le plus enviable des états en démocratie d'opinion. Les députés, les Petit Chose de notre vidéosphère, s'imaginent faire la loi, quand l'avantageux consiste à *donner le la*. Tenir l'agenda des corps constitués, accorder ou non les félicitations du jury, semoncer les retardataires : c'est ici que tu pourras le mieux, et le plus vite, optimiser tes ressources. Dans un pays heureusement centralisé comme le nôtre, le retour sur investissement est là indépassable.

La politique, c'est une vie de forçat pour remplacer une ampoule. Rendement proche de zéro (un centième de l'énergie dépensée se retrouve à la sortie). L'exercice qui te concerne limite l'entropie. Les gratifications du journalisme, sans les fatigues ; l'édito sans l'enquête ; la visibilité de l'homme public sans la précarité du mandat électif, hochet révocable et fuyant. Dans nos sociétés dites de communication, le dernier sanctuaire respecté, c'est la conférence de rédaction ; et la dernière fonction au-dessus de tout soupçon, l'humanisme directif. Tu jouiras, au sommet de l'échelle, d'une garantie de l'emploi proprement ontologique (hors temps de guerre). Nous devenons nerveux si personne ne nous montre la route. D'où le statut très dérogatoire réservé aux directeurs de conscience. Pas révocable en Conseil des ministres ou par voie hiérarchique, comme un recteur d'académie ou un directeur des douanes; pas de retraite à soixante-cinq ans, comme un ministre plénipotentiaire dans la Carrière; pas de tractations en coulisses, comme pour un vulgaire président du Sénat. Les médecins de l'âme collective traversent, indégommables, alternances et majorités. L'instabilité renforce notre besoin de boussoles éthiques sans lesquelles le troupeau perdrait le nord. En France, où les évêques ne font pas vraiment l'affaire, malgré le pape, la période nous est propice. L'homélie a d'autant plus d'audience que le gouvernement en a moins. Il ne t'échappe pas que les périodes fastes pour les Césars sont néfastes pour les écrivains publics, et vice versa. Pas de siècle qui n'atteste chez nous ce rapport constant et inverse entre l'autorité morale du pouvoir politique et le poids politique des autorités morales. Érasme et Louis XIV n'auraient pu régner de concert; le roi Voltaire contrebalance Louis le mal-aimé, mais l'eût-on couronné sur la scène du Théâtre-Français sous Robespierre ou Napoléon? Ce ne sont pas Thiers ou Mac-Mahon qui auraient porté ombrage à Victor Hugo, ni le président Auriol à Jean-Paul Sartre. Je m'arrête là. L'État modeste, c'est notre rampe de lancement.

Pour qui assume la *fonction censoriale* (qui a succédé à la *fonction tribunitienne* d'antan, la plèbe ayant d'autres défenseurs) — je veux dire le contrôle de moralité exercé par des arbitres irresponsables sur les responsables élus de la Cité —, les empêchements sont limités. Pas d'ordre professionnel, comme pour les professions libérales et commerciales — avocats, médecins, experts-comptables; pas de tribunal des conflits ni d'organes de juridiction. On ne peut annuler une remontrance ou un coup de semonce pour vice de forme, information défectueuse, incompétence ou détournement d'autorité. Rien n'est opposable aux intérêts supérieurs de l'éditorial. L'administration des finances est régie par les règles du droit public : l'assujetti n'est pas taillable et corvéable à merci. L'administration des consciences échappe à la loi comme au règlement : lecteur, auditeur et téléspectateur n'ont ni voie de recours ni moyens sérieux de redresser un titre tendancieux ou un vrai-faux interview, hormis par une « lettre de lecteur », ce coup d'épée dans l'eau. On connaît les recours, gracieux ou hiérarchiques, contre l'excès de pouvoir commis par tout détenteur d'une parcelle de la puissance publique; on n'en connaît aucun contre l'excès d'influence ou l'abus de position dominante des autorités symboliques. Laissant de côté diffamation, atteinte à la vie privée ou injures caractérisées — maladresses inutiles —, l'éthique citoyenne est « zone de liberté ». Les conditions d'habilation restent floues. Investie on ne sait comment ni selon quels critères, la personne morale de droit privé — les personnes privées qui règlent la morale publique n'ont pas compétence liée. Pouvoir discrétionnaire, sans contre-pouvoir. Sous le régime de la notoriété, oligarchie douce, une audience pèse plus lourd qu'un mandat.

Ajoute que nous ne sommes pas tenus aux actes. C'est plaisant : le discours peut mentir, l'acte jamais. Nous exerçons de ce fait un sacerdoce protégé, consistant, naguère, à préconiser la révolution sans prendre les armes, parfois le suicide sans se suicider, et toujours à traiter du bon gouvernement sans devoir gouverner. Le démenti des faits, la sanction des chiffres ne nous concernent pas. Fluide est l'opinion, tolérante à l'incohérence, indulgente à l'oubli. La culture de flux dont l'électron nous a fait cadeau évacue le bilan comme le retour amont ; le moindre rappel des jugements ou des pronostics prononcés l'avant-veille par un confrère, pour évaluer la fiabilité de ses dires d'aujourd'hui, passerait pour une mauvaise manière. Parce qu'ils sont tenus d'agir, ou de faire semblant, les soutiers aux manettes se font tôt ou tard rattraper par leurs contradictions. Aucune bourde ne peut discréditer celui qui parle de l'Homme aux hommes. À sa hauteur, rien de fâcheux, souvenirs ou surprises. Délesté des lendemains qui déchantent, un magistrat de l'essentiel peut montrer aux petits bras qui transpirent dans la salle des machines de quelle intransigeance on se chauffe sur le desk des premières. Tu pourras recourir sans peine, le cas échéant, à l'annulation des réalités, quand elles ne sont pas à ton idée. Les nouvelles technologies relaient à merveille l'ancestral « trait de plume ». Notre « réel » ne se construit-il pas de toutes pièces à l'aide de logiciels, tables de montage, régies, réseaux et studios ? Manipulateurs des symboles, nous pouvons désormais façonner la réalité *ab ovo*, à la source, à l'entrée. Si l'écran ne montre rien, si le journal n'imprime rien, *il n'y aura rien*. Si on titre sur l'anecdote et relègue l'important dans un coin, ou en fin d'émission, l'anecdote sera importante et l'important anecdotique. Si cela n'est pas la puissance, dis-moi, qu'est-ce que la puissance ?

Un soi-disant responsable — député, ministre ou président — doit immoler son particulier sur l'autel des intérêts supérieurs du pays, ou de la simple décence (comme le patron d'industrie à ceux de sa société anonyme). Le public nous sera reconnaissant en revanche de cultiver notre différence à ciel ouvert, en mêlant nos déjeuners, nos amitiés et nos souvenirs d'enfance aux jugements que nous portons sur le cours des choses. Et plus tu te mettras en avant, plus tu te distingueras dans l'histoire morale de ton temps. C'est un vrai plaisir que de pouvoir repeindre sa propre promotion en service public. Tu ne trouveras pas d'autre emploi où le libertin puisse faire pasteur, l'autiste, altruiste, le caprice, cri du cœur, l'ignorance des faits, idéalisme, et le « moi-je », un témoignage (je dis bien *puisse*, connaissant trop la probité des confrères en charge pour évoquer autre chose qu'une tentation surmontée). Partout ailleurs, l'irresponsabilité se paie plus tôt que tard. Dans nos propres ministères, l'approximatif aide à l'impact. Tu pourras toujours mêler les menues satisfactions du coup de patte à l'incantation chrétienne. *Nommer* tel ou tel, et surtout ne pas nommer, la seule vraie jouissance des hommes de gouvernement — l'insurgé de l'esprit la retrouve à sa façon lorsqu'il oblige le copain ou croque le concurrent d'un méchant mot. Il entrera dans tes prérogatives d'habiller un règlement de comptes en opposition d'idées, une rancœur en rappel historique, et l'alliance opportune en amicale impulsion. Ces félicités resteront tiennes aussi longtemps que tu garderas pignon sur rue (fût-ce une chronique de télévision, carnet de bal utile).

Tu t'inquiètes de voir nos juges d'instruction partir en guerre contre la corruption? Calme-toi : la nôtre n'est pas de celles qui conduisent tant de malheureux en prison. Nos infractions à l'honnêteté ne sont connues que de notre microcosme, et comme nous en bénéficions tous, personne n'a intérêt à les montrer du doigt. La loi du milieu est de tous les milieux. Qui sait, en dehors de nous, qu'il n'est pas plus réaliste qu'un idéaliste s'occupant de ses réalités à lui? L'antithèse préférée des philistins, qui oppose les « noirs desseins du pouvoir » à la « candeur des intellectuels », l'éthique de responsabilité à l'éthique de conviction, s'allie au cloisonnement des fréquentations pour dissuader les indiscrets d'enquêter plus avant. L'inertie des formules toutes faites loge les « hommes d'appareil » dans les partis, les « hommes de cour » dans les palais, et les « hommes de tête » dans les nuages (« Oh, vous, vous n'avez pas les pieds sur terre, vous ne connaissez rien aux réalités »). Ces duchés sans drapeau ni huissiers en chaîne, où nous officions ès qualités (nous, membres de ces aréopages invisibles et souverains que sont jurys littéraires, conseils scientifiques, comités de lecture, commissions d'achat, de recrutement, de visionnage ou de spécialistes), sont réputés « société civile », car nul garde républicain ne tient guérite à l'entrée. Cette discrétion fait de nous des potentats impunis, sans cardinal de Retz ni Saint-Simon ni brigade financière à redouter. Les journalistes passent au peigne fin déclarations d'impôt, émoluments, appartements et filouteries de l'officialité, maîtresses et conjoints inclus. Nos préfaces surpayées, nos tours du monde à l'œil, nos invitations au voyage avant la sortie du livre ou du film, nos gueuletons remboursés et nos billets gratuits, nos avances non suivies de manuscrits, nos conférences dans les entreprises où nous passons une heure à débiter des platitudes devant les cadres pour un mois de salaire, nos dithyrambes de complaisance, nos plagiats tolérés, nos dessous-de-table en renvois d'ascenseur n'intéressent heureusement pas les médias, lesquels nous traitent comme des gens de la famille (confraternité oblige). Heureux effet d'optique : chaque zone de non-droit survolée par son vis-à-vis lui apparaissant en aplats (la perspective cavalière efface les courbes de niveau), les élévations d'une espèce à privilèges sont les bas-côtés de sa voisine, en sorte que notre parcours du combattant peut passer, vu de l'autre rive, pour une flânerie chanceuse. Nous devinons sans peine tout ce qu'il a fallu d'adresse à un député pour se retrouver ministre ; mais PDG, députés et banquiers sous-estiment avec quelle finesse les professionnels du désintéressement savent défendre leurs intérêts professionnels et personnels ; et de quel esprit de corps très particulier font preuve les tenants d'un « corporatisme de l'universel ». Les subtilités qui débouchent sur un comité d'aide ou le jury d'un festival, une commission de sélection des projets, une instance chargée de qualifier les collègues ne sont pas non plus dédaignables ou grossières. Ces diverticules sans factionnaire ni cocarde répartissent des faveurs et sanctions autrement plus tangibles que les cabinets aux seconds couteaux d'une éphémère majorité. Dans ces sanctuaires sans stalle ni miséricorde, tu auras barre sur les collègues, tu enrichiras ton carnet d'adresses et prépareras les hommages dus à tes vieux jours. Étant bien entendu que c'est par pur dévouement que tu auras accepté cette charge, car c'est une certaine idée de la liberté et de l'intelligence qu'à ton corps défendant et par un simple concours de circonstances tu te trouves incarner face aux meutes de la barbarie qui, du matin au soir, nous mordillent les mollets.

Énarques et businessmen, notre jungle est leur bergerie. J'aurais plutôt tendance à croire, en fait, que l'intensité des luttes pour la dominance est en rapport inverse au volume des enjeux. Et qu'il faut plus de mordant aux Rubempré aspirant à un poste de directeur de laboratoire, aux éditorialistes visant une émission hebdomadaire, aux maîtres de conférence guignant la chaire vacante, qu'à tel Topaze lorgnant une mairie, tel briscard une retraite au Sénat ou une sinécure à l'Assemblée européenne. Les experts à la manœuvre que nous sommes, qui ont usé leur belle jeunesse aux travaux d'approche donnant accès, sur la dernière ligne droite, aux postes de « domination pratique du champ » (littéraire, universitaire ou scientifique), ne peuvent cacher le mépris que leur inspirent en général la manœuvre, la pratique et la domination. Nous avons tout intérêt à brandir bien haut notre autonomie. Revendiquer notre liberté à l'égard du pouvoir en place permet de faire l'impasse sur celui que nous exerçons dans notre partie en escamotant les dépendances clanesques et clandestines dont nous prenons par ailleurs le meilleur soin. La gent politique dépend de ceux d'en bas, les électeurs, pour sa réélection; nous, comme à l'armée, nous dépendons de l'échelon supérieur, pour notre cooptation — d'où les marques de respect proprement militaire que nous prodiguons à nos officiers généraux. Un professeur au Collège de France est sûr, dans sa division, du mutisme jusque de ses plus implacables rivaux, car à son appréciation et à ses commentaires reste suspendu leur bâton de maréchal. De même est-il rare que l'ouvrage d'un Immortel soit descendu en flammes par la critique littéraire, chaque Sainte-Beuve rêvant d'en devenir un autre, à juste titre. Nous avons les arrogances et précautions du monde féodal — l'allégeance orientée du parterre au balcon, quand le suffrage universel contraint les figurants de la démocratie parlementaire à répondre devant leurs mandants. Il se peut même qu'insatisfait de sa pourpre de fonction, un membre du haut clergé laïque se mêle d'y ajouter la sainteté personnelle — cumul impossible dans la hiérarchie catholique qui sait heureusement distinguer entre charismes d'institution et charismes prophétiques. Auquel cas le prélat de l'esprit public deviendra également un martyr de l'humanité souffrante, un Zola *redivivus* et crucifié. Étant à la fois professeur titulaire, éditorialiste de magazine, directeur de collection, animateur d'émission de radio et producteur télé, le magnat maison jugera scandaleux qu'un homme politique veuille être à la fois ministre, président de région et maire. Nous exigeons une totale transparence des pouvoirs, mais tiendrons pour un empiétement intolérable sur nos instances de légitimation qu'on demande à telle ou telle section du Conseil national des universités, telle ou telle commission de spécialistes, d'expliquer comment elle qualifie ou disqualifie tel ou tel candidat. Cette connivence, nous l'appelons indépendance; cet arbitraire, liberté.

Le vieux chassé-croisé des professions joue en notre faveur. Rencontrez-vous un amiral d'escadre, il vous parlera des monades de Leibniz et vous du dernier modèle de frégate ; le banquier vous évoquera ses poètes préférés, et vous lui répondrez taux d'intérêt. Dialogue de sourds, toujours à front renversé. Les « allées du pouvoir », je le jure, ont autant soif de sublimités que les princes de l'intelligence ont soif d'hégémonie, et les plus sensibles aux préséances, les plus à cheval sur l'étiquette ne sont pas ceux que tu crois. De même, le respect de l'information et le goût de l'exactitude ne se trouvent-ils pas là où le naïf les attendrait en priorité. Un ministre de l'Intérieur qui veut arrêter un terroriste a besoin de renseignements sûrs pour ne pas perdre la face ; une grande signature n'a pas besoin de connaître la carte ou les chiffres pour prendre position avec aplomb contre ou pour l'exception culturelle, l'intervention en Serbie ou la politique monétaire. Notre mission autorise l'à-peu-près, et le cultive même sous le nom de conviction.

Chaque corps d'armée admire chez le voisin une vaillance qu'il tiendrait, sur ses propres terres, pour un fort légitime réflexe de prudence. Un haut fonctionnaire peut se permettre une sortie sans risques contre un patron de presse dont sa carrière ne dépend d'aucune façon (elle dépend de son ministre ou du cabinet, qui ont tous le papivore dans le collimateur). Mais tu seras réputé intrépide si tu allumes en « une » un fugitif ministre, audace pour toi sans contrecoups et tout à ton avantage (morigéner « le pouvoir » fait partie du rôle). En revanche, tu t'empresseras auprès d'un « gros calibre », directeur d'un organe influent, dont dépend le gonflement de tes tirages et de ton nom, et dont les ouvrages mériteront aussitôt ton admiration écrite et décidée. Vis dangereusement, mais pas au point de déclencher les contre-mesures qu'appelle toute attaque en piqué d'un détenteur de support : black-out prolongé, ta dernière production ridiculisée en dix lignes (par un pigiste extérieur à la rédaction, qui s'en dira navrée), et ta lettre de protestation publiée en corps 6 page 23. Je te conseille de persifler à huis clos les grands seigneurs, en réservant tes sarcasmes aux pauvres sires qui écument nos glacis sans capacité de représailles.

Aux vertus qu'on exige des politiciens et des chefs d'entreprise, combien de champions de la personne humaine resteraient-ils en lice ? Le président d'une fondation charitable fut récemment condamné en correctionnelle pour « abus en frais de communication ». Ma foi, si c'est là un délit, nous devrions tous préparer nos balluchons. Abus de position dominante, abus de biens sociaux, trafic d'influence — c'est notre pain quotidien. Les consciences, tu verras, le prennent de haut avec les « compétences », mises au service de l'État ou du Capital. Dans ces milieux pour nous suspects, tu risques pourtant de croiser nombre d'« hommes qui savent faire passer le droit et un idéal de justice avant leur personne, leurs intérêts de nature et leurs égoïsmes de groupe », selon la belle définition que donnait Lucien Herr des intellectuels. Tu n'en souffleras mot. Il importe que nous restions les titulaires de la hauteur de vue, c'est notre marché public.

Au bilan, si tu étais tenté, ce qu'à Dieu ne plaise, par les affres ô combien aléatoires du travail créateur, tu lâcherais la proie pour l'ombre. Quant au pouvoir politique et à ses squatters, ces porte-malheur sont de si pauvres choses au regard de nos magistratures que tu me pardonneras de les rendre dès aujourd'hui à la poussière où ils retourneront demain.

Voilà. Huit conseils utiles et assez peu ragoûtants. Je t'avais prévenu, mon petit frère. Les cuisines de la gloire ne sentent pas très bon, mais nul ne devient capitaine au long cours sans avoir reniflé les sentines.

4.

DES HUMILIATIONS
ET RESSENTIMENTS

*Les ambitieux du mi-siècle — L'écrivain décou-
ronné : petite chronique d'une fin de règne — Dialogue du scribe et du Bon Dieu — Comment
peut-on ne pas être cinéaste ? — Pourquoi je n'ai
pas osé — De la souffrance en milieu intellectuel
— Amerika, Amerika — Valeur et limites des
vilains sentiments.*

HUMILIATION [ymiljasjɔ̃] n.f. - xɪᵛᵉ; lat. ecclés. *humilatio* 1 ◆ Action d'humilier ou de s'humilier. → **abaissement, honte.** « *la joie de l'humiliation d'autrui* » (Volt.). *Les humiliations de la vie religieuse.* → **mortification.** 2 ◆ État, sentiment d'une personne qui est humiliée. → **confusion, honte.** *Rougir d'humiliation.* « *Si l'humilité est un renoncement à l'orgueil, l'humiliation au contraire est un renforcement de l'orgueil* » (Gide). 3 ◆ Ce qui humilie, blesse l'amour-propre. → **affront, avanie, camouflet,** ꜰᴀᴍ. **1. claque, gifle, vexation.** *Infliger, endurer, essuyer une cruelle humiliation, des humiliations* (cf. ꜰᴀᴍ. En prendre plein la gueule). « *La vie de Voltaire est une suite de triomphes et d'humiliations* » (Sartre). ᴄᴏɴᴛʀ. Flatterie, glorification.

La vidéosphère, triomphe du cancre? Dans la filière lettres, en dépit des bizutages, la propédeutique à la mortification était carrément nulle. On m'a fait croire, écolier, que Voltaire a brisé les crucifix, Chateaubriand tenu la dragée haute au vainqueur d'Austerlitz et l'exilé de Guernesey rétréci l'empereur des Français en « Napoléon le Petit » à coups d'alexandrins, baguette magique. En terminale, rebelote : Descartes a mis le bon Dieu à quia, comme Pascal les grandeurs d'établissement; Hegel a donné leur sens aux derniers vingt siècles et Marx n'a pas interprété mais transformé le monde. Allez jouer les panouilles, après ces légendes. Les Lagarde et Michard, les petits classiques Larousse auraient dû arborer un « Nuit gravement à la santé », comme les paquets de cigarettes. Et nos manuels d'histoire de France une date de péremption bien lisible, comme les yogourts. 1968? 1981? 2000? L'humiliation reste notre meilleure institutrice. Formation permanente pour adultes. Rattrapage accéléré.

Les plumes françaises sont deux fois orphelines. Elles viennent de perdre leur stylo et leur patrie (la mère des arts, des armes et des lois). Deux amputations quasiment indolores sur un petit demi-siècle, le laps d'une vie, la nôtre. On serait vexé à moins. On avait appris par cœur, en quatrième, que « l'art et le pouvoir d'affermir les couronnes / sont des dons que le Ciel fait à peu de personnes ». Non pas que « lauriers d'Apollon » serait à traduire par « oscars d'Hollywood ». Ni que Zola aujourd'hui aurait choisi d'être cinéaste — Maurice Barrès restant à son bureau. Un tel renversement des investitures, ne nous leurrons pas, n'a pas de précédent. Depuis mille ans, en terres chrétiennes, l'image était au service du mot, et la peinture, illustration des Écritures. L'orfèvre Gutenberg, entre Renaissance et Réforme, n'avait-il pas mis plus de cent ans pour se faire remarquer ? Le silicium est allé beaucoup plus vite. Les gribouilles gribouillants des classes creuses ont trempé, potaches, une plume Sergent-Major dans l'encrier. Puis le stylographe. La pointe Bic. La machine à écrire. La machine électrique. Et ce matin, le traitement de texte. Aucune génération de scribes, depuis trois millénaires qu'on trace des caractères sur des surfaces en dur, n'a dû changer aussi vite d'outils et de réflexes : de la plume à la souris, cinq siècles en cinquante ans.

D'où un certain porte-à-faux entre nos jactances et nos guenilles. « Noblesse, fortune, un rang, des places, tout cela rend si fier... » Oui, comme l'hidalgo *venido a menos*, sourcils levés, semelles trouées, traînant sa rapière de vieux beau dans un *palacio* délabré. Où que ce soit, la noblesse de plume porte son moi un peu trop haut, mais la française plus encore. Avec une excuse, la déplumée : c'était un moi classé comme une église romane, un *nous* de fonction où le talent individuel importait peu parce que prévalait, dans ce Jockey-Club, la réversibilité dynastique des mérites. Tout fluet qu'il fût, chaque inscrit à la Société des gens de lettres pouvait bénéficier jusqu'à ce matin des hommages ponctuellement rendus par la nation aux géants du Verbe, car dans l'album de famille, il y avait toujours un petit espace en blanc entre Victor Hugo, Marcel Proust et Simenon. De quoi tirer en douce la couverture à soi. Le ton grand seigneur qui nous est cher relève d'un abus de mémoire, prorogation de bail indue. À l'étranger, on a pris le parti d'en rire.

Il n'était pas dit, après-guerre, que la rive gauche ne serait plus le centre intellectuel du monde, ni Paris le nombril de l'Europe, ni l'Europe, l'ombilic de la terre. Du moins démographes, économistes et stratèges, qui le savaient peut-être, ne nous avaient rien soufflé. Il n'était pas écrit que Halloween remplirait nos vitrines de citrouilles ni qu'un jour, un ministre de l'Éducation nationale proclamerait que l'anglais ne doit plus être en France une langue étrangère. Une langue de référence, l'aurions-nous oublié, est un dialecte flanqué de missiles, devises, satellites, bourses, fondations et superproductions. Notre microcosme lettré dédaigne la logistique, méprise le ministériel et se moque en particulier de la francophonie (comme nos cousins d'outre-Pyrénées, de l'hispano ou de la lusophonie). Savons-nous au moins qu'avec cette peau de chagrin il y va de la nôtre ? Rome, Varsovie et Singapour ont tourné leurs regards ailleurs – pour ne rien dire de Berlin et Londres qui n'ont d'yeux que pour New York. Croyons-nous que la mission survive à la puissance ? Mariés en culottes courtes avec l'universel, nous continuons de nous adresser à l'univers avec la gravité du responsable auquel personne n'ose dire qu'il n'est plus en fonction. Sartre, Camus, Saint-Exupéry et Malraux — nos cautions officielles — circulaient en Afrique, en Amérique latine comme en Asie, où les élites parlaient français, et pas seulement en Amérique du Nord. Les coups de rabot européens ont eu raison de ces débordements. Dans ces pays lointains, les moins de cinquante ans ne parlent plus qu'anglais. Ayant appris, un peu mieux que mes confrères (seigneurs obligent), à apprécier les rapports de forces, je ne puis m'empêcher de loucher chaque jour des pages culture sur les pages internationales. La romance nationale est soumise à la loi commune : tout ce qui est né mérite de périr. Que la France, l'emmerdeuse du monde devenue prospectus touristique, attire désormais l'étranger par ses musées, ses monuments et son art de vivre — cette vénitienne métamorphose affecte l'écrivain bien plus que le plombier, le restaurateur ou le footballeur français. Ceux-là peuvent s'en remettre à leurs seuls talents ; les nôtres bénéficiaient jusqu'à ce matin d'une surcote à l'aveugle. Il nous en coûte d'admettre que nos idées et nos rêves puissent se démonétiser parce que les cours de l'entité France sont en chute libre en Afrique, dans le Golfe et au Conseil de sécurité. Et que les forts en thème d'un canton d'Euroland sous tutelle impériale doivent réviser à la baisse leurs prétentions tutélaires. Mes bons maîtres, les innocents, avaient cru enfanter une flopée de successeurs ; je n'ai pu les remercier qu'avec des pets de lapin. Pas de leur faute, pas de la mienne : c'est le vieux train de la puissance.

Premier rayon ou deuxième, c'est toujours affaire de PNB. Selon qu'elle sera prononcée par le président de la Federal Reserve ou par le gouverneur de la Banque d'Italie, la même annonce fera tantôt une manchette, tantôt une brève dans la presse financière. On n'a jamais vu une explication globale du monde émaner d'une université tchétchène, d'une revue culturelle slovaque, ou d'un centre d'études en Syrie. Si cela était, cela ne se saurait pas et si cela se savait, cela n'intéresserait personne. Nous, Français (qui ne parlions pas une langue de culture parmi d'autres mais la langue de la culture, y compris aux États-Unis), nous voilà tenus de faire nôtre, à chaque rentrée, le thème de l'année lancé depuis la métropole et repris par nos gazettes (assorti d'un « Et maintenant, les péquenots, à vos claviers »). Nos choristes suivent le *mainstream*, avec l'érudition faraude du *graeculus* invité à ouvrir la bouche dans une sous-commission du Sénat romain. Pour rester « dans le coup », force nous est d'aligner ponctuellement commentaires et articles sur les « trois âges de l'humanité », la « fin de l'Histoire », le « choc des civilisations », la « mort de l'idée de progrès », à l'unisson des préfectures européennes (la plus zélée restant Paris) — tables rondes, numéros spéciaux, libres opinions, affrontements. On ne peut évidemment pas leur en vouloir, aux confrères d'outre-Atlantique. Ils bouchent les vides. Par une attraction universelle qui les dépasse autant que nous, nous voilà contraints, exégètes périphériques, anxieux de prendre part à la conversation, d'épiloguer subtilement sur des slogans publicitaires auxquels, à Paris, Rome ou Londres, nous n'hésiterions pas à mettre cinq sur vingt si ces ouvrages *made in USA* avaient été des copies d'élèves. Thèmes anciens, laborieusement rebattus dans nos chefs-lieux par des générations de fûtés, et qui revêtent une dignité de *jingle world-wide* dès lors qu'une voix autorisée les a mués en scénarios-catastrophes, bien globalisants, dramatiques et creux. La culture de la complexité chère au Vieux Monde n'est simplement pas compétitive avec une culture du pragmatisme, qui a les moyens de répondre simplement à des questions compliquées par des schémas susceptibles de parler à un analphabète. Comme le laconisme, le faire simple est le privilège des forts. Et imparable est la force d'expansion des simplismes, au point que les raffinés des confins doivent leur emboîter le pas. Ces obligeances de colonisé fier de l'être eussent donné à nos pères spirituels le sentiment de déchoir. Elles mettent la progéniture au comble du standing.

Admettons : un trop vif souci de la place qu'on occupera dans l'univers n'est pas bon signe. La prééminence du « par écrit » sur le mode image ne faisait pourtant pas, chez les ambitieux du mi-siècle, l'objet d'une outrecuidance mais d'un constat. Décédé, André Gide avait la couverture de *Paris-Match* : sa tête de roi mongol, ses longues mains ivoirines, sa veste de velours grenat convo-quaient les passants à un deuil national. C'était en 1951. Les Nobel suivants — Martin du Gard, Mauriac, Sartre lui-même — n'ont plus eu droit qu'à des obsèques en page intérieure. La mort de Montherlant a pris une seconde à la messe du 20 Heures ; celle de Montand, un journal complet, comme pour le commandant Cousteau. Savant et romancier s'expédient d'ordinaire en quinze secondes. De Gaulle avait tenu bon, qui plaçait à sa droite au Conseil, et au premier rang dans ses conférences de presse, le ministre des songes et des grigris. Ce fut notre été indien : quand le protocole plaçait l'Économie et les Finances loin derrière les oraisons funèbres. 68 est arrivé, la contre-culture a balayé ces vieilleries ; le fric-et-l'image ont sup-planté la plume-et-l'épée (qui font la paire, quoi qu'on en dise). Les médias ne sont pas coupables : ils suivent la courbe des cœurs, la ligne de plus forte émotion. Les mêmes foules en deuil qui débordaient des barrières, avenue d'Eylau en 1885, devant la maison de Victor Hugo, se retrouvent, cent ans après et sans concertation, en bas de chez Gainsbourg, Fellini, Mastroianni ou Lady Di. L'union sacrée des populations se fait désormais sur le profil et le timbre. « La nouvelle donne culturelle, caractérisée par une transformation du rapport à la lecture » — litote administrative —, a hissé au premier rang les petits métiers distrayants que nos bardes antiques daignaient parfois bénir, car ils étaient magnanimes : journalistes, bateleurs, chanteurs, interprètes, photographes, metteurs en scène, architectes. Les basses eaux littéraires ramènent tout un chacun à l'étiage, et les *graphomoteurs* sont partout doublés par l'épastrouillante élite des *verbomoteurs* télégéniques auxquels caméras et micros donnent les meilleures chances. Ceux qui pensent à la pointe du stylo et ceux qui parlent à cœur ouvert font deux espèces. La dernière, jusqu'à ce matin, était exclue du périmètre sacré par un jury de clercs inflexible sur l'écrit, mais coulant sur l'oral. Dorénavant, c'est l'inverse. La démocratisation de la notoriété par la Bétacam a eu ses victimes, comme celle du duel à l'arme blanche par le pistolet. La noblesse de plume n'aura pas mieux résisté, en démocratie d'opinion, que la noblesse d'épée sous Louis XIV.

Du temps où le Livre tenait le haut du pavé, Vallès n'avait pas tort : « Le bon à tirer, cela équivaut au commandement " Feu ! " à la barricade, c'est le fusil passé à travers la persienne. » Un

Lamartine pouvait se présenter aux présidentielles contre Bonaparte, et Victor Hugo devenir ensuite président de la République *in partibus*. Mais cent ans après, quand les mots ne sentent plus la poudre et que le bon à tirer s'appelle « Moteur ! », c'est un acteur qu'on rêve de voir à l'Élysée, non un poète. Cœurs d'or et grandes gueules sont tellement mieux à même de « répondre aux questions que se posent nos fidèles auditeurs » — sida, racisme, retour des dieux, menaces de guerre et sens de la vie. Le chanteur est propulsé sur l'avant-scène par le compact, support qui permet d'écouter en foule ou à plusieurs — quand le livre oblige à fermer sa porte. Moins cher, consommable à volonté, pour cent fois moins d'effort. La messe est dite. Et les jeunes, qui lisent de moins en moins, écoutent de plus en plus — la *world music*. Dans la société, le niveau d'études augmente et le taux de lecture baisse. C'est que la télécommande aidant, tout va de plus en plus vite *sauf la lecture*, fût-elle rapide. Le trajet Paris-Madrid a diminué d'un facteur cent depuis le Siècle d'or, mais pour cheminer avec Don Quichotte et Sancho sur sa mule il nous faut toujours le même temps qu'en 1616. Scandaleux anachronisme. Au vu des vitesses désormais réglementaires, n'importe quel paléontologue identifiera l'auteur lent de livres lents — le pondéreux à dos carré assemblant sous couverture cartonnée des feuilles imprimées et reliées — à un fossile vivant. À Hollywood, on l'appelle déjà « dinosaure ». Trop flatteur : on tient moins de place et on ne fait plus peur à personne

275

(hormis à de lointains ayatollahs et antédiluviens despotes, toujours vétilleux sur le verset satanique par crainte d'incontrôlables métastases audiovisuelles). Au sein des vertébrés communicants, l'écrivain occupera bientôt la position du varan indonésien dans l'échelle des mammifères.

★

Personne ne voit l'herbe pousser, ni le papier jaunir, ni l'écrivain se racornir. Et ce dernier moins encore que les autres. Les cancérologues sont les derniers à découvrir leur propre cancer. J'avais beau avoir observé à la loupe les effets nationaux du *medium is message* dans *Le pouvoir intellectuel en France* (heureusement pillé depuis, pour nourrir le recyclage), il m'a bien fallu dix ans encore pour en faire l'application à mon cas personnel et accepter loyalement de m'avouer, chaque soir, après une journée de travail : « Ce que je fais depuis ce matin, et qui est l'essentiel de ma vie, n'a plus guère d'importance. Pour sûr, une biographie de célébrité, un roman d'aventures, un livre d'entretiens avec une princesse auraient moins de chances de disparaître des étalages au bout d'un mois. Mais docteur ou conteur, rien de ce qui se destine aux rayonnages, dans nos contrées, ne tire vraiment à conséquence. Contentons-nous de la beauté du geste. »

Qui dira la feutrée, l'imperceptible douceur des extinctions ? Pas ceux qui s'éteignent. Car les lustres restent allumés. On ne brûle pas les bibliothèques, on en construit toujours plus, partout dans le monde ; l'alphabet revient par l'ordinateur ; les librairies débordent sous les offices et les bouillons ; les archivistes crient grâce. Soixante mille ouvrages par an, rien qu'en France, contre vingt mille il y a trente ans. Cancer de fin ? Prolifération des cellules, qui se reproduisent, incontrôlables, en tapinois, dans une croissante indifférence. Toujours plus d'auteurs (troisième âge oblige), toujours moins de lecteurs. Les premiers continuent à faire du bruit avec leur bouche dans les congrès du Pen Club et cent Lion's locaux. Comme les vieilles sociétés de cour en démocratie, les lettrés en Illetrie se font une vie à part, dans les plis. Ils ont leurs trous et leurs habitudes. Les Viennois d'après 1918 avaient les leurs au Kaffee Museum, au Beethoven ou au Central. Autant de niches Potemkine : billards, damiers, pyramides de coupes, serveurs aux coudes lustrés, *Neue Freie Presse* dans son cadre de bois et grosse caissière blonde. Mêmes marbres ronds, mêmes chaises Thonet en bois courbé imitation acajou, mêmes odeurs de pipe – avant comme après la *finis Austriae*. Un accoutumé du Prater et du Ring pouvait vieillir sans voir que cette Vienne d'après les Habsbourg ne serait plus jamais celle de Freud et de la Sécession, où se croisaient dans la vieille ville Mahler, Maria Rilke, Stefan Zweig, Schönberg, Hofmannsthal, Lou Andreas Salomé, Schnitzler, Kokoschka,

Karl Kraus, Klimt, Wedekind, Schiele, Wittgenstein, et cent autres. À la fin des années trente, ces silhouettes se sont envolées ; pas les cafés du centre-ville, les hautes verrières verdâtres, colonnes mauresques, plantes d'intérieur, plafonniers à vasques d'opaline, *Herr Ober* en frac noir, café à la crème fouettée. Ils donnent le change en restant là. Entre les piliers en travertin rose, un Viennois peut se dire que si les vivants piliers d'antan se sont éclipsés, c'est momentanément, simple hasard ; qu'ils reviendront demain matin ou que d'autres, leurs puînés, ont pris leur place. Les lieux publics ignorent la fuite du temps et des cerveaux. De même puis-je m'installer aux Deux-Magots ou à la Coupole, et faire comme si j'avais rendez-vous avec Camus, Beauvoir, Sartre, Picasso, Leiris, Genet, Giacometti, Pichette et Juliette Gréco. Il y a un peu trop de Japonais et d'Américains aux terrasses mais le visuel rassure ; allons, faites venir les doublures. Le décor nous permet de jouer les prolongations. Faut-il remercier les cafés littéraires de survivre aux littérateurs, ou les ateliers de Montparnasse à l'École de Paris ? De vieilles accointances architecturales et mille conforts optiques rendent la relégation aux marges presque supportable, et je connais des infirmes flambards qui se lissent la moustache d'un air avantageux. Toutes les amicales d'anciens ont le confort d'une poche amniotique, ronronnante et berçante, où il fait bon s'endormir. Dans les cercles vicieux de la librairie, chaque vertueux n'a de regard que sur lui-même et son voisin ; ses points cardinaux sont les éditeurs, périmètre restreint ; ses Indiens aux frontières, les critiques à l'affût. Ce mouchoir de poche, c'est notre Capoue : on y « regarde passer les grands Barbares blancs / En composant des acrostiches indolents / D'un style d'or où la langueur du soleil danse ». Il faudrait se voir du dehors pour se secouer les puces. Nos mots croisés n'ont plus de dehors, ils tournent comme nous, en vase clos. On fait famille, chaque membre permute, selon les mois : quand je me fatigue de raturer, c'est moi qui vous parcours. Et vous, vous peaufinerez votre page dès que vous quitterez celle-ci. Broché ou relié, de poche ou de luxe, le bouquin est devenu à nos popotes ce que l'écumoire, la marmite et la passoire sont au cuistot : un accessoire trop usuel pour inspirer la moindre crainte. Ce bien manufacturé a commencé sa vie en objet de culte, l'a continuée en utilitaire, et finit décoratif. Je parle de la brique de papier, avec tranche et dos en dur ; du parallélépipède rectangle, image miniature de la Maison de Dieu ; non pas du texte *on line* qu'on balance dans les tuyaux du réseau comme de l'essence dans le réservoir, avec un code-barres en signature. Je parle du Livre-Soleil autour duquel gravitaient des images, et non de la petite planète de l'Image-Soleil, notre satellite engrisaillé tournicotant autour du foyer luminescent. Je parle de notre âme faite carton, papier ou toile. Nous pouvons lui dire au revoir, à ce petit berceau de feuilles encollées à la gélatine et douillettes comme une deuxième peau. Et pour cause, si *Liber*, d'où vient « livre », c'était la partie vivante, interne de l'écorce, celle qui est au contact de l'aubier. Les mots se déposaient jadis sur le tendre et le blanchâtre des téguments de l'arbre. Comme sur parchemin, qui est la partie chair et non cuir de la peau. La sensibilité papier reste épidermique, et demandez-vous pourquoi nous restons des écorchés vifs. Taquinez notre prose, vous nous égratignez le satin.

Je vous entends. Je prends mes désirs pour la réalité ? L'amour des catastrophes, des désastres, des naufrages... Exact. Nous avons, dans la corporation, un talent particulier pour les génériques de fin. Comme personne ne sait au juste ce qui commence, on ne prend jamais de risque à pleurer ce qui finit. Et puis, les aubes rebutent le pisseur d'encre : décrire un lever de rideau oblige à se lever tôt ; le couche-tard préfère les crépuscules. Plus évocateurs, plus pathétiques. Pour le sonneur de glas professionnel, le jour qui tombe, c'est son pain blanc. Il faut le génie de Colette, « poussée par la faim profonde du moment qui enfante le jour », pour donner goût à l'aurore. Nos cassandreries, au reste, ne datent pas d'hier. Montaigne doutait que l'amour des belles-lettres puisse survivre aux guerres de religion ; Voltaire, au règne de Louis XIV ; Joubert, à la tourmente révolutionnaire ; les frères Goncourt, au vélocipède. Et nous, au petit écran... Vais-je continuer, en vieux hibou, la rhapsodie des lamentos ? Quelle époque, me direz-vous, n'a pas aimé proclamer la mort de l'art ou de la pensée, de Dieu ou de l'Homme, des paysages, de la bonne cuisine, du cinéma et des lapins de garenne? Je vous entends. Et j'insiste. Je continue, oui. La fin des haricots, cette fois, c'est du sérieux. Même si, quand on a quitté la cour des grands, les désastres eux-mêmes se font tout petits.

Il eût fallu tenir journal. Relever les symptômes année par année. En clinicien, sans pathos. Petite histoire d'une peau de chagrin. Chronique d'une réduction douce. D'un insensible déclassement. Rien d'un scénario-catastrophe : un enfoncement millimétrique dans l'anodin. Ma contribution à ce procès-verbal, celui de la mise en marge non de l'écrit (le cinéaste, qui succède au romancier d'antan, en aura toujours besoin pour préparer ses découpages) mais de l'écrivain. Juste quelques remembrances, en vrac. Lorsque j'ai quitté la France, en 1965, quatre hebdomadaires me tenaient au courant des commerces de l'esprit (*Arts, Les Lettres françaises, Le Figaro littéraire,* et *Les Nouvelles littéraires*). Quand j'y suis revenu en 1973, ils avaient cédé la place à un nombre égal de magazines télé. Le Goncourt, qui alimentait jadis les controverses de l'automne, s'applaudissait déjà avec la même ferveur que les résultats du Loto. En 1960, l'écrivain apparaissait dans la machine parlante à vingt et une heures; en 1980, il était repoussé à vingt-deux heures trente; le voilà au cercle de minuit passé. Tout cela en douceur, gentiment. Disparus, dans la presse écrite, les grands rez-de-chaussée philosophiques. Le manque de place met tout un chacun à la portion congrue.

Défense élastique, ou repli sur le périmètre de sécurité — la rubrique livres s'est intégrée au service culture (art, spectacles et livres) comme, dans la Machine, une célèbre émission littéraire s'est transmuée en « Bouillon de culture » (où il faut réunir trois « auteurs mondialement connus » pour atteindre la moitié d'un taux d'écoute ordinaire). Je me serais demandé pourquoi la bobine crayonnée à la une du journal de référence est neuf fois sur dix celle d'un visuel (« l'événement qui fera date », « la personnalité qui dérange », le « trouble-fête qui ébranle nos certitudes », désertant les tissus nécrosés du culturel). Et comment s'est opéré, dans la mise en valeur des artistes sur le marché de l'art, le remplacement du couple « critique-galeriste » par le couple « conservateur-marchand » (les poètes ne pouvant plus rien pour les peintres). J'aurais parlé du jour où, ne trouvant plus chez moi *La dialectique de la nature* d'Engels, j'appris que la fermeture des Éditions sociales et la vente des deux librairies communistes de Paris, Racine et Buci, au meilleur offrant, avaient entraîné la mise au pilon des vade-mecum du marxiste de 1960 (ainsi que des petits « Classiques du peuple » ocre et noir, avec les morceaux choisis des pères fondateurs depuis Babeuf, Diderot, Morelly, Marat jusqu'à Duclos-Fréville). Plus besoin d'autodafé. Stockage trop coûteux. J'aurais photographié les librairies closes pour faillite sans phrases, dans mon pâté de maisons ; observé l'avenue Montaigne et le faubourg Saint-Honoré infiltrer ses *must* à Saint-Germain-des-Prés — maroquiniers, couturiers, coiffeurs se substituant aux librairies du quartier ; avec la transformation concomitante des Hunes surnageantes en « lieux de mémoire », « secteurs sensibles », « arsenal patrimonial », soutenus par comités de défense et pétitions (là où la vie se retire, s'installent la commission de sauvegarde et le monument — la mine de charbon devenant parallèlement écomusée). Nos bastions ne tombent pas en gloire, à coups de canon, ils cèdent à l'inondation grise du rentable (un superflu inutile chassant notre superflu nécessaire). J'aurais repéré la date d'apparition, dans le *Who's Who*, à la rubrique hobby, du mot « lecture », à côté de « golf », « philatélie » et « modélisme ». Suivi la « Revue parlée » au centre Beaubourg, où l'on vient écouter le grand poète dans la petite salle (200 places, 60 occupées), mais l'architecte dans la grande salle (600 places, la salle déborde). Désobligeante balançoire (poète en bas, architecte en haut, les budgets ne se comparent pas) qui n'est pas sans valider *a contrario* et *a posteriori* le « ceci tuera cela » de Victor Hugo (le livre imprimé tuera la grande architecture), formule fameuse qu'il convient de moquer pour simpliste et mécanique au moment même où tout confirme son bien-fondé. J'aurais observé que la Grande Bibliothèque nationale de France, où la salle qui a le plus de public est celle de l'audiovisuel, a axé sa campagne de lancement sur le bâtiment, non sur son contenu dont, le jour de l'inauguration, personne ne semblait avoir cure (quels fonds de livres ? Quand ? Comment ?). J'aurais pointé la reconversion des bibliothèques en médiathèques, histoire d'obtenir la reconduction des subventions et l'indulgence du maire. À partir de quand un essai présenté à un éditeur est devenu un téléfilm larvé, le roman qui ne pousse pas jusqu'à l'adaptation cinématographique demeurant à l'état d'avorton sous couveuse (c'est le cinéma qui a fait de Duras un « écrivain mondial ») ; pourquoi il est question d'un essai historique quand sort au même moment un film sur le sujet traité par l'essai — mais non l'inverse ; ce qui pousse les spécialistes de l'erreur judiciaire à téléphoner à Gilles Perrault pour qu'il vienne leur parler du *Pull-over rouge*, le film bien sûr, pendant que Vassilis Vassilikos reste l'auteur de *Z*, lui qui a publié dix romans depuis le film de Costa-Gavras ; par quel mystère nous pouvons épiloguer sur *Le docteur Jivago* sans nous sentir obligés de lire Pasternak. Et comment se fait-il que l'actrice en tournage s'amourache du metteur en scène, et non du scénariste. Sur les planches, au temps du théâtre, l'idylle était avec l'auteur.

J'aurais scruté le rétrécissement du livre à l'école, la couveuse devenue tombeau. Repéré le moment où l'autorité pédagogique a jugé excellent qu'un professeur de français en première Lettres (qui saute déjà les xvie et xviie siècles, trop ardus) fasse étudier *Madame Bovary* en projetant le Chabrol aux élèves (« sinon, ils s'ennuient »), l'original devenant un produit dérivé de son adaptation à l'écran. J'aurais remarqué que le président du jury du Festival de Cannes aura été un grand écrivain français pendant ses vingt premières années, et ensuite, à un ou deux rappels près, *exit* le plouc. Place au maître mondial. J'aurais examiné notre printanier Salon du livre, furtivement repoussé aux portes de Paris et ignoré du président de la République qui lui préfère Cannes. J'aurais rêvé de voir nos romanciers à succès entourés de gardes du corps montant les marches en smoking, saluant paparazzi, badauds attroupés et groupies qui poireautent derrière les barrières depuis deux jours et une nuit. Les seules émeutes ont lieu devant les stands de BD et de CD-Rom en démonstration. Pendant que les illustres du petit écran dédicacent leurs Mémoires, les écrivains attendent sagement derrière leur comptoir la vieille dame charitable. J'aurais parlé du jour où décédèrent François Billetdoux, dramaturge français, et Klaus Kinski, acteur international (le pire qui puisse arriver à l'homme de lettres est de mourir, par ordre de gravité croissant, 1) le week-end du 15 Août, 2) dans une catastrophe aérienne, 3) le même jour que Robert Redford ou Pedro Almodovar). Ce soir-là, donc, la radio m'informa que le ministre de la Culture avait envoyé un télégramme de condoléances à la fille du grand acteur, oubliant que l'auteur de *La nostalgie camarade* en avait une aussi. J'aurais retranscrit la réponse du conseiller technique auquel je téléphonai le lendemain, curieux des motifs de cette discrimination : « Avec Billetdoux, on n'aurait pas eu de reprise. Ni télé, ni journaux, ni même France-Culture. On n'est pas là pour se faire plaisir, mon vieux. » Comment ne pas lui donner raison si, à quelques jours d'intervalle, un quotidien parisien de qualité a consacré quatre pages à la mort de James Stewart et une demie à celle de François Furet? Je me serais demandé, sachant que le seul pouvoir réel de nos sociétés, le financier, demeure un club masculin, comment interpréter le fait que les femmes se sont mises à lire deux fois plus que les hommes, et les provinciales deux fois plus que les Parisiennes (la plupart des best-sellers sont l'œuvre d'auteurs femmes, la plupart des meilleures entrées, d'auteurs hommes). Et je ne me serais pas étonné qu'il ne soit plus indispensable d'écrire des livres pour recevoir le prix Nobel de littérature; une forte personnalité suffit. Les actes d'héroïsme? L'écritoire en son automne, pendant la guerre d'Algérie, lançait l'appel à la désobéissance civique dont l'initiative revient désormais au jeune cinéaste, que l'écrivain rattrape non sans mérite une semaine après. Avouons-le (puisque nous voilà en famille) : nous ne sommes plus les porteurs de banderole désignés, les gâtés de la répression, les symboles qui défilent en tête. Ceux que nos forces de l'ordre, à l'issue d'une sympathique manif de rue, invitent à passer deux heures au commissariat du coin, pour gagner ensuite directement le plateau du 20 Heures, ce sont la comédienne, la vedette médicale, le cyberévêque, le chanteur engagé, le réalisateur — comment rivaliser? Les CRS aussi nous lâchent. Un comble.

Soyons justes : on nous chouchoute, pour la galerie. Les huiles viennent à notre chevet avec leur trousse d'urgence et leur BA. On nous donne la parole dans de sédatifs colloques intitulés « Le temps des livres », « Demain l'écrit », « La morale de la littérature », « L'Europe de la culture ». Ces soins palliatifs propulsent deux-trois fois l'an sur le podium un ministre empressé à lire d'une voix ferme et soucieuse le sermon que lui a rédigé la veille son normalien-sachant-écrire (plus spécialement chargé, à son cabinet, des problèmes insolubles). Nous avons ainsi la joie, semestrielle, d'entendre un émissaire du gouvernement annoncer une augmentation significative des bourses d'écriture, le renflouement de la Maison des écrivains (notre foyer d'accueil), un redoublement de vigilance contre la montée de l'illettrisme, de nouvelles exemptions fiscales, une taxe sur la reprographie, et la mise en œuvre, modérée et progressive, d'un droit de prêt dans les bibliothèques. Nous participons avec entrain et discipline à la *fureur* de lire, aux *fêtes* de l'écriture, à maints *forums* et *festivals,* tant les pouvoirs publics ont le don de célébrer notre onanisme de mieux en mieux puni sous des noms qui résument tout ce avec quoi nous devons rompre pour suivre des yeux les lignes, ces filles de la solitude et du silence : le bruit et la compagnie.

La culture, comme la vie, est l'ensemble des forces qui résistent à la mort. C'est un beau ministère que cela, qu'on s'en voudrait de galéjer. D'autant que sur l'ex-libris, la résistance n'a plus de temps à perdre. Les carottes sont sur le Net, bientôt cuites. Les solennités parisiennes qui ponctuent notre retraite de Russie, avec couponréponse, relance téléphonique et invités de prestige, ces cohues appliquées, un rien factices (comme les femmes mûrissantes qui forcent sur le rimmel et le décolleté), respirent la même emphase, les mêmes gravités de baryton bravache qui servaient aux actualités Gaumont-Pathé de 1942 pour chanter la virilité de nos troupes, l'indomptable détermination du sang gaulois, l'esprit de sacrifice de nos officiers d'active « qui fait l'admiration du monde entier » (levée des couleurs au soleil levant, défilé de gymnastes torse bombé, parade navale en rade de Toulon). Chacun en rajoute. C'est quand manque la substance qu'il faut mettre le trémolo. On peut heureusement aller s'étourdir, l'été, dans les ventes de livres de Cahors, de Sablet ou de Saumur, au milieu d'affables vignerons et pharmaciens ; signer gaiement trois exemplaires de son dernier chef-d'œuvre en un après-midi, assis derrière son étal entre une chanteuse à texte proche de la CGT et une gloire de l'ORTF des années cinquante ; il se pourra même qu'un président du Conseil général nous serre la main avec effusion, au pied d'un escalier Renaissance, pour la remise d'un prix régional à un vieil historien du cru, et, ne connaissant que trop notre folie des grandeurs, qu'il mentionne notre présence dans son discours de bienvenue, parmi les personnalités qui nous ont fait le plaisir et l'honneur. La province sait donner le change, avec l'accent, et il ne serait pas honnête de taire les réconforts que procure aux princes des nuées le désert français. Mais enfin, s'il est vrai que le cœur seul est poète et qu'il n'en manque pas dans le département du Lot, l'étalon de platine reste dans la capitale, siège des poids et mesures. Le géant exilé s'en aperçoit lorsque arrive, après le tricolore péan à Gutenberg, et avant le pince-fesses, le fatidique « dîner par petites tables » au ministère — rugueuse réalité à étreindre. Car, rue de Valois, pour peu que soient venues s'échouer là, suite à on ne sait quel malentendu, une ou deux étoiles de l'écran venant de lancer un livre-interview (ou le récit d'une mission humanitaire, ou un témoignage sur le Tibet occupé), le cabinet de Son Excellence va devoir affronter sans préavis un conflit de devoirs pareil à ceux qui font vivre la Comédie-Française juste en face. Devoir de déférence contre devoir de publicité : déchirement. Obéira-t-on aux règles du protocole ou aux réquisitions du *people* ? Que faire dans l'immédiat du secrétaire perpétuel de la Française ? Du président de l'Académie Goncourt ? Du vice-président de la Société des gens de lettres ? Nos albatros aux grandes ailes blanches commencent à s'impatienter. On les fait poireauter avec le menu fretin. N'a-t-on pas prévu, murmurent les hauts dignitaires de l'art d'écrire, une place au petit salon, une table à part pour le ministre et eux ? Ils n'ont pas deviné le drame qui se déroule sous leur nez, reconnaissable aux chuchotis dans les couloirs, aux portes qui claquent, aux attachées de presse traversant les salons comme des fusées, le buste droit, le masque dur, intraitables. Cornéliennes. On les voit s'affairer autour de la table d'honneur, intervertir les cartons avec des mines détachées, en griffonner d'autres à la hâte. Valse des étiquettes. On rétrograde nos burgraves. Charlotte Rampling sera à la droite du ministre, Alain Delon à sa gauche. Pas le choix. Caméra oblige. Il faut bien rentrer dans ses frais. Comment ruser avec le plan de table de la dernière urgence ? Cet instant douloureux vaut bien le non-télégramme de condoléances, la nécro effacée par l'ordinateur une demi-heure avant le bouclage, ou l'affectation sur le pont des canots de sauvetage, par ordre, première d'abord, deuxième classe ensuite, pendant que les officiers tiennent en respect les gueux des dortoirs et les petits grooms.

La barbaque ne ment pas. Comme la terre. L'ingestion de viande animale et l'inhumation de la viande humaine marquent les deux minutes de vérité (et les moments les plus embarrassants de notre existence) où une société va droit à l'os et répond sans détour à la question de fond : qui pèse quoi ? Devant l'assiette et devant le cercueil, le fard, les garnitures tombent. Aux gens du bel air qui n'ont que trop tendance à se pousser du col, comme à tous ceux, et ils sont pléthore, qui confondent ce que vaut un homme et ce qu'il croit valoir, je ne saurais trop conseiller d'éviter ces deux extrémités où s'affiche sans chichis le juste prix (réel, pas nominal) que nos contemporains attachent à notre personne : le moment où l'huissier en jaquette vous désigne votre chaise à table, et celui où, recru de camouflets, l'on s'éclipse du banquet de la vie. Pour le premier, j'ai un truc : empocher le bristol, quel que soit le ministre, arriver tôt, se faire voir — sourires complices, clins d'œil à la ronde — et, dès que le maître d'hôtel s'avance, filer à l'anglaise au bistrot du coin. Pour le deuxième et dernier, moins de soucis : attentive à nos caprices d'enfant gâté, la Providence prend soin de nous rappeler à elle *avant* l'entrefilet dans le carnet du jour afin de nous éviter l'ultime ulcération. On cite des cas malheureux — fausse dépêche, longue maladie dont l'issue se faisait un peu trop attendre — où la nécro a précédé le décès. Il est prudent de passer l'arme à gauche sans attendre, rien que pour ne pas voir cela.

*

« Un peu de décence, les scribes ! Et de recul ! J'en ai par-dessus la tête de vos jérémiades. Raisonnez-vous, que diable ! » J'imagine le Dieu des Écritures, là-haut, tancer d'importance ses grouillots. N'y a-t-il pas une Justice supérieure qui règle les entrées et sorties des moyens d'expression ? « Pour les belles pages, l'âge de fer ? Chacun son âge d'or, mes bonshommes. Souvenez-vous. Vous avez joui des vitraux pendant longtemps sans chercher à connaître le nom des maîtres verriers. Et qui a sculpté l'ange de Reims, je vous prie ? Vous en avez assez, petits jaloux, de voir les Pei, les Nouvel, les Niemeyer faire salle comble ? Mais vous vous accommodiez fort bien de ne pas savoir qui a construit Paestum, la Sainte-Chapelle ou la gare de Lyon. L'adulation des arts visuels vous excède ? Je me souviens, moi, que c'était l'inverse, hier, quand les " ymagiers " besognaient les tympans des cathédrales, comme des maçons un peu spécialisés, tandis que les docteurs à bonnet carré disputaient en Sorbonne à bureaux fermés. Et Mozart dans la fosse commune, cela ne vous dit rien ? Chacun son tour. Un peu d'égards pour les petites sœurs. Que l'Histoire repasse ou non les plats, toutes les Muses ont droit à la soupière. » Les cinq sens se distribuent différemment chez les mammifères, chaque espèce a son chouchou. La vision est le sens dominant du primate omnivore à station verticale, aussi braquons-nous les feux sur visuels et visibles ; les chiens le font sur les parfumeurs ; les taupes, sur les masseurs ; les tapirs et tamanoirs, sur les gâte-sauce (qui dira la fadeur des compotes de fourmis ?). Que la soi-disant « société du spectacle » survalorise les gens de spectacle, comme les théocraties jadis les gens d'Église — quoi de plus normal ? Que les saltimbanques, ces parias auxquels l'Église refusait hier la communion, fassent les *beautiful people* d'aujourd'hui — ce n'est que justice, et tardive. Notre quart d'heure de célébrité tirait en longueur. Chaque époque, chaque continent pousse en avant son violon d'Ingres, à tour de rôle, saine et démocratique alternance. Avantage au celluloïd ? Impossible de concentrer sur une feuille de papier autant de *high-tech*, d'argent, d'invention, de talents et de beautés en synergie. Comme sur les planches, au temps de Shakespeare. Ou dans les ateliers, au siècle de Michel-Ange. Ou dans les écritoires, au temps de Hugo et Hegel. À présent, les professions de l'image offrent à un individu la plus grande surface de contact avec la vie. Le vent ne souffle plus dans nos voiles ? Derechef, prendre du champ. Et le Père Éternel, qui en a plus que nous, pourrait poursuivre en direction du Vieux Monde, là où le Verbe a tourné au verbeux : « À chacun son tour d'horloge, messieurs de la péninsule. Dieu sait si vous avez assez fatigué le monde avec vos quatrains, vos déclarations, épopées, romans, confessions et traités. Souffrez que j'aie demandé à l'Amérique, ce coup-ci, de remplir l'écran. Je lui ai donné le cinéma en apanage, il fait partie de sa *manifest destiny*. C'est l'art de ce siècle, et le siècle est aux gros budgets. Cela dit, je ne vous interdis rien. Un racorni d'Europe peut toujours remonter dans le train des rêves avec une caméra en main. Parfois, cela marche. Simplement, faut se lever tôt et mouiller sa chemise. Le film d'action n'est pas fait pour les geignards » (et toc).

Il a bien raison, le Dieu des arts et métiers. Les mégalo-frustrés du papier rechignent à comprendre qu'on ne peut évoquer l'avenir de Brest sans parler de Quimper et de Concarneau. Pour se situer, ne faut-il pas se comparer ? Aucun art, aucun genre n'est une île ; le règne des optiques, en un sens, n'a pas dévalué mais libéré les mots. Comme Niepce et Daguerre ont rendu la peinture à ses moyens propres. La perte de résonance, c'est pour les lutrins mis au coin une liberté nouvelle, nous ne sommes plus tenus de chanter ni d'enchanter. L'acoustique s'étant dégradée alentour, la musique des mots, décolorée, désacralisée, dévitalisée, a désormais tout loisir d'aller faire des gammes en chambre, sans se soucier de l'auditoire.

Mais comment croire, Seigneur, que « le monde existe pour aboutir à un livre », quand tout nous indique que c'est désormais pour aboutir à un clip ?

★

La musique du film, l'actrice du film : les deux accroche-cœur dont les barbouilleurs doivent faire leur deuil. On comprend les papillons qui vont se brûler les ailes à la flamme des projecteurs. À première vue, quand on est un peu remuant et avide de passer la rampe, on joue gagnant en attaquant le public au corps, sans phrases. Pour secouer l'inertie des téléphages, percer le cuir de ce rhinocéros, l'imprimé n'a plus assez de puissance de pénétration. Outre que les frères Lumière font gagner dix fois plus d'argent, la puissance de feu d'un gratte-papier peut s'y accroître, numériquement, d'un facteur cent (un essai qui « marche très fort » aura trente mille lecteurs, un film à succès, trois millions de spectateurs). Ce qu'on encourage chez tous les grands groupes d'édition du monde obsédés de cathodique — se recycler en empires audiovisuels, via le contrôle d'un canal de télé, le rachat des portefeuilles de films, le lancement de bouquets numériques, la production de séries télé, etc. —, pourquoi le condamner chez le séducteur professionnel, qui veut doubler son influence d'une pincée de glamour? Rien d'immoral dans ce calcul d'impacts. Simplement un risque à mesurer. Outre que ce n'est pas le même métier, il en faut un minimum pour deviner où mettre la caméra, où couper la scène et comment tenir le rythme. On peut bâcler un livre d'idées — pourvu qu'il porte sur un sujet brûlant, les journaux (ou les intelligences que nous y avons) y trouveront pâture ; les compères lanceront la polémique et le livre sera porté aux nues ; on l'achètera, on en feuillettera trois pages, on bâillera, on l'oubliera. On ne peut pas tricher ainsi avec une fiction, qui doit, par ses seuls moyens, nous visser à notre fauteuil pendant une heure et demie. Une intrigue imaginaire manque de ce pouvoir d'intimidation qu'exerce sur nous le « sujet de société ». Le cliché sur grand écran passe moins bien que le poncif sur papier, et un mauvais film est plus insupportable qu'un mauvais livre. Les idées sont bonnes filles, les images, les garces, ne pardonnent rien. « Faire débat » n'est-il pas infiniment plus facile que raconter une histoire (ou déstabiliser par un anti-récit façon Godard, image et son subtilement décalés) ?

À sa façon, elliptique et généreuse, Chris Marker m'avait introduit auprès de son ami Joris Ivens.

C'est lui qui m'a donné ma première et dernière caméra, une Paillard 16 mm, bobine de trente mètres. Le Hollandais volant avait une voix chantante et fraternelle, égayée de *tu sais, you know, ya sabes*. Ce patriote de tous les pays parlait toutes les langues. Ami du vent et des grands vents de l'Histoire, le documentariste de guerre s'était faufilé à travers les censures, le manque d'argent et les filets policiers pour filmer l'Espagne avec Hemingway en 1936, la Chine avec Robert Capa et la VIIIe armée du Nord en 1938, les révoltés d'Indonésie, les marins de Valparaíso. Je voulais, en 1963, mettre mes pas dans sa légende et rapporter un film exaltant la guérilla vénézuélienne. Je suis allé au Venezuela, mais j'ai laissé tomber la caméra (que Peter Kassovitz rattrapa au vol, avec grand bonheur). Je ne l'ai pas vraiment retrouvée. Je ne sais même pas prendre de photos, et me résigne, sagement, à ne jamais signer de longs métrages. À la réquisition des images, je préfère me rendre en médusé, passif et ravi de l'être, un peu lâchement. Les idées me viennent en regardant les images des autres : photos, tableaux, plans. Sans ces petites secousses, je me morfonds et m'assoupis. Plus léger en regardant qu'en écrivant, trois heures de voyage en train près de la fenêtre (qui fait cadre) me font un remue-méninges de trois jours. Les peintres sont de vieux cousins, des écrivains par la main gauche. Les tableaux sont pensées de contrebande qu'en bons douaniers nous reconduisons à domicile, critiques d'art, sous bonne escorte, depuis des siècles. Ce vieux compagnonnage nous stimulait sans trop menacer notre superbe. La plume tient le coup devant le pinceau ou le burin. On restait là en famille, à armes égales ou à peu près. Avec le cinéma, on ne joue plus dans la même catégorie. Pouce, plus de jeu. Au seul point d'intersection existant entre l'industrie et la création, l'auteur de film a ramassé les atouts maîtres. Les *happy-few* et le bon peuple. La distraction et la profondeur. Les mots et les notes. La tête et les cœurs. C'est trop. Nous ne gardons plus dans notre main que l'ordre et la clarté d'exposition, la mise en ligne, la ventilation par pages et chapitres, parfaits pour l'enseignement, trop même (« Comment ! Tu lis un livre ? demande en vacances une gamine à une autre, un poche à la main. Mais l'école est finie, ça ne sert plus à rien »). Car les handicaps de l'écran sont l'envers de ses avantages. La pellicule reçoit les choses en vrac, brutalement, sans construire ni distinguer ? Revers d'un effet de présence hallucinant, qui sature l'œil et l'oreille. Un film est à prendre ou à laisser, il fait tout le chemin à notre place, sans nous donner cette marge d'intervention, de fuite, de liberté que permet la lecture ? Passivité bien venue pour notre biologique paresse, envers du ravissement. Les films se démodent vite, comme les modèles de beauté féminine qu'ils mettent en orbite (Garbo mise à part, que rien ne fait vieillir) ? Peut-être, c'est vrai, qu'ils attirent plus et retiennent moins ; qu'ils récoltent tout leur public d'un coup, cigales insouciantes du lendemain — les livres-fourmis cheminant en sous-sol et amassant des provisions pour l'hiver. Peut-être que ces frissons sans fièvre ne touchent qu'à l'épiderme. Mais cette façon d'afficher ce qu'il doit à la mode donne au cinéma une singulière puissance de nostalgie ; en revoyant certaines séquences, on voit « surgir du fond des eaux le Regret souriant ». *Casque d'Or, Les Vitelloni, Les parapluies de Cherbourg, Johnny Guitare* ou *Le faucon maltais* : ces miroirs qui reviennent à l'improviste servent les connivences entre contemporains. Nos films-cultes tiennent l'agenda de la génération ; nos livres-cultes n'ont pas d'âge. On affiche volontiers les premiers, on s'en vante à table, en buvant, entre copains, pour s'assurer des millésimes ; on garde les seconds à l'ombre, comme on les a engrangés, dans l'intime. Nos élections littéraires se font à bulletins secrets (même s'il nous arrive de mettre un proche dans la confidence, brève impudeur). À chaque Muse sa logistique. Je vieillirai avec la Poste. Une chance : je n'aime pas le téléphone. Le commentaire de film, ou d'émission, peut passer par le combiné, en binaire (aimé/pas aimé, génial/nul) ; mais je ne penserais jamais à remercier l'auteur d'un livre qui m'a ému par un coup de fil. On se sent ici tenu, et pas seulement par politesse, de tracer sur une feuille quelques méandres, sous pli fermé (le papier appelant le papier, mince relais du mémorable, comme l'image la voix, écume tirant l'écume). Les maîtres de l'image — du tonnerre et du frisson — ont partie liée avec France Telecom, et nous, avec une administration plus discrète et vieux jeu. Le livre reste un humain colis, impropre au téléchargement ou au compressage; il a besoin des camionnettes jaunes et des facteurs nationaux pour parvenir à destination, en différé.

Que d'enfances à retoucher, de copies à recommencer. À déchirer plutôt, à oublier. Tout ce à côté de quoi nous sommes passés, les premiers de la classe. Tout ce qu'on a côtoyé sans voir, et vu sans piger. Le premier article que j'ai signé, dans le journal polycopié de Louis-le-Grand, était un hymne à Jeanne Moreau dans *Les amants*. Ces excursions relevaient encore d'un *Back Street* toléré parce que sans conséquence. L'année où je suis entré en khâgne, en 1958, Louis Malle terminait *Ascenseur pour l'échafaud* et Truffaut lançait *Les quatre cents coups*, son premier long métrage. Un mien ami avait bifurqué vers le lycée Voltaire pour préparer l'Institut des hautes études cinématographiques. Je l'aurais suivi si Muglioni, qui n'avait pas entendu parler de la « caméra-stylo », et auquel je m'ouvris de ce projet, ne m'avait sévèrement rabroué. « Vous n'y pensez pas, me dit-il en tombant des nues. Ce n'est pas sérieux. Préparez la rue d'Ulm. » Telle était la hiérarchie des prestiges : intouchable, indiscutable. Gaumont-Palace et Moulin-Rouge n'étaient pas matières classiques. En ville, la « distraction populaire » battait son plein, et les salles d'art et essai, leur record de fréquentation; sous nos préaux, hormis de rarissimes « cercles d'études cinématographiques » animés par des professeurs modernistes, dans le cadre des « activités dirigées », pas un mot. À la fin des années cinquante, cette culture de l'image à présent au pinacle émergeait à peine des catacombes — cinéma-clubs et revues marginales, trop papier glacé pour faire sérieux. L'époque passait du *film de qualité* au *film d'auteur*, que la Nouvelle Vague allait introniser. *L'espoir* demeurait invisible, *Potemkine* une solennité. Des amuseurs, Pagnol ou Guitry, des mondains, Cocteau, ou de populistes énergumènes à la Prévert pouvaient bien baguenauder dans ces bas-côtés. Malgré *Citizen Kane*, malgré *Lola Montès*, *Le carrosse d'or*, Carné et Bresson, le septième art m'apparaissait comme une concession faite aux fantaisistes, avec considération, chez les plus mordus, mais teintée d'une certaine condescendance. On allait au cinoche le jeudi après-midi, jour de congé, ou le dimanche : l'entracte du studieux. Sans devenir un fana du plan-séquence (comme mon ami Alain Ferrari, le philosophe qui avait choisi l'IDHEC), mais fréquentant Mac-Mahon, Studio 51 et cinémathèque (à l'Institut pédagogique), j'en avais une passion trop timide pour en faire une manière de vivre et tenter l'aventure encore peu « cultivée » du cinéma (la haute culture se partageant entre les rayonnages et les cimaises). Se retrouver dans les bibliothèques demeurait normalement la grande espérance ; et l'abolition de la messe en latin, un séisme inconcevable. Je n'en veux pas à l'École de cette esthétique au formol ; elle restait dans son rôle, qui est de faire le lien avec les trépassés, sans s'aligner sur le dernier cri. Dans la presse, le cinéma (en attendant la photographie, apothéose des années soixante-dix) rejoignait peu à peu les zones nobles, derrière le roman et le théâtre, mais devant la pantomime et l'opérette. J'en veux au bon écolier; le gavroche en vadrouille, le chenapan sans héritage, exclu du lycée pour indiscipline, sont mieux armés pour sauter sur la vie qui passe, et ne repassera plus.

Feuilletant une biographie de François Truffaut (le bel ouvrage d'Antoine de Baecque et Serge Toubiana), je ne puis m'empêcher de rêver sur la fantaisie, la vivacité, la justesse de ton, l'audace que donne l'école buissonnière à l'enfant naturel et fugueur. Je me fais l'effet, à côté, d'un gardien de musée lorgnant par-dessus l'épaule d'un peintre à sa palette : une vitre nous sépare, un siècle. J'envie ce vieil adolescent, moi son cadet endimanché, d'avoir connu l'Occupation et le dernier métro; d'avoir fait les quatre cents coups côté marché Popincourt, fréquenté le Cinéac-Ternes et la Gaieté-Rochechouart, non le musée de l'Homme et Janson-de-Sailly; je l'envie surtout de ses gambades d'autodidacte, de ses audaces de vagabond qui s'invente sa culture au lieu de la recevoir. Les mauvais sujets dénichent les bons; l'habitué aux bonnes notes n'ose pas; il traîne trop de vieilles lunes. Un produit de la culture cultivée en incorpore les inhibitions et les hiérarchies; un Truffaut acculture des incultes, et s'adresse au populo comme aux intellos. Un orphelinat précoce, beaucoup de paires de claques, ou une maison de correction (comme pour Genet, pupille de

301

l'Assistance publique) donnent un plus de souffrance, et de liberté aussi. Que la répression policière favorise l'intensité créatrice est un point acquis. Reste qu'on n'entre pas en art par l'escalier d'honneur; la porte de service rend plus inventif. C'est sans doute pourquoi ce livre fraternel me communique une petite brûlure ambiguë où le joli le dispute au vilain. Comment n'en pas ressentir devant les photos juxtaposées d'Antoine Doinel, Hitchcock, Rivette, Rossellini, Ophuls, Straub? Devant l'enchantement d'histoires douces-amères, sombres-claires, drôles-tristes comme la vie, de *Baisers volés* jusqu'à *La nuit américaine*? On hésite entre la bonne humeur — merci, vieux frère — et le pincement au cœur, d'avoir raté le coche des petites histoires vraies en courant après la grande (le cœur est un organe insensible au sens du ridicule). Pends-toi, brave Crillon. Tu n'en fus pas, c'est fini. Je donnerais toutes mes élucubrations pour un seul *Jules et Jim.* On se fatigue d'expliquer à la longue; c'est faire rire ou pleurer ou frémir qui importe. Que de fois n'ai-je senti, en sortant les larmes aux yeux d'une salle obscure (pleure-t-on aujourd'hui ailleurs qu'au cinéma?), avec la netteté irrécusable des pensées de réveil, que la vraie vie est ailleurs et cet ailleurs un écran. Le seul support où la densité des corps rejoint l'allégement du rêve. Cette présence immatérielle, cette plénitude aérienne échappe à l'écriture, trop désincarnée pour donner la chair de poule. Je fais la part, dans ce déprimant aveu, de l'aspect « masse et puissance » d'un espéranto fluide et immédiate-

ment accessible, susceptible de circuler instantanément en tous les points du globe (les traductions
demandent années ou décennies, un sous-titrage
ou un doublage quelques semaines, et les films de
Truffaut volaient, sitôt sortis, de capitale en capitale). Et je ne mentionne que pour mémoire la
jalousie rétrospective qu'inspire le Pygmalion qui
fait battre le cœur des Galatée, et à qui aucune
chambre à coucher ne résiste parce qu'il suffit d'un
casting pour transfigurer une midinette en Vénus :
le volet *Cinémonde* (palaces, drames et passions),
indétachable du volet *Cahiers du cinéma*, réveille les
chimères voyeuses de l'adolescence.

Ils ne l'ont pourtant pas volée, « la belle vie », et
nos grands réalisateurs ne sont pas des usurpateurs
de renom. Ce sont les desservants de la seule
machinerie à présent capable — plus que les arts
plastiques — de mettre l'illusion vitale à la portée
de tous. Mieux que la belle vie, la sur-vie, en sur-
multiplié. Le gros de l'industrie du rêve peut se
dire sous-littéraire (comme il arrive aux adaptations de romans classiques). C'est en se fiant à sa
magie enfantine que le cinéma devient sur-littéra-
ture (et le vieux Fellini, un méta-philosophe).
Comme l'Amérique, pour le Français débarquant,
désenchante l'Europe dans son rétroviseur, lui fait
soudain apparaître un peu oiseux et emberlificotés
nos labyrinthes logomachiques, menus à cinq plats
et dédales piétonniers. Miracle du primitivisme :
nous propulser d'un coup au-delà de nos possibilités d'expression. Certains mouvements de grue

(oh! le générique de *Touch of Evil*, oh! la bataille de *Falstaff*) nous déposent de l'*autre côté* des bavardages, au cœur du mystère, à même la vie, muette et profonde. « Ce dont on ne peut parler, il faut le taire... » Oui, mais ce qu'il faut taire, on peut encore le montrer. Le cinéma commence-t-il là où finissent les maigres possibilités du langage? Sans doute le *voir* comme l'*entendre*, arts visuels et musique, jouissent-ils du même pouvoir surnaturel : évoquer en direct les choses qui sont trop graves pour qu'on en parle, les énigmes de la vie qui outrepassent les limites du langage, celles qu'on peut nommer métaphysiques (et non scolastiques) parce qu'elles touchent à l'essentiel et à l'intime. La belle image communique le frisson mystique qui nous est rationnellement interdit. Le philosophe essaie d'y voir clair et de poser les bonnes questions; cinéaste et peintre sont du côté de la solution et non des problèmes. C'est ce qui rend proprement désespérant, pour un homme de mots, le bonheur muet des projections.

Le cinéma n'a-t-il pas le don miraculeux de désembouteiller l'esprit, le nettoyer du superflu? C'est peut-être là, tout simplement, un cadeau d'Éros. L'intensité du *rendu* émotif, synesthésique, enveloppant, du grand écran, serait, en ce cas, moins dû à la multiplicité des techniques mobilisées par l'art qui contient tous les autres (où Abel Gance retrouvait musique, peinture, architecture, poésie et danse) qu'à la quantité de libido dont peut se charger la pellicule, entre toutes les parties prenantes. Plus qu'une déclaration, un maître film est un acte d'amour renouvelé de séquence en séquence, un sommet de vitalité partagée. Je doute qu'un romancier puisse désirer autant ses personnages de chiffon ; ce ne sont pas des corps à déguiser, dévoiler, cadrer, faire bouger dans l'espace physique, intime, d'un studio ou d'un extérieur. Éros a partie liée avec l'image ; Thanatos avec les mots ; la première attache, les seconds détachent. Ce partage mythologique, pour simpliste qu'il soit, ne m'est pas personnel ; il me semble inscrit dans l'universel des corps ; ce sont là des fonctions psychiques également nécessaires à notre équilibre organique, sans doute complémentaires comme le yin et le yang, le féminin et le masculin, mais dont il ne servirait à rien de nier qu'elles n'exercent pas sur nos terminaisons nerveuses le même pouvoir d'envoûtement.

L'idée d'une hiérarchie des arts m'a longtemps paru inepte et surannée. Il me semble en fait qu'elle joue à l'envers — les derniers seront les premiers. La comédie musicale éclipsera la tragédie lyrique ? L'art déjouant obstinément l'*intention d'art*, autant que la postérité la volonté de faire époque, la promotion des séries B du matin par les *best-of* du soir, avec ses résurgences espiègles, fait un joli pied de nez au « grand ton ». Ce qui vaut pour les *genres*, du roman noir à la BD, de la chanson à la photo, vaut aussi pour les *noms*. De Brassens ou d'Eluard, lequel passera devant l'autre dans la mémoire poétique de demain? Je n'imaginais pas, adolescent, qu'un film de Truffaut puisse survivre à un essai de Poulantzas. Et quel homme de goût, à la Belle Époque, eût osé mettre le petit Proust, chroniqueur mondain au *Figaro*, snob insignifiant, dans le même lot que les géants Anatole France, Edmond Rostand ou Maurice Barrès? Qui aurait dit à Taine, normalien philosophe, le pontife de l'esthétique 1880, qu'un sien contemporain, un pochard nommé Verlaine, prendrait un jour sa place avec des impairs de quatre sous? Les plus lucides se méjugent eux-mêmes. Mauriac plaçait *Le fleuve de feu* ou *Le mystère Frontenac* cent coudées au-dessus de son *Bloc-notes*. Et Voltaire se croyait sauvé par *Mahomet* et *La Henriade*, disparus corps et biens. L'art voyage léger, et l'éclat du vrai est presque toujours un éclat de rire — Woody Allen l'atteste. Nos annales retiennent la pantoufle et délaissent le cothurne; le journal intime vieillit mieux que l'épopée en vers. Qui sait si le badin, le boulevardier, le « gentil » Truffaut ne s'avérera pas plus révélateur, plus emblématique de notre « fin de siècle » en France que tel profond moraliste (restons aimables avec les gloires du jour)? S'il n'avait été aussi fêté de son vivant, je verrais assurément en lui notre Marivaux, dont cénacles et salons rejetèrent au dernier rang « le bavardage galant ». C'est la même noirceur rose, les larmes sous les sourires, et le funèbre à deux doigts du charmant. L'esprit le moins estimé des grands noms de son siècle en est venu à incarner à nos yeux le XVIIIe, qui se moquait comme d'une guigne de ce petit faiseur. Non que Marivaux ait formé l'âme de son époque ; elle s'est réfugiée, recueillie en lui parce que en lisière des triomphants, il faisait pauvre mine (les âmes sont craintives).

Le montage inversé qui va piquer ses pépites dans le chutier, et trouvera, tardive revanche féministe, plus de véracité, voire de grandeur, chez Colette que chez Montherlant, n'est-il pas devenu la règle depuis un bon siècle ? Le retour du négligé par-dessus le soutenu se fait plus sensible après coup. Je n'ai pu me défaire de cette impression en regardant au petit écran un documentaire intitulé : *Le roman du music-hall.* S'attachant à nous rendre l'atmosphère d'avant-guerre, il y réussit par l'image, et la voix, d'Yvette Guilbert, de Marlene Dietrich et d'Édith Piaf. Les années Sartre n'ont-elles pas déjà la voix mauve de Juliette Gréco ? Et la décennie Mitterrand, celle, noire et déchirée, de Barbara ? La java et la schola cantorum ne se nuisent pas, bien sûr, la chanson et le psaume peuvent prospérer dos à dos. Mais qu'est-ce qu'on fredonne à la longue ? Boris Vian ou Claudel ? *L'automne à Pékin* ou les *Cinq Grandes Odes* ? Où le roman d'aujourd'hui fait-il mieux son nid de coucou, sous couverture blanche ou à la Série Noire ? À quoi s'accrochent les neiges d'antan : Boulez ou Montand ? *Göttingen, Les feuilles mortes,* dix ans de notre vie en trois minutes. Ce qui en impose n'est pas ce qui entête. De petites mélodies court vêtues, photosensibles, saisons de l'âme mises en rime, appareillent pour des voyages au long cours qui sont refusés à nos toges doctorales.

Pour m'échapper de la rue d'Ulm, j'ai loué le petit appartement d'un ami de mes grands amis Marcel Benabou et Claude Burgelin, un maniaque marginal et facétieux qui traînait ses guêtres dans nos turnes, où il recrutait des collaborateurs pour *La ligne générale*, la revue qu'il entendait diriger avec Duvignaud. Mon nouveau propriétaire pinaillait sur les centimes des quittances de loyer, me fatiguait avec ses questionnaires et formulaires. Il gagnait sa vie en interrogeant les copains sur la meilleure voiture et la meilleure moutarde imaginables. C'était assez saugrenu et cela s'appelait une « enquête de marché ». Il publia peu après une fable sociologique qui se moquait des grands magasins en parodiant Flaubert, *Les choses* : charmante entrée en matière. Je rendis bientôt à Perec retour de Sfax son logis de la rue de Quatrefages, et le vis avec regret, les années suivantes, dériver vers des formalismes gratuits, jusqu'à échouer à la rubrique mots croisés d'un hebdomadaire. Dommage. Il aurait pu devenir quelqu'un, pensais-je, au lieu de jouer aux échecs avec les mots, dans des jeux abscons, à la Marcel Duchamp, si loin des choses sérieuses : châteaux de cartes en Oulipo, lipogrammes, palindromes et autres canulars. Du moins lui concédais-je le mérite de s'être fait une belle tête, photogénique en diable : les ciseleurs de riens travaillent leur look, car quand la matière est faible, c'est bien connu, on se rattrape sur la dégaine. Pour la meconnaissance, qu'on me croie, je parle de ce que je connais.

*

Demain, je prends mon courage à deux mains. Je demande à mon copain réalisateur de me bombarder comme deuxième assistant sur son prochain film. Demain, j'appelle ce fameux producteur qui ne pourra pas me refuser un piston. Et les dégonflages passent jusqu'au « trop tard pour le repêchage ». Nous sommes quelques milliers de velléitaires à nous être fait ce cinéma. À avoir calé au pied de la Mitchell 35 mm, avec de bonnes raisons. La *paresse* : courir trop de lièvres à la fois prend du temps, et il est physiquement moins fatigant de noircir du papier que d'impressionner de la pellicule. L'*entropie* : mieux vaut s'élancer jeune vers les studios, sans se douter de rien, tant il faut de tonus et d'énergie pour ce genre de folies. La *gaucherie* : empêchant déjà d'aller à la rencontre de ceux qu'on admire, elle incite à limiter le nombre de ceux dont on dépend pour atteindre à ses fins. Le culot monstre ou le cynisme nécessaires pour aller tirer les sonnettes, harceler des *tycoons*, soutirer des sommes faramineuses aux commissions, aux producteurs, en sachant bien qu'ils ne rentreront jamais dans leurs frais, ne sont pas donnés aux timides. L'économe isolement de l'écriture convient mieux aux introvertis. Un certain *moralisme* aussi : l'insolence de l'argent fiche la trouille, et l'aspect grand banditisme de ces affaires requiert des tempéraments de caïd. Un écrivain n'est pas tenu de rouler des mécaniques, de courtiser les puissants, ou d'épouser la fille d'un grand éditeur pour accroître ses chances. À quoi j'ajouterais, empêchant de sauter le pas, le côté *rive droite* des milieux cinéma — Fouquet's, voitures de sport, jus de tomate, belles pépées (vocabulaire 1960). Ils ont élu domicile dans l'enclave américaine de Paris, les Champs-Élysées (comme à Cannes, emporium californien transplanté dans la France du Midi), et tout ce qui se respire là de vulgarité agressive, de brillantine et d'huile solaire effarouche les narines délicates. L'aristocratie désargentée de l'écrit ne respire à l'aise que rive gauche (où sont nos éditeurs, nos bistrots, nos amphis). Projections, conciliabules, déjeuners, tout l'attirail de l'aspirant metteur en scène force à passer le pont — saut anthropologique qui dépasse mes forces. En me rendant dans ces quartiers d'insolents, je ne vais pas à l'étranger, je passe chez l'ennemi. Voilà qui m'a limité, côté écran, au service minimum : une irruption dans *Chronique d'un été* de Jean Rouch (censurée au montage) ; un voyage en Sicile, pour le compte des *Cahiers du cinéma*, avec mon ami Jacques Joly, sur le tournage du *Guépard*, où je regardai sans mot dire, intimidé, le divin Visconti reprendre dix fois le même plan, de sept heures à midi, avec Burt Lancaster et Reggiani en garde-chasse ; divers scénarios de fiction restés sans suite ; et, en 1986, un

52 minutes en vidéo 8, sur la concession française de Shanghai, tourné sur place, qui eut les honneurs de la télévision, en dépit de moyens dérisoires. Je ressentis là le bonheur de faire des images — plus fort que de faire des phrases, mais diminué par l'incapacité du documentaire dit de création à *faire vrai*, puisqu'il doit recevoir le réel au lieu de le reconstruire : d'où un sous-réel, trop peu stylisé ou trop aléatoire à mes yeux. Trop d'impondérables, et pas assez de temps. Trois semaines à Shanghai — compte tenu de la course d'obstacles des bureaux, des autorisations et des guides, c'était insuffisant. On veut, dans telle rue, sous tel angle, le front de guerre des bicyclettes, et quand on arrive, il se met à pleuvoir, plus de cyclistes. On veut un quai de gare la nuit et, à la dernière minute, l'entrée de la gare est interdite. On voudrait demander aux amoureux cachés au fond du square de reprendre la scène du baiser, mais cela les fera s'enfuir comme des moineaux. Sans compter la pile à plat quand on la croit chargée, le *back light* oublié quand on tourne en lumière normale, la cassette à changer à l'instant décisif. Préparatifs, intermédiaires, incidents émiettent le plaisir du cadrage jusqu'à le rendre fastidieux. Il faut l'imagination, et les nouveaux outils numériques, d'un Chris Marker, génial explorateur du temps, pour faire du « cinéma du réel » autre chose qu'une initiation à la fiction. La transfiguration de la réalité en vérité ne doit-elle pas passer par le mensonge ? Je n'ai ramené à Paris du Lotus bleu, outre Chang, l'ami de Tintin devenu sculpteur,

qu'un *story-board* hâtif pour un authentique *Shang-hai Blues*, barcarolle à peine esquissée, berceuse que j'aurais voulue dansante et muette, délestée des laïus qu'impose la contrainte informative du documentaire (et en l'espèce, l'ignorance où se trouvent les Français d'une ville française d'avant-guerre fichée en plein cœur de l'Asie). Ces rendez-vous manqués avec l'*œil naïf* suscitent des dépits sans lendemain. Me reste le bonheur d'avoir vu Serge Daney accepter, face à la mort, de répondre à mes questions devant un objectif : l'écoutant cette nuit-là divaguer en roue libre, élégiaque et fulgurant, je compris combien la vie avec le cinéma peut devenir, chez un franc-tireur, une forme supérieurement sensible de « la vie avec la pensée ».

Le cinéphile de mémoire, de convention que je suis devenu déserte les salles obscures. Le seul art nécessaire à la société ne m'est plus, à parler vrai, personnellement indispensable. C'est qu'on vieillit matérialiste, et que des jouissances inutilisables, sans réescompte possible sur une page blanche, perdent de plus en plus leur intérêt. Qui fixe un grand écran regarde passer les trains. Retouche, citation, détournement impossibles. Pas de fragment à dérober pour nos propres chantiers, en sorte que la passivité comblée du spectateur tourne peu à peu, pour la copie à domicile, au gâchis. Je ne puis lire un livre sans le réécrire *in petto* ; sauter telle page fastidieuse, revenir au début, intervertir les passages ; l'ordinateur nous permettra sans doute demain de visionner un film de cette façon-là : en monteur indélicat. Pour l'heure, et sans doute pour longtemps encore, il est à craindre qu'un scribe ne puisse et ne doive échapper à ce déséquilibre fonctionnel : autant les gens d'images gagnent à lire de bons livres (d'où ils tireront des sujets ou des idées de scénario), autant nous ne perdons rien, professionnellement, à éviter les bons films. Loin de donner à l'écrivain l'idée d'un ouvrage de valeur non comparable mais équivalente, le long métrage, par sa force inégalable de dépaysement, le découragerait plutôt de s'y mettre.

Et donc, repli sur le pré carré. « Mon verre n'est pas grand mais je bois dans mon verre. » Au reste, on finit par s'y faire, au rôle de bouche-trou, préposé au « gris » des magazines, au remplissage des catalogues d'exposition, aux légendes sous la photo. (Appel d'une grande agence, ce matin, qui prépare une émission, « Les 100 photos du siècle ». Une voix rapide me propose de commenter en off le célèbre cliché du Che par Korda. « Vous l'avez connu, je crois, et il paraît que vous aimez bien la photographie. Vous aurez trente secondes ; pour vous, on peut aller jusqu'à quarante-cinq. — Merci beaucoup. ») On répond aux coups de fil (il faut bien vivre). On donne la réplique. On escorte sa majesté l'Image. On s'échine sur des textes pour albums de luxe, *coffee-table-books* ou dépliants pour promotion dont nous savons bien qu'ils ne sont pas faits pour être lus mais pour encadrer l'icône centrale, souligner graphiquement sa valeur aux yeux des distraits déjà gavés d'effets visuels (comme un garde du corps n'est pas là pour dégainer mais pour afficher aux yeux des passants la célébrité du VIP qu'il flanc-garde). On peut toujours se faire de misère fierté, en trouvant d'irremplaçables qualités à nos travaux de petite main. Me voilà abonné aux parades rituelles du Livre, commis voyageur vantant les bienfaits de la lecture pour la santé de l'âme et du corps. Les entrepreneurs de tables rondes et conférences savent qu'ils peuvent compter sur mon concours ; de ces figures obligées, je m'acquitte sans effet aucun, et pour cause, mais avec une conviction qui émeut les convaincus. Le dialogue en direct de l'âme avec l'âme ; les fécondes solitudes ; les richesses intérieures ; la liberté d'aller et venir, bref, les rengaines. Au film, à l'émission qui respirent l'air du temps et s'évanouissent si souvent avec lui, j'oppose la traversée des siècles sur l'esquif de papier — plus insubmersible que le celluloïd, l'électrode branchée de cerveau à cerveau, pardessus la mort. Je fais valoir les avantages de notre artisanat de luxe sur l'industrie *high-tech* de l'image-son, car le livre, garde-mémoire fiable, bon marché, stable et perdurable, consultable à la bougie, supporte les pannes d'électricité, la disparition des pièces de rechange, les changements de standard ou de câblage. Je vante consciencieusement l'outil de liberté personnelle, le seul canal qui n'opprime pas son flux, le moins contraignant et le plus léger de tous (puisque l'écrit réduit quasiment à zéro les croissantes contraintes d'audience et de publicité pesant sur les créateurs d'images). Un faux jeton persuade un auditoire clairsemé — acquis d'avance, deux pelés, trois libraires et une poétesse — qu'il convient de distinguer entre l'impact (illusoire) et l'influence (profonde), la chose qui plaît et la chose qui marque ; le film qui change la coiffure des jeunes et le livre qui peut changer la vie d'un adolescent ; la vibration courte de l'écran, épidermique, et les longs ébranlements de mots, intracutanés. Je cite d'un air pénétré Faulkner, Nabokov et Chalamov, le Russe mystérieux qui a écrit : « Les livres sont notre immortalité. » Vœu pieux ? Peut-être, mais j'argumente. Animateurs culturels, invitez-moi à la prochaine « bataille du livre » (cachet modeste, au noir, si possible) et vous ne serez pas déçu : je ferai front et flèche de tout bois, l'habitude des causes difficiles.

*

Point n'est besoin, m'objecterez-vous, de tout ce baratin. Quoi de plus anodin que le jeu de main chaude qui déclasse et reclasse par vagues parlures et métiers ? Les scribes ont la bouche amère ? Il suffit au Parisien du mois d'août de se barricader chez lui pour s'éviter le navrant spectacle des cars de touristes courant par centaines à Eurodisney, centre de culture mondial, avant d'aller déverser leur cargaison devant Notre-Dame cinq minutes sur le chemin du retour, pour saluer le folklore du canton (une version filmée de *Quasimodo* se pas-

sant déjà fort bien de mentionner *Les misérables*).
Péripéties municipales. Peu de chose à côté du
chagrin — dont les masochistes n'ont pas le monopole — de voir que justice ne nous est décidément
pas rendue. À nous qui alignons des mots gris et
mats, dans le désert. Nous souffrons tous d'un
manque de retour. Nos livres sont lettres d'amour
sans réponse. Thèse, opuscule, article — main ten-
due, qui reste en l'air. « Des gens commencent à
parler de ce dont je parle depuis vingt ans sans
même me mentionner, me confiait il y a quelques
jours une professeur d'université, d'un certain âge,
aux travaux remarquables et nullement remarqués.
C'est comme si je n'avais jamais vécu. » Lequel
d'entre nous, fût-il le mieux embouché des
hommes, peut se dire exempté de cette peine, ce
délaissement, ce « et tout ça pour rien » ? Peu ou
prou, c'est l'arrière-goût qu'aura pour nous la vie,
notre vie durant. C'est natif et corporatif. La
publication fait souffrir (l'estomac, la vésicule,
l'épiderme, le diaphragme). Quiconque rend
public son privé est un humilié congénital, un
ulcéré de naissance, encerclé de faux amis et de
vrais ennemis, qui chaque jour l'outragent.
Contrairement au scientifique de laboratoire qui
travaille en équipe et a des *résultats* à faire valoir, le
solitaire qui n'a pour se défendre qu'un *travail*,
comme l'artiste, ou que des *thèses*, comme le philosophe, pour ne rien dire de l'écrivain perpétuellement en sursis, ne peut se fier qu'à sa folie ou bien
au bruit que fait son nom. L'invétéré parieur n'a
de consistance que celle que ses collègues, ou les

arbitres reconnus de sa partie, veulent bien lui attribuer — ou non. À lui le premier mot ; à eux le dernier. Existant à crédit, s'alimentant de ses reflets, le moindre écho lui devient avoir ou débit ; il surinterprète, décode, soupçonne tout et tous ; son double anxieux, ou son diable, lui tire la langue en catimini quand il parcourt le journal, épie les devantures ; et le présentoir où il ne voit pas son dernier livre lui murmure : « Tu es décidément nul et non avenu. »

Rien ne semble plus nécessaire à notre orgueil que l'incompréhension. Et du ressentiment, la basse intelligentsia n'a pas l'exclusivité (la vanité étant réservée à la « haute », celle qui est toujours en manque de tribunes). Voyez passer ce grand manitou, accablé de titres, admirateurs, relations et responsabilités. C'est le président du jury machin, de la chaîne chose, de l'Académie truc. Des dizaines de projets de films, de livres, de recherches sont suspendues à ses allergies, ses coups de fil, ses foucades. Vous croyez qu'il sourit au soleil, cet homme comblé, sollicité, très entouré ? Détrompez-vous. C'est une rancœur ambulante, une plaie à vif. Il vient d'être élu à l'Académie ? Oui, mais le Collège l'a recalé, qui ne lui pardonne pas ses gros tirages. Il est au Collège ? Oui, mais l'Académie lui ferme ses portes, ces vieux croûtons le tenant pour un cuistre. Il est au four et au moulin ? Peut-être, mais quel rapport entre sa solitude intime et son sosie de lumière, il y a maldonne sur son véritable destin. Le polémiste à succès masque le savant, l'innovant de longue haleine qui travaille dans l'isolement, à contre-courant, sans crédits, sans équipe — mais qui s'en soucie? On préfère se dédouaner par des hochets. D'ailleurs, s'il a brigué les suffrages de ses pairs, c'est à son corps défendant, pour faire plaisir à — sa fille, sa vieille maman, sa femme malade. Son dernier livre a fait un tabac? Une pochade, un simple amusement. C'est le précédent qui était le bon, où il livrait le plus ardu de ses découvertes, et celui-là, croyez-moi, ce fut un four. Depuis Horace et son *genus irritabile vatum* (la gent susceptible des poètes), le « jamais content » des arts et des lettres excite la verve des moqueurs, qui manquent, je le crains, ce qu'il y a de grave dans ces douleurs d'amour-propre, plus répandues qu'on ne croit, et dont la formule rituelle, le « beurre, plus l'argent du beurre », se déleste trop vite.

Il y a très certainement en France, au moment où j'écris ces lignes, cinquante mille auteurs d'essais, romans, émissions, thèses, tableaux, partitions, mémoires, films, installations (et à coup sûr cinq cent mille en Europe), qui s'estiment, et *à bon droit*, victimes d'une scandaleuse méconnaissance, indifférence, oubli, rejet ou sous-estimation de la part du public, de leur milieu, et en particulier des *go-between* censés faire la jonction. Scandale qu'expliquent la mesquinerie des confrères, l'incompétence ou la vénalité des médiateurs, la paresse et la pusillanimité des lecteurs, spectateurs, auditeurs, etc. Mettons, pour l'hexagone, cinq mille par branche; interrogez-les en privé, sans témoins; pas un ne vous cachera que, sur le lot, quatre mille neuf cent quatre-vingts sont des fausses valeurs ou des réputations surfaites dues pour l'essentiel à (au choix) : leur entregent, un copinage journalistique, un plagiat éhonté, une connivence politique, la plus-value d'une institution. Croyez bien que je n'en pense pas moins. Mais je vous avertis : mes cinq mille confrères, que tout oppose, seront d'accord au moins sur un point, c'est que s'il y a quelqu'un qui n'a pas le droit de se plaindre et dont il est même scandaleux qu'il ait le front de se scandaliser sur ce chapitre-là — étant l'exemple même de ces faiseurs d'esbroufe, de ces rhéteurs inconsistants dont il est scandaleusement trop question au regard de leur apport insignifiant à la science, à la littérature, à la philosophie (lui qui exploite une douteuse notoriété, d'ailleurs étrangère au domaine intellectuel, pour tenter d'accréditer chez les ignorants un bric-à-brac de généralités invérifiables et de trivialités archiconnues) —, c'est bien votre serviteur. Ils ont raison. Mon impudence est écœurante. Mais je n'ai pas tort non plus. Mon effronterie a ses raisons; leur écœurement aussi. Indécidable est la plainte pour excès ou défaut de reconnaissance, et les deux parties au procès peuvent convaincre les juges, quand la bonne logique forcerait à choisir. Jugez par vous-même : hier encore, un collègue que je tenais pour un ami mais surtout pour un esprit pondéré et auquel j'exposais une fois de plus les vertus explicatives de l'incomplétude a osé me lancer avec un sourire qui en disait long : « En somme, tu te prends pour le Newton des sciences politiques et religieuses. » Je suis tombé des nues. « *Tu quoque!* Comment peux-tu en douter? — Si c'était vrai, cela se saurait tout de même un peu, m'objecta le perfide. — Justement non. Le fait que cela ne se sache pas est un indice qui devrait te convaincre. " La vérité, a dit Lévi-Strauss, s'indique au soin qu'elle met à se dissimuler. " CQFD. » Étonnez-vous après cela de ma mauvaise humeur. Ce genre d'avanies (et je ne parle pas des ennemis déclarés qui n'y vont pas avec le dos de la cuillère) montre le gouffre d'incompréhension glissante, intolérable, que j'essaie en vain de remonter, tel le poilu de 14 sonné par les obus au fond d'un entonnoir de boue, sous une pluie battante. Quand je dis « je », entendez : chacun des cinq mille. C'était pour donner un exemple.

Nous sommes tous bombardés-bombardants. Vexants-vexés. Le curieux est ceci : l'homme de troupe s'éprouve pilonné et s'ignore artilleur. Chacun se voit sous son meilleur jour, je veux dire : éclopé ou paria, réservant au voisin le mauvais rôle — celui de l'officier d'élite, dominateur et sûr de lui. C'est que nous gardons meilleure mémoire de nos blessures que de nos trophées. Et comme nos prétendus bonheurs (que nous tendons à négliger ou à minorer, puisque nous n'avons d'yeux que pour ce qui est refusé à notre amour-propre) sont souvent des torts faits à d'autres (qui, lésés, exigeront tacitement de nous réparation, pour dommages de guerre), nous ne savons jamais qui et quand nous froissons, alors que nous gardons bien en tête qui nous a manqué d'égards, quand, et pourquoi. Qui nous a, par exemple, volé notre place au Goncourt, suite aux manigances que vous savez. Mais qu'on ne nous demande pas qui nous avons spolié de son dû en recevant tel autre prix. Il nous reste sur le cœur, le critique jivaro qui a pratiqué sur notre dernier ouvrage la réduction par amalgame (permettant de diminuer un adversaire, dans un compte rendu de lecture, en l'accolant à un autre sans rapport aucun avec lui). Mais nous n'avons rien eu à dire lorsque le rédacteur en chef nous a téléphoné la veille (hyperpressé, il a mille choses à faire mais il pense à tout) : « Dis donc, pour ton papier sur ton copain untel, tu ne pourrais pas le compléter en parlant aussi du bouquin d'untel ? On n'a plus de place, il vient de sortir, et ce serait injuste de ne pas le mentionner, non ? » Et tel se croira rabaissé qui fut en fait rescapé. Nous n'ignorons pas qui nous a délibérément tourné le dos dans le salon Richelieu, où tel autre nous en voudra longtemps de l'avoir toisé avec arrogance, ignorant que, sans lunettes, on ne pouvait reconnaître personne à deux pas. Nous nous souviendrons du zouave qui nous a pillé en supprimant les guillemets, effacé de ses références, mais qu'il soit clair que c'est par pure mégarde que nous avons exclu tel créancier (pour qui nous avons la plus haute estime) de notre bibliographie en fin de volume. On s'est bien gardé de nous convier à tel colloque de spécialistes sur le sujet que nous travaillons depuis vingt ans? Évidemment, vous connaissez l'organisateur, non? Mais l'olibrius qui chasse sur nos terres, son nom nous est subitement sorti de la tête lorsqu'on dressait la liste, entre amis, des invités à un symposium de notre façon ou des cosignataires pour la grande pétition nationale concoctée en tout petit comité. Cet autre butor n'accuse jamais réception de nos productions que nous lui envoyons gratis en service de presse, avec une dédicace soignée? Nous lui rendons la pareille? C'est que nous sommes trop débordé pour remercier les auteurs des dix ouvrages que nous trouvons chaque matin chez la concierge. Comme tout le monde, force nous est de *lire utile* (et donc de laisser s'empiler ce qui ne peut nous servir dans l'immédiat à terminer ou rectifier le manuscrit en cours, soit neuf ouvrages trois quarts), et il nous semblerait pour le coup impoli de remercier dès réception par un mot de pure forme (à l'instar du politicien doté d'un bon secrétariat répondant à la volée, sur carton à en-tête, qu'il se fait déjà « une joie à l'idée d'emporter votre chef-d'œuvre en vacances, demain, quand mes épuisantes et vaines fonctions me laisseront le loisir de revenir enfin à l'essentiel »), sans prendre garde qu'à cette aune nous serons deux fois plus mufle que le professionnel du mensonge de politesse puisque l'heure de répondre en connaissance de cause a toutes les chances, pour nous, de ne jamais sonner. Faisons-nous confiance. À la paille et la poutre, nous jouerons toujours gagnant, machinalement.

Rien n'arrivant par hasard (principe de raison suffisante), la perpétuelle injustice a des responsables ; nous ne les connaissons que trop, depuis le temps qu'ils s'acharnent à notre perte ; toujours les mêmes, jamais les mêmes, chacun sa crampe, son point de côté. Et l'on peut soi-même traquer partout l'antisémite — en pourchassant inlassablement ses propres juifs, ceux qui nous *barrent l'accès*, avec un quasi célinien entêtement. Sommes-nous sans affectation ? On ciblera les mandarins, ces tartuffes engoncés dans leur bure. Sommes-nous sans tribune ? Haro sur le spectacle et ses *fast-thinkers*. Pour l'un, ce sera la mafia normalienne, qui tient tout (il n'en est pas). Pour l'autre, les technocrates de la recherche confortablement installés au ministère pendant que le vrai chercheur en bave sur le terrain. Pour celui-là, le clan des sociologues, ou des historiens, ou des anthropologues, qui font payer aux philosophes leur suprématie passée (mais le sociologue allumera le gang philosophique qui téléguide en sous-main les élections). Pour le libéral, les réseaux staliniens, qui ont pendant trente ans mis l'intelligence en coupe réglée. Pour le communisant, les réseaux aroniens, ex- et donc anti-communistes obsessionnels qui, du haut de leurs fondations Thiers ou Saint-Simon, de leurs Hautes Études grassement financées, dégustent à petites bouchées leur revanche. Pour l'enraciné du Massif central (un emploi comme un autre), le « petit monde parisien », gauche-caviar et droite-

323

saumon. Pour le macho parisien, le parti homo qui arbitre les élégances. Le persécuteur, c'est toujours l'Autre, celui dont on ne connaît à peu près rien et qu'on soupçonne du pire (ainsi l'Arabe aux mœurs inconnues poussant l'autochtone de Provence-Côte d'Azur à un racisme d'autant plus angoissé qu'il ignore tout de l'islam). Et nous sommes toujours l'affreux de notre affreux, jusqu'au jour où. Mon domaine de recherches, tenez, a un champion reconnu, influent, répandu. Raison de plus pour en penser pis que pendre. Cet homologue mieux homologué (le plus dangereux) ne concentre-t-il pas tous les avantages : estampille d'un labo, crédits officiels et moyens de recrutement, haute main sur les commissions, considération d'anciens élèves, de collègues et d'échangistes internationaux, confiance des journalistes, et j'en passe. Une amie commune enfreint les répugnances mutuelles et nous réunit à déjeuner ; patatras ! dans son allée de roses, je découvre un chemin de croix : les subventions coupées une à une ; le chacun pour soi régnant dans l'équipe ; comment il doit donner ses journées entières au trombone et au tampon, sacrifiant son œuvre propre à la carrière de ses protégés qui ne lui en savent pas gré ; bref, il n'en peut plus. Pour lui, c'est moi qui ai le beau rôle et peux me la couler douce : notoriété, irresponsabilité, indépendance. Je tombe de mon haut et lui conte à mon tour la tristounette réalité, sans fioritures. Chacun se démaquille, et regarde l'autre pour ce qu'il est. Cela fait, au bilan, deux singes nus tâtonnant dans la brousse, chacun gesticulant pour sauvegarder un coin de territoire, et comptant sur ses grimaces pour effrayer les deux-trois congénères qui viendraient à menacer leur timbre-poste. À la fin du déjeuner, nous voilà les meilleurs amis du monde.

★

Notre zone de ressentiment, ou zone sensible (là où ça crie quand on appuie), est d'ordinaire la *terra ignota* qui nous ignore, nous. C'est notre territoire interdit : pas celui, tout autour de nous, où nous sommes contestés (qui conteste constate), charcutés *ex professo*, mais celui où nous comptons pour du beurre : revues critiques, magazine littéraire, tel quotidien du matin. Qui nous attaque nous fait encore honneur. L'ami évoque ouvertement nos travaux ; le faux ami les écorche en passant ; l'ennemi pur et dur fait l'impasse. *Not a word*. Lui, il anéantit sans se salir, car le silence, c'est le bonheur du meurtre sans les ennuis. Chacun a sa Carte du féroce, avec au milieu une tache noire : la zone snobante et homicide. La mienne porte le nom de *postmoderne*, et recouvre sur le planisphère les États-Unis d'Amérique du Nord. La mouvance recoupe la métropole : nos penseurs les plus en pointe (qui tiennent, *grosso modo*, que la vérité objective n'existe pas, que l'histoire n'a pas de sens, que le monde est un jeu de langage et de miroirs où chacun peut se construire sa cabane au Canada, avec les matériaux de réemploi qui agréent le mieux à son désir) ont en commun une même base de ralliement et lancement : les colloques, campus, fondations, galeries et musées du Nouveau Monde. Je puis m'en sentir exclu, les autorités américaines m'ayant pendant vingt ans refusé tout visa d'entrée à la terre promise. Aujourd'hui encore, où les Français n'en ont plus besoin, chaque incursion au septième ciel des neurones (le cœur, lui, a ses raisons...) se paie d'une épreuve de passage en forme d'interrogatoire, dans les bureaux de la police d'immigration de Kennedy Airport. Elle me met en présence d'un jupitérien et impavide *immigration officer* dont la face rubiconde surplombe une falaise en formica du haut de laquelle déboulent d'interrogatifs mais elliptiques aboiements que mes réponses en petit nègre vont bientôt rendre douloureusement énigmatiques. Tous ceux dont notre sort dépend semblent mettre un malin plaisir à se faire contempler de bas en haut. Ma tentative d'entrée en Amérique, coup de poker manqué une fois sur deux, a pour cadre une salle d'inspection sans fenêtres, éclairée *a giorno* (remplissant la même fonction auprès des pouilleux et suspects aérotransportés que naguère, de 1892 à 1924 exactement, Ellis Island auprès des Italiens et Irlandais affamés débarquant du bateau à quelques encablures de la statue de la Liberté — acceptation ou refoulement au vu de la mine et des antécédents). L'enjeu, rien de moins que le franchissement de l'enceinte sacrée (le *pomerium* new-yorkais), me rend assurément plus fébrile que de savoir si je pourrais ou non accéder à une représentation d'*Andromaque* à la Comédie-Française, quoique la surélévation du cerbère en uniforme me rappelle incoerciblement celle des toutes-puissantes divinités en frac et papillon blanc qu'on devine en haut de leur guichet dans les halls des théâtres parisiens (et qui forcent le suppliant à se mettre sur la pointe des pieds, à tendre un bras humain trop humain vers le *Deus absconditus*, à agiter frénétiquement la main quelques minutes jusqu'à ce que vienne, ou non, s'y glisser, on ne sait d'où tombé ni comment, un miraculeux sésame de carton blanc se passant de tout commentaire, mais dont la simple palpation nous inspirerait volontiers une action de grâces si nous ne devions nous précipiter aussitôt au deuxième balcon car la troisième sonnerie vient de retentir). Ici, l'hercule en uniforme ne cèle pas son courroux. C'est que vous n'êtes pas le premier à comparaître devant le surhomme. Vous avez déjà attendu deux bonnes heures sur un banc, avec le fond de cale de l'humanité migrante, en dessous de la ligne de flottaison du tourisme innocent, disons un vraisemblable et patibulaire narcotrafiquant colombien, un rescapé de Hong Kong manchot et sans passeport, une improbable famille de Yéménites à turbans, cabas et marmaille. Quand votre nom a retenti dans le haut-parleur, vous vous êtes présenté devant votre juge, prêt au pire, avec une tête de suspect tant la contre-plongée (déjà bien exploitée par le Dieu de la Bible et les inspecteurs des impôts) pousse à la faute le nabot en examen qui ne montre que patte grise. Vous aviez cru malin,

sur la carte de débarquement, de cocher la case
« Vous a-t-on déjà refusé le visa ? », puisqu'un
mensonge vous eût exposé à vous voir remis illico
dans l'avion, sans deuxième chance. Le vin tiré
sera donc bu jusqu'à la lie : ordinateurs grésillants,
conciliabules entre collègues, apartés, télépho-
nages cryptés, plus une bonne demi-heure de
questions-réponses — « *Speak normal, please, speak
english* » — sur la nature de vos contacts sur place,
adresses et téléphones vérifiés sur-le-champ, avec
l'inévitable et fatidique question : avez-vous ou
non, et si oui depuis quand, l'intention d'assassi-
ner le président du monde civilisé ? Vous faites non
de la tête, sans vraiment convaincre. Vous vous
demandez déjà comment repousser l'instant de la
fouille intime, celui où il faudra vous baisser en
écartant les fesses pour qu'on sache si vous ne
cachez rien de barbare, ou d'antiaméricain, dans le
rectum ; ce moment tant redouté, finalement,
n'arrive pas. Au-dessus de son parapet, le colosse
se met à rayer et tamponner votre passeport en
crachant son chewing-gum, pointe le menton vers
la sortie, son index excédé vous enjoignant de
déguerpir, et vous vous enfuyez sans demander
votre reste, des alléluias plein la tête.

Ce n'est pas cher payer pour accéder à la plus
haute nef : un colloque de premier niveau dans
une université du Massachusetts. Cérémonie pro-
pitiatoire et légèrement cocasse qui place côte à
côte derrière un pupitre de chêne clair, éclairé par
une lampe à bras articulé, cinq ou six *professors*

dont chacun va lire en avalant les mots et d'une voie neutre son *paper*, sans lien aucun avec le précédent ou le suivant (l'esthétique des cimetières postmodernes juxtaposant sans transition la valeur du *e* muet dans *Les fleurs du mal*, le sens des feuilles d'acanthe chez Matisse, et enfin le concept de mémoire chez le premier Freud), devant des ouailles mi-indulgentes, mi-indifférentes, d'un sérieux appliqué, d'une bonne volonté à toute épreuve, et dont les applaudissements placides ponctuent la fin de chaque intervention d'un point-virgule délivrant à l'orateur le dont-acte discret d'une fin d'exercice. Ce n'est qu'un certificat sonore d'assistance (sinon d'écoute), l'équivalent estudiantin du rire préenregistré des studios de télévision (saccade en moins), dépourvu de ces marques d'approbation ou de plaisir, des connotations chaudes ou froides auxquelles est habituée l'oreille européenne. Ces liturgies à thème quelconque, où l'officiant venu d'Europe, étourdi d'impunité, s'enivre du sentiment de pouvoir proférer n'importe quoi sur n'importe quoi, sans choquer ni d'ailleurs intéresser quiconque, pourvu qu'il respecte (endure ou savoure) l'ecclésiastique enchaînement des séquences d'avant-messe, à savoir, en chant d'entrée, la présentation hyperbolique de l'orateur par le meneur de jeu (avec l'interminable liste de ses publications dont chacune a bouleversé la planète), puis le *starting-joke* en signe de croix, suivi du projecteur de diapos qui tombe en panne. Brève récréation, après quoi le concélébrant procédera, en lavabo, aux invocations liminaires des autorités canoniques (Lacan, Foucault, Baudrillard, Derrida, Lyotard, Kristeva, Paul de Man, etc.), obligations de pure forme (on peut inventer) mais sans lesquelles sa propre *lecture* deviendrait aussitôt suspecte et même physiquement inaudible (le mieux est de regrouper les citations en préambule pour maximiser la *captatio benevolentiae* et n'y plus penser), et après lesquelles n'importe quel commentaire évangélique devient possible, et l'exégèse contraire aussi, jusqu'à l'optimiste vœu final de compréhension et respect mutuel, en baiser de paix. À ces offices, l'important, pour un catéchumène débarquant du *limes*, est de participer — d'y avoir été vu, du moins officiellement prévu. L'Amérique vaut bien une messe.

Pas de chance : c'est notre arche de Noé qui m'impose cette kafkaïenne montée au château. C'est la grande île médiane et médiatrice des cinq continents où les bibliothèques sont le mieux achalandées, ouvertes de huit heures à minuit et les bouquins en libre accès ; où se retrouvent sur les campus les meilleurs cerveaux de la terre, les plus grands poètes et romanciers (et notamment les francophones des Antilles et de Haïti, que la République française ne sait plus accueillir), avec les revues les plus pointues, les catalogues les plus exhaustifs, les *boards* les plus attentifs, les autochtones les plus ouverts, la conférence à deux mille dollars et le *working paper* à mille. On me dit Harvard, Berkeley, Stanford, Columbia, Princeton, et j'entends Samarcande, Trébizonde, Ispahan, Césarée, Palmyre. La *Charles River* est mon Oronte, le *dean of studies*, mon vizir, le *chairman* un maharadjah, et l'*Ivy League*, l'ultime Orient, notre dernière réserve de songes, d'or et de palimpsestes, à nous les cousins pauvres en crédit. J'en fus témoin, même si je n'ai fait que passer (mon *waver* me limite à huit jours) : dans ces enceintes où gambadent l'écureuil et le Nobel, tout est moquette, acajou et palmier — vitres teintées, assistants empressés, chèvrefeuille odorant. Tout s'y conserve de notre Europe disparue, tout de l'avenir s'y annonce, on voudrait vivre et mourir au milieu de ces rayonnages archicombles. Je serais un saint si je n'avais pas pour les vernaculaires qui font des *States* leur deuxième patrie (lesquels les leur rendent bien en les accréditant dans toutes les périphéries) un regard de convoitise. Évoquant ces figures connues et reconnues, ces filières de parrainages et recommandations où l'on s'échange d'*East* en *West Coast* chaires, bourses, articles et conférences, ce sont des vocables exotiques qui me viennent aussitôt sous la plume : *radical-chic, high-life, first-class people, jet-set, New-York Review of Books*. Je n'y entrerai jamais dans ce club sophistiqué et désabusé, ce concentré de vie inimitable (version 1980) dont le brouhaha crypté et cependant décontracté (pour qui a le code) m'évoque de loin — château en Espagne — le vernissage d'une exposition de Mapplethorpe dans la Factory d'Andy Warhol ou un raout dans un loft *downtown*, peuplé de mannequins très classe. Murs et planchers laqués blanc, immenses baies vitrées sur l'*Hudson River*, table rustique et céramique suédoise. Sur le seuil, un videur physionomiste et noir, crâne rasé et boucle à l'oreille, filtrant les invités derrière un huis grillagé, m'écarte d'un signe de tête sans réplique, au seul vu de mon béret basque et de ma baguette de pain. Un national-marxisant, un jacobin scolaire, disciple de Muglioni et d'Althusser, rédigeant à la main, et parlant mal l'anglais, vieux con rose et pompeux chu de désastres obscurs — parfait perdant. Rejeté loin des aréopages multilingues qui font le tri, *de visu*, entre le *in* et l'*out*. On devrait prévoir une assistante sociale pour les modernes tout court, façon hexagone 1960, sans réseau ni glamour. Ils vont bientôt faire la manche, les SDF, à force de zigzaguer disons entre le quai Conti et la Bastoche, aucun des deux môles de l'esprit du temps n'autorisant l'accostage.

*

« Les hommes de l'ombre qui gouvernent le monde » : chacun les siens. On a le droit, et même le devoir, d'avoir des persécuteurs spécialement attachés à notre personne. La fixation paranoïaque est un bienfait des dieux, tant il est rassurant de s'imaginer *black-listed* (au moins, quelqu'un s'occupe de nous). Aussi l'éviction sans phrases hors des cercles *upper-class* — autofiction d'exclu qui me sied à ravir — fait-elle une scène *hard* mais consolatrice, un dédit encore avantageux face aux mises en touche *soft* du quotidien. L'espagnol a un joli mot pour l'évacuation douce : *ningunear*, faire d'une personne personne. Opération involontaire et même inconsciente, dont il serait à souhaiter qu'elle fût ourdie par une véritable — enfin une ! — conspiration du silence. En réalité, *ils* s'en foutent, de ce que nous pouvons écrire, dire ou penser, en contrebas. Qui, *ils* ? Les autres. Mais encore ? Cette pléiade de découvreurs en surplomb qui donne le ton au top, et n'a pas d'yeux pour les archéos des cours du soir, les rétros, les incurables. On se côtoie sans se voir. Ou plutôt nous nous estimons, nous, tenus de les lire, eux, sans qu'ils aient, eux, à se pencher sur nos vieilleries primaires. Le premier exercice nous valorise (sans quoi, d'ailleurs, on n'y procéderait pas), le second leur ferait trop évidemment perdre leur temps. Je m'en rendis compte un jour — ou fût-ce encore complaisance ? — au ton navré, disons à la fois apitoyé, bienveillant et décontenancé — un Zoulou en pagne qui lèverait le doigt dans un amphi aurait semé le même désarroi —, avec lequel un grand philosophe du « post-moderne », courtois s'il en est et plus que talentueux, me répondit : « Non, excusez-moi, je ne savais pas » (que j'avais pu pondre deux ou trois études assez fouillées sur ce qui fait l'objet de son dernier ouvrage, et qui ne figurent même pas dans sa bibliographie). Un mineur s'instruit toujours à regarder le regard ahuri des *majors* qui, avec la meilleure volonté du monde, ne parviennent pas à accommoder sur les marges.

Cessons de nous leurrer. Les sentiments négatifs sont bien vilains. Ce n'est pas une raison pour les sous-estimer. Chez les gens d'esprit, le moche s'avère un bon moteur, et souvent du meilleur. Ces nappes stagnantes et ressassantes font carburer. Et l'on a bien raison d'en vouloir au monde entier car humiliés et offensés nous sommes tous. Par nature et vocation. Quelle œuvre, quelle ascension ne tient pas de la revanche? Voyez nos grands politiques : n'ont-ils pas tous, par étapes, retrempé leur vaillance dans les revers électoraux, les sarcasmes de la presse, les privations de portefeuilles à la dernière minute? Petites ou grandes, les rebuffades fouettent le sang des paresseux ou des distraits. «Ah bon, c'est comme cela? Eh bien d'accord, attendez un peu, on en reparlera bientôt.» Ne peut-on, oui, se droguer de brimades, se recharger à la honte? Nous devrions au fond remercier ceux qui nous ont snobés. À se demander si nos vexations ne sont pas le gisement le plus fécond, le premier tas de secrets à chérir. Pas misérables : énergétiques. Tel le névrosé qui tient à garder ses complexes au chaud et fuit les psychanalystes comme autant d'émasculateurs, le travailleur intellectuel n'a peut-être pas intérêt à soigner ses délires de persécution. Sa cure, c'est d'écrire ou de chercher. Parce qu'à trop les étouffer, les miasmes inavouables risqueraient de l'empoisonner, de s'échapper à la première occasion en bouffées suffocantes, en vapeurs criminelles. Il y aurait un art à inventer — mais cela, n'est-ce pas l'art tout court? — qui consisterait à évacuer le trop-plein en sauvant le ressort, à aérer sans éventer, à livrer en déguisant. Une troisième voie entre l'« exposé d'amertume » à la chinoise, époque Mao, sur la place du village (où se réunissent paysans pauvres et moyens-pauvres pour débiter par le menu, face à l'insolent latifundiste déchu, leurs griefs sur plusieurs lustres accumulés), et le journal intime à la Drieu la Rochelle, la cuisson à petit feu de l'ignoble, l'alambic de la haine. Le romancier recalé à tous ses examens avait, comme tout le monde, sa zone interdite : le monde universitaire. Son point d'horripilation, son repoussoir : les normaliens radicaux ou juifs, les élèves d'Alain, la république des professeurs qui « tiennent maintenant toute la France et la littérature ». De ces réseaux d'influence « enjuivés » (et non encore « américanisés ») — journaux, revues, éditeurs, agences de presse, ennemis et tièdes —, il dressa un compte méticuleux à l'heure des listes de proscription, en juin 1940, pour liquidation définitive et sans phrases. Ordre du jour du 21 juin : « Supprimer Normale et Agrégation. Réduire l'enseignement secondaire, supprimer toutes les facilités d'examen, de bourse, de compensation. Transporter les grandes écoles et la Sorbonne en province. Briser l'esprit de Polytechnique et de l'Inspection. Ravager les rangs des instituteurs... » Drieu, face à lui-même, mange le morceau — « détruire, ravager, renvoyer, frapper, poursuivre, épurer » reviennent sous sa plume en leitmotive. « Quant à la NRF, elle va ramper à mes pieds. »

Par chance, si on peut dire, l'homme était anti-sémite, ce qui nous permet d'imputer à une abjecte névrose d'assez communs délires l'arrière-fond criminogène des écritures d'idées. Voilà ce que grossit à la loupe la levée des censures qu'autorisent l'état de guerre et un talent morbide, passant ainsi de l'oblique sournois à l'affichage convulsif. Un peu de franchise, entre nous : quel besogneux de l'universel, si sain d'esprit soit-il, n'a-t-il pas ses petites casseroles sur le feu, guerre ou paix ? Parmi les très nombreuses raisons qu'un citoyen peut avoir de redouter l'accès des « intel-lectuels » aux leviers de commande, je n'en vois pas de plus constante que celle-ci : voir utilisé l'État (ou les bureaux ou le Parti ou le bras séculier du jour) à des fins quelque peu fétides... De cela au reste, je fus moi-même asticoté, comme conseiller élyséen unanimement accusé de vouloir régler ses comptes avec le responsable d'une excel-lente émission de télévision qui ne lui faisait pas assez de place (l'interprétation basse est la pre-mière qui nous vient à l'esprit). Les apparences, avouons-le, m'étaient contraires ; et les alarmes de Bernard Pivot fondées sur assez de précédents pour légitimer la surinterprétation d'un propos malheureux tenu à titre privé et dans un coin perdu devant des écrivains québécois sommeillants (à un moment où, Paul Guimard partant, j'avais écopé au Château l'intérim du « culturel », avant qu'Erik Orsenna ne reprenne enfin les choses en bonnes mains). Je dus à ces mots malheureux — m'en prendre à l'un des hommes les plus populaires de France — de devenir (j'étais déjà doué) l'un des plus antipathiques. C'est justement par crainte des mesquineries inhérentes à notre condition que j'avais dès mon arrivée à son Palais demandé au chef de l'État de servir exclusivement dans les relations internationales, laissant à de moins immatures et plus imaginatifs le poste toujours suspect et ô combien fastidieux de « conseiller à la culture ».

Ultime péril : obtenir enfin satisfaction. Car, principe de Peter oblige, c'est à l'extinction de ses capacités divinatoires que le marginal aura les meilleures chances d'être promu prophète. N'importe quel milieu tend à distinguer l'original à partir du moment où, devenu indistinct, il lui ressemble assez pour ne fâcher personne. Par quoi le zénith d'un auteur n'est pas celui d'un pays : pour l'individu créateur, il n'y a presque jamais coïncidence entre son temps de fécondité et son rayonnement extérieur, comme il en va pour les nations. Sa période d'invention précède ordinairement sa renommée ; il est plus rare qu'elle lui survive. Sans doute peut-il y avoir, quand le cheveu grisonne, superposition entre une idée fixe (l'État de droit, l'écologie, la complexité, le sacré, etc.) et un nouvel air du temps subitement porteur — conjonction d'astres qui se met à remplir la salle sans que l'acteur ait à changer de livret, de costume ou de ton. Ces mises en phase un peu miraculeuses récompensent chaque année des vétérans longtemps méconnus, octogénaires soudain portés sur le pavois avec d'autant plus d'empressement que la critique et le public veulent se faire pardonner un demi-siècle d'indifférence. Mais en règle générale, c'est quand la veine s'affadit, quand l' « auteur difficile » consent à amener les couleurs ou à vouloir faire plaisir que surviennent l'envol des ventes, les numéros spéciaux, les thèses et les hommages. Mieux vaut, il est vrai, pour que cette chute de tension paie convenablement, qu'elle ait été précédée de longue date par une œuvre réputée ardue, prémonitoire et méritante – car l'ombre d'une falaise de marbre à contre-jour donnera son aura au nouvel « incontournable » des émissions, cérémonies et discours de clôture dont nous pleurerons bientôt la trop précoce disparition. Il me semble toutefois, si le grain de sel est permis, qu'à la lecture d'un article élogieux, à la réception d'un bristol cadré d'or, à la lettre par porteur nous proposant promotion ou décoration, il y aurait plutôt sujet de s'inquiéter que de se monter la bobèche. Ce serait même le moment parfait — mais peut-être sera-t-il trop tard ou jugera-t-on le temps venu de « profiter un peu » — pour prendre la poudre d'escampette, en laissant à plus ambitieux, ou à mieux équipé, la tenue en haleine d'une clientèle, l'exploitation boutiquière d'une marque déposée.

Post-scriptum 2

Lettre à un ami anglais
sur une entreprise des plus bizarres

Dans quel rayon de librairie, sous quel panneau de signalisation situer ces essais de *médiologie* que tu as bien voulu préfacer ? Comment présenter ce petit monstre à des anglophones ? *Media studies* ? *Cultural studies* ? *Humanities* ? Ne sachant déjà comment les rendre présentables en France, et conscient des périls que courent les idées à traverser la Manche, je t'avoue un certain désarroi. L'angle d'attaque semblera à tes compatriotes *typically french*. Passons sur la forme : ce que vous appelez le brio parisien, l'empreinte du salon et des causeries, le côté oiseau sautant de branche en branche. Plus grave est le sujet. La dynamique transformatrice des idées, c'est la difficulté dont le médiologue voudrait faire un *problème* (soit la moitié d'une solution). Comment une idée devient force matérielle ? Et dans quel état se retrouve-t-elle après ? C'est bien un problème pour Français, direz-vous. Une anxiété de doctrinaire prétentieux. La question de savoir pourquoi Jésus s'est finalement « emparé des masses », et non Mani le Mésopotamien ou le dieu Mithra, le concurrent direct du Christ, me paraît digne d'intéresser tous les chrétiens, mais admettons. Les métamorphoses pratiques d'une abstraction : oui apparemment, un souci « continental », qui sent son *Voltaire and Co*, l'*opinion-maker* sortant de son cabinet pour apostropher les princes et défiler dans la rue. Le marxisme, qui ne s'est pas ancré chez vous (et c'est le genre de questions que se pose un médiologue : pourquoi y eut-il un communisme français et non anglais ?), a renchéri en ce siècle sur le trouble-fête des deux derniers en produisant l'« intellectuel révolutionnaire », l'idéologue qui avait de la suite dans les idées et qui voulait que ses thèses se traduisent en grève générale ou en insurrection. Thomas More a inventé l'île d'Utopie, mais c'est chez nous, finalement, que le socialisme utopique a fait florès. Tu connais la définition qu'a donnée Napoléon d'une révolution : « une opinion qui trouve des baïonnettes ». Un avocat qui trouve un général. Vous diriez : une tête d'œuf, une tête brûlée. D'où la tournure toujours emphatique de nos embrasements, qu'on dit moins productifs que vos réformes laconiques, mais qui se veulent généralistes (nous disons « universels »). Une politique littéraire, et des littéraires politiques : cette toile de fond conduit naturellement à se demander comment des mots et des images peuvent faire bouger des choses et des gens. L'« efficacité symbolique » ne peut que tarabuster le ressortissant d'un pays où « c'est la faute à Rousseau » si l'on roule dans le ruisseau, « la faute à Voltaire » si l'on tombe par terre, à Zola si Dreyfus est acquitté, à Sartre si Diên Biên Phu est tombé et à Malraux si Paris est devenu tout blanc. *Les origines intellectuelles de la Révolution anglaise* passerait chez vous pour un titre saugrenu ou provocateur, alors que notre passé nous autorise à nous demander sérieusement — celui des Russes et des Israéliens aussi — si et comment les livres font les révolutions, et un congrès d'intellectuels sionistes à Bâle, un nouvel État. C'est la tradition jacobine que le mouvement de pensée précède, et entraîne le mouvement de foule ou d'État. D'où la curiosité pour les charnières, les points d'embrayage, les dynamiques qui mutent une feuille de chou en barricade. Les sujets de Sa Majesté sont plus *matter-of-fact*, et le protestantisme, où l'on peut lire la Bible sans prêtre imposé, minore le rôle des intermédiaires. On pourrait appuyer sur la chanterelle et trouver dans l'accent mis sur tout ce qui relie, relaie et unifie un héritage apostolique, catholique et romain. Cette volonté de tout faire tenir ensemble, ce besoin d'organicité sent peut-être son papiste. Nous sommes, intellectuels latins soucieux du bien commun, religieusement sensibles aux bienfaits de l'unité, notamment de l'âme et du corps. L'idée de « relier dans un faisceau commun les hommes, les événements, les techniques et les croyances » — que Gramsci prête aux « intellectuels organiques » — suggère qu'une pensée du monde qui n'est pas une transformation du monde est une pensée futile. Du clerc majeur au membre du Comité central, la route était toute droite. Henri VIII vous a fait bifurquer à temps. Beaucoup de libéraux, chez nous, ne se consolent pas de vivre dans un pays qui a manqué la sortie protestante. L'anglicanisme, il est vrai, prédispose les théologiens à une certaine modestie, et votre droit coutumier aux libertés individuelles. Cela dit, on ne se refera pas, et vous non plus.

N'en conclus pas qu'un médiologue se sent en France comme poisson dans l'eau. Il est typique par son interrogation et atypique par ses solutions. C'est un hybride franco-britannique, un exilé de l'intérieur. À une question de type français (que peut la pensée?), il cherche des réponses de type anglo-saxon (comment ça fonctionne, combien ça coûte, quels effets cela produit?). Il fait sien votre pragmatisme : *the making of*. Du Christ, de Lénine, de Diana, d'une image, du tourisme, d'une philosophie mondialement connue. C'est factuel, trivial en diable, sans parti pris ni pathos. On parle cartes, supports, itinéraires, véhicules. À partir d'observations comparatives. Et sans respect pour les hiérarchies. En France, quand on s'intéresse aux voies et moyens et non aux Valeurs et aux Fins, on est à peu près sûr de passer pour un plouc aux yeux des métaphysiciens, qui dédaignent les impedimenta, sans cesser d'être un éthéré aux yeux des praticiens, qui dédaignent les phraséologies. Trop bas de plafond pour les penseurs de haut vol et trop cultureux pour ceux qui ont les mains dans le cambouis. Tant qu'une physique de la culture n'a pas construit son propre mobilier, elle ne peut que faire asseoir des adeptes entre deux chaises.

Dans la philosophie que vous appelez « continentale » (pour l'opposer à la tradition analytique), c'est le même porte-à-faux. Elle balance chez nous entre deux pôles, épistémologie et morale, le concept et la conscience, les idéalités mathématiques et les comités d'éthique. *Non tertium datur*. Dans ce duel ou ce duo, pas de place pour une philosophie de l'objet, qui serait le troisième larron. Nos grosses têtes ne prêtent guère attention à la culture matérielle et au fait technique. Soit elles l'exorcisent avec Heidegger, soit elles le banalisent avec Descartes — je fais vite. « Objet, cache-toi. » Un philosophe parmi nous fait exception à la règle. Il a fait sien le parti pris des corps et des choses — comme Francis Ponge en poésie. C'est un médecin, l'héritier de Bachelard. Il s'appelle François Dagognet. Il aime et connaît les sciences de la terre, l'esthétique industrielle, les verres, les chaises, les molécules chimiques, les matières plastiques et Marcel Duchamp. Il plaide pour le dehors contre le dedans, pour aborder le dedans par le dehors. Ce matériologue tient qu'« on trouve davantage l'homme à l'extérieur de lui-même qu'en lui-même » et que les choses ne manquent pas d'esprit (ah, si nous mettions autant d'intelligence dans nos livres que les ingénieurs du caoutchouc en mettent dans les pneumatiques...). C'est un auteur original et encyclopédique, qui a longtemps présidé notre jury d'agrégation (où je l'ai connu, en passant la mienne), mais dont tu n'as pas, je parie, entendu parler. Mystère médiologique de l'import-export des concepts. Je pourrais éclaircir celui-ci par une remarque triviale. Dagognet ne peut prendre l'avion. Il a la phobie des voyages. Il reste chez lui. De l'importance des transports physiques dans la transmission théorique. C'est là un détail qu'un Anglais peut prendre en compte. Stevenson dans les Cévennes n'oublie pas son âne Modestine, ni Sterne dans son *Voyage sentimental* les diligences et les chemins.

Les médiologues aussi regardent par terre. Ce qu'il y a en dessous de nos semelles, c'est ce qu'il est le plus difficile de regarder, quand on marche ou roule dans un pays civilisé et bien équipé. La logistique nous crève les yeux. Le médium est d'ailleurs fait pour disparaître, une bonne route est celle qui glisse sous les pneus, la médiation se cache dans ce qu'elle permet, obscure et silencieuse. Une transmission fonctionne bien dès lors qu'elle passe inaperçue. Il s'ensuit que dégager sous le produit fini les médiations qui l'ont produit (techniques, sociales ou intellectuelles) nous paraît contre nature. Sur l'échiquier national des *cursus*, la diagonale du fou est prohibée. Et le drolatique déconseillé. Dommage, car l'univers technique recèle un *humour objectif* très « british ». Nos inventions font en général le contraire de ce qu'on attendait d'elles. Le réfrigérateur et la Jeep, fleurons des pays impériaux, ont servi à ruiner les empires coloniaux. Le premier a remplacé la concubine par l'épouse légitime au domicile de l'administrateur colonial, qui a donc désappris la langue locale. Le second l'a coupé de l'arrière-pays en limitant ses déplacements aux chemins carrossables de la côte, le coupant plus encore des populations. Personne n'avait prévu, quand la dynamo fut inventée, en 1871, que l'électricité pourrait un jour remplacer la machine à vapeur. Le téléphone était un gadget patronal, la télégraphie sans fil un joujou pour militaires, la photo un accessoire d'archéologues et le cinéma une attraction foraine. Les révolutions politiques font l'objet d'attentes interminables et de programmes méticuleux, mais elles font régulièrement faux bond. Les révolutions techniques sont inattendues et non programmées mais elles arrivent à point. Nos raccourcis *up-down* font sourire, entre saugrenus et inconvenants. C'est pourtant vrai que la bicyclette, événement culturel décisif, a jadis poussé la cause des femmes, comme le micro-ondes, aujourd'hui, celle des célibataires. J'ai entendu et lu maints cours et livres sur la naissance du Dieu unique. Je n'ai pas vu mentionner que le monothéisme est le seul mode de transport du divin adapté au grand nomadisme pastoral. Quand on doit suivre ses troupeaux en terrain désertique, on ne peut emporter avec soi des autels, des statues ou des temples de pierre. On concentre tous les dieux en un et on le replie dans un petit rouleau de papyrus portable à dos d'âne ou de chameau. Du monothéisme comme article de voyage : thèse médiologique. Malheureusement, l'histoire des religions est chose noble, et celle des transports, bien roturière. Ce ne sont pas créatures du même monde. On cloisonne. Les torchons ici, les serviettes là.

La *cross-fertilization*, tu l'as compris, n'est pas notre fort. Vos intérieurs biscornus, vos jardins faussement abandonnés, vos croisements ethnologiques et botaniques vous entraînent mieux à un certain réalisme baroque. Vos grands historiens mêlent sans difficulté l'histoire des techniques et des civilisations. C'est naturel pour quiconque estime que les philosophes manquent par trop de sens historique et les historiens de sens philosophique. Le français, en revanche, doit se *caser* à tout prix, et où est-on mieux qu'au sein de sa famille? On a du mal à s'expatrier. Vous avez inventé le voyage, le grand tour éducatif — des villes d'art et des mœurs. Nous, nous bêchons notre lopin, chacun le sien, et ce nouveau chantier intellectuel coupe à travers champs. Un pied dedans, un pied dehors. (Personnellement, j'ai toujours trouvé excellent que des universitaires fassent du reportage, que les opposants aillent au gouvernement et les activistes au monastère, pour de longues pauses contemplatives, comme font ministres et businessmen en Birmanie.) Feu sur les casemates. Mot d'ordre pour la tour de Babel : circulez, y a tout à voir. Nos alvéoles nous étiolent.

Pas étonnant que les deux tiers de ma bibliothèque de médiologue soient en anglais. Harold Innis (« si la Première Guerre mondiale peut être vue comme un clash entre le journal et le livre, la seconde fut un clash entre le journal et la radio »), McLuhan, bien sûr, Raymond Williams, Elizabeth Einseinstein, Benedict Anderson, Walter Ong, Robert Darnton, Eric Havelock, Jack Goody, Neil Postman, et j'en oublie. Ils viennent certes après Walter Benjamin, l'Allemand de Paris qui eut la bonne idée de se demander non pas si la photographie était un art mais ce qu'elle avait changé dans notre pratique de l'art. Le tiers restant (chacun ses limitations), ce sont des écrivains du cru, de Diderot à Valéry, en passant par Balzac, Hugo et Mallarmé. Romanciers et poètes ont un flair particulier pour détecter le trois fois rien crucial. Balzac, par exemple, a d'emblée compris ce qui se jouait dans le passage du papier de chiffon au papier de bois : la démocratie d'opinion, avec ses journaux et affiches. Valéry a annoncé les « sociétés de distribution de réalité sensible à domicile », bien avant que n'apparaissent nos chaînes de télé. On oublie trop le sens pratique des écrivains, et leur instinct d'observation qui déniche le nouveau sans le formaliser.

Tu me demandes si cette bizarrerie, la médiologie, est déjà une discipline. Un *department*, un *field*. Je puis t'en répéter la définition sur le papier : « la discipline traitant des fonctions sociales supérieures dans leurs rapports avec nos outillages de transmission et de transport ». Mais une problématique de recherche sans pédagogie, cela ne fait encore que la moitié du puzzle. Je te réponds donc : c'est plus qu'une lubie de *Frenchie* intello car elle a sa cohérence, son lexique, ses références ; car l'exercice se pratique dans beaucoup de pays et depuis plus de deux cents ans (l'invention plutôt tardive d'un mot n'est pas une preuve d'originalité) ; car c'est déjà un point de rendez-vous pour des esprits très différents et polyvalents. Mais ce n'est pas une discipline de plein exercice. Au fait, qu'est-ce qu'une discipline ? C'est une matière enseignée, soit un décret d'inscription à l'organigramme officiel des matières ; c'est là une affaire de politique, non de science. Elle dépend de l'organisation de l'enseignement public, laquelle dépend de l'État, aux termes de notre Constitution. Les disciplines n'existent pas en soi : elles ont été créées par et pour l'école ; le mot même, au pluriel, en français, n'a qu'une centaine d'années, quand il s'est transporté dans le monde de l'éducation. N'oublie pas que les disciplines sont, comme la vérité, filles du temps ; elles ne naissent pas adultes, armées de pied en cap, comme Athéna du crâne de Zeus. Elles se cherchent. C'est long et laborieux. Il faut du temps aux troncs pour prendre acte que des branches leur poussent. Elles sont jalouses, les tutelles. Dans l'enseignement français, où le bac technique est le moins considéré, la philosophie a attendu soixante ans avant de lâcher sa fille ingrate, la sociologie, et la biologie a mis à peu près le même temps pour laisser l'écologie vivre sa vie. On aurait tort d'être pressé. Notre petite médiologie, que tu pourrais comparer à une écologie de la pensée, sera peut-être un jour à l'histoire ce que l'écologie est à la biologie : une branche originale, non pas indépendante mais autonome.

Pour en revenir à la question des cases, voici mon sentiment. Pour la médiologie, *media studies* serait un contresens. Les instances de médiation visées par notre *medio* débordent dans le temps et l'espace les mass media, où j'ai du mal à voir un objet consistant de réflexion. Peuvent transmettre une Église, un parti mais aussi un musée ou une académie; des techniques ou des formes culturelles (comme le rite de l'homélie dans la synagogue qui a déterminé de l'intérieur la proclamation chrétienne), aussi bien que des objets ou des supports matériels (le rouleau, le codex, la télé). Les opérations de transmission — qui servent à transporter l'information dans le temps — sont infiniment plus complexes, et je crois intéressantes, que nos actes de communication. Le christianisme ne s'est pas transmis par mass media, ni le marxisme ou la psychanalyse par le téléphone ou le journal. *Cultural studies*? On en serait plus près, mais le terme a pris dans le monde anglo-américain une couleur polémique singulière, pour le multiculturalisme et les cultures minoritaires, contre les mâles blancs hétéros et presbytériens — débat qui n'est pas vraiment le nôtre... ; et l'accent mis sur le côté technique des choses, comme sur les technologies de l'intelligence, nous écarte de l'approche purement politique des constructions culturelles. *Technology*? C'est d'abord le monde de l'industrie et des machines, alors que nous devons y inclure des machines immatérielles comme l'écriture. *Humanities*? Trop vaste pour faire sens.

S'il y avait une réponse toute prête à ta question — où nous situons-nous? —, on n'aurait pas eu besoin d'inventer un mot. Les néologismes sont des coups de force banals et parfois nécessaires, qui, après coup, n'étonnent plus personne (le mot de *sociologie* n'existait pas avant 1837, ni celui d'*écologie* avant 1867). Cela arrive chaque fois qu'un problème apparaît qui excède et transgresse les boîtes à outils disponibles. La *sociologie* ne s'occupe guère des équipements techniques, que le partage universitaire des disciplines a fait tomber du côté de l'*économie*; elle privilégie les usages sociaux, sans s'intéresser aux dispositifs eux-mêmes. L'*histoire des mentalités* — l'équivalent en partie de vos *cultural studies* — sous-estime les matérialités, et décrit des ensembles stables, non des mutations ou des genèses. L'*histoire symbolique* est passionnante, mais bien dédaigneuse des ruptures techniques. La nation est une communauté imaginée, oui, mais les images évoluent, comme les véhicules. La peinture et le trot du cheval ne produisent pas le même territoire ni la même mémoire nationale que le cinéma et l'automobile, pas plus que la projection publique sur grand écran n'est la diffusion intimiste sur le petit. L'*histoire des idées* se demande d'où elles viennent, et pourquoi; et nous, où elles vont, et comment. On pourrait continuer le *listing*. Ce n'est pas pour faire mode et par outrecuidance, c'est pour répondre à une carence qu'il a fallu risquer un petit pas de côté. Dans le magasin des disciplines offertes en devanture aux étudiants, la question que nous nous posions ne figurait pas. C'est à l'intersection que les choses se passent. Comment nous sommes devenus touristes? Par l'alliance de la roue et du stylo, de l'automobile et du récit de voyage. Il faut donc mettre les Ponts et Chaussées et les poètes aux semelles de vent face à face. La gymnastique intellectuelle consiste ici à faire se rencontrer des gens, des corps de métier, disons des milieux qui ne se fréquentent pas. C'est quelquefois cocasse, souvent fécond. La médiologie, comme on l'a dit jadis de l'ethnologie, « n'est pas une source particulière de connaissances, mais un mode original de connaissance ». Elle dépayse des choses archibanales ou familières : le théâtre, le vélo, le papier, la route, ou la nation (pour reprendre les thèmes traités par nos

Cahiers de médiologie). En traitant une innovation technique comme un fait culturel, et un fait culturel comme un résultat technique. Au lieu de le prendre de haut avec la « société du spectacle », Daniel Bougnoux, leur rédacteur en chef, scrute les divers dispositifs de mise en espace. On ne peut plus disserter sur la guerre et la mort sans évoquer ce que la photo, puis la télévision ont changé à notre acceptation de la souffrance et du sacrifice. Tu es bien placé pour savoir que le remplacement de la représentation par la présence immédiate et chaude du *live* a modifié non seulement la vie privée mais la crédibilité politique des Royals en Grande-Bretagne, au point de déstabiliser le système monarchique. Que se passe-t-il avec l'Église catholique quand elle croise le tube cathodique ? Avec le tableau noir, quand il rencontre l'ordinateur ? Comment le neuf modifie-t-il le vieux ? Rien de plus fécond que la rencontre du parapluie et de la machine à coudre. Plus qu'un site, l'entreprise réclame un *style* — transversal, impertinent et riche d'interférences. Des historiens, avec et dans la foulée des *Annales*, ont çà et là mis en continuité le monde matériel et le monde symbolique. Il me semble qu'on peut produire des modèles d'analyse à la fois plus pointus et plus larges susceptibles d'accélérer le mouvement.

Une discipline émergente, c'est à chaque reprise un petit mur de Berlin qui s'effondre. Une ancienne frontière s'efface, de sorte qu'une bordure floue et négligée devient l'axe directeur de la recherche. L'interstice devient l'objet même ; le frontalier, central. Que fut la sociologie en son temps sinon le renversement du mur séparant jusqu'alors l'individuel du collectif ? Existaient, d'un côté, les moralistes, psychologues, philosophes — décrivant et expliquant les passions, les caractères, les vices des individus; et, de l'autre, des juristes, des historiens et des philosophes de l'histoire étudiant la raison des États, la grandeur et la décadence des empires, les variétés de république. Jusqu'au jour où l'on s'est mis à aller et venir entre l'état des sociétés et l'intimité des personnes (leur mémoire, leur suicide ou leurs façons d'aimer). L'*écologie* (terme forgé par Haeckel, l'inventeur du pithécanthrope) a montré qu'il y avait des liens complexes entre les différentes espèces végétales et animales, et les sols, milieux et territoires sur lesquels elles vivent. Elle a abattu le mur entre le vivant et l'inerte. Ce qui n'a évidemment pas invalidé les travaux des botanistes et des zoologistes, ni ceux des géologues et des géographes. Avant la sociologie, l'individuel se définissait par opposition au social, comme le vivant du vitaliste par opposition à la matière chimique. Jusqu'au moment où le *contre* ne suffit plus et où il faut aborder l'*avec* (ou les relations de l'organisme *avec* l'environnement). En médiologie, sur le terrain de la culture et non de la nature, on raccorde le noble au trivial d'après le principe que les formations culturelles sont asservies à leurs support et méthode de transmission (comme les « communautés biotiques » le sont à leur environnement « abiotique »). À ceci près que la résistance à l'approche médiologique sera beaucoup plus forte qu'à l'écologie, dans la mesure où la culture des hommes libres s'est toujours pensée *contre* la technique des esclaves (deux mille cinq cents ans de réflexes conditionnés, depuis les Grecs). La tradition humaniste consiste à en appeler aux humanités contre les machinistes, à « l'homme contre les robots ». Comme s'il pouvait y avoir une humanité historique sans une machine-écriture. Rien n'est nouveau, je te le concède, de part et d'autre du mur. La seule nouveauté, c'est qu'il n'y a plus de mur.

Et dans quel but, tout ceci? À quoi bon une énième *logie*? Je comprends d'autant mieux ta question que je ne ressens plus d'attirance pour l'attirail savantasse des jargons. Un projet politique et moral a gonflé jadis les voiles de la sociologie — restaurer la cohésion sociale, à défaut d'une religion civile. Une idolâtrie de la Nature n'est pas très éloignée de l'écologie, et l'esprit public ne distingue toujours pas bien les *écologues*, qui étudient la dynamique des populations, cause scientifique, des *écologistes*, qui défendent l'environnement, cause sociale. Peut-être attends-tu du médiologue un engagement analogue pour la bonne cause : pour la sauvegarde des langues minoritaires et des films d'auteur, pour la gratuité sur Internet, contre les multiplex abrutissants, la publicité sur le bord des routes... Après tout, les ethnologues ont été les premiers à faire campagne contre l'éradication des réserves indigènes par les multinationales. Qui étudie l'effet d'une marée noire sur une population de pétrels sera instinctivement porté à demander une réglementation du dégazage dans les couloirs maritimes. L'échouage du *Torrey Canyon* en 1967 a stimulé les équipes en écologie scientifique, comme la colonisation de l'audiovisuel par les lois du marché a stimulé la recherche en *infocom*. Qui découvre les retombées des photocopieuses sur l'édition scientifique ne peut que s'associer à ceux qui veulent réglementer le photocopillage. De la description à l'intervention, il n'y a qu'un pas, comme de la théorie à l'action. Pour nous, c'est d'autant plus naturel que le besoin de comprendre n'échappe pas à la crainte de perdre. Ce qui tient le rôle de l'*étonne-ment* devant l'Être pour le philosophe, c'est pour le médiologue l'*angoisse* devant le déclin. Le vertige de disparition conduit à interroger des modes de transmission qui nous semblaient jusqu'alors aller de soi. La Révolution française a détruit les assises du consensus, comment le restaurer ? La pollution industrielle précarise les équilibres naturels, comment les sauvegarder ? L'accélération et l'informatisation démolissent l'« Ordre des livres », comment ne pas perdre la mémoire ? Le pathétique sous-jacent à l'enquête écologique (notre espèce va-t-elle survivre ?) l'est aussi à l'enquête médiologique (la transmission des valeurs est-elle encore possible ?). L'anxiété suscitée par un changement dans les logistiques de la mémoire stimule incontestablement les neurones, et ce depuis Platon (auquel le remplacement de la mémoire orale par les premiers supports écrits a inspiré la première réflexion connue de médiologue sur les méfaits de l'écriture). Comprendre, partout et toujours, c'est comparer. La juxtaposition du neuf et de l'ancien nous donne en ce moment de quoi faire. Cela dévoile le stable comme fragile — le papier, fragile support de l'essentiel — ou l'évident comme arbitraire. L'*info-duc* remet en perspective l'aqueduc de jadis et l'oléoduc d'hier. Du coup, c'est vrai, on a envie de se mobiliser. Pour nos diverses exceptions culturelles, par exemple. Oui, le souci médiologique aiguise la sensibilité aux pollutions de l'esprit humain ; il réveille le militant, mais cette militance n'est pas sa raison d'être. Le pur désir de découvrir suffit à notre bonheur. C'est une joie heureusement cosmopolite, la même à Calais et à Douvres.

Best wishes, honni soit qui mal y pense !

5.

TOMBEAU POUR
UN CENTENAIRE

*Intermezzo madrilène — Il faut savoir terminer
un siècle — Baisser le volume — Un dîner de têtes
chez Balzac — In memoriam : à ceux qui
sauvent l'honneur — Tout ce qu'il faudrait faire
pour ne plus faire l'intellectuel...*

INTELLECTUEL, ELLE [ɛ̃telɛktɥɛl] adj. et n. - 1265 ; bas lat. *intellectualis* 1♦ Qui se rapporte à l'intelligence (connaissance ou entendement). → **moral, représentatif, spirituel.** La vie intellectuelle. → **mental.** ♦ Où l'intelligence a une part prédominante ou excessive. « *Les hommes avides de sensations, voire de sensations intellectuelles* » (Benda). *Vérités intellectuelles.* 2 ♦ (fin XIXᵉ) Qui a un goût prononcé (ou excessif) pour les choses de l'intelligence, de l'esprit ; chez qui prédomine la vie intellectuelle. → **cérébral.** ♦ Dont la vie est consacrée aux activités intellectuelles. *Les travailleurs intellectuels* (opposé à *travailleurs manuels*). *L'élite intellectuelle* (→ **intelligentsia**). ♦ N. *Les intellectuels. La classe des intellectuels.* → **clerc, mandarin.** « *Un intellectuel assis va moins loin qu'un con qui marche* » (M. Audiard, « Un taxi pour Tobrouk », film). *Un intellectuel de gauche.* — ABRÉV. FAM., PÉJ. (1977) INTELLO [ɛ̃telo]. Les intellos. ◊ CONTR. Affectif, émotionnel ; corporel, matériel. 1. Manuel.

— Le prince Rainier signe !

Une amie d'origine allemande avait pris le combiné. Elle exultait en raccrochant.

— Tu as bien entendu ?

— Il vient de me le dire. Contre Franco, tout ce qu'on veut !

On attendait Malraux, c'était Monaco. Fâcheux.

— Alors, moi, je n'y vais pas, lança Foucault, résolu.

Il radicalisait le découragement général. L'intrusion du casino dans la tragédie n'annonçait rien de bon. Aucun de nous ne souhaitait aller s'enchaîner à une grille, au cœur de Madrid, pour distribuer l'appel des Grimaldi et de la Société des bains de mer au soulèvement contre la botte fasciste.

— Tu es sûre que c'était bien lui à l'appareil ? demanda l'un d'entre nous, suspicieux.

— Leprince-Ringuet aurait été mieux…, soupira un troisième.

— Ah oui, c'était lui, excusez-moi.

Ouf! le grand physicien. On l'avait échappé belle. Des rires nerveux fusèrent entre la dizaine de conjurés. Par un soir de septembre 1975, rue de Vaugirard, à Paris.

Quelques jours plus tôt, après une parodie de procès, le régime franquiste avait condamné onze Basques, hommes et femmes, dont deux au garrot. Comment empêcher cette barbarie? Par une pétition, bien sûr, selon les rites. Un texte circulait, les coups de fil s'enchaînaient. Puis vint l'idée, je ne me rappelle plus d'où ni comment, de dramatiser, scénariser le grigri en l'apportant nous-mêmes sur place à Madrid. Encore lui fallait-il du poids. Chaque mois, rive gauche, c'est la chasse à l'oiseau rare, la tournée téléphonique des grands ducs. La peine de mort et les souvenirs de *L'espoir* incitaient à hausser le niveau en remplaçant la centaine de notoires par une poignée d'illustres. Une bonne pétition, c'est beaucoup ou très peu. Effet de masse, au-delà de mille; effet de qualité, moins de dix. Circonstances obligent, on s'en tiendrait à Malraux, Aragon, Sartre, François Jacob et Pierre Mendès France. Un ancien Premier ministre, un prix Nobel, trois monstres sacrés. Qui dit mieux? Impact assuré – à domicile, pour sûr, mais en Espagne?

Distribuer un tract à la sortie de la grand-messe dominicale, sur le parvis de la cathédrale? Le Castillan cul béni n'était pas la bonne cible : étouffement garanti. Tenir une conférence de presse au musée du Prado, devant le *Dos de Mayo*? Venant de Français, cela provoquerait des sarcasmes. Scénarios médiatiques longuement débattus en commun, avec audition de personnalités extérieures. Santiago Carrillo, le leader communiste espagnol exilé à Paris, venu nous rappeler au devoir d'efficacité, toujours désagréable, nous avait demandé quelques précautions de méthode, pour parer aux effets contre-productifs que pourrait avoir notre démarche sur la fierté nationale. Ce rappel aux réalités avait été assez mal reçu. Il nuisait au spectaculaire. Finalement, lecture serait faite du texte dans le salon d'un grand hôtel de Madrid, où l'on aurait réservé des chambres au préalable. Regroupés en « commando », se retrouvèrent finalement porteurs de l'appel Yves Montand, Costa-Gavras, Michel Foucault, Jean Lacouture, Claude Mauriac, le père Laudouze et moi-même. Un plateau comme un autre.

À Madrid, tout se déroula le plus régulièrement et confortablement du monde. À peine Montand avait-il commencé, à l'heure du déjeuner, au dernier étage de l'hôtel Torre, à lire d'une belle voix chaude notre appel, devant un parterre clairsemé de correspondants et journalistes amis, que la police en civil fit irruption dans le salon, interrompit notre performance, et nous rembarqua dare-dare, direction aéroport. Foucault jubilait, avec sa bonne humeur habituelle, avivée par la flicaille, triste seulement de ne pas se faire arrêter pour de bon. Il avait la vaillance gaie, avec, par moments, des provocations crispées, un regard avide. Chacun tenait son rôle avec conviction. Montand, très pro, souverain et bonhomme. Lacouture, vif-argent, ironique. Costa, sérieux et résolu. Claude Mauriac, généreux, attentionné. Laudouze, discipliné, imperturbable. La célébrité de Montand ne semblait pas affecter outre mesure la Guardia Civil qui ne brillait peut-être pas par la cinéphilie. Quant à la police espagnole, elle faisait le boulot, à sa manière, point final. J'entrepris Michel sur le chemin du retour, dans la Land Rover de la Seguridad où nous avions pris place avec Claude Mauriac : le libertaire admettait-il que la société libérée qu'il appelait de ses vœux aurait aussi sa police ? Et qu'elle aurait à interpeller le cas échéant des fauteurs de troubles – fascistes et non plus démocrates ? Que ferions-nous alors ? Protester, soutenir, regarder ailleurs ? Petite discussion iconoclaste qui nous fit au moins passer le temps. Arrivés à Barajas, dûment escortés, nous fûmes vite bouclés dans un bureau, sous bonne garde. Après une prise de bec entre un commissaire de police et Costa-Gavras, qui fort courageusement, du haut de la passerelle, avait lancé en sa direction un sonore *« Abajo el fascismo »*, Air France nous ramena à notre point de départ avec champagne et foie gras. Aller retour dans la journée, un vrai bonheur. À Orly, une meute de micros et d'objectifs.

360

On n'eût pas mieux fêté les rescapés d'un débarquement canadien sur les côtes normandes, en 1943. Embarrassant. J'aurais voulu rentrer sous terre, devant cette débauche de flashs et de questions grandiloquentes, par trop immotivées. Nous n'avions subi aucune brutalité, ou menace armée ; ni menottes ni injures. L'expulsion standard, sous régime autoritaire. Sans ménagement, mais sans sévices aucun. Au milieu de ces sourires émus, l'idée me vint que l'on pourrait un jour, sur cette lancée, frôler le faux-semblant. À trop vouloir se faire plaisir avec de beaux gestes. Pour gagner quelques points de sainteté, devant sa glace, sans considération bassement utilitaire. Amateurs en politique, futés en communication (à quelle heure tel quotidien boucle, comment tel hebdo fait sa une), n'allait-on pas finir en angelots attitrés ? En images de magazines ? L'époque était encore aux soufflés lyriques (tribunaux populaires, grèves de la faim, nouvelle Résistance). On citait Voltaire : « Si quelque chose peut arrêter chez les hommes la rage du fanatisme, c'est la *publicité*. » Mot-glissade. Commence par *publication* et finit en *prestation*. Les maniaques du papier n'étant pas les plus aptes à émouvoir le petit écran, il leur faut rallier des locomotives. À l'aune « publicité », l'intellectuel le plus performant devient la tête d'affiche. À côté d'Yves Montand, notre père dominicain faisait même assez déplacé. Personne ne lui demanda son témoignage : ce n'était pas un intellectuel mais un inconnu.

Quarante-huit heures après, notre excursion éclair était devenue « le raid des intellectuels », une prouesse de kamikaze. Notre escorte policière, « une armada » ; les quelques Madrilènes qui nous avaient vus devant l'hôtel, simples curieux, gagner notre panier à salade, des « témoins muets aux regards terrifiés » ; et nous-mêmes, des « combattants de l'ombre », des « résistants à la force nue d'un fascisme supérieur ». Les comptes rendus de presse, c'étaient le soleil et la mort, le souffle de la bête sur les nuques. Notre but avait été, déclara Michel Foucault à un quotidien sympathisant, d' « atteindre physiquement le régime en allant au cœur de Madrid ». Avec les biographies posthumes du philosophe, le hiatus entre la minceur de l'épisode et l'emphase des commentaires n'a pas diminué. De longues pages d'exégèse pour un intermède, exhaussé en action d'éclat, en acte exemplaire. Ces envolées me ramenèrent sur terre, et à mon prosaïsme. Je n'entretenais décidément pas avec les plates réalités le même rapport que les grands intellectuels. Leur répugnance au réel confine parfois à la haine, qui fait presque miroir à la haine de la pensée chez certains goujats d'en face. (Et puisque chacun a sa petite idée du « réel », je précise la mienne : l'intempestif, le détail gênant, le caillou dans la chaussure. Le Code Noir en contrepoint des Lumières, les nègres des Iles mis aux fers sous l'État de droit. Toussaint-Louverture assassiné par Napoléon. Les colonies de nos Républiques. Il n'y a pas de réel dans l'absolu, soit. Mais il me semble qu'on pourrait en proposer une définition transversale à ses états relatifs : le réel, c'est ce qui nous nargue dans notre dos. Le reste que j'oublie dans mes comptes et qui ne m'oubliera pas. Le virtuel n'en viendra pas à bout. Quelle source de lumière peut éclairer derrière comme devant? Pour que le réel cesse de déranger, il faudrait inventer un endroit sans envers, des décors sans coulisses, un nord sans sud.)

Je voulais encore croire que l'action ne se confond pas avec son théâtre — et se juge à ses résultats plus qu'aux intentions. Beaucoup de mes camarades étaient déjà passés de la gauche politique à la morale. Les condamnés à mort espagnols furent peu après garrottés. Nous défilâmes à Paris dans la tristesse, point trop mécontents, si j'ose, de notre petit coup d'aile. L'appel à la clémence avait tourné court; mais le coup avait réussi, par l'écho obtenu; et ceci excusait presque cela. « Ce qu'on fait va-t-il, sur place et matériellement, aider ceux pour qui on le fait, compte tenu des conditions locales et compliquées (moins simples que ce qu'on croit, à distance)? » Quand on s'abaisse à ces détails, on n'est plus vraiment fils du Ciel. Cet accroc madrilène fut mon premier décrochage. J'en ai conservé comme une gêne de resquilleur lorsque je me vois qualifié d'intellectuel. Le mot qui à présent me fait injure me fit alors l'effet — il faut un début à tout — d'une tunique de Nessus par trop mal coupée. Chacun des preux que j'accompagnais, faut-il le dire, m'inspire plus que du respect, et je n'oserais me comparer. En délégation syndicale, nous perdions l'authenticité et jusqu'à nos mérites. Depuis lors, je décline les week-ends corporatifs au Cambodge, en mer de Chine, en Afrique ou à Sarajevo. Au Chiapas zapatiste, je me rends en période creuse. Moins par distinction que par crainte d'un scoutisme farce. *Les* intellectuels : l'article de notoriété fait une addition inférieure, je le crains, à la somme des unités. Nous n'existons ès qualités qu'en troupe et en représentation, mais le pluriel qui nous donne une ombre d'autorité ne met aucun d'entre nous à son meilleur.

*

Une société invente à mesure les substantifs qui répondent à ses besoins. *Intellectuel* fut plus qu'une trouvaille opportune : le titre qu'il fallait à la protestation qu'il fallait. L'avenir devait donner raison à Georges Clemenceau, rédacteur en chef de *L'Aurore,* nouveau quotidien d'opinion, lorsqu'il reprit au vol et en italique, en 1898, ce mot de mauvais français, moqué par Brunetière et Barrès, pour chapeauter sa liste d'inclassables. Il affirma alors mettre toutes ses espérances d'avenir dans ce signe de ralliement d'hommes (aucune femme parmi les cinq cents noms rassemblés) « venus de tous les coins de l'horizon, qui se groupent sur une idée et s'y tiennent, à l'heure où tout nous manque ». Une juste guerre civile appelle de justes regroupements. Par-delà le secours à l'innocence, il y avait du pain sur la planche. Dans un monde où les « manuels » restaient l'immense majorité, une minorité agissante d'universitaires et d'écrivains se trouvait de plain-pied avec les choses sérieuses. En 1898, les prolétaires campent en ilotes; la République ne fait pas consensus; l'Église et l'armée ne sont pas vraiment ralliées. Cent ans après, ces batailles gagnées, l'ordre du jour ne semble plus à la hauteur des majuscules ancestrales. Si la Révolution française est terminée, soyons logiques, l'intellectuel français ne l'est-il pas aussi? La grande querelle de la démocratie contre l'Ancien Régime qui lui servait de socle ne se pose plus en termes d'affrontements mais d'ajustements, de réformes et relèvement des minimaux sociaux. Plus de bon et de mauvais camp. Surnuméraire, démagnétisé, théâtralisé, notre accusateur public s'est mis à ressembler à ces cabots sur le retour qu'on voit faire les couloirs des studios en quête d'un ultime petit rôle, tirant la manche des producteurs — encore une minute, monsieur le bourreau. Quel est le cadre qui peut aujourd'hui se dire « non-intellectuel », à l'ère des immatériaux, avec portable et mobile en forces productives? Quant au persécuté universel ou à la classe ouvrière-avenir du monde dont la défense campait un porte-drapeau en Prométhée briscur de chaînes — les traits s'en sont estompés. Les chômeurs suscitent la solidarité, non l'espérance, comme le faisait la classe-Messie. De quoi faire remonter au Bon Dieu, qui nous les avait prêtés, nos espoirs de salut. Le parti philosophe, au temps des Lumières, fustigeait le parti prêtre ; Voltaire harcelait les jésuites en rêvant de prendre leur place ; et, la laïcisation des pouvoirs transférant sur l'homme de lettres l'autorité du prêtre, le prof de philo en est venu, pour les adolescents d'hier, à supplanter les bons pères. Dans les longs mouvements de balancier entre la férule et la houlette (entamés dès le Moyen Âge avec l'école en ville, décollée du cloître), le fléau des attentes et illusions collectives semble revenir vers les autels — sectes, *New Age*, ashrams, rock papal et béatifications. Nos sociétés ont eu leur content de philosophie — Marx, Nietzsche, Maurras —, elles ont envie de souffler. Le besoin pastoral s'accroche, sinon aux évêques, aux abbés, frères et sœurs. La dérégulation des biens de salut ne profite pas directement aux Églises instituées (pas plus que la dérégulation des biens de culture à l'Université), mais la référence morale a derechef quitté la terre pour le ciel. Les laïques que nous sommes font pour la foi de piètres truchements. Évacuée la tardive hérésie « communiste », le retour des brebis au bercail abrahamique — juifs, chrétiens et musulmans — ôte leurs troupes aux représentants de l'avenir en marche. Fatwas et fous de Dieu justifieraient pourtant un nouvel « écrasons l'infâme » ; nos divers intégristes ont de quoi remettre en selle les chevau-légers de la libre-pensée. Rousseau écarté pour outrances totalitaires, Voltaire revient donc en force (remplacez « papiste » par « intégriste). En idée, du moins. Car que peut le vol-

tairien, dès lors que l'électron s'allie avec le pape
— sainte et planétaire alliance — pour émousser
l'arme de la raison et faire à nouveau flamber le
charismatique, l'idolâtre et l'émotif? Le clerc n'est
plus — et tant mieux — l'émetteur en surplomb
des opinions autorisées; le marché s'est ouvert et
l'empoigne s'est durcie : du forum au caphar-
naüm, les règles du jeu ont changé. L'effacement
des institutions pivots 1900 — État, Université,
Église — a privé « l'intellectuel organique » de ses
organes de rattachement, au moment même où le
centre de gravité du collectif glissait, avec la *big
science*, du décret au brevet. En reprenant notre
« science peau d'balle, technique trou d'balle »,
vieux refrain local, les héritiers de Péguy et de
Sartre se sont mis hors d'état de répondre en
connaissance de cause aux questions posées par la
commande technoscientifique des sociétés. La
caste philosophico-littéraire n'a plus accès à la salle
des machines. Elle regroupe les bavards du pont
supérieur. Sans prise sur les rouages cachés du
temps, nous voilà peu ou prou mouches du coche.
Par quoi il n'y a pas de vraie symétrie entre l'affaire
Calas et l'affaire Rushdie; ni d'ailleurs entre
Lucien Herr et Louis Althusser, qui ne font pas,
quoi que j'en aie dit, des pendants de cheminée.
Herr n'est pas devenu un mythe des années vingt,
comme l'Althusser des années soixante-dix. Mais
sans rentrer dans la galerie des héros éponymes, le
premier fut l'étincelle qui a allumé le feu dreyfusard; le second n'aura pas mis le feu à la plaine
Saint-Denis. La promotion en mythe d'une per-

sonnalité ou d'une fonction sociale accompagne ordinairement sa mise hors jeu. Il n'a jamais été tant question de l'Intellectuel qu'aujourd'hui, où il n'existe plus.

Un substantif qui perd sa substance vitale, trop d'avantages acquis, d'intérêts et de menues vanités retardent son acte de décès. Pour lui éviter de couler à pic, l'époque lui jette des bouées-canards. Ainsi surnage le révolu, gonflé de qualificatifs. On l'a vu encore hier avec les fétiches de l'Est. Pour que les croyants au drapeau rouge puissent continuer de croire en la prometteuse appellation de « société socialiste », on a affublé le mot de postiches : réel, bureaucratique, à visage humain, de marché, démocratique, totalitaire, etc. De même veut-on renflouer notre centenaire national en le flanquant de prothèses sous-catégoriales : l'intellectuel-oracle et l'intellectuel-expert, le total et le spécifique, l'universel et le pratique, le traditionnel et l'organique, le ceci et le cela. Chaque historien ou sociologue y va de ses classements et tableaux hiérarchiques — avec d'autant plus d'entrain que notre improbable population, férue de distinctions et distinguos, tempère le flou de ses frontières par de venimeuses démarcations (lesquelles facilitent l'excommunication de qui nous n'aimons pas). Le nettoyage éthique, l'intestin partage des vrais et des frimeurs, fait partie de la fonction depuis le déclassement des sophistes par les philosophes. Les premiers, rebaptisés par les seconds *putes médiatiques*, ou, pas beaucoup mieux, *essayistes* (quand il faut euphémiser le dédain), s'estiment les seuls héritiers de Gide au Congo et de Malraux en Espagne, parce que, libérés des censures et pruderies anciennes, ils font descendre les principes dans la rue. Les héritiers de Platon leur rétorquent qu'ils gâchent le métier parce qu'à trop pousser la chansonnette, loin des contraintes pédagogiques et du contrôle de leurs pairs, ils sapent la déontologie élémentaire du travail des idées. On peut aussi opposer les *douillets besogneux* (qui veillent à ne pas se mouiller en des combats douteux, pour ne pas écorner leur réputation) aux *flemmards émotifs* (qui réagissent au quart de tour aux images chocs et bâclent un pamphlet en quinze jours). Ou parler franchement boutique et distribuer les mercantis des généralités en deux branches : le *magasin spécialisé* (qui propose à une clientèle restreinte un assortiment de produits étroit et profond), et l'*hypermarché* large et peu spécialisé (qui offre aux consommateurs une vaste gamme de produits, mais avec peu de références dans chaque ligne). Ou en revenir, avec le fabuliste, aux fourmis et aux cigales, aux vers à soie et aux butineurs. On fignolera à qui mieux mieux la nomenclature, mais l'étiquette fourre-tout ne peut plus décemment servir qu'à faire des titres ou des devantures : hit-parade, palmarès, pétition, liste électorale (qui se gardera, pour sûr, d'aller jusqu'aux élections). Et tourne le manège. Après le énième procès des « irresponsables » d'où nous vient tout le mal, le énième éloge des « empêcheurs de penser en rond » d'où nous vient le meilleur. Et en avant avec les célèbres duettistes Aron-Sartre, Zola-Barrès, Berl-Benda, Péguy-Lavisse. L'histoire des sciences, et des idées, a connu ces languissantes queues de comète, où l'on voit traîner des objets imaginaires et persistants, comme l'*éther* dans la physique du XVIIIe siècle ou la race *indo-européenne* dans l'histoire du XIXe siècle. Nous faut-il vraiment rajouter à une tragi-comédie née avec Edmond Rostand et Anatole France une ultime saillie, une dernière pirouette pour retarder le moment de regagner les coulisses ? Hâtons le jour où nous ne serons plus astreints aux dissertations, enquêtes, livres, colloques sur la mission, la malédiction, le silence, la trahison, l'Internationale, les palinodies, l'avenir, les tourments, les errances, l'honneur, la honte, le pouvoir, l'impuissance, le destin, le siècle — des intellectuels. Assez d'acharnement thérapeutique. Spleen inutile. Débranchons le comateux. Inventons-nous d'autres rôles, s'il en faut à tout prix.

Au défunt « éducateur du genre humain », le grand *show* de la semaine demande désormais de venir mettre, en trois minutes, son grain de sel, sur, c'est selon, la Mort, le Mal, l'Amour, le Sens de la Vie et l'Avenir de Dieu. Comme nos grandes entreprises, le petit commerce des idées s'est mis à l'heure américaine. Il vise la taille critique, via participations croisées, recentrage sur événement et signe « forts », mise en valeur des actifs. Et c'est au cœur du périmètre sacré, dans des amphithéâtres sponsorisés en plateaux (avec animateurs de télé en chaire et logos géants recouvrant les tableaux noirs), que la vidéosphère triomphante fait son plus joli pied de nez à l'épopée typographique d'hier, lors des « Rencontres de la Cité de la réussite » (ce dernier mot ne passant plus pour une obscénité). Au centre des hémicycles, une fois l'an, stade suprême ou phase terminale, un éblouissant parterre rassemble là toutes les « personnalités de renom international » (de Giovanni Agnelli à Elie Wiesel). Seul critère de sélection, la célébrité donne titre à « intervenir » sur n'importe quel sujet. C'est en Sorbonne que ce Davos de l'intelligentsia *up-to-date* (qui n'a pas manqué de débattre du « rôle et de la place des intellectuels dans le domaine politique ») a installé ses spots et ses sommités. L'État ne pouvant plus subvenir à l'entretien des bâtiments, le rectorat se voit contraint de louer ses amphithéâtres à la journée. Saluons la symbolique des lieux et des dates, le grand rythme séculaire. Le journal imprimé, avec *L'Aurore,* avait fourni les fonts baptismaux; le *talk-show,* avec l'*anchorman* en arbitre, tient les cordons du poêle. Un siècle expire décemment là où il a débuté : au berceau, dans l'ex-« nouvelle Sorbonne » édifiée en 1889 pour le centenaire de la Révolution française. Cela mériterait bien une commémoration de plus, bimillénaire oblige. Pourquoi pas une kermesse d'adieu dans la grande cour pavée? Une auto-dissolution joviale, avec vin rouge et bal musette? Un ultime salut au lascar, qui a tant fait honneur au vieux pays? Il faut savoir terminer un siècle — comme une grève. Interrompre le feuilleton vieillissant du redresseur de torts; jusqu'à un nouvel épisode, au cas où sonnerait pour de bon le tocsin. En attendant, champagne, les intellos, flonflons, et bonsoir !

★

À trop vouloir repasser les plats, on touche au parodique. Nous voilà en passe de rejoindre les « exagérations de la vanité nationale » que Stendhal félicitait Mérimée d'avoir en horreur. Beuys nous assure que « tout homme est un artiste »; pourquoi ne pas décider que tout haut-parleur est un intellectuel ? Nul besoin d'apprentissage. Je connais des historiens, des démographes, des mathématiciens, cinéastes, philosophes, acteurs et prêtres. Ce sont tous gens de métier, dont les ambitions se monnaient en servitudes. Je ne connais pas de contraintes qui pèsent aujourd'hui sur « l'intellectuel ». Ce qui fut service est devenu self-service. Défendre les valeurs pour se valoriser : on peut improviser sans peine, dommage ou sanction. Et c'est ce qui gêne chaque jour plus dans les rezzous philanthropiques de qui se voudrait à la fois juge, procureur et partie civile, sans les astreintes propres au journaliste, au politique et à l'écrivain mais jouant des trois à la fois. Dans l'avocat des réprouvés recru de privilèges, le vampire des points chauds, l'ombudsman expéditif qui répond à tout sans répondre de rien, en cumulant les bénéfices du scoop, du concept et du sermon. L'ange blanc qui se dope à la bête noire, l'anémomètre des alizés, toujours synchrone avec l'info la plus brûlante, le pompier volant de l'Occident, le chouchou des rédactions, trublion programmé. Visant à nous étonner autant qu'à nous instruire, à se démarquer ou à se repositionner, le justicier diabolisant (« c'est Machin, le coupable »), qui au dossier préfère le frisson, l'Antigone à ressorts, qui ouvre le journal pour y chercher son patronyme et commence les livres par l'index nominatif de la fin, la vedette gérant son capital-image (que lui ont valu deux ou trois best-sellers plus riches que la moyenne en références de troisième main et à-peu-près commodes). Le volontaire pour le beau rôle, flairant de loin les proies décomposées, impitoyable au Prince en fin de course, aux doctrines à terre et aux prophètes désarmés... Je parle ici d'un prototype, l'*idealtypus* du genre. L'infatigable phénix — notre ombre portée — se confond avec sa caricature, et venir à bout de ses propres grimaces est pour tout un chacun un travail de Sisyphe. Quiconque rêve d'arracher au bruit de fond quelques bribes de vrai, de beau ou de bien doit lutter contre son ombre, démaquiller ce bellâtre qui est à l'homme d'exigences ce que la photo Harcourt est à la photo d'identité : sa doublure de scène. Il lui revient d'empêcher son sosie de faire le Zorro à tout bout de champ. Pourquoi s'en prendre au mariolle ? Sens pratique oblige : pour brûler ses vaisseaux. Le moine dépravé qu'est le clerc guerroyant ne peut se déprendre de la volonté de pouvoir sans renoncer *d'abord* à la sienne. La pulsion d'emprise : quiconque gifle sa joue politique rencontrera par retour de volée sa joue intellectuelle. Après quoi il aura une chance de devenir un esprit libre, sans clientèle à satisfaire, audience à surveiller, coups à échafauder. Libre de quoi ? Du *besoin d'approbation*, l'envers du projet d'influence. Politicien et intello sont deux vassaux du même suzerain, l'*opinion*, mesurée tantôt par cote et sondage, tantôt par reprises et tirage. « Le public est notre seul juge » pourrait faire une devise commune à ces deux assujettis. Devise à inscrire aux portes de l'enfer.

C'est la diablerie d'un mot devenu si creux qu'il vide ses voisins de sens. *Intellectuel*, me direz-vous, c'est l'être encore, et superlativement, que d'affirmer qu'on n'en est pas. Dans mon cas, l'allégation ferait sourire. J'ai arboré plus qu'à mon tour les insignes de ma caste, dans la lice rédactionnelle où vingt champions du droit des gens se jettent des défis à tour de rôle. Comment ? En renversant leurs alliances pour désarçonner le rival, soit la troupe des dix-neuf autres blancs chevaliers, lesquels ne manqueront pas de revenir à la charge sous des armoiries aussi inattendues (famine contre fatwa, de Gaulle suivant Guevara, le démocrate algérien après l'intégriste afghan). Le milieu étant l'ensemble de ceux qui affirment ne pas appartenir à l'ensemble, se désigner en hérétique signerait son orthodoxe. Chacun de nos mots de passe est à lire à l'envers : le « mouton noir », c'est l'aspirant berger. Vous dites « samizdat » ? Ce sera le succès de l'année. Dans cette principauté, le

« roi » se peint en maudit, exclu par ses pairs, en butte soit à leur silence (conspiration), soit à leurs caquetages (jalousies). Plaisant spectacle qu'un régiment de déserteurs, une Église d'hérésiarques, un troupeau de brebis galeuses où le premier rang est tenu par les pestiférés et le dernier par le « sans signes particuliers ». On voit l'intérêt d'élire sans tarder sa marque distinctive, et de s'y tenir (le goût des jeunes garçons ou la ceinture noire, le sonnet à rime croisée, le tour du monde en solitaire, la petite vénerie ou le 24/36). Chacun de nous s'accorde à cultiver une mauvaise réputation que nous ne méritons plus vraiment. On s'accroche à sa part de rêve, nos vieux titres de noblesse : monstre, bâtard, paria, suspect, inassimilable. L'universel et la totalité, à en croire tel *Plaidoyer pour les intellectuels*, seraient suspendus à nos petits pâtés. L'optimiste avocat soutient que « la classe dominante l'ignore », que c'est « le plus démuni des hommes ». « L'homme de trop », renchérit Sartre. Il nous flatte. La réalité, du moins en France, est devenue plus terne. Cet insoumis, cet irrécupérable, ce danger public se voit comblé de prix à chaque automne. Un grand magazine publie ses photos de mariage ; les quotidiens, sa bobine en placard ; le président de la République lui demande un rapport ; le Premier ministre lui confie une commission ; radios et télés le consultent au seuil de l'année. Pour qui s'affiche en subversif, en gêneur, c'est un peu embêtant. La société tout entière fête notre rebelle national. Aurait-il mal vieilli, depuis Zola ?

Oui, et ce n'est pas sa faute : il a perdu sa raison d'être en gagnant la partie. L'appel à l'opinion, c'est devenu l'alpha et l'oméga de tous les pouvoirs, et d'abord de l'État. Pas de majesté qui ne s'incline devant les lèse-majesté d'hier. Les arrière-petits-fils des dreyfusards convoquent les ministres devant leurs tribunaux ; ils font passer des examens aux candidats lors des présidentielles ; ils retoquent la copie des députés, orientent l'ordre du jour des Assemblées. Comment concilier la montée des hommages et le refus des honneurs ? L'intérêt de carrière est de toujours. Les friponneries aussi. Mais ce n'est pas l'humaine nature qui met en porte à faux l'annonceur de la conscience universelle, ce sont les applaudissements de la salle, instantanés et quasi unanimes.

Je pressens l'accusation : voilà que je tourne à l'intellectuel de droite, qui exhibe l'anti-intellectualisme comme sa croix de guerre. C'est l'inverse, mais qu'importe. Les dés sont pipés, et le malentendu probable. La Ligue de la Patrie française reprochait aux partisans de Lucien Herr et de Zola leur « naïf orgueil intellectuel », et de ne pas savoir se soumettre à l'autorité collective, à l'appel de la terre et des lourdes mémoires. Ce n'est pas d'ignorer sa race et son terroir qu'on peut à présent le soupçonner, mais les oléoducs, la chimie industrielle et les lanceurs spatiaux. Pas assez à son orgueil, et trop à l'Audimat, la nouvelle autorité suprême. Les jeux sont renversés. Et puis, sommes-nous condamnés à subir les mêmes scies? La droite serait *sensible*, la gauche *cérébrale*, et cela pour l'éternité? La première continue de brocarder dans ses feuilles l'intello piégeur, les revues absconses et les maigrichons à coquecigrues. Elle chante les papilles, le bon goût, les crus de qualité. Le charme contre l'idée. Le théoricien pudibond, en retour, méprise le boulevard, l'anecdote et le joli antiquaire. On fait dans le sérieux et le profond. Obligation de s'inscrire côté Nimier ou côté Camus, rive droite piquante ou rive gauche insipide. Nous sommes plusieurs qui rêvons d'habiter l'île de la Cité — pour joindre les deux bouts. En tout état de cause, un rejeton du lycée républicain ne peut respirer sans nausée le moindre relent d'anti-intellectualisme (qui n'est jamais loin de l'antisémitisme, son noir envers). Serait-il obligatoire, pour combattre la bête immonde, de tenir le peuple juif pour le peuple élu; de prendre un tablier de franc-maçon pour faire pièce aux pourfendeurs des « sociétés secrètes de l'anti-France » ou de transformer l'intellectuel en fonctionnaire de l'humanité catégorie A, échelle lettres, pour résister aux enfants de Pétain qui rêvent d'expédier ces enquiquineurs en camp de jeunesse?

Ce serait un vœu d'ivrogne, difficile à tenir, que de bomber le torse pour jurer : « Non, je ne serai jamais plus un intellectuel. » Outre qu'on ne décroche pas sur une chiquenaude d'un siècle de pétitions et de fulminations, qui rendent accro à force, pareil serment peut cacher un simple « Je me désintéresse, fichez-moi la paix, laissez-moi boxer mon ombre en tête à tête ». Pareil souhait d'autarcie exige une force de caractère au-dessus du commun. Il me semble encore que l'obligation d'assistance à personne en danger passe avant nos travaux de dentelle ; obéir toute l'année à cette maxime serait vouloir être un saint ; n'y jamais céder serait l'exploit de l'artiste absolu, monstre d'immoralité qui se concentre sur ses aiguilles pendant que la ville brûle. Un artiste collectif : les deux mots jurent. Comme le ferait un intellectuel seul. Celle-là est une qualité de conjugaison, et on doit parfois passer sous la toise du pluriel, liste ou comité, sans coquetterie (« voyez comme je suis différent de mon voisin »), lorsque les circonstances imposent la mise en tortue romaine. Le plus prudent, compte tenu des urgences, serait de s'évertuer à devenir un *intellectuel à temps partiel* ; un engagé précaire, pour des causes ponctuelles, révocables et réversibles (le rebelle que nous soutenons tournant bientôt dictateur, le génocidé, génocidaire et l'original, conforme). Intellectuel ? Si vous y tenez absolument, faute de mieux, mais en baissant le volume au minimum.

★

Et si la comédie consistait à faire l'Hamlet sans voir, d'entrée de jeu, le côté Flers et Caillavet de nos affaires ? Sur l'opérette en cours, prendre ses jumelles de spectacle et jouir des jeux de rôle :

voilà qui pourrait dédramatiser, et même donner envie de rejoindre une *commedia dell'arte* où chacun, selon ses talents, pourrait venir faire Arlequin, le Capitaine ou Pantalon. C'est le parti pris de Balzac, dans sa *Monographie de la presse parisienne*, où il dresse le tableau des espèces morales de l' « ordre gendelettre », comme on le fait, dit-il, des annélides, mollusques et anthozoaires. Ses silhouettes-charges n'ont pas pris une ride. Chaque génération se glisse dans le costume, change de texte, non de ton. Balzac distinguait huit sous-genres à l'intérieur du genre publiciste — « ce nom jadis attribué aux grands écrivains comme Grotius, Pufendorf, Bodin, Montesquieu, Rousseau et devenu celui de tous les écrivassiers qui font de la politique ». Archétypes transnationaux ou français ?

Puisqu'il faut payer de sa personne, et qu'on peut vieillir sous le masque jusqu'à mourir en scène, je me coulerais bien volontiers dans la défroque du *Grognon* (synonymes : bougon, atrabilaire, grincheux, misanthrope, etc.). Il prospère à l'enseigne du tout-est-foutu. Comme d'autres la diane, le Grognon sonne le glas — des grandeurs nationales, de la République, de l'intellectuel et des routes départementales. Délectation d'hypocondriaque : prendre la fin d'un monde pour la fin du monde. Sentencieux, il bat le rappel des valeurs perdues — ravi, en son for intérieur, que personne ni rien ne lui réponde. Le cor au fond des bois lui semble plus prenant que le clairon toujours un peu troupier du préposé aux raisons d'espérer. C'est le désert qui fait le prophète et le moindre record d'affluence nuirait à la haute et bilieuse idée qu'il se fait de sa mission. Ombrageux, craignant que ne soit connu son goût d'être connu, débinant le cirque médiatique tout en y participant, il n'est pas ostensiblement mais sournoisement vaniteux (Lawrence : « Le mépris que j'éprouvais pour ma passion d'être distingué m'a fait repousser tous les honneurs »). Le bougon refuse décorations, nominations, récompenses et s'attache à le faire savoir ; il serait fort dépité qu'on ne lui en proposât point. Il se ferait volontiers photographier le poing sur la hanche, bravissimo, cambré seul en haut de la dune, fixant l'horizon d'un sourcil irascible. Il est républicain, comme d'autres sont royalistes : pour ne pas faire démocrate, comme tout le monde. Notre grincheux excelle dans le contre-pied, dont il a fait sa petite musique, et qui tournera sur les grands boulevards à la petite boutique. Rien ne lui cause plus de plaisir, devant un parterre de pasteurs et d'idéalistes réunis pour le désarmement nucléaire, que de dresser panégyrique de la dissuasion du faible au fort et de souligner les vertus pacifiantes de la bombe atomique. Ou encore, dans un colloque de militants francophones, de vanter le cosmopolitisme d'Hollywood et l'accueillante plasticité de Disneyland. Devant un congrès de patriotes américains de nationalité française, il exposera une à une les raisons qu'il a de se sentir « antiaméricain » (ce mot idiot, qui fait stigmate). Il exaltera l'idée de nation dans un conclave de fédéralistes européens, et le bon usage du mythe européen dans un cénacle patriotique. Il démontera froidement le simplet Meccano situationniste parce que toute la bonne société chic et les jeunes branchés n'ont plus que « d'abord Debord » à la bouche. Face aux planeurs, il s'agrippe aux pâquerettes, et devant les Talleyrand, s'envole dans les cintres. Poil pour plume, plume pour poil : la démagogie des antidémagogues, l'exaltation du morose. C'est une compulsion comme une autre ; on s'enfonce mais avec des arguments. Car le bougon est un bonhomme à système. C'est le défaut de sa cuirasse : ce gargouillis d'humeurs sombres, « imprévisible » et « pas fiable pour un sou » (disent les recruteurs), devient assez vite fastidieux. L'antipathique manque de mobilité, de fantaisie. Il rabâche, il s'aigrit. Il lasse, le public et lui-même. Le faux bon rôle. Sur nos tréteaux, il en faut mais point trop.

Le Grognon est trop gris et pédant pour empiéter sur le *Persifleur*, moins attendu car moins doctrinaire. C'est le plus redouté des scintillants, car le plus intelligent, sous des dehors badins. Ce n'est pas un excessif, comme l'Imprécateur, ni un pissevinaigre comme l'Homme d'État. C'est un roboratif, mais subtil et sémillant. Le Persifleur, littéraire sans grandiloquence, ne s'embarrasse pas de théories. Il ne pose pas au génie mais cet escarpin a plus de talent que les inspirés à brodequins (assez gros sabots pour se croire géniaux). Il craint l'emphase — synthèse ou système : ce guérillero du goût pose ses mines antipersonnel entre chien et loup, sans roulements de tambour, sans moulinets inutiles. Musicien, il préférerait le clavecin au pianoforte ; escrimeur, le fleuret au sabre d'assaut. Il mouche d'une touche légère, toujours dans le mille. C'est un élégant sans charité, aux rosseries flûtées, aiguës. Il démystifie et dégonfle les baudruches en se jouant, imparable. À cette fine lame, manque cependant un je-ne-sais-quoi d'emporté, d'insensé. Trop d'intelligence empêche la prise de risques, et cet urticant voltigeur ne fait pas un croisé. Ce n'est pas l'homme d'une grande guerre, il bataille au jour le jour. Le problème du Persifleur : avoir trop d'arrière-pensées pour faire un simple homme d'esprit, et trop d'esprit pour une pensée neuve.

Le *Bon Pasteur* (on dit aussi : Juste ou grande conscience) n'a pas l'humeur enjouée du Persifleur ni l'âpreté rabat-joie du Grognon. Entre l'alacrité matinale de l'un et la rumination crépusculaire de l'autre, il est midi le juste. Ses avis ont d'autant plus de poids qu'il peut mettre un zeste d'indulgence dans ses oukases. D'ailleurs, il ne ferraille pas avec le premier venu et choisit ses fréquentations. Il préfère les cintres aux coulisses, quoique attentif à nos mêlées ; il élève le débat, en sachant faire la part des choses. Abrasif, il lui arrive de blesser. Il ne s'acharnera pas, et reculera devant le vil coup de grâce. Il répugne au ton plaisantin comme au rictus de méchanceté. Équanime, magnanime, il règne, père profond, sur les mille et mille idoles du temps qui passe. Moins compliqué qu'un philosophe, moins narcisse qu'un écrivain, il campe au point vélique des mouvances, ouvert sans se renier : l'universitaire et l'honnête homme, le conservateur éclairé et le progressiste raisonnable peuvent se retrouver dans ses propos sentis. C'est un carrefour, mais sans vulgarité. Vraie culture, style tenu, largeur de vues et sens de l'à-propos : tout l'art du patricien démocrate consiste à communiquer au lambda le sentiment que toutes ces perfections réunies pourraient être demain les siennes, au lambda, s'il prenait sur lui. Car la haute volée, cela se travaille. S'il lit tous les journaux, en avion, en voiture, aux cabinets et au bureau, le journaliste de base ne lit que les journaux. C'est le personnel au sol, qui se garde de perdre son temps aux classiques et aux revues confidentielles. La grande conscience, elle, a de la bouteille et des lectures. On ne plane pas en vain dans les hauteurs directoriales. Elle sait s'imposer de studieuses retraites, de manière à pouvoir relever l'ordinaire par des ouvrages de fond et d'avertissement. Informée mais cultivée, la grande conscience avance à pas de géant dans la cité des nains, parce qu'elle va sur ses deux jambes, terre et ciel. Le tout-venant de la chronique, unijambiste, traite le fait par le fait ; le Bon Pasteur raccorde le fait aux valeurs, les *news* au patrimoine et le flash AFP aux *Essais* de Montaigne. Qui d'autre fera souffler les grands vents de l'Humain sur les législatives partielles de dimanche dernier ? Ni l'historien ni l'agencier. Un juste, le public tend à l'oublier quand tout ronronne, mais il se tournera vers lui en cas de coup dur, pour se tailler un chemin entre les extrêmes, sûr qu'il saura mettre de l'âme dans la bissectrice. Si rares sont les modérés qui ne sentent pas le parquet ciré et les patins de feutre. Dans la bourrasque, le juste ne fait pas sensation mais référence. La radio du matin conclura sur lui sa revue de presse, suivie par vingt secondes de Bach qui feront résonner ses sentences sous le crâne des mal-réveillés, pour leur donner le temps de comprendre (à supposer qu'ils le méritent), et de se mettre au diapason (s'ils le peuvent). Le ton juste bémolise l'Imprécateur, augmente à l'octave l'Homme d'État; c'est un vibrato mitoyen, une ardeur intense et pudique. N'allons pas croire que le règne moral du juste soit sans douleurs ni périls. Ses hauteurs solaires cachent des tremblements de minuit (d'où la tension susdite). À la roue entre l'actualité et la sagesse, cet homme vit un calvaire intime. Une moitié de sa conscience lui souffle que ceux qui vivent trop intensément leur siècle en mourront, sans passer dans le suivant; mais l'autre sait bien qu'elle sécherait sur pied si elle s'arrachait au terreau de l'Événement qui, sans être son dieu, reste son gagne-pain. À l'heure où la nuit blanchit, la grande conscience résonne en sombre et sonore citerne. C'est sa punition, amère et poétique. Son destin. Le mot signifie : « soi-même comme ennemi ».

Le *Type Bien* est au Bon Pasteur ce que le mélo est au drame ou le trémolo au vibrant : sa version audiovisuelle et grand public. Ni styliste ni analyste, le vieux débat entre forme et contenu ne le taraude pas. C'est un témoin, un conteur. Moins écrivain que donneur d'espoir. Son plus : le vécu. Il a une bonne bouille d'aventurier autodidacte ; pas bégueule, moins sentencieux et plus rocambole que le juste, il a roulé sa bosse et donne des claques dans le dos : c'est un homme de cœur, aux façons directes, qui parle bien, écrit mal et serre la main à tout le monde. Un vrai pont-neuf. Une posture œcuménique, très en amont (la morale n'empêchant pas la prudence), proche des sources bibliques communes aux trois peuples du Livre — il fait l'unanimité sur sa barbe « à gauche comme à droite ». Tous les ministres d'un bord ou de l'autre ont recours à son sourire professionnel pour inaugurer la Manifestation ou la clôturer, sûrs que les caméras seront au rendez-vous. Président la Société d'encouragement au Bien, on ne lui connaît pas de détracteurs — sauf, bien sûr, les repoussoirs toujours gratifiants que font, aux franges, fascistes, racistes et terroristes, l'hydre du Mal. C'est un homme d'unanimité européenne et mondiale, un faiseur de paix et de pluie, un médiateur obligeant et à disposition. Le spécialiste ne le prend pas au sérieux mais peu lui chaut : son public est dans les chaumières ou devant les comptoirs, et ses trompettes dans le cathodique. Cela donne à sa générosité une assez grande surface pour que les grands patrons confient à ce vétéran de la justice une veillée en direct, quoique à des heures tardives, pour rappeler au téléspectateur recru de sang tout ce qu'il y a de positif en l'homme (les beaux gestes d'entraide dont est encore capable la bête féroce). Les risques de l'édifiant grande série, trop gnangnan pour un laïque et trop laïque pour un croyant, tombent sous le sens : kitsch, creux, bonasse. Ils valent la peine d'être courus : succès populaire garanti.

L'*Imprécateur* est plus relevé. Il prend le problème du Bien lui aussi à bras-le-corps et à grandes pelletées mais à l'envers : par un état de colère permanent, ontologique, contre les avatars du Malin (communisme, nationalisme, fascisme, etc.). Ses collègues distribuent des éloges ; lui, seulement des mauvais points. C'est un raisonneur mais tout d'une pièce, et peu lui importe d'expliquer. Sa rhétorique est celle, religieuse, du scandale. Il s'insurge, bouillonne, fulmine (tous des salauds). Lui, il se tient stoïquement du côté des petits contre les gros ; des victimes contre les bourreaux ; et cela lui donne énormément de travail. Il ne fait pas de politique ; il fait de la température ; il siège dans l'impolitique, qui est l'étage du dessus. Le ton est syncopé ; la coupe binaire, haletante. À ce bouillant, tout est tiédeur, compromis, bassesse louche. Il ne repère pas les causes, il nous fait de l'effet, et honte à nous, consciences assoupies, distraites et complaisantes. Et il nous prend chaque fois la main dans le sac, *in fraganti*. Ces bébés découpés en morceaux, ces pendus, ces brûlés vifs, ces déportés, ces millions de zeks — face à nous qui mangeons notre steak-frites pendant ce temps, tranquilles comme Baptiste... Ses grosses fessées impactent le public pensant (en lui rappelant que c'est bien joli de couper les cheveux en quatre mais la souffrance, qu'en faisons-nous?), et rameutent les journalistes, trop enclins à tolérer l'intolérable. Contrairement au Type Bien, un peu rustaud, l'indigné puise ses références dans la haute culture, Platon, Pascal et Heidegger n'ayant pas de secrets pour lui. Quel autre membre du club peut mobiliser aussi bien la tripe et la tête? Empoigner la salle par l'émotion et la snober l'instant d'après par du fulgurant? C'est un rôle salutaire, la mauvaise conscience (plus remuante que la grande, aux vibratos par trop contenus, pas assez expressifs), tout en exigeant plus de notre comprenette que le Type Bien. L'ennui avec l'Imprécateur, c'est le suivi. Il ne revient guère sur le lieu de ses colères, et ne fait pas le lien de l'une à l'autre. S'il excelle dans l'effet, il dédaigne les causalités, sans se préoccuper de mettre en cohérence ses coups de gueule. Il en résulte une certaine discontinuité sur le fond et monotonie dans la forme. Ses anathèmes se suivent cahin-caha, le lecteur perd le fil tout en retrouvant le même. Sautillant et redondant. À chaque emploi ses embarras.

Aux antipodes du frémissant, l'*Homme d'État*, lui, porte cravate et costume sombre. De tous les publicistes, c'est le moins télégénique, le plus méritant car le moins flatteur. C'est un froid et un aride. Respecté, point aimé. Un grand universitaire, passé par les cabinets. Il connaît trop la chanson pour la pousser lui-même, vulgaire ténor.

Il n'aurait tenu qu'à lui d'être ministre; mais il était trop sérieux, avec trop de hauteur (ou pas assez de convictions) pour s'astreindre au petit jeu électoral et partisan. Économie, diplomatie, finances — il maîtrise ces arcanes. C'est un probe, mais consciencieux. Comme il connaît la musique, il juge du fait sur dossier, sous toutes ses faces; nuance et balance. C'est le désillusionniste, le défriseur hebdomadaire. Il abhorre enthousiastes et oriflammes. Le Bon Pasteur censure, l'Imprécateur incrimine; lui, il propose. Passions et paroxysmes ne l'empêchent pas de raison garder (et il en faut du courage pour rester sage). Imperturbablement désabusé, il traversera les folies et les outrages en coureur de fond, sans brio particulier, sans dérapage intéressant. Il conseille en oblique, éclairage indirect, sans apostropher frontalement les excellences; lesquelles, sans suivre son avis, prendront son attache par la bande et lui répondront à la cantonade. C'est plutôt rare. Quoiqu'il tempère son pot-au-feu centriste par l'esseulement du Cassandre qui porte sa lucidité comme une croix, ce sceptique ne suscite que des adhésions tièdes ou mesurées (comme les siennes propres). À la fin de sa vie, tout ce qui compte lui élèvera une statue – celle du Grand Lama qu'on-a-eu-tort-de-ne-pas-écouter. Mais trop tard, il ne la verra pas. Cet emploi n'est pas près de disparaître, mais à la voix étouffée de l'éteignoir s'attachera toujours un je-ne-sais-quoi de glabre et de compassé, un manque d'allant rédhibitoire. « Les étrangers, note Balzac, doivent tenir compte de l'esprit national qui exige une aussi grande mobilité chez les hommes que dans les institutions. Le public, en France, trouve ennuyeux les gens à convictions et accuse les gens mobiles d'être sans caractère... Qu'un écrivain spirituel aille, comme une mouche lascive, de journal en journal, on dit de lui : " c'est un homme sans consistance. " Qu'un écrivain se fasse coucou libéral, coucou humanitaire, coucou d'opposition, et ne varie pas son thème, on dit de lui : " c'est un homme ennuyeux ". » L'Homme d'État fait partie des ennuyeux qui ne veulent pas comprendre que les citoyens, comme vous et moi, ont un besoin vital de faire les cons.

Si ce spectateur engagé fait un pessimiste, sans illusions sur la bête nuisible, jamais avare de mises en garde, le *Maître Jacques* se veut l'homme des bonnes nouvelles, des grandes échappées vers l'utopie. Tout averti qu'il soit de leurs dangers, il ne cesse de s'émerveiller sur les nouvelles technologies et le nouveau monde en gestation. C'est un ultracompétent, au cœur des cercles décideurs, et qui a des idées, ou plutôt des informations sur tout ce qui se passe. L'Homme d'État comme le Bon Pasteur ont fait leurs humanités ; un brin de solennité colle à leurs essais. Économiste, financier, polytechnicien, le Maître Jacques a le style jeune, décontracté, plus debater que magister. Idole des cadres sup, référence suprême des commerciaux et des gestionnaires, c'est un communicateur-né, et au bras long. Il n'excelle pas, il performe. La télé est son *ex cathedra* ;

l'entretien, son épreuve reine. C'est qu'il publie, et beaucoup. Il fabrique à toute allure, avec ou sans collectif (c'est un homme d'équipe, de commission, de brainstorming), deux ou trois colis express par an, expédiés par radio et télé, la Poste faisant complément. Trop bien informé pour être superficiel (comme parfois le Persifleur et souvent le Type Bien), trop hall de gare et court terme pour être profond (comme l'Homme d'État et le Bon Pasteur), il zigzague entre l'idée dans le vent et le rapport solide. Son problème à lui n'est pas l'universel mais la planète. Avantages : va droit au but, sans jargon ni mignardises, sans se regarder dans la glace (tentation du juste). Inconvénient : l'absence de tout retour critique sur soi (l'intéressé n'est rien moins que réflexif). Chaussant les lunettes et les œillères des milieux dirigeants, ses best-sellers, passé deux ou trois ans, ne supportent pas la réimpression (ceux de l'Homme d'État sont moins accrocheurs mais résistent mieux).

Le *Tank* est d'abord un tempérament, c'est-à-dire un physique : cou de taureau, carrure, corpulence. Un engin fonceur, qui ne fait pas le détail, que rien ne dévie de sa trajectoire, à l'aplomb dissuasif. Physiologiquement imperméable aux doutes et objections, il ne se pose pas de questions dont il n'ait déjà la réponse. C'est un vital, tyrannique et redoutable. Totalement identifié à sa cause, sans fissures, il se prend pour le monument qu'il est déjà (pour ainsi dire de naissance). Ce qu'il nous livre ou délivre, comme on dit en balistique, l'est une fois pour toutes ; inutile d'y revenir ; son premier mot a l'irrévocable d'un dernier. Devant cette forteresse de convictions compactes, somptueusement définitive, miraculeusement étanche, imposante et décourageante (que peut être un critique d'art, un sociologue ou un éditorialiste) le troufion des peut-être se sent un débutant dans la vie. Sans personnalité ni parti bien arrêté. Il ne faut jamais entamer dialogue ou polémique avec un Tank — sauf à en être un autre. Sinon, c'est la dépression. Comme les Tanks ne s'attaquent pas entre eux (la force respecte la force), leur tourelle se tourne instinctivement vers les cibles molles, nous. Conseil : laisser le champ libre au blindé, en se garant silencieusement sur les bas-côtés.

Spécimen génétiquement éloigné des précédents, le *Franc-Cochon* enfin, qui, se moquant des idées, n'est pas exactement un intellectuel. Nom officiel : Histrion. Bateleur, provocateur, disent ses partisans, pour excuser le voyou. Abject ou faisan, disent ceux qui jugent sur pièces, et non au second degré. C'est Pantalon à la Comédie-Française, on recule de trois crans. Pièce rapportée, et bouffonne, mais par le volume d'air qu'il déplace, le libelliste de pantomime est à compter au nombre des « premier-Paris », des espèces d'avant-scène qui fascinent le naturaliste. La pérennité du bougre inspire moins d'inquiétude que celle des plantigrades slovènes dans les Pyrénées. La guerre des lettres à son plus bas ? Le courant caniveau ?

Ce polémiste qu'on dit dévoyé est en réalité le pamphlétaire pur sucre, pour qui les contenus et les positions n'ont pas d'importance (quoique lui-même d'extrême droite, mais par tempérament). Il ne connaît d'argument que *ad hominem*. L'épate-bourgeois, le fouille-poubelles, c'est le vieux filon « Rousseau du ruisseau », le condottiere de plume modernisé par *press-book* et *talk-show*. On lui claque la porte au nez, il rentre par la cheminée. Un jour rouge, un jour noir, sans foi ni loi, ni froid aux yeux, il s'attaque aux réputations pour faire sauter la banque et grimper ses cours. Chantages, vols, attentats, auto-enlèvements, injures et diffamations — tout lui réussit, les médias en raffolent et les puissants le cajolent. Ils en ont peur. Il connaît les règles du jeu, la prime à l'anti-conformiste, l'excuse du foutraque, le « par-dessus tout un écrivain », et qu'au sale gosse talentueux le décoré ne peut rien reprocher (enfin, c'était une blague, voyons). Menant grand train, toujours à court d'argent, dandy fastueux et roublard, à l'esbroufe ravageuse, il brouille les pistes à merveille, menteur déguisé en mythomane, calculateur jouant au fou. Qui le dément se salit, qui lui répond s'abaisse. Il joue ses quitte-ou-double sur du velours, hausse le décibel à mesure que croît sa réputation, et atteint à l'immunité par l'énormité, sûr qu'une bonne verve est au-dessus des lois et qu'un écrivain sous les verrous a son ticket d'entrée dans les dictionnaires — Diderot au donjon de Vincennes. Las, il n'atteint qu'à la correctionnelle. Son problème : le directeur de la PJ a fait des études et se garde de nous tendre cette perche, l'incarcération. La mise sur écoutes suffit au pouvoir exécutif : une bassesse illégale contre une bassesse proverbiale. L'État est dans ses torts, et fait le jeu de l'égolâtre. Aussi son décès met-il l'establishment en deuil. L'Académie s'incline devant « un homme qui n'appartenait pas à une honnête médiocrité »; le ministre de la Culture salue l' « admirable trublion »; le président de la République fait connaître sa « grande tristesse ». Un honorable quotidien titre : « Le purificateur des Lettres. » Le maire de Paris publie un communiqué. Puissance parodique du répertoire. « Il va nous manquer », lance un ami du disparu. Pas pour longtemps. Faisons confiance au milieu ambiant, aux archétypes héréditaires et à l'instinct de tradition.

*

Trêve de comédie : il n'y a pas que des baladins en piste. Nous rejoignent, de loin en loin, des êtres humains. Ils traversent nos pitreries sans nous voir, et après leur passage éclair, on se regarde entre nous, saltimbanques soudain penauds. Ce sont les Exemplaires. Comme s'appellent les inimitables qui doivent être imités. Pas des cas types. Ni sociétaires ni prime donne. Ne défraient pas la chronique, ne courent pas le cachet. Outsiders. Remplaçants de dernière minute. Au mieux, des dessus-de-porte à l'Université, à l'École (mais rien pour Jean Prévost); lettres noires sur plaques grises, le regard glisse sur ces noms propres sans voix ni tics, ombres *mezza voce*. Les « morts pour la patrie », vagues déférences. Avez-vous lu une biographie de Henri Maspero, le sinologue, président de l'Académie des inscriptions et belles-lettres, affilié au réseau Buckmaster, arrêté en juillet 1944, déporté par le dernier convoi du 15 août et mort à Buchenwald ; de Jean Cavaillès, l'inconnu n° 5 de la fosse commune du cimetière d'Arras ; ou de Marc Bloch, fusillé au bord d'un champ par les Allemands le 16 juin 1944 ? Un téléfilm ? Statues, anniversaires, hommages ? Ils avaient trop à voir avec la vérité, ces héros, et pas assez avec nos simagrées, pour que nous en fassions nos têtes d'affiche.

Et que trouve-t-on chez ces effacés qui nous donnent envie de redresser la tête ? Une certaine rectitude dans le rapport (au demeurant complexe, infiniment) entre le vivre et le penser, une certaine exactitude — on eût jadis parlé d'honneur. Au-dessus de l'homme des mots, il y a l'homme de parole : les deux coïncident rarement, d'où l'embarras, notre empressement à l'oubli. L'instant critique, qui fait le tri, suspend la comédie. Que l'homme de plume n'ait pas pour l'homme de guerre une passion démesurée, cela peut se comprendre. Payer comptant ne plaît à personne. Ceux, ou celles — Simone Weil en était —, que j'évoque n'étaient pas au demeurant prodigues de grands mots. Rangés et mats, nos sacrifiés ! Pas le genre cancre de génie, terreur du bourgeois ou briseur de tabous. Bons bulletins trimestriels. Ouvriers honnêtes, respectueux des règles. Des bûcheurs. Force est de prendre acte d'une erreur de distribution : les enfants terribles des années trente ne se sont pas précipités sur la brèche, à Londres ou au Vercors. Ceux qui avaient porté l'existence à son degré d'ébullition, les grands pathétiques, se sont plutôt fait porter pâles. Poètes (les marginaux du Parnasse) et profs (les modestes de la pensée) ont mieux tenu le choc, dès l'an 40. C'est la deuxième ligne qui a sauvé l'honneur; celle des missionnaires sans mission et sans public.

Notre période tournesol, 1940-1944, regorge de paradoxes, qui est le nom de guerre des vérités. Ces intellectuels de combat ne s'étaient pas précisément préparés pour l'arène, pas même pour le forum. Ni sociologues ni politologues, la vie publique n'était pas leur fort; ni la morale ni les questions de principe. En matière idéologique, c'étaient même des bleus, des timides. Ils sont morts en patriotes, et pour l'universel, sans en avoir vécu. Bloch, tombé avec un « Vive la France » à la bouche, n'avait pas fait spécialement carrière dans le national, ni Cavaillès ou Maspero dans le banquet républicain. Ils n'étaient pas de la partie. Les congrès d'intellectuels à Pleyel, les pétitions et défilés du Front populaire, les voyages à Moscou s'étaient fort bien passés d'eux. Ils parlaient de tout autre chose. Bloch, des rois thaumaturges à l'ère capétienne, et Cavaillès, des fondements des mathématiques. Militant, tous, pour l'autonomie du travail scientifique — l'irréductibilité des mathématiques à la logique étant même l'idée-force de Cavaillès (bon connaisseur du Cercle de Vienne). Objectivité et dépouillement ne poussent personne à sauter dans la mare aux passions. Un savant y a plus de mérite qu'un délirant bien entraîné. Rentrant dans l'Histoire dont il fera le moment venu *une* histoire, une légende, la sienne, l'affabulateur professionnel reste sur son terrain, en connaisseur. Eux n'ont pas joint le geste à la parole du barde ou du romancier ; ils ont dû changer de terrain et se couper en deux (comme le recommandait Orwell, un autre qui fit la guerre sans l'aimer). Impossible d'étendre la logique argumentative de la vie des idées à la brutalité de la vie collective (qui n'a jamais marché à la vérité mais au mythe et au leurre) ; elle tourne au sauvage quand du civil elle passe au militaire. De Cavaillès en mission à Londres, un témoin observa : « Il avait aboli en lui-même l'intellectuel et n'était plus que le soldat. » Quel rapport entre le professeur et le combattant ? L'amour de la rigueur, peut-être. Il n'est pas exclu qu'une sévère discipline intellectuelle serve d'entraînement à l'autodiscipline du clandestin, mais on sait bien que les apologistes de la violence ne sont pas ceux qui posent des bombes et que les auteurs de traités de morale ne vont pas soigner les lépreux. Ce ne sont pas les philosophes de la liberté, de l'action et du sujet qui ont le plus payé de leur personne, quand de résistance il s'est agi, mais les tenants du concept et de l'axiome. Le philosophe des mathématiques tournait le dos à l'élan vital et à l'existentiel; aussi put-il, en 1943, se glisser en bleu de chauffe, sous un faux nom, sans en faire toute une histoire, dans la base secrète des sous-marins allemands de Lorient pour de menus sabotages. (Je ne connais pas de photo plus instructive que celle-ci : le ministre de la Guerre, en décembre 1944, décorant à Clermont-Ferrand les chefs régionaux de la Résistance, au garde-à-vous et en uniforme. Le second de Cavaillès, Georges Canguilhem, responsable de Libération-Sud, est le dernier de la rangée, le seul habillé en civil. Il a déjà remis sa cravate de professeur. Il s'efface. Fin de la parenthèse.) Mais ce qui étonne le plus, c'est que ces esprits précautionneux ne se soient pas mis, dans l'action, et la confusion et l'exaltation de l'action, à fantasmer, exagérer ou débloquer, comme le fait à l'arrière « le rossignol du carnage » qui pousse les feux, se force au contre-ut. Ils sont restés, en pleine rage, au plus près du réel, précis et sobres, lapidaires. Cavaillès a potassé jusqu'à ses derniers jours la théorie des ensembles et la méthode axiomatique, et dans sa cellule composa une Logique. Bloch, dans la débandade, l'affolement général, rédige son rapport en cinq points sur les ravitaillements de la Iʳᵉ armée, en sa qualité d'officier du 4ᵉ Bureau. Ensuite, un simple témoignage : *L'étrange défaite*. Pas précisément un cri de colère ou une profession de foi. Ce n'est pas un réquisitoire, c'est un procès-verbal, un état des lieux, un bilan — points faibles, points forts, par où reprendre. Pas un « ce que je crois » : des choses vues, comptées et entendues. Il ne pathétise pas la situation, il ne la moralise pas, il la dissèque. Le plus difficile : le discernement à chaud, la passion refroidie dans l'instant. On dit que nos autorités voudraient introduire en terminale un cours de morale civique et s'interrogent sur le contenu à lui donner, notions, programme, auteurs. On croit rêver. Le maître n'a qu'une chose à faire avec ces deux heures par semaine, de septembre à juin : commenter ligne à ligne le diagnostic de Marc Bloch sur l'an 40, notamment le chapitre III, « Examen de conscience d'un Français », suivi de « Pourquoi je suis républicain » (in *Écrits clandestins*). Une année, c'est un peu court, il faudra travailler, mais en ne perdant pas son temps on devrait pouvoir y arriver.

« Français, je vais être contraint, parlant de mon pays, de ne pas en parler qu'en bien... » C'est un sale métier que de dire à sa famille ses quatre vérités, que de retourner le couteau contre soi ; un boulot de cinquième colonne, de faux-derche, de planche pourrie. Désespérer *son* Billancourt, chacun le sien, expose à l'immolation (Socrate, déjà) et aux crachats. Pas à la haine flatteuse des adversaires, celle des siens, la pire. Coucher noir sur blanc, en 1940, quand il s'agit de resserrer les rangs, les lâchetés du Front populaire, l'étroitesse de vue des ouvriers, quand ce serait si fortifiant, pour un homme de gauche, de s'en tenir à la trahison des classes dominantes — voilà le genre de saloperies que seul un désobéissant discipliné peut, doit commettre. Débiner l'ennemi, le vilain, l'autre, c'est un travail sans risque. Il y a des propagandistes pour cela — pour communiquer la cause commune, honorer l'honorable, rembourrer l'édredon. Pour certifier les certitudes et rassembler ceux qui se ressemblent et ne demandent qu'à faire corps. Le sus à l'infâme du dehors, cela ne se pousse pas au péril de sa vie, ce cri de ralliement nous vaut force embrassades et courrier félicitant. Voler au secours de Salman Rushdie à Paris, Londres ou Berlin, ce n'est pas prendre fait et cause pour Calas et Dreyfus, car lettre de cachet et maréchaussée n'attendent pas notre pétitionnaire au coin du bois de Boulogne. Voltaire et Zola, qui parlaient d'écraser l'infâme à domicile, défiaient leur cousin, leur voisin et toutes les évidences instinctives du bocal. Inculpés, bannis, insultés sur les trottoirs, c'étaient gibiers d'Inquisition et de tribunal militaire. Ceux qui défendent en Occident les victimes de l'intégrisme musulman ont mille fois raison. On ne peut que les admirer et les encourager. Ils font une bonne, une grande action, mais pas exactement œuvre d'intellectuel. Ils vont au-devant de nos sentiments, des titres en une et des gens en place (dont l'islamisme est l'ennemi public n° 1). Ces dissidents par procuration feront donc figure chez nous d'amis publics n° 1. Les congratulations ici et la détresse là-bas, c'est une excellente et prestigieuse addition, mais ce n'est pas la nôtre. Nous, nous sommes là pour nous couper de la rue — de notre propre communauté.

On n'a pas besoin d'intellectuels pour défendre la veuve et l'orphelin. Nous souhaiterions tous le faire, nous nous sentons coupables de ne pas le faire. On ne se remet pas en cause quand on ne soutient que les grandes et bonnes causes. On n'a pas besoin d'intellectuels juifs pour entretenir chez les descendants des victimes la mémoire des souffrances juives ; on en a désormais besoin pour leur signaler qu'aux frontières d'Israël l'ancien persécuté peut se faire persécuteur, qu'il y a des fascistes juifs et que les ghettos sont devenus palestiniens. C'est déplaisant, personne n'aime parler de ces retournements, sauf à faire le jeu... Des dissidents de l'intérieur l'ont fait, en Israël et ailleurs, sans se décourager : saluons-les. Quand on est membre du Conseil national palestinien, porte-voix d'un peuple sans voix et viscéralement attaché à sa terre occupée, il n'est pas très agréable d'avoir à dénoncer la capitulation, la corruption, l'arbitraire de son propre mouvement et d'un leader national consacré. Pour s'inventer cet exil dans l'exil, il faut être Edward Said — musicologue de son état et spécialiste de Conrad, intellectuel lucide et pestiféré auprès des siens (auquel la Palestine dressera une statue dans cinquante ans). Et qui pouvait déshabiller l'empereur de Chine, à une époque où la haute intelligentsia et les gouvernements faisaient les yeux doux à Mao, sinon un érudit belge inconnu au bataillon, un historien d'art et calligraphe qu'une thèse de doctorat intitulée *Les propos sur la peinture du moine Citrouille-*

amère ne prédisposait pas spécialement au rôle d'iconoclaste : Pierre Ryckmans, *alias* Simon Leys, qui prit notre bonne foi à revers... Et l'helléniste Vidal-Naquet, le mathématicien Laurent Schwartz (du Comité Maurice-Audin, à Paris, en 1958) n'avaient rien du bretteur attitré quand ils se sont mis à chambouler notre demi-sommeil, notre demi-confort en nous racontant par le menu d'incroyables histoires de tortures et de disparitions. Mettant en cause des anciens résistants, des officiers bien de chez nous, dans les départements français d'Algérie. Odieux. Dérangeant. Ils ont sali le miroir.

Les grands désenchanteurs se révèlent par temps de détresse. Ils reviendront demain, comme ils sont venus hier : engagés involontaires, héros par-dessus le marché, sans préavis ni manifeste.

*

Que voudrait dire, si j'osais l'assumer, ce serment un peu risqué : « ne plus faire l'intellectuel » ? D'abord, réduire la voilure. L'exposition au vent. Le moine-tribun rêvé par Lucien Herr et Clemenceau était supposé se rendre présent à la société en même temps qu'à la vérité. C'était beaucoup. Il avait, il a encore deux fronts à tenir, l'externe et l'interne. Communicateur, il doit rendre public. Chercheur, il doit rendre raison. Pétitionner et travailler. Ce cumul dépasse trop évidemment mes forces, sauf à combiner l'irresponsable et l'emporte-pièce. Les fautes contre la raison n'étant pas moins répréhensibles que les autres, comment faire le Janus sans tromper son monde? En surveillant ses envies, en veillant à ne jamais faire plus de bruit que de sens. Il me faudrait donc, dorénavant, résister à notre vice préféré : *affirmer plus qu'on ne sait*. Vaste est la gamme des forçages, de l'étourderie à l'embrouille, de l'analogie inappropriée à la recherche de l'obscur. Cette gonflette est d'autant plus aisée que l'époque a cette vertu qu'il n'est plus absolument besoin de savoir dessiner pour devenir artiste peintre. Faudrait-il savoir raisonner pour faire le penseur?

Sans doute n'y a-t-il pas, pour évaluer nos écarts de langage, d'étalon de platine parce qu'il y a diverses mesures de la raison comme de l'intelligence, selon la discipline où l'on travaille et les partis qu'on y prend. Un physicien ou un mathématicien n'usera pas des mêmes critères pour évaluer la solidité d'un raisonnement qu'un médecin ou un botaniste; à côté des sciences physico-mathématiques, il y a les naturelles, et les conjecturales; à chacune ses procédures de validation, son espace de jeu; ce qui est sottise pour les unes sera hypothèse pour celles-ci et beau risque à courir pour celles-là. On est toujours le pas-sérieux de notre pas-sérieux. Parce que Lucrèce et Lautréamont leur sont lettres mortes, j'ai longtemps tenu les inspecteurs des Finances pour des barbares, lesquels me tiennent — à meilleur escient – pour un béotien parce que j'ignore tout des mécanismes monétaires et des comptabilités. Reste qu'il y a des normes universelles d'honnêteté, et que l'esbroufe verbale dans une démonstration est aussi blâmable qu'une attaque personnelle dans un débat d'idées. Quand l'art de séduire toutes affaires cessantes vient parasiter le travail de la preuve, l'intellectuel devient au savant ce qu'est le politicien à l'homme d'État : un affairé bientôt affairiste. Et je me garderais de revendiquer je ne sais quel droit à l'impunité en dénonçant « les prudences mesquines et stériles des cuistres positivistes ». Il faut changer de régime, de vitesse, quand on passe d'écrivain à philosophe ; et s'il n'est pas répréhensible de vouloir réconcilier l'esprit de finesse et l'esprit de géométrie, cela ne peut se tenter qu'en séparant à chaque stade le réel du possible, en distinguant pas à pas ce qui est conjecture de ce qui est attesté. Dont acte.

Ensuite, il me faudrait abandonner une tenace pensée de derrière, renoncement aussi amer que, dans mon cas, facile à tenir. Renoncer à quoi ? Au fantasme de la grande théorie finale ; à l'illusion qu'on parviendra un jour à enfermer l'humanité dans une formule ; à l'image du point sublime d'où se découvrira l'intrigue de toutes les intrigues dans une lumière de mont Thabor. La source, la racine, le fondement : était-ce là délire logique de métaphysicien, ou désir inconscient de surplomb ? Les deux ne sont pas incompatibles, et se superposent d'autant mieux que rien d'incontestable ne peut venir briser l'emballement du spéculatif — ni calcul ni preuve expérimentale. Ce champ libre fait qu'impunis nous resterons toujours, dans l'enclos d'une page écrite. Être rationaliste jusqu'au bout (personne ne l'est, il faut s'efforcer de le devenir, disait Bachelard à la fin de sa vie) implique sans doute aucun de faire son deuil d'une pierre philosophale qui aurait forme de théorème ou d'algorithme. Ah, réduire à l'os toute la chair du monde... Peut-on décider un beau matin de ne plus schématiser ? Et si le chromosome avait écopé à la naissance du gène théorique (le gène en trop) ? Je rêve parfois, les progrès de la chirurgie aidant, d'une « thérapie génique » qui m'enlèverait non la vésicule biliaire mais la glande pataphysique. La chirurgie du cerveau n'en est pas encore là. Dommage. Cette opération hautement esthétique me permettrait enfin de scruter le ciel par-dessus le toit, la cloche dans le ciel qu'on voit, cette paisible rumeur-là. Tout le monde n'a pas la chance, comme Péguy, et Tournier, d'échouer à l'agrégation de philosophie, ou comme Semprun, de se faire alpaguer juste avant. Kundera est un autodidacte. Ces grands témoins radioscopiques, un bon génie les tenait sous tutelle, le génie tout court, qui consiste à tendre le miroir, sans décolorer le prisme, délayer le trait. Ils ont gravi la bonne pente. Montrer ou démontrer, raconter ou analyser : l'ubac et l'adret de l'esprit.

Les neurologues devraient se pencher un peu plus sur la *névrose explicative*, l'esprit de système,

404

leurs voluptés un peu cathares. Partir en quête du fin mot, de l'invariant caché depuis la fondation du monde (chacun le sien) — trouble alchimie d'angélisme, de masochisme et d'avarice. S'approprier le monde par réduction, cette manie funèbre et louche qui signe son cérébral, c'est une façon de châtier sa sensualité, de conjurer les tentations, de couper court au débordement des êtres et des formes. Réflexe d'harpagon aux yeux sensibles. En traquant la quintessence, un fesse-mathieu spéculatif peut croire que la connaissance logique de la totalité le préservera des exubérances et des éblouissements. Resserrer dans un ego-système, le magot sous la pile de draps, tout ce qu'il peut y avoir de giboyeux et d'excessif dans l'actualité au-dehors, c'est un plaisir de type anal, claustrophile, assez courant chez le « penseur de cabinet ». Avec le chiffre qui réduira le mouvement des sociétés à celui des marées, plus besoin de recueillir les détritus, les poisseux déchets de l'Idée. On pourra enfin faire fi de l' « incompréhensibilité éternelle » du divers, cette opacité des lointains que Segalen nommait « exotisme ». Son *a priori* en poche, le philosophe s'est juché sur la ligne de crête, dans l'air raréfié des formalisations, dispensé du devoir de voyager, de recueillir l'incongru et l'anomalie. Une synthèse théorique ? C'est minéral et vertical, droit et viril. Loin au-dessus des cloaques humides et vains où erre le tout-venant. La « remontée transcendantale » au principe générateur va nous épargner, pense-t-on, les sueurs de la randonnée au petit bonheur. « Ne me fatiguez plus avec vos journaux et vos mauvaises nouvelles. Je vous expliquerai tout cela en temps voulu. » Ainsi se transforme un petit spasme d'orgueil intellectuel en une modeste contribution aux nouveaux savoirs en construction.

Et ces fameux savoirs, justement... Ne me faudrait-il pas aussi renoncer — et maintenant sans ironie — aux suffisances scientistes, qui ne sont pas, au demeurant, le fait des savants mais plutôt des littéraires en quête d'assurance ? Il est rare qu'un scientifique veuille rabattre l'énoncé qui fait sens (la prière, le vers, la maxime ou la simple conjecture) sur l'énoncé de science (susceptible d'un calcul exact ou d'une vérification). Les chercheurs en sciences dures admettent fort bien qu'il puisse exister des propositions dignes d'intérêt auxquelles on arrive par d'autres voies que les leurs. Le goût d'un certain décorum terminologique caractérise les frontaliers qui n'ont pas confiance en eux. Un excès de scrupules, paradoxalement, pousse ces complexés — dont je fus — à singer ceux qu'ils aimeraient pouvoir prendre pour modèles, au lieu de tenter l'expédition lointaine à mains nues et sur fonds propres, sans arrogances d'emprunt.

Mon temps d'apprentissage a coïncidé avec l'âge d'or des sciences de l'homme, dont on devrait, s'il est permis, accueillir le tassement avec des soupirs de joie. Quand je me retourne sur cette belle et prétentieuse époque, je m'aperçois que ces nourritures trop vantées — si l'on excepte histoire, démographie et certains travaux d'anthropologie — ne tiennent pas au corps. Les sciences sociales ne m'auront pas appris à mieux regarder ou à mieux écouter. Elles ne m'ont donné les clés d'aucun paysage, d'aucune ville, d'aucune civilisation (et encore moins de la mienne). J'exagère. Pavés, colloques, séminaires, articles et thèses m'ont appris beaucoup de mots nouveaux — des mots-valises, des mots-colloques, de ceux qui permettent de sillonner le monde à meilleur compte (tant nos baronnies deviennent transfrontières, elles aussi). Ces apprentissages offrent des répertoires commodes, des codes utiles au tourisme universitaire et à notre carnet d'adresses. Et qui peut s'étonner du nombre de dictionnaires, encyclopédies et glossaires que produisent les éditeurs spécialisés — les derniers ouvrages, de ce côté, à trouver acquéreurs, et à bon escient ? La maîtrise des paraphrases permet un « champ lexical » élargi, et un vocabulaire appauvri. Je n'ai pas de mots pour décrire les choses simples, et je ne trouve guère d'objets qui correspondent aux mots compliqués dont je me suis goinfré. Plus démuni pour deviser le monde dans le blanc des yeux que je n'étais à vingt ans, avec ma langue maternelle et mes petits classiques Larousse. Comme après un dîner trop copieux où l'on a voulu manger d'un peu de tout, je me réveille de ces trois décennies l'esprit tout barbouillé de psychanalyse, sociologie, linguistique, sémiologie, sciences politiques, sciences de la communication, sciences de l'éducation, et j'en oublie. Je me suis gavé, comme tout le monde, de « nov-langue » — signifiant, habitus, épistémè, nom-du-Père, envie-du-pénis, syntagme et métonymie. J'ai rêvé que ces mots-mana, dont nul ne peut incriminer la nouveauté (tout savoir ayant obligation de se forger un vocabulaire pour se donner ses objets propres), m'aideraient à avoir meilleure prise sur mon environnement, à mieux distinguer à terre le tremble du hêtre, au ciel le cirrus du stratus, et au mur le vintage du tirage moderne, à aiguiser en somme le pouvoir séparateur de l'œil. Il n'en fut rien. À la longue, ces sabirs à rendements décroissants m'ont éloigné à la fois des sagesses premières et des surprises techniques. Ils ont desséché la salicaire et la passiflore. Occulté végétations de toujours et innovations d'aujourd'hui. Ces dédales de papier ont surtout recouvert l'humus des religions, littératures et mythologies — ce socle géologique sur quoi les fondateurs des nouvelles disciplines, sous-traitants de l'essentiel, ont bâti au début du siècle leur apanage, et que les sous-locataires de la fin nous revendent par petits lots. Quand on va ergotant de symposiums en séminaires sur « objets partiels et complexe d'Œdipe », ne perd-on pas jusqu'à l'envie de se rapporter à *Œdipe Roi*? Freud s'était nourri de Sophocle, nos aînés se sont nourris de Freud, et nous, de Lacan : les copies magnétiques de troisième génération ne sont pas les plus fidèles.

De ces gloses indéfiniment recyclables, ces feuilletés d'épigones, superposant les matériaux de réemploi et où, comme dans la Rome gracquienne, « tout est alluvion et tout est allusion », rien ne jaillit qui puisse mettre en contact avec la chose même, et nous aider *à faire le point*, comme au premier matin.

À ces bachotages grégaires (qui servent à se faire des collègues, comme les Rotary à se faire des amis), je m'étais épuisé, sans me fouler vraiment. Tant il est délicieux de lâcher la pâte pour la crème, d'arborer des signes extérieurs de savoir. La rumeur et notre soif de terres promises faisaient miroiter des « nouveaux continents de culture à découvrir ». Ces disciplines encore juvéniles, qu'on pouvait croire pleines d'imprévu, stimulaient l'esprit d'aventure. En avons-nous vu passer, de ces « sciences-pilotes », pareilles aux malheureux clopinant à la queue leu leu que Breughel le Vieux a peints dans *La parabole des aveugles*, exposée au musée de Naples. En tête, de blanc vêtu, le trébuchant qu'est le chef de file du moment guide une théorie de somnambules se tâtant du bâton dans la nuit, « dardant on ne sait où leurs globes ténébreux ». Je me rappelle le marxisme structural qui aida les thésards à traverser, dans les années soixante, « le noir illimité, ce frère du silence éternel ». Linguistique, cybernétique, phonologie, sémiologie ont suivi, raides et mécaniques ; et à présent, les sciences cognitives ; en a-t-on connu, au fil des décennies, de ces pilotes fourbus ; chacun, sur le moment, fait une quasi-unanimité; et sombre, passé l'heure du paradigme, dans un trou noir inexpliqué. Chez le novice trop friand que je fus, ces nouveautés auront plutôt encouragé l'indolence. Ces friches interstitielles, entre lettres et sciences, ne permettent-elles pas d'hiberner comme un loir caparaçonné de références qui, s'interposant entre l'insolite et nous, nous dissuadent d'aller robinsonner à cru dans le vaste monde, à compte d'auteur, comme on va planter sa tente en forêt? La méfiance que m'inspirent à présent les métalangues en vogue sur les campus, je me la reproche parfois comme un signe de sclérose, de rétrécissement des horizons. On devient popote avec l'âge, n'est-ce pas, on se lasse des lointains, la myopie rabat sur le jardinet. On n'a plus des artères à courir la prétentaine chez Nambikwaras et Wolofs, schizophrènes, Grecs archaïques et Bantous transculturés. À y regarder de plus près, je me demande si tous ces conforts d'interprétation ne m'auraient pas plutôt rendu sédentaire avant l'âge, en limitant mon champ de vision à nos cercles de discussion, au lieu d'aller y voir dehors. S'ils n'entretiennent pas l'*intra-muros* et l'incuriosité, en endormant l'intelligence sur un matelas de monnaie papier dont nous cessons vite d'examiner l'encaisse puisqu'on nous fait crédit à vue dans nos enceintes à palabres. Fort de ces cautions, le chercheur patenté croit avoir un « compte idées » assez bien approvisionné pour ne pas en chercher de nouvelles par lui-même, sans garantie du gouvernement. Cherchant la sûreté, il se stérilise. Ce sont les pays sans ressources ni richesses naturelles qui inventent, sous l'emprise de la nécessité, condamnés qu'ils sont au travail et à l'ingéniosité. Les rentiers qui ont du pétrole, un lexique et des bibliographies ne feront jamais aussi bien, en ouvrière audace, que les Japonais privés de matières premières. Freud reprochait à la religion, névrose collective, de « dispenser tout un chacun de la tâche de former une névrose personnelle ». Personne ne peut ni ne doit repartir de zéro, mais nos fonds de roulement universitaires ont peut-être pour suprême inconvénient leur commodité même : nous dispenser d'élaborer une pensée personnelle. Nous n'habitons vraiment que ce que nous avons construit ou aménagé. Parce qu'il nous est loisible (et même obligatoire, la carrière d'un docte à diplômes alignant promotions à mériter et baux tacites à reconduire) de puiser à volonté dans un stock d'attestations nominales et dûment certifiées, nous perdons jusqu'au goût de l'effort, et de puiser dans nos propres forces, sans faux nez. Et qui aurait pu devenir explorateur s'arrête à magasinier.

Par quel biais ai-je approché du pot aux roses, à savoir que ces sciences spéculatives n'en sont pas ? Elles ignorent le progrès cumulatif et irréversible des modèles d'explication qui définit la science véritable. Elles fonctionnent en définitive à l'argument d'autorité, à la sociologie des prestiges, et non par des propositions susceptibles d'emporter l'assentiment de quiconque, à l'étranger et dans l'anonymat. D'où vinrent mes premiers doutes, non sur le projet d'une connaissance objective des rouages de la nature humaine, mais sur l'aura aveuglante du mot « science » dans ces nébulosités ? Par la prévision en politique. Que les détenteurs de la « science de l'histoire » aient pu aussi mal s'orienter dans la leur, avec tant de pronostics controuvés, n'aurait peut-être pas précipité mes doutes si je n'avais pu constater dans la même période qu'un ancien saint-cyrien, nourri de Péguy et de Vauvenargues, antérieur par sa formation à toute science humaine et qui n'avait jamais lu Marx (pas plus que Braudel, Keynes ou Sauvy), avait montré un *discernement* bien supérieur, non rétrospectif mais pratique et prévoyant. Il suffit pour s'en convaincre de relire ses propos, discours et conférences de presse, au fur et à mesure. Que le coup d'œil, le sixième sens, le flair historique puisse être à ce point indépendant du « bagage théorique » (comme il l'était chez Napoléon), voilà qui inciterait presque le docteur ès ceci ou cela à déposer ses valises à la consigne, et à jeter la clé. Charles de Gaulle est par trop exceptionnel ? Mais il n'est pas de pays, de décennie qui n'offre l'exemple de ces chassés-croisés entre l'instruction et la jugeote. Au moment où d'éminents spécialistes, libéraux et conformes, pronostiquaient la soviétisation des démocraties, un amateur politiquement incorrect, lecteur de Bainville et de Retz, me confirmait tranquillement la chute prochaine de l'Union soviétique. On n'en conclura pas qu'il faut mettre les maurrassiens au programme des écoles et *L'archéologie du savoir* au rebut; ni que plus on fait d'études, plus on devient idiot; mais qu'il y a pour le moins indépendance des paramètres, et que briller dans la référence n'empêche personne de s'aveugler sur la chose. Voilà qui m'a conduit non à l'indifférentisme scientifique mais à me demander s'il n'y a pas autant et plus de résultats sociologiques à pêcher dans *Du côté de chez Swann* que dans la *Théorie de la classe de loisir* de Veblen; plus de psychologie perçante chez La Rochefoucauld et Molière que chez Pierre Janet ou même Freud; et plus de concentré médiologique dans le premier chapitre des *Illusions perdues,* ou deux pages de Valéry, que dans tel copieux *Cours de médiologie générale* — le mien. On sait bien que la philosophie n'a pas toujours élu domicile chez les philosophes de profession et qu'on peut en trouver une fort bonne chez Lewis Carroll, au rayon « littérature fantastique ». Au rayon « sciences sociales », nombre de prétendus dilettantes auraient leur place, et la première, si nous n'étions dupes des étiquettes et partage en vigueur (ce qui vaut pour les auteurs valant aussi pour les « ouvrages du même auteur » : un sémiologue s'instruira plus en lisant *L'empire des signes* qu'*Éléments de sémiologie* de Roland Barthes, comme un sartrien, curieux des jeux de la mauvaise foi, en lisant *L'enfance d'un chef* que *L'être et le néant*). Des conclusions aussi sommaires, dans la bouche d'un tiers, m'eussent hérissé le poil (« Comment pouvez-vous dire une bêtise pareille, vous qui ne donnez pas dans le populisme ? »). Au vrai je n'avais pas attendu ces découvertes du bon sens pour orienter mes tâtonnements personnels vers la *verita effetuale delle cose*. Sous le manteau, je tirais plus de profit a parcourir les lettres de Machiavel ou les *Mémoires* de Tocqueville que l'*Esprit des lois* ou la *Théorie de la justice*; le *Journal* de Stendhal, que sa soif de voir emmena jusqu'à Moscou, que les *Discours* de Benjamin Constant. Et si les carnets de voyage des diplomates, comme les *Lettres de Russie* du marquis de Custine, me donnent des lumières sur la géopolitique, la lecture des dissertations d'incurieux qu'on offre en pâture aux étudiants en sciences politiques me dégoûterait presque d'en chercher encore.

Dans cette désaffection pour les livres de recherche et de laboratoire, il y a sans doute, oui, trace de sénescence. On veut la paix. Petit soldat à son créneau, ce n'est pas une vie. Les articulations se rouillent quand vient l'automne. On ne se sent plus d'attaque pour les miniterrorismes, les guerres de tranchées entre « nous » et « les autres », les descentes en flammes. Car sur des territoires aussi disputés, qui peut faire l'économie des belligérances ? C'est le matériau lui-même qui pousse à la bataille parce que, l'effet de science fondu dans l'effet de source, la fiabilité, dans ces connaissances adipeuses, reste affaire de signature. Ici, pour avoir raison, il faut avoir raison de ses adversaires et concurrents, comme en politique et religion. On sait ce qu'est « gagner » pour un savant : produire un « c'est ainsi » vérifiable et répétable.

Pour un maître docteur, gagner, ce n'est pas prouver ses dires, c'est imposer, contre ses homologues, ses propres mots et sectateurs. En science, la règle est de contester, mais il y a de l'incontestable (les lois de la nature et du calcul). Dans l'idéologie, il n'y a rien d'incontestable, donc la règle est d'intimider. Je désautorise l'autre pour demeurer l'autorité. Différence du savoir à la doctrine, et du savant au docteur. Ce serait prendre ses désirs pour la réalité (et le problème à l'envers) que de dire : ce qui compte n'est pas l'origine d'une idée mais son contenu. Si c'était vrai, nos thèses et contributions se verraient sans dommage réduits au cinquième de leur volume (les huit dixièmes étant composés de citations, notes, exégèses, disputes et rejets d'attribution), pour le plus grand bonheur des jurys et malheur des doctorants.

Si, dans la course au crédit qui les oppose de leur vivant, et se poursuit après leur mort à travers leurs disciples, pour conjurer ou repousser d'année en année un krach toujours possible (par écroulement de la confiance des petits porteurs), les chefs d'école gagnent aux points, alors tous les coups sont logiquement permis. Pourquoi ? Parce que les jugements d'un grand ponte sont « performatifs », comme ceux d'un ministre des Finances (qui se répercutent aussitôt sur les cours de la Bourse). Comme le Dieu de Frédéric II, la vérité, ici, est du côté des gros bataillons. D'où l'importance du recrutement des troupes — disciples qui eux-mêmes en feront d'autres. Les scientifiques ne passent pas leur temps à déjeuner avec le ministre, s'emparer des comités de rédaction, célébrer des séminaires, contrôler des instances, ventiler des crédits, faire traduire leurs œuvres, étendre leur réseau. Pour eux, le décisif n'est pas de remplir l'amphithéâtre ni d'aligner les divisions (comme un pauvre pape), mais de tester un état de fait à l'aide d'appareils. Un rapport aux choses n'obéit pas aux mêmes règles qu'un rapport de personne à personne. D'où le prix à bon droit attaché, en ces marécages ô combien spongieux, à l'occupation des hauteurs, les postes de commandement — départements, centres de recherche, instituts, chaires magistrales —, par où se manœuvrent et se lèvent les phalanges de suiveurs. C'est en occupant ces éminences d'institution (validantes et invalidantes) qu'on pourra donner cours légal à son papier-monnaie plutôt qu'à tel autre (inscription au programme d'examen, bibliographies recommandées, feu vert des commissions). Dans les sciences véritables, la grandeur d'établissement s'ajoute à la vérité vérifiable comme la fleur à la jeunesse ; elle couronne une découverte, notifie un parcours ; dans nos sciences fiduciaires et trop humaines, elle fonde et institue en vérité circulante et reconnue une ou un ensemble de propositions simplement vraisemblables. Il faudrait parler de concurrence ou de compétition sportive s'il existait pour ces litiges un arbitre neutre et reconnu par tous, avec des règles du jeu définies et codifiées. Quand ce sont les pairs qui jugent par clans et coteries, chaque auteur de doctrine amène son code et ses tribunaux avec lui, s'estimant en droit de se rendre justice lui-même et de donner sa propre définition des enjeux. D'un collègue qu'il tient en piètre estime, un mathématicien, un géographe, un médecin dira : c'est un *mauvais* mathématicien (géographe ou médecin). Un sociologue ou un psychanalyste : *ce n'est pas* un sociologue (ou un psychanalyste). Et personne ne pourra lui rire au nez. Ces dégradations en cascade, ces sautes d'humeur font le charme *sui generis* du débotté littéraire. Roubaud affirme que Duras n'est pas un écrivain, Duras que Sartre n'est pas un écrivain, et Sartre que « Dieu n'est pas un artiste et François Mauriac non plus ». Ma foi, je n'en sais trop rien, qu'ils se débrouillent. Les enfants gâtés des lettres ont tous les droits, aussi ne travaillent-ils pas dans des « labos ». À mi-chemin des caprices de star et des humilités savantes, les vaches sacrées de nos terres théoriques peuvent, elles, ajouter à la badine irresponsabilité du « comme ça me chante » l'austère majesté du chercheur en blouse blanche. Et le caprice fera verdict. Cumulant les prestiges du principe de réalité (celui des tests empiriques) et ceux du principe de plaisir (le libre jeu des affinités), chaque nouveau prince investi par ses vassaux après les tractations d'usage devient sa propre juridiction de contrôle. À la fois juge et partie, le chef de file ou de fief n'émet plus un avis personnel : il rend une décision. Inamovible, insoupçonnable, il peut à la fois édicter la règle et en contrôler l'application. Rendre ses arrêts en passant sur les atten-

417

dus. Faire acte d'autorité classante et décidante. Entre pontife et potentat, pas de ligne jaune. Ici, la loi « scientifique » n'est que la loi du plus fort.

★

Il me faudrait donc, docteur apostat et relaps, retirer de la poubelle ma vieille épée de bois. Pendant des lustres, au nom de la Théorie (ou plutôt de l'idée qu'Althusser à l'École, et tant d'autres ailleurs, m'en avaient communiqué), j'avais aspiré au grade de savant-militant. Sûr que le monde irait mieux quand on le comprendrait mieux — attendez-moi les gars, j'ai la solution de votre problème, j'arrive. Le salut sera analytique ou ne sera pas. J'ai longtemps quêté patente de bien-pensant. Et les docteurs m'ont fait désaimer les marquises qui sortent à cinq heures. J'ai pris l'histoire pour une équation, le décoloré comme modèle et le non-figuratif pour académie. J'ai brocardé l'abdication empiriste des Vidal de La Blache et la superficialité des Joseph Kessel. En bon ratiocineur. Fiction me résonnait à factice, reportage à galvaudage. La fuite du singulier dans les généralités ne niait pas la présence aux pourtours de petites puissances divinatoires, poètes et conteurs. La Cité logicienne n'en fait pas des ilotes, ni des immigrés clandestins, car elle est tolérante, mais des métèques aux lisières, ressortissants de deuxième choix. Le *benign neglect* de l'art, plus meurtrier que la haine, se contente d'assigner les jours ouvrables aux concepts, les fantaisies aux jours fériés. C'est en août, sur la plage, qu'un philosophe, un chercheur peuvent condescendre à ces amollissements. Soyons bon prince avec les petits marquis — Fiction et compagnie, ou, encore plus bas, Tartempion par lui-même.

Si j'essaie de m'avouer les répugnances que m'inspira longtemps l'expression de soi, et que l'esprit de l'escalier n'explique pas à lui seul, je tombe sur une enfilade de préventions qui vont d'une idée reçue de l'intelligence à une répulsion quasi épidermique pour mes doubles. Je l'avais d'abord pris de haut, par esprit de sérieux, avec les débiteurs de mensonges invérifiables, mes sosies. L'esthétisant n'a-t-il pas renoncé à désosser les apparences du monde, ne se fie-t-il pas au chatoiement du sensible aux dépens des logiques cachées? Et quels simulacres! Combien « émollients ». Et « mondains »... L'ombre des pins baignés d'azur, les voilettes envolées de maman, les devantures luisantes de jouets, mon étrange solitude et mon premier chagrin — le piapia des littérateurs. Chez ces agents de surface, il n'y a pas que des décorés décoratifs, des salonnards à standing. Parmi ces façonniers aussi subtils qu'inoffensifs, il y a des types épatants, beaucoup sont des amis. Je les trouvais fort plaisants. Consistants dans leur inconsistance. Les inclassables, c'est leur tort, ont du charme, parfois du cœur; une femme merveilleuse et un intérieur ravissant (ou l'inverse); ils ont des relations; ils reçoivent avec tact. Ces délicats n'ont rien à dire mais ils le disent si bien. Ils ont la tête farcie de citations, ils n'ont pas de sang sur les mains, les exquis, ni de la boue aux godasses. Les Français en particulier n'arrivent pas du Pacifique ni de Leningrad assiégé, n'attendons pas d'eux *Les nus et les morts* ni *Vie et destin*. Ces hommes de goût composent des fadeurs de bon goût — lisses et sans enjeu. Aurais-je oublié Flaubert et que « les œuvres les plus belles sont celles où il y a le moins de matière » ? Je jugeais le ballet à l'argument, la musique à son thème, comme si l'art et la manière n'étaient pas la substance même. L'édifice immense du souvenir n'a-t-il pu tenir dans une tasse de thé, quand du carnage de Verdun, au même moment, rien ne nous reste que des formules toutes faites ?

À quoi s'ajoutait, si choquant que l'aveu en soit chez un exhibitionniste patenté, une prédilection pour le chic impersonnel. Le « Madame Bovary, c'est moi » des romanciers me mettait mal à l'aise : ces choses-là se font sans le dire, on ne vend pas ainsi la mèche en public. Je ne puis m'empêcher, au chapitre des inhibitions, de mettre en parallèle deux souvenirs de mes années d'acolyte. Le hasard m'a fait côtoyer Michel Tournier dans un avion gouvernemental qui revenait de Berlin à Paris. Il y avait là un Premier ministre, des hauts fonctionnaires, de prestigieux invités. Disert, savoureux, Tournier entretint tout du long la compagnie de ses avatars en langues étrangères, des traquenards de l'allemand, des épouvantables malentendus suscités par ses chefs-d'œuvre. Il emplit si bien la carlingue de ses angoisses d'auteur incompris qu'atterrissant à Roissy, nous étions tous devenus des *Tournier's boys* (et j'ai mis moi-même trois jours à vouloir venger Tiffauges et Robinson, dont les errances sémantiques m'empêchèrent positivement de fermer l'œil deux nuits de suite). Peu après, la même officialité me déposa dans un Paris-Brasilia, non loin de Claude Lévi-Strauss. Il y avait là le Président, plusieurs ministres et leurs porte-serviettes. Rigoureusement évanescente, cette silhouette longue et muette rendit sa présence si anonyme et incolore que bien peu, débarquant au Brésil, se souvenaient que le célèbre anthropologue avait été des nôtres. À croire que l'effacement est une vertu aussi communicative que l'effusion, je me surpris, dans les fêtes de Rio, à faire l'absent, à chuchoter au lieu de parler et à m'éclipser sur la pointe des pieds. Cela ferait une juste allégorie de la Science et de la Littérature telles qu'un profane peut les deviner de loin. Le Savant diaphane, à la chair comme évidée par les rayons du Vrai, et le Créateur plein de lui-même qui a levé le pont-levis une fois pour toutes. Deux sortes d'autarcie. Les bipèdes ont deux manières de se prendre pour Dieu : l'épure ou la pâte. On enlève ou on rajoute au fouillis d'ici-bas. Peut-être y a-t-il, entre l'intelligence abstraite et l'intelligence artiste, quelque chose d'analogue à l'éternel conflit du dessin et de la couleur qui faisait dire à Matisse âgé : « Mon dessin et ma peinture se séparent. » Avec la posture théorique, on prend l'option dessin. Stellaires l'un et l'autre, Lévi-Strauss me sembla plus respectable et Tournier plus enviable.

Car dans le choix pervers du *rasoir*, j'avais mis une once de pénitence et le bonheur de me rendre malheureux. « Tu as un brin de plume, me disait un ami. Cesse donc de nous assommer avec des pavés imbitables. Fais des romans, des pièces de théâtre, des scénarios. Ça rapporte tellement plus. — Et si justement, je ne veux pas que ça me rapporte, moi ! » Car le conte, demandez au fisc, nourrit plus son homme que le cours. Et si mes romans n'avaient pas plus cassé la baraque que mes traités, la différence des revenants-bons respectifs m'apparaissait fort immorale (au regard de la maxime « À chacun selon son travail »). Si l'on calculait en marxiste la valeur des œuvres de l'esprit (comme celui des marchandises au temps de travail social moyen), les philosophes seraient, avec les sculpteurs, milliardaires. Et Picasso, qui pouvait produire dix dessins ou un tableau par jour, ne serait jamais descendu de Montmartre. J'ai peiné dix ans à composer une somme philosophique dont il ne s'est pas vendu mille exemplaires ; et guère plus d'un mois pour écrire *La neige brûle*, qui, le prix Femina aidant, a dû frôler les cent mille. Un à cent, c'est trop. Y a plus de morale. Le rentable, le gratifiant, le divertissant, c'est trop facile, messieurs-dames. De cette disproportion entre dépense et récompense naît un certain dégoût du business narratif. Entre deux façons de perdre son temps, l'ingrate, l'ennuyeuse me semblait plus distinguée, plus digne d'un « pour la beauté du geste ». L'infatuation de l'acte gratuit convient aux aridités professorales, quitte à se mentir sur ses penchants (étant encore plus inapte à faire la leçon qu'à raconter une histoire). J'avais cru méritoire et même rédemptrice l'ascension vers les hauts plateaux de la macération alors que, comme dit Rilke, « le chemin des choses proches, pour nous autres hommes, est de tout temps le plus long, et pour cette raison, le plus difficile ». Les grands cadres explicatifs du monde, qui laissent filer le poisson tels des filets à trop larges mailles, n'ont finalement rien changé à mes enfantines indifférences. Je continue de recevoir les pensées sans style comme des informations météo, il fait sept degrés ce matin à Nantes. Rien ne peut faire qu'à l'exception de *Tristes tropiques*, ce récit d'aventures en première personne, mes ouvrages de formation, entre talismans et tremplins, n'aient pas été les « maîtres livres qui ont marqué des générations d'intellectuels » — *Pour Marx, Les mots et les choses*, les *Écrits* de Lacan, *Les héritiers* de Bourdieu —, mais *Les trois mousquetaires* et *La route des Flandres*.

Les jeux sont faits. Et ma cure de désintoxication, bien tardive. Du moins en sais-je désormais assez pour sourire du petit air de supériorité des tenants de la « connaissance savante » sur la « connaissance ordinaire ». Sourire des compositions délayeuses qui traduisent en jargon de reconnaissance mutuelle des données d'observation recueillies et consignées depuis trois mille ans par poètes, chanteurs, romanciers, voyageurs et chroniqueurs. Nombreux sont les régimes de vérité, et j'ai cessé de croire dans la prééminence de l'abstrait sur le figuratif. Pour employer, dernière fois, je le jure, les tournures des doctes, « tout se passe comme si » pour les « gains de connaissance », il y avait plus à attendre des « acteurs de terrain » que des interprètes du balcon, toujours tentés de « surinterpréter » et de hausser au statut d'« inductions rationnelles » quelques dadas personnels. Non qu'il n'y ait, issues des nouvelles disciplines, des monographies et des enquêtes fort nourrissantes. Mais jusqu'à plus ample informé, par « l'ampleur des matériaux recueillis et la variété des protocoles d'expérience », la littérature (vaste contrée qui va du polar à l'aphorisme et de Brassens à René Char) me semble, non la mieux transmissible mais la plus vitaminée, parce qu'à l'état sauvage, des sciences de l'homme.

Post-scriptum 3

Un polygraphe en bibliothèque

Un hall d'aéroport en sous-sol, quai François-Mauriac, entre les rues Émile-Durkheim et Raymond-Aron, dans le XIIIᵉ arrondissement de Paris. Plafond et plancher en chaud-froid : dessus métallique barré à l'horizontale de hallebardes lumineuses, moquette moelleuse et fauve, entre écureuil et terre d'Afrique. Le bois du mobilier humanise des perpectives qui, de pharaoniques, glissent, de plus près, au scandinave. La brillance froide domine, tant le mausolée hors échelle affiche ses armatures — fer, béton, bois et verre. Cette architecture blanche et franche, avec ses grands mâts-luminaires au-dehors, projette l'impétrant dans un millénaire sans arrondis ni tendresse, automatisé, inoxydable-inexorable — loin de la concave Europe et des fourretouthèques aux boiseries noisette. Ici, l'hygiène funéraire serait chirurgicale, nickel.

Le *de cujus,* intimidé, s'approche de l'hôtesse d'accueil, répond aux questions signalétiques. À « profession », il a essayé « médiologue ». Sans succès.

— C'est un questionnaire sérieux, s'impatiente-t-elle. Alors... profession ?

Il ne s'en sortirait donc jamais. En avion, sur sa fiche de débarquement, on a le choix, on soupèse. À la volée, il faut y aller de chic.

— Bon, alors... mettez écrivain...

Elle pivote sur sa chaise, les doigts au-dessus du clavier, et le reluque de bas en haut. Joli minois, châtain, des yeux tout étonnés. Un gratte-papier dans la Bibliothèque nationale de France, qui fait la queue pour acheter sa carte d'entrée annuelle, par souci d'économie, est-ce si surprenant ? Connaissait-elle, cette demoiselle, des gens capables d'écrire sans lire ?

— Soit, soupire-t-elle, avec un petit « hum » sceptique, style « encore un qui s'y croit déjà ».

Il partage son incrédulité, mais que dire d'autre ? « Écrivant » eût été plus exact. « Homme de lettres » ? Trop fin de siècle à son goût. Il n'est pas fonctionnaire. Ni journaliste. Ni professeur. Ni salarié. Il vit de ses droits d'auteur, il cotise à la Sécurité sociale des artistes auteurs, par versement trimestriel à l'organisme agréé sous ce nom. À travers ses trois ou quatre vies successives, il n'a cessé de griffonner. C'était encore la moins fausse de ses identités. Que resterait-il de lui, après tout, sinon une vingtaine de volumes à dos carré ? Menues épaves, à l'autodestruction très ralentie (en comparaison avec nos chairs si vite avariées), auxquelles s'accrochent, absurdement, ses espoirs de prolongation.

— On peut mettre autre chose, vous savez.

— C'est vrai ? Vous voulez dire qu'on a droit à deux... ?

— Oui, pour personnaliser les envois. Nous avons besoin de tout savoir sur nos usagers. Enfin, le maximum.

N'était la largeur du comptoir de bois blond qui les séparait, et bien que la banque fût à claire-voie, sans hygiaphone interposé, il l'aurait tout de go embrassée. Ambivalence, métissage, dédoublement seraient-ils enfin reconnus par la Sécurité sociale ? Sa bouffée d'amour ne fait pas le détail, mais reste muette. À qui en faire l'hommage : au progrès intellectuel et moral de l'humanité, à une bibliothèque « d'un type entièrement nouveau » dénommée, d'après le site, « Tolbiac », ou à la générosité d'une débutante contractuelle ?

— Philosophe, dit-il, en se jetant à l'eau.

— Écrivain point philosophe, c'est cela ?

— Non, pas point, virgule, tiret.

— Nous ne prenons pas le tiret, se dérobe-t-elle, en se rembrunissant. Ni le point-virgule.

Ce *nous* de majesté accroît sa confusion. Il lui rappelle tout ce que la nationale cheville avait pu produire de péremptoires filandreux et de sophistes charlatans. « Écrivain-philosophe ». Tiraillements du tiret : l'écrivain doit plaire, s'il veut un public, et le philosophe décevoir, s'il ne veut pas gruger. Qu'importe. Ce composé avait au moins le mérite de signaler aux puissances occupantes qu'il n'était pas un parolier, chroniquailleur d'alcôve ou biographe de stars. On habitait l'étage au-dessus.

— Écrivain point philosophe, reprit-elle. Non, non, ça ne marche pas.

Elle ouvrit le capot de l'imprimante et plongea les deux mains dans de terrifiants rouages, chariots, cartouches, en répétant, excédée :

— Ça ne marche jamais, ça ne marche jamais.

L'usurpation de titre ? Mais quel titre d'honorabilité ne tient pas du trompe-l'œil ? Avait-il été la goutte d'eau, l'imposteur en trop que le logiciel administratif, excédé, refusait d'enregistrer? Ou y avait-il un détecteur de mensonge dans une puce?

Le robot grisé se remet à ronronner. Soulagement. On commençait à grommeler dans la queue. Il n'est pas tout seul. Chacun derrière lui avait sa petite histoire à condenser, ses mots-façades. La boîte tire une langue gris clair, pareille à une carte téléphonique, mais avec son nom propre imprimé et un « strictement personnel » au dos. L'accueillante joint à sa carte un dépliant en couleurs, et coche à son intention les salles H et J, « Langue française » et « Philosophie ». Son visage s'éclaire.

— Soyez le bienvenu, monsieur. Vous êtes ici chez vous. Non, on paie à côté. Au suivant.

Il s'acquitte de ses deux cents francs à la loggia voisine, marche vers le portillon qui recrache sa carte d'abonné, comme dans le métro. Il peut maintenant explorer sa dernière demeure, où le tout est de s'installer, et après nous le déluge.

Chez lui, on dirait la coursive du *Normandy*, classe luxe. Le déambulatoire donne à droite sur des arbres fantômes et, par la gauche, sur les salles de lecture. C'est le « haut-de-jardin », ouvert au grand public. Hypogée suspendu qui inverse le haut et le bas ordinaires des silos de papier : ici, le lecteur converse avec les morts en altitude, et le royaume généralement ténébreux des livres rares perche dans la région la plus transparente, en haut des tours. Il déambule donc à flanc d'Olympe, le vaniteux, sûr de lui et léger. Oui, avec son titre en poche, il se sent au milieu des siens, ceux pour qui rien n'est fini quand tout est fini, ceux qui s'éveillent une fois qu'ils ne sont plus. Il plastronne, souverain farceur venu inspecter son sépulcre incognito, de plain-pied avec la cime des pins dont il a aperçu en arrivant, sur les planches balnéaires d'une esplanade à caillebotis où l'on peut se croire à Deauville, les reflets un peu noirâtres émerger au loin. Il distingue de près des chênes rouvres, des charmes, des bouleaux luminescents. Ce cloître, pense-t-il, ce serait leur poumon, leur patio privé, à eux, les exonérés. Jacinthes et primevères, la nuit et les jours fériés, ne pousseraient que pour eux. Il se rend à l'exposition des « Livres d'artistes », et dans cette arche de Noé climatisée soustraite aux moisissures des corps, à la coulée frivole des jours, il se sent, le nez hors de l'eau, tiré d'affaire. Déjà dans la postérité, adossé aux confrères, cartonnés et patients. Deux cent mille âmes sommeillent derrière les murs, en attendant leur Prince charmant. C'est le chiffre qu'indique le prospectus pour le fonds provisoire de la bibliothèque publique « ouverte à toute personne de plus de dix-huit ans ou titulaire du baccalauréat, après délivrance d'une carte d'accès payante ».

Veut-on, avec ces mitoyennes arborescences, faire honte aux « postéromanes » en leur mettant sous le nez tout ce qu'ils doivent détruire pour se caresser le nombril? Leur rappeler en passant les fibres dont se tissent leurs songes de survie, et les forêts dont les hommes tirent leur mémoire? Ou bien les encourager au labeur par un « Vous déboisez? Ne vous en faites pas, on replante ». Il n'aurait su dire. En tout cas, ces feuillus abstraits derrière les baies vitrées — toute promenade étant là interdite — lui donnent par contraste une envie physique, charnelle, de palper des feuilles non moins persistantes mais imprimées. Il bifurque donc, oubliant l'exposition artistique, vers la salle de lecture assignée aux belles-lettres. Étourdiment, curieux de voir sous quelle reliure il se présentera demain aux oisifs passéistes ; quelle odeur il aura après sa disparition — champignon, copeau d'eucalyptus ou foin sec ; quel lissé, sa peau ; quel petit bruit craquant fera son âme au fond des carrels. Un coup d'œil, rien de plus.

Dans le saint des saints — « Littérature » — règne un radieux recueillement. La lumière est tamisée, en contre-jour, par des grands lés de mailles métalliques spiralées. Réflecteurs et lampes halogènes dans les tables contribuent à l'optimiste fonctionnalité du sanctuaire, bien loin des labyrinthes clairs-obscurs où il avait l'habitude de se perdre. La classification Dewey (ce bibliographe américain qui a démembré le bloc humain en dix départements thématiques numérotés de 0 à 9) balise amicalement les voies d'exploration. Chaque auteur reçoit en naissant son adresse. Parcelle 800 : *Littérature générale*. 840-848 : *Littérature d'expression française*. Cadastre partout identique. Ici, « AUTEURS FRANÇAIS DU XXᵉ SIÈCLE » — doublé par-dessous d'un « œuvres, critiques » en bas de casse — se détache en capitales noires sur une plaque d'aluminium gris tourterelle où glissent des moirures d'automne. Il trouve sans peine sa travée alphabétique, admire les reliures rouges et vernies, le chant épais des tablettes, se penche à l'endroit de son patronyme. Bizarre. Daumal, Deguy, Delay. Il vérifie au milieu, alentour : rien sur les dessertes, pas grand monde en salle. Beaucoup de chaises au dos en coque restent vides.

Pour la « production contemporaine », les sélectionneurs ont dû mettre la barre un peu haut, se dit-il aussitôt. Un balayage des parois de cuir rebondi lui enlève cette consolation : à notre civilisation engloutie ne survivront pas que les Dante et Virgile. Tous ses copains sont là, briquettes dormantes mais alignées. Poètes, romanciers, critiques, essayistes. Ses romans à lui, confessions, nouvelles, recueils critiques — tout cela a-t-il été jugé indigne ? N'a-t-il pas reçu, comme tout graphomane, son quota de prix littéraires, d'articles mi-figue mi-raisin, de lettres de lectrices émues ? N'a-t-il pas entendu, comme tous les confrères, son éditeur lui dire d'une voix rassurante, après chaque remise de copie : « Notre maison est fière de vous avoir comme auteur. C'est là votre *meilleur* livre, n'en doutez pas » ? On ne se méfie pas assez, l'habile refrain ne préjuge pas du niveau de départ (le meilleur du mauvais n'étant pas vraiment bon). Grande taille ou garçonnet, n'ont-ils pas les uns et les autres, à part égale, qualité d'*auteur d'expression française*, fait de tous les auteurs du monde, et qui les vaut tous et que vaut n'importe qui ? « Ah, les chênes qu'on oublie », se murmure-t-il *in petto* (sans se douter que ces pirouettes, ces détournements de potache — clins d'œil qui ne font sourire qu'un lecteur sur deux — caractérisent justement la roupie de sansonnet qui n'a pas sa place chez les importants).

Drogué aux vieilles fiches bristol, il clique à tort et à travers, s'emmêle les menus. Le comble du grotesque triste : six cents millions de Chinois et moi et moi et moi ? Non, il ne ferait pas partie des grincheux à mine papelarde, des pleurnicheurs venant faire une scène au personnel de surveillance, l'index pointé sur le prospectus vantant impudemment « cette collection encyclopédique qui rassemble sous forme de corpus complet les textes constituant les grandes références contemporaines » — comme si leurs immortels ouvrages ne faisaient pas référence, dans leur famille, leur village.

Puisqu'il avait, comme « philosophe », une deuxième chance, plutôt que de tenter le diable et la borne de consultation informatique, il gagne sans protester la salle J. En sous-sol, par l'ascenseur. Grimpe vers la mezzanine et repère son quartier : « Philosophes français du XXᵉ siècle ». Tiens, curieux. On sautait directement de Dagognet à Deleuze, Derrida. Il vit pourtant un demi-mètre de vide entre le premier et les deux suivants : largement de quoi glisser de l'adventice, du mineur.

Que reste-t-il de nos écrits ? Encore moins que de nos amours. On s'exagère ses titres à la durée. Tel se croit écrivain qui n'est que plumitif. Tel se dit philosophe qui n'est qu'idéologue. La réalité, tout le monde la sait, sauf le cocu. Et les directeurs du futur, témoins objectifs des valeurs comparées des copies, parce qu'ils ne sont pas dupes de nos erreurs de proximité, décident, à huis clos, de ce qui prendra ou non forme et poids de parallélépipède dans nos grands magasins de survie. Nos juges anonymes ont la bonne distance, celle qui nous manque. Leurs décisions, qui taillent dans le vif, sont sans appel.

Sur une table basse en coin, il avise un coffret sur présentoir : « Le XXᵉ siècle en France », avec trois brochures élégantes — couverture noire, titres bleus : *Philosophie contemporaine. Sciences humaines et sociales. Le roman aujourd'hui.* Il ouvre, non sans anxiété. C'est édité et préfacé par le sous-directeur de la Politique du livre et des bibliothèques du ministère des Affaires étrangères. On y présente, à l'intention des établissements culturels, universités, centres de recherche, éditeurs et traducteurs, « la sélection des livres qu'ils est indispensable de trouver dans une bibliothèque à l'étranger », livres parus en France dans toutes les disciplines, depuis 1950. Centaines de noms, milliers de titres. Il ne trouve là trace d'aucun des siens, dans aucun domaine. Ce n'est décidément pas une bonne idée de venir chiner dans « le refuge du sage » et « le miroir du temps ». « De l'auteur, je n'ai finalement que la vanité, se dit-il en remettant ces index récapitulatifs à leur place. Ça ne fait que la moitié du programme. Pourquoi ne pas aimer ce sort infiniment commun : passer sans rester ; avec des lubies non transmises, et une brassée de bouquins inutiles dans son cercueil ? » Sur cette difficile et quasi stoïcienne résolution, il se laisse choir sur une chauffeuse au beau cuir roux et pique un roupillon.

Une main affectueuse le tire doucement de son somme à sept heures moins cinq. On allait fermer. Il avise la bibliothécaire qui lui a secoué gentiment l'épaule, s'approche d'elle et d'un air dégagé :

— Pas beaucoup de monde, hein, vous avez des trous incroyables ; les restrictions de crédit, je parie.

Il montre du menton les blocs de rangement.

— Vous êtes chercheur ? lui demande-t-elle, avenante. Désolée. Ici, on n'a que l'essentiel. Après le basculement des collections, le rez-de-jardin sera ouvert et on pourra vous satisfaire. Vous cherchiez un titre en particulier ? Un auteur précis ?

Elle empoigne sa souris, désarmante de prévenance.

— Celui que vous avez devant vous. Et que vous ne verrez plus de sitôt. Adieu, madame.

Ce congé racinien lui reste dans la gorge. Il lui substitue *in extremis* l'air « au-dessus de tout ça », tourne les talons sans répondre et gagne l'escalier de sortie, majestueuse tristesse drapée de dignité déchue. Raide et pensif. Comme un roi contraint à l'exil, au bas de la passerelle.

Douze millions de volumes! Un casse-tête, sans doute. La Bibliothèque nationale d'un pays est comme un musée des Beaux-Arts où toutes les croûtes de tous les peintres du dimanche se retrouveraient jour après jour stockées. Aurait-il pris un entrepôt pour une arche sainte? Il faut bien faire un premier tri, programme oblige, pour « rendre accessibles les œuvres capitales de l'humanité, et d'abord de la France, au plus grand nombre possible de Français ». Toutes les choses écrites sont inventoriées, marquées, cotées (et les conservateurs s'en vantent assez). Ce qu'ils disent moins, c'est comment s'opère la discrimination entre l'accessible et l'accessoire. Les contemporains jugés d'avance mémorables seront préemptés, microfilmés, désacidifiés, numérisés, lisibles à distance sur écran, et surtout, disponibles en *libre* accès, dans des salles ouvertes aux badauds, avec les usuels. Les « pour inventaire » seront consignés en réserve, disponibles seulement sur demande écrite et après force attente. Ou assignés à résidence dans de subalternes banlieues. Il avait assez braconné dans ces nécropoles pour connaître l'importance des emplacements. La postérité bouffe à tous les râteliers; encore faut-il y être, dans les mangeoires.

« Construire une œuvre » de son vivant? Non. Il misait sur une survie assistée, comme le *minoto popolo* du deuxième rayon. Avec la trompeuse assurance que donne le dépôt légal obligatoire, il s'était même flatté qu'en s'échelonnant entre deux serre-livres, ses tomes et volumes finiraient par révéler un plan sous-jacent, avec travée centrale, bas-côtés, perspective. Un beau jour de l'an 2321, un badaud non prévenu — oui, cela arrive —, égaré dans ces salles de fouille, se mettrait par mégarde à trifouiller ces pierres sèches. Tombant en arrêt, piqué au vif par une moulure saugrenue, il se prendrait assez au jeu pour remettre de l'ordre dans ce bataclan. Alors, un édifice de papier prendrait contour, un site à visiter, un vaut-le-crochet. Il était prêt à faire tapisserie le long d'un mur le temps qu'il faudrait, comme les laides dans une salle de bal; il acceptait de sommeiller, sans déranger, dans le coma profond des in-octavo que personne n'ouvre ni ne demande; le temps de voir arriver ce fureteur archéologue et vivifiant. Mais l'exhumation par hasard, il le savait bien, avait un *sine qua non* : que les ossements soient regroupés, même boîte, même alvéole, avec un « ci-gît » bien visible sur le dos. Membre associé du College of Funerals de Londres, l'anxieux, partisan des inhumations en bonne et due forme, tenait la crémation pour un assassinat de vestiges, un renoncement nihiliste aux lendemains qui relèvent. La résurrection des corpus était encore plus aléatoire que l'autre? Soit, mais les limbes où les bibliothécaires décideurs avaient dispersé ses restes ne lui laissaient pas une chance sur mille.

Il en avait pourtant fait, des pieds et des mains, pour se glisser dans le cadre. Il avait « épousé son siècle », et s'était même jeté à son cou en croyant, militant, courtisan. Sans se douter que pour y entrer, dans l'histoire, il faut commencer par en sortir. Notre époque meurt en Sardanapale, entraînant dans la tombe ses amants, ses serviteurs et ses proches (les vagues relations s'en sortent mieux) — avec, en janissaire commis aux égorgements discrets, l'expert de la commission d'achat. Au lieu d'ergoter sur la Trace, se reprocha-t-il, j'aurais mieux fait d'en laisser une. Sur cette tête d'épingle, il avait bâti un petit système d'explication du mammifère évolutif, l'homme. Religieux sans Église, c'était là sa seule foi : le trait, le support, la chaîne. Tous les primates — et les contemplatifs sont les plus nécessiteux — ont besoin pour se sortir du lit le matin de s'accrocher à une part d'immortalité, à un petit « clou de lumière » au loin, à quoi suspendre les travaux et les jours. Il changeait de nom, le clou, au gré des latitudes. Ce pouvait être l'âme, le karma, la colline inspirée, le patrimoine génétique, les ancêtres, la progéniture, les esprits de l'eau. Il avait choisi, lui, la pâte de bois tendre. Sans ignorer acides, vers, rats, inondations, incendies, moisissures et gaz carbonique. Ces ennemis intimes n'auraient pas même à se manifester. Son compte était bon.

Dès le lendemain, l'oblitéré des rayonnages nobles retrouve une voix humaine et la voussure d'épaules du putrescible de base, le mortel sans postérité. Las de lécher ses plaies, il prend son courage à deux mains et le combiné avec. Il appelle sa meilleure amie qui travaille justement à la Bibliothèque nationale de France. Folle des livres, elle est affectée, logiquement, à l'audiovisuel. Sans doute a-t-elle accès, depuis son bureau, au catalogue informatisé de l'institution. Christine P. n'a de goût que pour les artistes, mais consent parfois à le lire. Même si elle lui a dit un jour : « Au fond, je me demande si tu ne vas pas rester qu'un intellectuel jusqu'à la fin de tes jours. C'est dommage. » Il a encaissé. Puisque ce ne serait pas une surprise pour elle, autant prendre les devants :

— Tu sais, j'ai été faire un petit tour à la bibliothèque François-Mitterrand, l'autre jour. Ils n'ont même pas mes bouquins.

— Impossible, tu n'as pas dû chercher là où il faut.

— Ton écran magique peut te dire dans quel coin?

— Attends, je me branche.

En trente secondes, elle a la solution.

— Qu'est-ce que tu me chantes? J'ai devant moi une jolie petite liste à ton nom.

Rasséréné, mais tout de même.

— Tu n'as rien en littérature et en philo?

— Attends, je regarde. Non, pas en littérature. Mais en histoire, sociologie, sciences de l'homme, politique, histoire de l'art. Un peu éparpillé, tout ça...

— Pour mes œuvres complètes, il faudra des patins à roulettes.

— Quand on veut jouer sur tous les tableaux, on peut se chercher dans tous les coins. C'est normal. Tu te disperses et tu te plains.

— Justement, je m'interrogeais. Comment j'ai pu perdre le fil à ce point?

— Tu as lu Flaubert : « Ce ne sont pas les perles qui font le collier, c'est le fil »?

— Tu devrais faire passer le message sur l'Internet des conservateurs : « Auteur perdu sans collier voudrait retrouver le fil. »

— Ça, c'est ton affaire. La Bibliothèque nationale n'y est pour rien.

— Tu as raison. Je devrais m'y mettre moi-même, à ma petite affaire.

— Ah non, je t'en prie, tu ne vas pas encore nous raconter ta vie, non? Tu écris toujours le même livre, ça devient mortel. Avec ton art de te faire des ennemis pour le plaisir... À ta place, je tournerais la page.

— Promis-juré, cette fois, c'est la dernière. À plus tard.

437

Ainsi donc, ils lui ont fait le coup du rangement, les commissaires de la mémoire. Le même qu'il venait de faire subir à d'autres, une semaine plus tôt sous couvert d'une « toilette de rentrée ». Comment leur en vouloir? Nous sommes tous des assassins. Catalogage, patrimoine, répartition thématique, c'est du nettoyage préventif. Du propre, de l'indo-lore. Lui-même, dans sa petite collection person-nelle, il n'avait pas *désherbé*, comme disent pudiquement les conservateurs (entre eux, à voix basse). Mais déboisé. À domicile. Sauvagement. Scié nombre d'auteurs encore sur pied dont beau-coup étaient des relations, sinon des copains, à qui, faux derche (comme eux, avec lui), il serrait la main dans les colloques. Le genre d'exactions dont on ne se vante pas, et auquel chacun préfère se livrer seul, de nuit, sans témoins, rideaux tirés. Son apparte-ment croulait sous des milliers de volumes, il ne s'y retrouvait plus, chaque livre dont il avait urgence lui demandait une heure de fouilles. L'habituelle coupe claire de septembre, le classique écobuage des sous-bois n'y suffirait pas. Cette fois, il s'était payé en suisse trois nuits de nettoyage ethnique. La sélec-tion à la serbe, à la serpe. Des gestes fous, de tueur débordé. Il avait dû marcher au bourbon pour tenir, se mettre dans un état second — ou plutôt bestial, déshumanisé. Dès qu'on réfléchit, à jeun, qu'on feuillette, qu'on se souvient, on faiblit et on remet sur l'étagère. Les condamnations à mort sont plus faciles que les exécutions. Car pour ces extirpations rageuses, celui qui rend la sentence l'exécute. Les bibliothèques privées manquent de personnel.

Il fut donc inquisiteur et main séculière réunis. Signe des temps (ou de son temps à lui, du peu qui lui restait et qui l'obligeait maintenant à des coupes sombres s'il ne voulait pas finir asphyxié par l'encombrement stérilisant des signes, l'entassement du gris, la mortelle prolifération des liasses), il s'était fait le serment d'éliminer bibliquement deux populations expansionnistes, notoirement excédentaires : l'éphémère prétentieux et le charabia pseudo. Le pas vraiment-utile. Ce chiendent envahit l'espace vital : on ne le voit pas pousser ; cela s'infiltre, se reproduit tout seul. Et donc, saisi d'une fureur sacrée — aveugle ou extralucide, comment savoir —, il éleva deux petits châteaux de ruines sur son parquet. Ici, pamphlets politiques, professions de foi, scandales, rapports, chroniques du règne, lettres ouvertes, remontrances, essais de conjoncture. Et là (souci d'ordre, ascendance Vierge), théorisations, jargons, élucubrations et sophistications. Vaste programme. Plus facile à dire qu'à faire, pour être franc. Mais indispensable, quand on approche de l'âge où il n'y a plus de place, précisément, que pour l'indispensable. Il ne faut pas y aller de main morte. Se confier au premier mouvement. Sélectionner au faciès. Lui, pile de gauche, crématoire. Lui aussi. Trois, quatre du même nom. On se durcit. Allez. Jusqu'au dixième. Le onzième porte une autre signature. Il n'est pas d'un meilleur tonneau, mais on veut se racheter, alors on cède : on laissera vivre. Au troisième, sursaut, file de gauche. Le suivant, on ferme les yeux, même s'il a le profil type de l'indésirable ; cela devient de la roulette russe. Ah, ces bibliocides impunis, sous la lampe. Et toutes les relations, larme à l'œil, qui vous agrippent au passage avec des « Ne me quitte pas » à la Jacques Brel, accent long sur le e, poignant. « Non pas moi, tu peux pas me faire ça ; souviens-toi ; nous fûmes amis ; ne me jette pas ; c'est toi-même que tu vas renier. » S'ils savaient. Bien sûr. C'est tout le but de ces holocaustes expiatoires : bazarder les stocks, alléger la vitrine, repartir à neuf. On se liquide. À telle enseigne qu'arrivé à l'étagère où il entassait sa propre progéniture, il en expédia froidement une bonne moitié, opuscules de circonstance et dissertations opaques, rejoindre la file des condamnés.

Les jetables encombraient tout le vestibule. Il ne pouvait presque plus ouvrir la porte d'entrée. Effrayé par son forfait, il décida d'aller au bout de l'infamie. À l'ordinaire, il appelait à la rescousse un courtier en livres d'occasion ou un revendeur du quartier (non sans arracher la page de dédicace, fastidieuse précaution). Il enfourna tous ses fruits d'une nuit d'Idumée dans des sacs-poubelle noirs de cent litres, en vrac ; multiplia les voyages en ascenseur ; et aligna en rangs serrés ces pesantes vidures sur le trottoir, devant la porte cochère — confiant dans la voirie. « Propreté de Paris », propreté de l'esprit. Il dormit à peine et se leva à temps pour voir passer l'enlèvement des ordures. Il surveilla par la fenêtre le bon déroulement du crime contre l'humanité pensante : les jurons des trois éboueurs noirs, leurs « ho ! hisse ! » résignés, les tressauts de la benne verte à bande blanche. Les clignotants rouges s'allumaient, en signe de détresse. Vers où emmenait-on les résidus de son passé ? Incinérateur ? Déchetterie ? Pulpeurs et broyeurs, pour retour à la pâte matricielle, en avant pour de nouvelles aventures ? À Dieu vat.

Plusieurs décennies théorico-critiques tournèrent en bas de sa rue ; il les vit disparaître dans la nuit sans nostalgie aucune; il sentit même une joie fraîche et bleue irriguer ses poumons quand il referma sa fenêtre pour observer ses rayonnages : il trouva à sa bibliothèque éclaircie un petit air matinal et astringent qu'il ne lui connaissait pas. La graisse était partie. On retombait sur les classiques. Ce qui ne s'envole pas avec le bruit des jours. Le perdurable. Ce qui peut alimenter les salles de classe. N'est-ce pas la pierre de touche, la première et dernière question : quels livres peuvent le mieux faire grandir un petit d'homme? Et lesquelles, de nos périssables paperasses, peuvent « tenir » à côté de, mettons, une petite merveille au hasard, *La presqu'île*, José Corti Éditeur?

6.

BONJOUR MONSIEUR GRACQ

*Les fées se cachent — Histoire-géo, drôle de couple
— Éloge du moins — L'œuvre, et non la vie —
Tout revient — Je n'ai rien vu sur l'Èvre — Tant
mieux tant pis.*

ARTISTE [aʀtist] n. et adj. - 1395 ; lat. médiév. et it. *artista*, du lat. *ars* → art. 1 ◆ N. 1. ◆ vx Personne qui pratiquait un métier, une technique difficile. 2 ◆ (1752 « écrivain ») MOD Personne qui se voue à l'expression du beau, pratique les beaux-arts, l'art (II). « *Les grands artistes n'ont pas de patrie* » (Muss.). 3 ◆ Créateur d'une œuvre d'art ; SPÉCIALT d'une œuvre plastique. → **peintre ; dessinateur ; graveur ; sculpteur ; architecte.** *L'artiste et ses œuvres. Artiste peintre* (opposé à *peintre en bâtiment*). 4 ◆ (1797) Personne qui interprète une œuvre musicale ou théâtrale. 5 ◆ FAM. Fantaisiste. *Salut, l'artiste !*

II. Adj. (1601 « artistique » ; repris 1807). Qui a le sentiment de la beauté, le goût des beaux-arts.

Le pays des Mauges cache bien ses Mélusine. Des contrées de légende, ce plateau sis entre Loire et Vendée n'arbore pas les insignes — forêt wagnérienne, avens, belvédères, à-pics ou rochers ruiniformes. Les vallons, appelés « coulées », y sont chétifs, les usines, fréquentes, les bois, des boqueteaux, et les châteaux Renaissance, des pâtisseries d'imitation. Le « cirque de Courossé », principale curiosité naturelle, n'est qu'un renfoncement entre deux coteaux où l'Èvre, timide affluent de la Loire, se donne une petite allure de gorge. Messes clandestines, colonnes infernales, chuintements de chouettes, ombres comploteuses filant derrière des haies, s'égaillant dans un lacis de chemins creux — tout ce qui sonne de nocturne et de moyenâgeux (à une oreille jacobine) dans les mots de « bocage vendéen » se dissipe à la vue d'un *open field* prosaïque qu'ont déplissé et comme repassé le remembrement, les désherbants chimiques, les tracteurs et la déchristianisation. Difficile, aussi bien, quand on traverse en voiture cette terre d'élevage claire et nette, de s'imaginer les croisés de l'armée catholique et royale de 1793, les chouans de Cathelineau, le cœur d'étoffe rouge au revers de la blouse, bondir là d'embuscades en tanières. Ou la duchesse de Berry se glisser sous des habits d'homme de castel en manoir. Les vestiges de l'année terrible se sont réfugiés en haut lieu, sur les vitraux des abbatiales, comme celle de Montglonne qui domine Saint-Florent. Icônes multicolores et naïves, qui miroitent, solitaires et peu regardées, au fond des transepts, promues au rang d'œuvres d'art par le bienfaisant devoir d'oubli. Celui qui vient, dans le temps, après le devoir de mémoire, mais mériterait presque de passer avant en éminence morale. Comment les descendants des Blancs et des Bleus pourraient-ils se regarder dans les yeux si le manteau de Noé n'était passé par là ? Quant aux charmes du « conservatoire naturel », ils semblent bien fragiles et ténus. Les courlis de terre, les sternes noirs et les martins-pêcheurs des berges d'un fleuve ensablé, déserté par mariniers, gabares et fûtreaux donnent aux rives de cette vallée une couleur locale assez grise.

Louis Poirier est un enfant de l'arrondissement, chef-lieu Cholet. Il a fait carrière dans l'enseignement secondaire, et a pris sa retraite là où il est né, à Saint-Florent-le-Vieil, bourgade sise sur la rive sud de la Loire, à la frontière du granit conservateur et du calcaire anticlérical, au point de jonction de la Bretagne et de la France. Il y jouit de la considération due à l'héritier d'une famille de commerçants honnêtes, propriétaire, par surcroît, de quelques garages et logis sur le territoire communal. Les fines mouches du village ne sont pas sans savoir qu'il jouit *extra-muros*, sous le nom de Julien Gracq, d'une certaine réputation. Les communicants du tourisme régional, qui ne reculent devant aucune hyperbole pour mettre en valeur les Muses du département, vont jusqu'à le faire figurer, dans leurs brochures, comme l'une des trois incarnations de « la littérature des Mauges », au même rang, pratiquement, qu'Henri Cormeau et René Bazin — l'équivalent, en un mot, d'Ernest Pérochon pour les Deux-Sèvres. Cela aurait donné des vapeurs à plus d'un. Le fils de la « Mercerie en gros Prod'homme et Poirier » garde la tête froide. C'est un homme rangé et peu encombrant.

Il y a quelques années, une commune amie m'a mené jusqu'à ce bourg et depuis lors, qu'il fasse beau qu'il fasse laid, je fais mon pèlerinage. Il n'a rien d'expiatoire. C'est un jour de fête, qui décrasse et recharge. En particulier les bougons, creusés par l'artériosclérose et les idées noires. Je parle du visiteur. L'hôte, lui, a l'œil vif et les idées claires. Je lui donnerais dans les cinquante ans, quand je vais, moi, sur mes quatre-vingt-dix (je me soigne en prenant de loin en loin des bains de jouvence auprès d'aînés beaucoup plus jeunes que moi, Matta, Jean Rouch, Cartier-Bresson, sans parler de Juliette, mon amie de Mirmande, quatre-vingt-dix-huit ans). Pourquoi veut-on voir, écouter en chair et en os le tellement-mieux-que-nous, qui nous fouette le sang ? Pour se convaincre : ce dieu existe, je l'ai rencontré ? Parce qu'on attend de lui des paroles capitales, le *mot de passe* ? Ou pour se donner la surprise, un rien morose, de constater qu'un génie vous ouvre la porte en personne, répond au téléphone, ne fait pas attendre au salon, préfère les choux aux épinards et parle du froid humide qu'il a fait cet hiver, comme vous et moi ? « Où en sommes-nous avec le temps, monsieur Gide ? — Six heures moins dix à ma montre. » Un auteur d'anthologie n'est pas relié cuir, sa peau n'est pas havane ni son dos strié d'or. Cruelle déconvenue. Quelques faux dévots, au terme d'une visite domiciliaire déguisée en exercice de piété, prononcent la déchéance de l'idole : ce qu'a fait Arthur Cravan avec Gide. On dégonfle la baudruche quand il y a de l'air en trop. C'est plus difficile avec les secs.

Depuis longtemps, je faisais de Gracq un usage médicinal, entre préventif et punitif. Chaque fois qu'une page terminée ou un manuscrit en cours me donnait un sentiment pouvant ressembler à une vague satisfaction, j'ouvrais au hasard *La forme d'une ville* ou *Les carnets du grand chemin,* et deux pages suffisaient à remettre les choses en place, en me faisant palper ce qui sépare le Maxime abstrus du Gustave charnu, disons le poussif du tendu. Cette potion qui aurait dû m'être amère, comme toute vérification d'identité, je m'en régalais. Sa langue au grain serré mais qui rend à la vie ses avenues de rêve, je la trouvais tout bonnement belle, j'appelle beauté ce qui me rend heureux. Le camouflé des bords de Loire me rendait donc des services à distance, quasiment psychiatriques —, jusqu'au jour où me vint une envie incongrue (qui doit assurément plus à Hippolyte Taine qu'à Marcel Proust) : en prenant son attache *in situ,* en m'imbibant par osmose de ses horizons mouillés, de ce qu'il voit, entend et respire chaque jour, je pourrais peut-être dérober à son milieu, capter en passant, au vu de ses paysages, quelques secrets d'éducation. Le génie du terreau livrant celui de la plante, j'espérais mettre la main, pourquoi pas, sur *le lieu et la formule.*

Je vous entends : la visite au grand écrivain est un exercice archéologique, aux charmes désuets. Buffon, Voltaire, Renan, Barrès, Proust, Mauriac, Sartre : ils y sont tous passés. Et maintenant Gracq. Vous me voyez donc venir. Je paie ma « cotisation de plume » à une tradition nationale, je suis « le jeune admirateur en quête de reconnaissance ou en mal d'identification », sacrifiant, une fois de plus, au rituel initiatique. Non, je ne suis que l'ancien élève de Muglioni, qui met ses cours de philo en pratique. Moins soucieux de célébrer que de comprendre, en levant les yeux vers le haut, avec les méprises d'usage. Le retour à l' « ermite de Saint-Florent » fait quelque peu « retour à l'ordre », sinon à la terre, après nos gueules de bois avant-gardistes ; comme on parle en peinture d'un retour à la figuration, au dessin d'après modèle, après les déserts de l'abstraction, avec remise à l'honneur des « grands maîtres de la tradition française ». *Gracq le patron... L'autorité stellaire... La figure du remords... L'incarnation du Grand Refus...* Les risque-tout de l'art contemporain diagnostiqueront dans cette curiosité un énième symptôme de frilosité, dans un pays qui fuit les vents du large derrière les murs du patrimoine et les expositions d'impressionnistes. Et qui préfère aux coups de Bourse les valeurs refuges du *Petit Larousse*. Le Prussien Jünger (un Allemand qui s'intéresse aux scarabées et aux deux mille variétés de guêpes dorées ne peut pas être tout à fait mauvais) le tient pour « l'homme qui écrit aujourd'hui la meilleure prose française », et nos propres administrations littéraires l'ont consacré « notre plus grand écrivain vivant ». Ce genre de superlatifs annonce le monument académique, soustrait à la circulation par les classiques scolaires et le programme d'agrégation. Notre embaumé précoce n'en peut mais, il a l'habitude des malentendus. Celui-là, il me semble, ne lui fait ni chaud ni froid. Il observe ce retour de fortune en spectateur assez peu concerné. À la question : « Qu'attendez-vous de l'exercice de la littérature ? », il répondit naguère, sobrement : « Pas grand-chose. » « Combien de grands artistes ne gagnent leur procès qu'en appel ! » se plaignait Gide dans son *Journal*. À ma curiosité : « Ça fait plaisir de gagner le sien de son vivant ? », il répond par une moue dubitative, ça va ça vient, plus amusé qu'intéressé. J'ai manqué d'un an sa dernière visite rue d'Ulm, qui remonte à 1960. On était en pleine vogue du Nouveau Roman. « Pourquoi la littérature respire mal ? » se demanda-t-il alors devant mes condisciples. « L'atmosphère était hostile. On était sartrien, marxiste, théoricien du neuf... j'étais l'ennemi. Les jeunes gens s'éloignaient, ils reviennent à présent, ils repartiront ailleurs demain. » La météo est bonne, ombrelle ; mauvaise, parapluie. Et poursuivons notre chemin.

Sa demeure... Elle ne joue pas le jeu, au vrai. On ne l'imagine pas en musée ou en centre de conférences. L'anti-Malagar. La maison d'enfance d'un grand écrivain français, j'imaginais que cela sentait la cire et le réséda. Avec du lierre sur le mur, un pigeonnier au toit d'ardoise, des portes-fenêtres à volets blancs ouvrant sur des charmilles, un parc ombragé, un œil-de-bœuf, une cheminée Renaissance. Les devoirs de fonction. Mauriac se niche entier en son domaine bordelais, « foyer secret et inspiré », et quiconque s'avance sur ses parquets à points de Hongrie, entre les meubles d'acajou, le grand miroir du salon, les boiseries jaune sable de la salle à manger, pénètre au cœur du *Mystère Frontenac* et d'*Un adolescent d'autrefois*. Il entrevoit le Nobel emmitouflé dans un plaid, le chat sur ses genoux, il entend son souffle rauque. Un village natal d'enchanteur, un Milly-Lamartine, j'imaginais un silence fait des voix qui se sont tues, un lavoir descellé, un chevet roman rayonnant de spiritualité, une odeur d'automne éternel entre lierre et châtaigniers. Poncifs. Je n'ai pas d'imagination. Preuve en est que le temps ne s'est pas arrêté à Saint-Florent. Rien du « lieu d'élection » cher à nos cœurs meurtris. On aperçoit le long de la Loire une laiterie ultramoderne, blanc et vert, de nulle part. On entend les motos pétarader, les voitures vrombir sur un pont suspendu en béton, démesuré, inesthétique au possible. On y découvre l'ordinaire : pizzerias, juke-boxes et pubs criardes.

Mauriac mort habite encore sa maison. Gracq, vivant, n'est pas dans cette villa balnéaire aux volets fermés, tout en hauteur, comme on en voit des milliers à Cabourg et à Trouville sur la digue. Harpes et clés blanches sur crépi grisâtre, chien-assis à corniche de bois, proéminente, terrasse à balustres. Pas d'intérieur, ou si peu. Où sont ces « riens charmants de la vie » qui sédimentent insensiblement dans le sillage des poètes ? Ces admirables bric-à-brac que j'ai vus jadis chez Neruda, au bord du Pacifique, chez Aragon, ou dans l'ancien appartement d'Apollinaire, chez sa veuve, ou chez Breton, avec Elisa ? Tout est net, astiqué, et fichu comme l'as de pique. « Je suis peu sensible au mobilier, vous savez... » Papier jauni aux murs, napperons brodés sur la table, buffets bretons à crédence, poêle Chappée, portemanteau suisse à gueule d'ours et horloge normande à balancier : rien du dépareillé « artiste ». Je me rappelais son portrait par Bellmer. Je n'aperçois qu'une gravure de tigre à côté d'un chromo d'aïeul dans un cadre doré : « la foudre espiègle » n'est pas passée par là.

L'homme vit en solitaire, après la mort de sa sœur aînée — dans les meubles accumulés de ses parents et grands-parents. Cette coquille d'emprunt ne donne pas le sentiment de faire partie de son moi romanesque. Ceux qui parlent un peu vite d'une « littérature de professeur » sous-estiment le don de double vie du corps enseignant. Poirier n'est pas Gracq. « Ne jamais confondre le véritable homme qui a fait l'ouvrage, prévenait Valéry, avec l'homme que l'ouvrage fait supposer. » Et pour cause. Le magicien des lieux vivote dans un lieu sans magie ; le styliste du détail, qui a passé sa jeunesse dans des chambres d'hôtel, s'entoure de détails sans magie apparente. Nous voilà loin des cabinets d'art, du fouillis de masques, statues, totems océaniens que les anciens surréalistes, aux murs couverts de merveilles, entassaient chez eux. Cet artiste n'est apparemment pas un esthète. Plus on est sujet d'art, moins on s'intéresse aux objets d'art ? Ce n'est pas une loi, rapport constant entre deux séries de phénomènes. C'est une bizarrerie de la vie créatrice. À moins que le Grand Refus ne commence par une multitude de petits...

— Ici, on ne connaît que monsieur Poirier, la littérature n'étant pas une activité homologuée, socialement reconnue. Quant à ceux qui lisent Gracq, quelques-uns me croient mort, parce qu'ils ne me voient pas à la télé. J'ai de la chance, non ?

À mon premier voyage, il avait sorti de son tiroir un jeu de photos d'identité : « Laquelle est la moins réussie, selon vous? — Celle-ci. — Nous sommes d'accord ! » C'est celle qu'il avait choisie pour mettre par-dessus le tome 2 de la Pléiade. Où il fait mauvaise tête, dissuasive à souhait. Tout le contraire de l'homme amène, disert et on ne peut plus civil qu'il est, et si peu barricadé, sans secrétaire ni gouvernante. Juste la mine revêche qu'il faut quand on entend « n'y être pour personne ».

★

L'insociable a milité jadis. Ce fut même un bon communiste de base. Notre passion obligée. Il est passé par là, comme les autres. Sidérant. Regrets? Déchirements? Aucun.

— C'est loin. Le personnage que j'étais alors m'est devenu un étranger. Non par les idées qu'il défendait mais par le comportement, un certain type d'attente face à l'histoire...

— ... dont vous n'êtes pas sûr qu'elle mène à bien. Vous seriez plutôt pessimiste de ce côté. Ça n'en rend que plus étrange cette lointaine parenthèse d'optimisme.

— Moi-même, elle m'étonne. Il y avait toutes sortes de choses mêlées dans ce militantisme : la crise d'originalité juvénile, parce que mon entourage n'était pas axé de ce côté; des influences personnelles; des lectures de Lénine, Trotski, qui m'ont impressionné. Mais ce n'était pas une impulsion viscérale comme j'en ai vu chez certains militants d'origine populaire. C'était plutôt une construction intellectuelle. Avec ma réserve d'esprit critique : je connaissais déjà le surréalisme. Au moment où je militais, j'écrivais *Au château d'Argol* et je me demandais quelle figure feraient mes camarades s'ils venaient à le lire.

Il s'est donc acquitté de ses obligations militantes mais sans trop s'attarder, juste avant les militaires. Son dernier geste politique remonte à 1939, quand le pacte germano-soviétique lui a ouvert les yeux.

— C'était un engagement sincère. Je militais dans le Parti, je trouvais que c'était bien, que son programme était juste. Et en même temps, je continuais de fréquenter des non-communistes avec qui je discutais de littérature. C'est un trait de mon caractère : je n'adhère pas entièrement. Même dans le Parti où j'étais très assidu, où je suivais les consignes avec discipline, je manquais d'orthodoxie. À une époque où ça n'était pas très bien vu, je lisais l'*Histoire de la révolution russe* de Trotski. Un ami a retrouvé le seul article politique que j'aie écrit. Le nom de Staline n'y figure pas.

— Vous ne faites guère preuve d'acrimonie pour évoquer ce passé, mais plutôt d'indulgence...

— Oui. Ces trois années où je me suis occupé de politique ont été une période exotique dans mon existence, que je ne comprends plus très bien. Ce qui me touchait, c'était la qualité des gens que je voyais dans le Parti. Ah oui! Les militants étaient d'une pâte extraordinaire. Je n'avais aucun titre. J'allais où me convoquait le bureau de section. On me chargeait de parler dans les meetings parce qu'il y avait peu de gens qui pouvaient prendre la parole. J'allais haranguer les grévistes des usines Bollorée, où se fabriquait le papier à cigarettes, ou encore les pêcheurs de Douarnenez. Après que j'ai quitté l'organisation, ils m'envoyaient encore des lettres. Je me suis éloigné du Parti sans difficulté et sans traumatisme. Il est vrai que, contrairement à Nizan, je n'ai pas fait état de mon départ dans la presse.

Le problème avec le passé de cette illusion n'est pas pourquoi on en a été, mais comment on s'en est sorti et dans quel état. Lui, ce fut sur la pointe des pieds, et dans l'innocence. Sans tache de sang à nettoyer *ad vitam aeternam*. Sans ressentiment ni battement de coulpe. Sur un constat : « La politique n'est pas un exercice sérieux pour l'esprit. »

— Breton eût peut-être acquiescé à votre formule mais il a laissé sa porte battante jusqu'à la fin de sa vie. Vous l'avez refermée une fois pour toutes. Sans retour de flamme, même après la défaite ?

— C'est un fait : je n'ai pas agi dans la Résistance. J'ai été anti-allemand, bien entendu, d'un bout à l'autre, mais ça ne s'est pas traduit par un engagement. Les raisons? Oh! elles sont assez nombreuses. Je vivais à Caen avec un dossier politique qui me suivait. Quand mon régiment était parti pour le front, le colonel m'avait laissé au dépôt, tout seul. C'était assez significatif... Plus tard le ministre de l'Instruction publique, Bonnard, m'a révoqué, sur dénonciation. Je ne l'ai su qu'après. Le doyen de l'université de Caen, qui était un homme décidé, n'a pas obtempéré et finalement ça n'a pas eu de suite. Il y a eu un peu de solidarité normalienne, je crois, qui a joué en ma faveur. D'un autre côté, il n'a jamais été question pour moi d'entrer dans une organisation sous influence communiste. L'hostilité des communistes restés staliniens contre ceux qui avaient quitté le Parti en 1939 était totale, comme leur méfiance, et les communistes passaient pour contrôler la plupart des maquis. J'étais d'ailleurs sorti de la guerre et de Dunkerque avec une forte allergie à toute perspective d'avoir à être commandé ou à commander. La littérature clandestine était une possibilité : l'occasion ne s'en est pas présentée, je ne l'ai pas cherchée. Au temps de l'Occupation, j'étais en littérature un inconnu; les seuls contacts que j'aurais pu prendre étaient Breton, Péret, Matta, alors partis pour l'Amérique.

Un soir d'hiver 43, il tombe sur Cavaillès boulevard Saint-Michel. Archicubes tous deux, ils se connaissaient de loin et cherchent où aller dîner ensemble.

— On s'est finalement attablés à l'Alsacienne. Il a deviné que j'étais antinazi, et je devinais ses sentiments à lui. Nous avons parlé de choses et d'autres. C'était un rigoriste, d'origine protestante. Il ne m'a pas soufflé mot de ses activités. Il a bien fait ; il se devait d'être prudent.

Le tête-à-tête *Rivage des Syrtes-Philosophie mathématique* autour d'une assiette de rutabagas, juste avant le couvre-feu, cela donne à rêver. À une sous-conversation entre discrets, pour un théâtre minimaliste.

— Pourquoi je ne me suis pas tourné vers l'action ? Probablement parce que en toutes matières, sauf en littérature, je suis beaucoup plus spectateur qu'acteur...

Me revient à l'esprit son : « Tant de bras pour transformer le monde, et si peu de regards pour le contempler ! » Des bienfaits du spectacle.

— C'est la géographie qui a vous a protégé de la politique ? Peu de normaliens à l'époque choisissaient une discipline aussi « mineure »...

— Il y avait peu de places, moins de chaires de géographie que d'histoire. Mais je n'ai pas choisi la géographie aux dépens de l'histoire. J'ai choisi « histoire-géo » à cause de la géographie.

— N'était-ce pas déjà une façon de dire oui au monde, en connaissance de cause ? Je veux dire : des fondements géologiques de permanence ?

— Distinguons bien. Un oui claudélien à la nature n'empêche pas un non raisonné dans le domaine historique. Dans les démocraties, les réponses positives sont souvent des pièges. On voit les résultats des référendums, des plébiscites. Là, je suis porté au non. En politique, le non est une bonne roue de secours. Parce que au fond les gens ne savent pas très clairement ce qu'ils veulent mais ils savent très bien ce qu'ils ne veulent pas. C'est le deuxième tour qui compte !

— Quand on croit à la révolution, on a un non de premier tour, un non cosmique à la condition humaine...

— C'est vrai. Cela existe aussi. Sartre dit non au monde, il est horrifié par une racine d'arbre. Ce non instinctif, affectif, n'est pas le mien. Ce qui ne me donne pas pour autant une adhésion enthousiaste à l'histoire telle qu'elle va. L'histoire ne dit ni oui ni non. Elle communiquerait plutôt la fascination de l'irréversible, et cela n'a pas grand sens de refuser le passé.

— Mais cela peut en avoir de retrouver le présent. L'une des vertus de la géographie comme discipline ne serait-elle pas de court-circuiter les « effets de cavalerie » du prédicant, du fiévreux, du messianique ? Cela doit aider, comme on dit, à revenir sur terre.

— Celle de Vidal de La Blache, certainement. C'était une géographie du oui qui se développait, selon le mot de Goethe, d'après la « forme-empreinte » ; d'après une nature remise dans ses plis, avec l'aide de l'homme, qui aidait la nature à devenir ce qu'elle est. On faisait alors passer des routes et des voies ferrées par les coulées naturelles. Nous avons vu naître depuis une géographie du non, avec la brutalité technique, le refus du développement selon les plis. La première alerte remonte pour moi avant la guerre. Quand j'étais à Paris, à l'École, je revenais chez moi par le train en passant par la vallée de la Loire, par Orléans ; c'était la voie de Mme de Sévigné. Et puis, on a créé la ligne Paris-Le Mans, qui raccourcissait l'itinéraire d'une trentaine de kilomètres. Le TGV a fait depuis bien pis, ou mieux. On a fait une tranchée. Là, le sentiment un peu idyllique que j'avais de la géographie — l'entente de l'homme avec les conditions naturelles, la cohabitation heureuse — s'est brisé. On ne met pas encore un chemin de fer sur une crête de montagne mais on passe par-dessus en avion. Le tunnel se pliait encore à la nature. L'avion rature, aplanit tout. La géographie n'oppose plus cette résistance dont vous parlez. Elle cède. La disparition de la paysannerie des terroirs en trente ans, il n'y a rien de comparable dans l'histoire passée. Le XIXe siècle a connu beaucoup de bouleversements techniques, mais ils étaient introduits à petites doses dans la société. L'automobile a mis un siècle à nous conquérir. Mais la télévision a mis cinq ans et l'ordinateur s'est immédiatement adapté. Je ne crois pas que l'homme puisse supporter plus qu'un certain quota de changement. Il y a un seuil au-delà duquel il est déboussolé. On le sent mieux à la campagne qu'à la ville. Tout cela a retiré beaucoup de sa séduction à la géographie, qui avait quand même un côté paysagiste.

— Vous n'admettez pas que des paysages nouveaux puissent naître, que les autoroutes par exemple inventent d'autres beautés?

— C'est possible, mais je ne crois pas beaucoup aux paradis artificiels. Les paradis, ce sont des choses qui se rencontrent, et qui ne se fabriquent pas.

— À vous lire, on a tout de même le sentiment que l'espace vous sert d'ancrage et de recours contre le temps, et la géo d'instance supérieure, même à l'histoire...

— Je ne crois pas. Le *Tableau géographique* de Vidal de La Blache introduit à l'*Histoire de France* de Lavisse. Les deux disciplines se rejoignent, comme le font l'espace et le temps. Elles se rejoignent dans ce qui les unit : le goût du concret.

« Le *pourquoi*, a-t-il écrit, n'est jamais un état d'esprit d'écrivain. » Jouer la Terre contre l'Avenir reviendrait à donner « son envol à une grue métaphysique de plus ». Il a appris à partir à la rencontre des choses dans le silence des idées ; à découvrir un maximum de diversité dans un minimum d'espace. Les explorations gracquiennes sont à l'échelle des cartes d'état-major ; sa loupe préfère le chemin vicinal aux archipels sidéraux. L'outillage disciplinaire du regard prévient toute métaphysique du Lieu — la terre et les morts. Pas de surenchère écologiste ou barrésienne. Il se contente de recueillir l'or du temps dans le lit des rivières, sans en faire un programme ou une voie de salut.

Il se refuse au dilemme mais il m'a toujours semblé qu'il y avait deux physiologies d'écrivain, qui s'entendent comme chien et chat. Il y a ceux qui ont dévoré Alexandre Dumas entre dix et quatorze ans, et ceux qui ont dévoré Jules Verne au même âge. Gracq est un enfant du capitaine Grant. De même, selon ses propres mots, qu'un descriptif est soit « myope », soit « presbyte » (en sorte que le tout-venant doit choisir entre les papillons et les panoramas, le coquillage et l'océan, disons Colette-les coccinelles et Hugo-le champ des étoiles), je tiens pour un miracle surnaturel de pouvoir accommoder à la fois sur la botanique et sur l'histoire. En général, on est Michelet ou Michelin, activiste ou bien paysagiste, flou ici et précis là. Physionomiste borgne, j'appartiens à la première branche, qui demande moins de travail. Débarquant de la rue d'Ulm au Venezuela, confondant basalte et granit, je ne savais pas lire les paysages, mais je distinguais au bout de trois phrases telle mouvance trotskiste de telle autre. Les lunettes de Gracq sont à double foyer : il met au point sur le premier plan et sur le fond, aussi aigu en forêt qu'au balcon. Appartenir au temps *et* habiter la terre, cette conjonction est son exploit.

★

Le congé pris de la politique (non par indifférence mais par laïcité : on sépare les domaines) permet de diminuer le taux de chutes dans le montage final. Restreindre la part de l'illisible : tout ce qui, dix ans après, fera sourire ou pleurer. On évoque Aragon, ses cent ans et sa résurrection.

— « Il revient. Les vélos sur le chemin des villes / Se parlent rapprochant leur nickel ébloui / Tu l'entends batelier. Il revient. Comment. Il / revient. Je te le dis docker... » Qu'est-ce qu'il a pu écrire comme bêtises, oui. Mais ce n'est pas grave, ces scories-là s'éliminent toutes seules. Et c'est très bien ainsi. Restent *La semaine sainte, Le paysan de Paris...* C'est cela qui compte. Cela seul.

Je n'ai jamais entendu une méchanceté dans sa bouche. Il n'enfonce pas ses petits camarades, ignore ses détracteurs. Narquois, incisif, oui. Jamais grincheux. L'allègre l'emporte chez lui sur l'acide, et les parades du grand monde lui donnent plus d'humour que d'humeur. Sans regret pour le bon vieux temps, il se tient très au fait de l'actualité. La panthéonade de Malraux, qu'il a regardée à la télévision — tout ce qu'il déteste, le déclamatoire et l'outrancier —, lui a paru « émouvante », quoique encore trop froide. Malraux est pourtant son négatif, et le côté « Roi, je t'attends à Babylone », qui donne de l'eczéma aux amis de l'exact et de la demi-teinte, n'excitait en lui qu'une ironie rêveuse. Chez l'oppositionnel qui obéit en se moquant, et aux règlements plus qu'aux pouvoirs, il me semble que les fastes officiels provoquent un mélange de circonspection (ça-peut-être-dangereux) et d'amusement (pas-très-sérieux-tout-cela). On se tient à carreau, l'œil goguenard. Le polémiste, qui ne dort que d'un œil, ne se réveille que devant deux espèces dont il s'écarte d'instinct, par allergie : les vociférateurs et les élucubrants. « En lisant cette prose si savante, confie-t-il à propos d'une poéticienne, je me demande si son auteur a ressenti une fois dans sa vie l'émotion d'un poème. » Préférant aux controverses des majuscules la notation juteuse et saugrenue, il se dérobe à l'esprit de sérieux comme aux philosophies de l'art. Peut-être par crainte des effets maléfiques du « Qu'est-ce que l'art ? » sur l'envie de continuer (le ressassement du « Qu'est-ce que la vie ? » donnant assez souvent de funèbres vapeurs). À force de s'interroger sur ses fins, il est à craindre que l'art moderne en perde ses moyens. Est-ce pour cette raison qu'il n'a pas donné son art du roman ? Aux idées générales, il substitue le cas par cas.

— N'oubliez pas que les deux tiers de Chateau-briand sont illisibles. *Les Natchez*, on dirait une mauvaise traduction d'Homère. *Le génie du chris-tianisme* ne vous tombe pas des mains ? Quant aux *Martyrs*, impossible de se les procurer. Ce n'est même plus réédité. Le déchet est toujours considé-rable. Alors « le nickel ébloui »... D'un geste de la main.

Je rêve, l'écoutant : et son « illisible » à lui ? Avec des guillemets, je répondrai, révérence garder : *Au château d'Argol*, son coup d'envoi, 1938. Trop de châteaux à mon goût, pas assez d'imprévu, de bougé. Le romantisme noir, le sublime noble, les archétypes. Disons : le fantastique appliqué. Héros allégorique et stuc néo-mystique — cet intemporel wagnérien date. Non, on ne rend pas sa copie à vingt ans, ni à vingt-sept. Le Graal bretonnant a vieilli, non Gracq lui-même, qui ne cesse de rajeu-nir. Il y a, dans sa toute première période, un côté littérature écrite, comme on dit cinéma filmé, quand la caméra se regarde tourner (comme chez Cocteau dans les séquences féeriques de *La Belle et la Bête*), et qui serait au réel merveilleux ce que la photo pictorialiste du début du siècle est à l'instan-tané. Ce gothique scolaire a donné lieu à une mise en images, ou en boîte, mais elle a lancé la critique sur de fausses pistes. Méfions-nous des introïts adolescents ; et le lettré, qui s'exilait du côté de Parsifal avec talent, a trouvé son génie en mar-chant dans les Ardennes, en traversant le Gers et l'Aubrac. À cette succession de « tableaux » un peu brumeux, sans changements d'éclairages, par trop abstraits, je préfère le miniaturiste en vadrouille, aux digressions lumineuses. Et même le comique méconnu, inventeur d'une *vis comica* originale, le cocasse impassible, le drolatique froid. Sans rapport avec le cérémonieux et le symbolique de ses débuts. Je passe sur mes réserves, avec la vague impression qu'il n'est pas loin de les partager.

— Ne croyez pas. J'ai écrit mon premier livre dans l'enthousiasme. À distance, c'est vrai, j'ai un certain mal à me relire.

Cette langue magnétique d'officiant, tout de même, a aimanté André Breton : « Votre livre m'a laissé sous l'impression d'une communication d'un ordre absolument essentiel. » Elle a valu à un obscur enseignant de vingt-sept ans le saisissement d'une « main posée sur l'épaule ». La rencontre avec le Maître, c'est la foudre inaugurale. Celle-ci restera la part sacrée de ce sceptique, son intouchable, et qui n'est pas le surréalisme comme système de pensée mais Breton lui-même comme électriseur (tant le message fait corps avec le médium). Et je ne connais pas, sous un titre plus neutre — *André Breton. Quelques aspects de l'écrivain* —, de plus galvanisant, de plus éclairant hommage à l'Initiateur que le sien. Ni de plus universel, tant il est vrai que là où il y a cheminement, exploration, tâtonnement, il doit y avoir intercesseur (nul ne pouvant gagner son ciel sans un *patronus* pour le guider). Il est magnifique, pour la mémoire de Breton, le « dégagé souverain » — incarnation, s'il en est, du fascinant de grand format — que la figure sacerdotale campée par son cadet puisse à ce point outrepasser son heure et son lieu ; que puissent venir se superposer sur elle, selon les lecteurs et les époques, Mallarmé, Althusser, Alain ou Lacan. Tous les catalyseurs de communautés électives, tous ces hommes qui furent l' « âme d'un mouvement » et pour lesquels le « Qui suis-je ? » restera à jamais indissociable d'un « Qui je hante ? ».

« Le poète est celui qui inspire. » Gracq ne s'est pas inscrit au groupe du café et des *Manifestes*. De l'élan surréaliste il a pris l'impulsion, l'inspiration, pas la doctrine — ce qu'il fallait de laisser-courre à un agrégé pour déraison garder. Le goût des départs, un certain nomadisme intérieur. Une manière de « poser la voix » autant que sa propre vie : en marge, à côté, et dans la dissidence. Il y a encore, chez ce réservé si peu volumineux, un extrémiste feutré, tout en sourdine malicieuse, un dynamiteur qui se tient en deçà, un ton en dessous (et tels que je les rapporte ici, de mémoire, ses libres propos, qui n'engagent pas l'écrivain, prennent un aspect bien péremptoire, sans les nuances du « sans-y-toucher »). La marque Breton ? Serais-je dupe d'une légende, celle des mages d'Épinal ?

— Breton, vous savez, allait au café à dix-huit heures comme les notaires allaient jadis à la manille. Sa vie était réglée comme une horloge. Il détestait les fous — et les malades. Il a dû se forcer pour aller voir Péret mourant à l'hôpital. C'était un rationaliste à sa manière, très puritain. Il y avait du Valéry chez Breton, mais il n'y avait pas de Breton chez Valéry.

J'entends : avantage au premier, encore plus énergétique, nourrissant, que le second. Chez mon hôte aussi, les deux pôles sont en tension. Le cerveau gauche et le droit, le rêveur et le réflexif, se rechargent l'un l'autre. À quoi il a ajouté le sens de l'Histoire, qu'aucun des deux n'avait.

Ses chefs-d'œuvre romanesques sont venus après le premier sang, et en particulier *Un balcon en forêt*. Quand le lieutenant Poirier est rentré de captivité, provision faite de blessures et de sensations vraies — qui se soutiennent d'une expérience. La guerre fait grandir précipitamment les bons élèves, en les faisant sauter du *lu* au *vu*. Ces grandes vacances un peu éprouvantes, n'est-ce pas, à chaque époque, ce qui creuse le fossé entre les puceaux et les déniaisés de la vie ?

— Sans doute. Et cela peut se dire de toutes les situations limites, où l'on joue sa peau : il y a là une intensité qui nous transforme. Monsieur Labro, après une grave maladie, écrit autrement ; un livre de journaliste mais un bon livre. Moi, en quelques semaines, vingt jours seulement, j'ai appris beaucoup.

On n'est pas, dit-on, mathématicien après trente ans. On est rarement écrivain avant. Le temps de maturation est plus long chez les littéraires. C'est un handicap, mais aussi un avantage sur les scientifiques — aussi injuste et imparable que l'avantage amoureux des hommes sur les femmes, au temps de séduction plus bref. La longévité paierait-elle mieux dans l'écritoire qu'au laboratoire? Combien de temps faut-il à un écrivain pour s'accorder à sa voix? Rimbaud a trouvé son timbre de suite. Gracq est de ceux qui ont attendu (il a fait de l'attente un art, et presque une morale). Il n'a cessé, chemin faisant, de *monter*. Il s'est donné le temps de laisser affleurer en lui l'enfance, l'origine qui ne se découvre qu'à la fin — et une enfance sans niaiserie ni complaisance, décapante, affûtée. Malraux et Gracq, deux fils d'épicier; le premier a renié ses origines, mises au compte du « misérable petit tas de secrets »; le second les aura fait chanter après un long travail sur soi. Mais sans l'expérience d'une catastrophe en vrai, la Défaite, serait-il aussi bien « passé du mot-climat au mot-nourriture » ?

— Même la guerre, ce n'est pas inépuisable. La mienne est partie. On a des gisements limités de mémoire, vous savez, et la fiction en dépend puisqu'elle les filtre. Avec le *Balcon en forêt*, j'ai épuisé cette source-là.

« On s'appauvrit en écrivant des romans », a-t-il noté un jour. D'où, sans doute, son ressourcement dans le fragment. Le Gracq composite des promenades à travers Nantes, Rome ou le XIXᵉ siècle, l'essayiste qui va et vient entre les paysages et les livres, se laisse plus aisément déguster, peut-être en ce qu'il rejoint le goût du jour — qui valorise le lambeau, le mutilé, la bribe. Tant nous avons tendance à ériger la ruine en monument, à préférer l'esquisse au léché. Mais on voit mal ce caractère vertical se plier au *Zeitgeist* par souci de plaire. Il n'aurait pas cherché dans le décousu songeur le « délié pianistique » qui fait sa marque, sans de plus impérieux motifs. *Monter*, est-ce que cela ne voudrait pas dire, pour un artiste, ramasser, tendre, serrer toujours plus son grain ? Passer du beaucoup au peu ? Chez lui, l'écriture fragmentaire accroît l'intensité poétique. Un écrivain n'envoie que des télégrammes, et même s'il fait copieux et serpentin, comme Proust, au fond, il compacte et contracte. Ce par quoi Nietzsche appartient à la littérature, aussi souverainement que La Fontaine et Valéry, n'est-ce pas l'aphorisme, la note, la formule ? Comme si l'étirement discursif faisait fuir des réalités trop ténues, que seul peut prélever le coup de bistouri imagé. Comme si la coïncidence d'une émotion et d'une découverte ne pouvait intervenir qu'à l'improviste, chez le dormeur éveillé. Vous qui aspirez à vivre dans la mémoire des hommes, un conseil : abrégez (faites comme je dis, pas comme je fais).

★

Nous gagnons l'auberge de La Gabelle, passons à table et, le sancerre aidant, mon amie l'entreprend sur ses liaisons, ses attaches passées. X, Y, Z. L'a-t-on un jour demandé en mariage ? Il rit, évoque les « femmes à mi-temps », les meilleures. Histoires croisées, souvenirs.

— Vous devriez raconter tout cela un jour, rêve ma voisine, émue.

— Vous plaisantez, fait-il. Cela n'a pas d'intérêt. Les écrivains n'ont pas de biographie.

Si Louis Poirier ne répugne pas aux confidences, Julien Gracq en est économe, sauf à distiller l'anecdote, à pousser l'aveu jusqu'au degré de précision qui le rendra *impersonnel*. Avec un blanc obstiné : l'amoureux, aussi absent dans son œuvre que l'enfant dans celle de Malraux. L'écrivain décourage ses lecteurs — peut-être pas ses amis — d'exercer le droit de suite et de poursuite de la page à la vie.

— La biographie, aujourd'hui, les écrivains n'ont que cela pour vivre. Vous parlez d'un temps bien révolu...

— Je crois que cela a commencé avec Radiguet, *Le diable au corps*. Le livre était scandaleux. Grasset en a fait ensuite une technique de lancement...

Cela : la confusion de l'artiste et de la personne. La génération de l'entre-deux-guerres a sublimé une recette de « promo » en règle d'or. Malraux en a d'ailleurs fait une réussite, en habillant ses romans en reportages, ses fabulations en interviews — et lui-même en aviateur. Vieille manie, qu'il serait urgent de détricoter. Combien d'entre nous, dans ma propre génération, n'ont-ils pas fait leur ce poncif, d'autant plus catastrophique que rarement formulé en son dérisoire simplisme, qu'il faut avoir *une vie intéressante pour faire une œuvre intéressante*? Supposition pour le moins risquée, qui débouche tôt ou tard sur le procès biographique par contumace et, en attendant, sur l'orchestration du mensonge, à quoi revient l'embellissement d'un vivant par ses propres soins. L'exigence d'authenticité entretenue par notre soif de « réalité humaine » — en clair, par l'habitude gangreneuse de l'interview et de la photographie — nous a finalement valu autant d'auteurs mythomanes que de démystifiés abattus. Autant de pantomimes pendant, chez le stratège du faux-semblant, que d'amertumes après, chez les fans désillusionnés. Montherlant n'était pas le torero, l'intrépide combattant qu'il nous faisait accroire? Soit, et le découvrir doit-il nous faire jeter *Les célibataires* au panier? Drieu a confié beaucoup d'abjections à son journal intime? Cela en rend-il moins bon son *Gilles*? Saint-Ex était un héros véritable, et sa disparition en plein ciel nous fait rêver? Soit, mais encore? Malheur aux arts qui ont besoin de héros! C'est ne plus croire dans la transfiguration par les mots que de réduire l'invention littéraire au rôle de contremarque. Sublimer la librairie, vieux commerce honorable, dans le nouveau commerce des héros et des oracles — je vous vends un scandaleux, un guerrier, un Don Juan, un agent secret pour le prix d'une liasse de feuilles imprimées — n'a-t-il pas été la fausse bonne idée? Retournons-nous sur ce siècle vantard, prenons la balance et voyons pour combien de «grands noms» le plateau «fait» équilibre le plateau «faiseur»... Gracq fera partie de ceux dont il est rassurant de penser qu'ils n'auront pas été des héros, non plus, d'ailleurs, que des antihéros. De Montherlant à Giono, un leitmotiv: «C'est en moi que l'humanité s'accomplit.» Le «dernier grand seigneur de nos lettres» ne se propose pas en modèle de vie. Il nous aide à l'observer de plus près. Il ne prétend pas à l'originalité; il la réveille. Pas plus qu'il n'a utilisé son œuvre pour grandir sa personne, il n'a excipé de sa vie pour authentifier son œuvre. Breton et Duchamp mis à part, il n'a pas eu commerce avec les «passants considérables», seulement avec leurs livres. Il a vécu à petit bruit et petite vitesse. Et ce casanier a donné mieux que personne le sentiment de la route qui s'ouvre, du bateau en partance, du voyageur qui se met en chemin. Et le reclus des douceurs angevines a campé mieux que nombre d'aventuriers le rôdeur des confins, « le tropisme des lisières », l'anxiété des no man's land. Cédant à ces généralisations définitives qui ne sont pas son genre, je serais presque tenté d'établir une sorte de corrélation entre platitude vécue et plénitude produite. Ce qu'un « ermite » du siècle passé, celui de Croisset, a formulé plus fortement : « Tu peindras le vin, l'amour, les femmes, la gloire à condition, mon bonhomme, que tu ne seras ni ivrogne, ni amant, ni mari, ni tourlourou. » C'était donc cela, le secret oublié, « la mer allée avec le soleil » : on ne peut faire modèle et peintre en même temps ? Il faut choisir son côté du chevalet, notre ultime barricade. Il y a ceux qui veulent être sur la photo et ceux qui prennent la photo. Ne pas confondre. Acteur et spectateur. Lawrence nous avait tourné la tête, il faut un trop rare concours de circonstances pour recevoir les reporters sous sa tente et faire soi-même le reportage. Dessiner des femmes fatales et perdre la tête. Ne serait-ce pas là le paradoxe de l'artiste, comme il y en a un du comédien ? Qui veut mettre par trop de lyrisme dans sa vie met sa lyre au placard, bon an mal an. (Je n'avais pas pris l'option « art », le jour lointain où, dans la montagne vénézuélienne, j'ai abandonné la caméra parce que je rêvais de passer du côté des guérilleros. C'était mal commencer. Tout occupé par celle des pauvres, je n'ai pas assez cru en « l'éminente dignité des paresseux »...)

Contre quoi regimbe « l'enchanteur réticent », comme le définit, si justement, Michel Murat ?

Moins contre la routine des interviews et des photographies que contre les séductions biaisées. Non qu'il cultive l'énigme ; il a fait valoir très tôt ses droits au retrait, et à la double personnalité. À ne pas être jugé sur son livret scolaire et militaire. On peut avoir le goût du secret sans faire le mystérieux, ce qui serait trompe-l'œil encore. Ce qui me frappe le plus : l'absence de buste, d'affectation. Cet ombrageux moins fermé qu'entrouvert n'a rien d'inabordable. Il est sans façons, va tête nue, et parle une langue sans préciosité. Un magister magicien, un timide audacieux, un homme de plume sans vanité : l'extraordinaire devient normal dès qu'on n'a plus à donner le change avec des gestes. À se parer des plumes du paon. Vieillir à cru, sans masques vénitiens, costumes Saint Laurent ou chapeaux à large bord — quelle dignité plus enviable ? Je ne puis m'empêcher de songer, devant ce raffiné rustique et si peu dandy — aux décences toutes naturelles —, au jeu de masques et de grimages qui a rendu si pathétiquement cabotines, moins déplacées qu'affectées, les dernières années de l'immense Aragon. L'urbain trop urbain, dénaturé par les premières et les tribunes, et auquel un peu de boue campagnarde aux mocassins n'aurait pas porté tort.

Sans doute existe-t-il un seuil de célébrité, ou de tirage, au-delà duquel un écrivain se doit à autre chose qu'à lui-même. Gracq a minimisé les risques : il publie indéfectiblement chez José Corti et refuse de se faire éditer en livre de poche. Le

Goncourt excepté, chacun de ses ouvrages, l'année de sa sortie, est vendu en moyenne à quelques milliers d'exemplaires, en ne faisant le plein que sur la longueur. Se tenant en deçà du plafond fatal (autour de trente mille), il garde les coudées franches. Les confidentiels sont plus libres que les notoires. A-t-il jugé que l'anonymat du professeur garantissait — outre la matérielle — la liberté du créateur, et qui est d'abord celle de n'avoir pas à gagner sa vie avec son art? Il y a tellement de façons d'être seul. Il y a la solitude narcissique et rusée du roi en exil, et il y a la solitude de qui se recule pour pouvoir mieux regarder (on *voit* assurément mieux d'un promenoir à l'ombre que sous les feux de la rampe). La première est une ruse pour garder son emprise, ou reconquérir l'Empire; la seconde, le renoncement à toute tentation de pouvoir. Cet isolé ne prétend pas gouverner l'opinion littéraire. Du reste, un excentré comme lui ne dit, n'écrit jamais « nous » (sauf pour évoquer sa sœur et lui). Ce *nous* papal de la bulle, de l'Église ou de l'autorité, ce signe de grandeur, de communauté et d'élection. Et dont le *nous* surréaliste, auquel il s'est dérobé en son temps, n'était pas si éloigné. Dans les zones fortifiées du « théorique », remparées d'escarpes, de redoutes et de glacis, où l'uniforme est de règle, les luttes de chefferies visent à mettre le plus possible de petits soldats de son côté. Isolé, Gracq n'a pas perdu, il n'est pas chef. C'est un homme d'avant les sciences humaines, de l'âge préculturel, sans suffixe ni réseau, soucieux non de sa légitimité (par indexation sur une niche bien repérable du paysage intellectuel) mais simplement d'exactitude. Ne se profile derrière son nom aucun *isme* corporatif ou groupe de pression, académique, éditorial ou religieux. Représentatif de rien... Sans arrières. Seul, non comme le racorni devenu indisponible aux autres, parce qu'il se désintéresserait des crimes et des souffrances d'au-delà du pont. Comme un navigateur solitaire d'avant les satellites, ou un skieur hors-piste dans les neiges de printemps.

Question de tempérament mais aussi de filiation. C'est la filière surréaliste des sociétés secrètes qui signe, malgré qu'il en ait, une appartenance, sinon une obédience. Je retrouve en lui les mêmes précautions de passager clandestin, le même aristocratisme du marginal que naguère chez un Henri Michaux, chez un Matta et un Alain Jouffroy, les planètes de la galaxie Breton. Trop s'exposer serait déchoir et surtout prendre le risque de baisser le voltage. Il y a du *sacré* dans l'entreprise, dans la vie poétiques; et le sacré, sauf abandon, ça ne se profane pas avec n'importe qui. Peut-être y a-t-il dans ce souci de cloisonner (dans son cas, le prof d'histoire-géo strict et distant du « rêveur définitif »), ce soin mis à se camoufler ou à borner sa surface, une tactique de survie, et pas seulement un réflexe de pudeur. « Je me débranche de votre circuit pour me connecter autrement avec vous. » On creuse en sous-sol, on pousse une sape pour passer sous l'époque, et tourner ses défenses. C'est la malice de qui entend préserver sa veine propre et la soustraire à l'usure. Les voix qui portent aussitôt ne sont-elles pas les premières à s'éteindre? Et ne nous parlent-elles pas de suite parce qu'elles ne nous disent rien, sous une autre mouture, que nous ne sentions ou ne sachions déjà? Une « sortie » prématurée, à la vue de tous, porterait tort à cet inconscient désir de longévité, qui laisse de côté les bruyants promis à la disparition. L'effacement, l'occultation volontaire des poètes, d'un Julien Gracq aujourd'hui, d'un Saint-John Perse hier, j'y vois comme l'hommage de ceux qui vont rester à ceux qui ne font que passer; comme la façon courtoise, et légèrement ironique qu'ils ont, eux, de nous céder la place, sur les estrades, en devanture, parce que nous n'avons pas beaucoup de temps devant nous. Publicité, pauvre dédommagement.

— C'est étrange : le surréalisme aura fait la plus longue mouvance de notre histoire. Bien plus que le romantisme. Le virus reste actif.

— Oui, il a survécu souterrainement. Cela permet des résurgences. 68, c'est du Breton tout cru. « Parents, racontez vos rêves à vos enfants » : le papillon surréaliste s'est mis à couvrir les murs. 68, c'est la victoire posthume de Breton. Mais il aurait sans doute été terrifié par le mouvement de foule. Révolutionnaire, oui, aristocrate aussi. Et pourtant, le surréalisme fut, à sa manière, un terrorisme intellectuel, le premier du genre. Si l'on entend par « terrorisme » : demain sera radicalement différent d'hier, donc tout ce qui s'est passé hier est nul et non avenu.

— Le romantisme n'avait-il pas lancé cette affaire ?

— Pas sérieusement. Pour lui, il n'y avait déjà plus d'adversaires en face. En 1830, les académiciens se cachaient, les néo-classiques n'impressionnaient plus. La bataille d'*Hernani*, ce fut un chahut de rapins, avec une claque bien organisée, Nerval et Pétrus Borel veillant au grain. Rien de bien méchant. Des potaches. Et puis, les romantiques n'avaient pas de théorie. Les surréalistes en avaient une et ils avaient affaire à plus forte partie. Claudel, Valéry, Gide, ce n'était pas rien.

— Et les surréalistes attaquaient par la gauche.

— Oui, en criant « Vive l'Allemagne ! » devant les gueules cassées. Pas mal. Les romantiques, eux, étaient de francs réactionnaires. Blanqui les détestait. La gauche n'a jamais été particulièrement d'avant-garde. Les gens de gauche, alors, étaient voltairiens. Tous fils des Lumières. Le xviiie siècle éclaire, il ne devine pas. C'est un siècle intellectuel. Alors que le xixe...

C'est son siècle d'élection. Celui des voyants et des conspirateurs. Du surréalisme à Charles X, il n'y a qu'un pas.

— La Restauration est une période éminemment poétique. La réaction serrait la vis, ça comprimait le ressort. Voyez Stendhal lui-même, un homme du XVIIIᵉ pourtant. Il est forcé d'écrire des romans policiers, où chaque document est pièce à conviction. Sous la Restauration, tout est complot et société secrète, à droite comme à gauche, des Chevaliers de la foi aux Carbonari. La monarchie de Juillet, ensuite, est dépoétisante. Et Stendhal, consul. Le ressort se détend.

On n'invente que dans les marges de l'institution. Puis on devient à son tour une institution. Et c'est fini.

— D'ailleurs, reprend-il, l'une des raisons pour lesquelles *L'éducation sentimentale* est un ratage, c'est que cela se passe sous la monarchie de Juillet. Les personnages sont fades. Les détails sont flous. Un peu trop de toc et de topos.

Il en tient décidément pour *Madame Bovary*, qu'il juge mieux tenu, le grain plus serré. Je m'arc-boute. Je ne céderai rien sur *L'éducation sentimentale*. L'éternel roman du ratage éternel.

— Vous avez peut-être raison après tout. Ce sont ceux qui aiment qui voient clair.

★

Nous voilà après midi dans l'île Batailleuse, juste en face de sa maison. L'Anjou a de beaux automnes. C'est une bande de terre plate au milieu de la Loire, où une vicinale asphaltée se faufile entre saules et peupliers, au milieu des champs. Les Normands, il y a mille ans, en ont chassé les moines. Nous devisons d'un temps jadis et proche, qu'il remet dans le circuit sans y penser, comme si c'était ce matin. Sa mémoire vive, ou vécue, s'arrête en amont de 1815, ce qui coupe Chateaubriand par le milieu. Après commence la mémoire morte des ouï-dire — celle qui fonctionne à l'information, non à la sensation. Le temps, « l'abîme d'où on ne revient pas » ? Allons donc, ça revient toujours. Le passé ricoche dans le présent, l'histoire fait des boucles. Tout conflue, tout revient.

Nous avons emporté le boomerang. J'ai sollicité un cours de lancer. Ce sport n'apparaît pas chez Alexandre Dumas et j'ignore tout de l'objet puéril et magique, aux limites du surnaturel, dont le vol tient du songe. Il a découvert son existence dans *Les enfants du capitaine Grant* et son parrain lui en a fait cadeau en 1919. Quand la sublime manufacture d'armes et cycles de Saint-Étienne en fabriquait. Il l'a perdu peu après dans l'herbe épaisse d'une prairie. Soixante-dix ans plus tard, un sien ami lui en a offert un autre. Marque Fan, made in Saumur, soixante-quinze grammes. Par chance, il y a juste ce qu'il faut de vent. Les règles ? Ne pas confondre le bord d'attaque, un poil moins affilé, avec le bord de fuite. Sortir son mouchoir pour la direction du vent, le prendre de biais, quarante-cinq degrés d'écart, incliner légèrement l'équerre incurvée, vingt-cinq degrés. Tout dans le poignet.

Et comme dans les albums rouge et or de Hetzel, oui, l'arme primitive revient se poser à ses pieds. Au terme d'une trajectoire comme suspendue, d'un vol plané et ralenti. Bizarrerie de cet écho visuel : la fugue et le repli. Je lance à mon tour l'équerre vers l'avant, je la retrouve derrière moi. Pour qu'elle tienne sa promesse, il faut viser la ligne d'horizon. Je lance trop haut. Je corrige. J'apprends. Dans les règles. Cela fonctionne. Jules Verne, le retour.

Me revient en mémoire, en voyant ce vieux monsieur adolescent s'exercer au milieu du champ, une bribe du *Rivage des Syrtes* : « [...] l'assurance allègre que toutes les choses sont éternellement remises dans le jeu et destinées ailleurs qu'où bon nous semble ». « Je suis un archaïque, un écrivain d'avant-hier, m'a-t-il dit un jour, avec le sourire. Comment peut-on s'intéresser à ce que je fais ? » Peut-être, monsieur Gracq, parce que demain aura plus de rapport avec avant-hier qu'avec aujourd'hui. Ce que vous nommez « le sentiment poétique de l'histoire », n'est-ce pas l'accordéon du temps, la coexistence des époques, le rebrassage facétieux des conjonctures ? La sidérante lévitation de l'avant dans l'après ? Comment se fier aux chronologies ? Du canular Sokal, il a sauté au colonel Méplat de Saint-Hilaire, l'inexistant signataire d'un savant article intitulé « La bataille de Leuctres, entre Thébains et Spartiates, vu sous l'angle de la géométrie non euclidienne », qui a conduit le général Giraud, alors gouverneur de Metz, à inviter l'auteur à faire une conférence devant l'état-major. Un canular de 1935. De Papon, nous sautons à Napoléon, via Pétain. Ce dernier, m'a-t-il rappelé, a appris le latin, enfant, d'un vieillard qui avait fait la campagne d'Italie avec le Premier consul. Jean-Louis Faure, sculpteur et petit-fils d'Élie Faure, m'a raconté en 1997 les monologues de Balzac marchant à l'aube le long de la Seine, tels que son grand-père les avait entendus de son ami Nadar (mort l'année de la naissance de Gracq), lequel avait raccompagné dans sa jeunesse le romancier à Auteuil, chez lui. Balzac est né en 1799. Je n'en reviendrai jamais, de pouvoir entendre et toucher l'homme qui a vu l'homme qui a vu l'homme qui a vu... le petit Jésus, peut-être, descendre les marches du Temple, à Jérusalem, incognito.

— Chez beaucoup de gens, je le remarque, le goût de l'histoire est une chose qui apparaît plutôt dans la seconde moitié de la vie, avec l'inclination au regard rétrospectif. Au moment où je me suis détaché de la fiction, j'ai ressenti moi-même un retour de goût pour la poésie de l'histoire. Tant pis si je diverge de mes contemporains, dont Sartre — je crois que la littérature et l'histoire sont un peu des vases communicants. Elles nous servent l'une comme l'autre à rencontrer des destins. Au fond, qu'est-ce que l'histoire ? Qu'est-ce qui rend sa lecture passionnante ? C'est une incroyable profusion de destins, pour la plupart ratés d'ailleurs, mais pour d'autres, excitants, stimulants. Et le roman, c'est aussi un entrecroisement de destins achevés, dont on sait qu'ils sont fixés d'avance. « Voulez-vous que vos personnages vivent, faites qu'ils soient libres », disait Sartre, à propos de Mauriac je crois. D'abord, je ne sais pas ce que c'est, « faire » un personnage libre, on ne peut pas créer de la liberté. Et la liberté, si elle a une valeur inestimable pour le citoyen et l'homme privé, n'est pas une valeur littéraire. Ce qui a une valeur esthétique en littérature, c'est le destin. La liberté dans le roman, ce n'est pas payant. D'ailleurs, les hommes, c'est plus gélatineux qu'on ne croit. Rappelez-vous les gens qu'on a connus au lycée, dans l'adolescence. On se demande ce qu'ils deviendront, vétérinaires, ou agents de change, ou journalistes. Cela reste indéterminé, et assez inintéressant. C'est le destin à la Spengler qui a une valeur affective forte.

— Vous faites vôtre sa biologie de l'histoire ? Les cycles d'essor et de décadence, les civilisations qui ne peuvent communiquer entre elles ?

— Je ne crois pas du tout à l'imperméabilité complète des cultures. Mais il y a des vérités dans

Le déclin de l'Occident. Je suis très sensible à ce qu'il dit de l'espace et du temps, que le premier s'adresse d'abord à la rationalité, alors qu'il y a un sens purement affectif du temps, qui est le souci, l'inquiétude. Je serais tenté de lui donner raison. Toute temporalité est imbibée d'affectivité.

— Vous partagez son obsession de la décadence ?

— Elle est aussi pressentiment d'une nouvelle naissance. Comme l'hiver qui succède à l'été, lequel annonce l'hiver. C'est ambivalent. Le pessimisme était chez lui d'époque, il pressent la défaite allemande en 14-18. Mais en soi, le retour éternel n'est pas un pessimisme.

— Ce que vous appelez l' « esprit de l'histoire », la montée des périls, la « chambre de veille » ?

— Je suis assez angoissé de tempérament. Toujours inquiet de ce que je vais faire. Disons que je pressens très facilement quand les choses vont mal tourner. J'ai été très marqué par la période des années trente : la naissance et le développement d'une catastrophe, avec l'arrivée de Hitler au pouvoir. On a vu l'orage grandir, pendant dix ans. C'est le seul cas où l'instinct populaire a pressenti que l'histoire se remettait en route. Quand, en 1930, il y a eu cent vingt députés nazis au Reichstag, les gens ont compris qu'il se passait quelque chose. On avait l'impression de glisser sur la pente d'un toit. C'était très étrange.

— Vous avez un sixième sens pour ce qui va aller mal ?

— J'ai en effet tendance à penser à la solution néfaste.

— La France aujourd'hui ?

— Je n'ai pas une très bonne impression. On admettait communément que l'armée française était la meilleure du monde dans les années trente. Je l'ai vue s'effondrer en quelques jours. L'armée de la drôle de guerre, notez bien, avait cinquante ans d'avance. C'était déjà une armée de casques bleus. Les soldats, en 40, voulaient bien se déplacer, encore que ça les embêtait beaucoup de quitter leur famille. Ils venaient surveiller les lignes de démarcation.

— C'est le sentiment de l'histoire qui vous attache si fort au XIXe ?

— C'est un fait qu'il est apparu au début du siècle passé, en France. J'ai toujours placé sa naissance entre Rousseau et Chateaubriand. C'est singulier. Ces deux hommes de tempérament opposé ont écrit chacun une autobiographie. Les *Confessions* sont intemporelles. Alors que les *Mémoires d'outre-tombe* sont plongées d'un bout à l'autre dans l'histoire. C'est la grande coupure, à mes yeux.

— Est-ce qu'il n'y en aurait pas une deuxième, disons entre Barrès et Barbusse, et qui serait la naissance de l'histoire comme appel de l'avenir?

— Cela, c'est le début de la sacralisation de l'histoire.

— Ou de l'histoire comme volonté ou stratégie.

— Revenons au fait. L'histoire, c'est le récit du passé, non la prédiction de l'avenir. C'est une fonction, celle-ci, qu'elle s'est attribuée abusivement à partir de Marx et quelques autres. Cela, c'est de l'intimidation. On ne peut donner à une chose qui n'existe pas encore la sanction du réel. Il y a là une sorte de chantage. « L'histoire mène par ici. » Alors, ça, non.

— Je pensais plus à l'urgence qu'à la Providence. Au prurit d'action. Au besoin d'avoir prise sur l'événement.

— L'action est à base de volonté, mais la volonté produit ses propres conséquences, inattendues. L'histoire est une stratégie déjouée. C'est toute la malédiction de l'action politique, qu'elle soit de gauche ou de droite : l'écart entre le but visé et le but atteint. Vous connaissez le proverbe portugais : « Dieu écrit droit au moyen de lignes courbes » ? Le chef politique croit écrire droit, mais en réalité il écrit courbe. Les gens sentent cela instinctivement. Les chefs qui gagnent une bataille sont plus populaires que les fondateurs d'empires, qui s'étalent sur quarante ans. Une bataille est plus contrôlée, même si Tolstoï a passé sa vie à vouloir démontrer le contraire. Napoléon est tout de même responsable de Waterloo : il a scindé son armée en deux, et il a sous-estimé les Anglais. Il ne les avait jamais rencontrés sur le champ de bataille, et croyait que ses lieutenants qui s'étaient fait battre par eux étaient des incapables. Les Anglais sont coriaces. Ils étaient difficiles à tuer parce qu'ils se couchaient. Les Français restaient debout. À la guerre, une fois que les hommes sont couchés, ils se relèvent très difficilement. Waterloo, c'est la tragédie parfaite. D'ailleurs, les hommes politiques sont presque toujours mélancoliques. J'ai le sentiment que c'était le cas avec le dernier président de la République.

— Vous savez que vous lui ressemblez? lui souffle notre amie.

Il fait la grimace. C'est bien vu, en extérieur. Avec ce mélange de vert et de ligneux. Similitude purement anatomique. Du corps à l'âme, la conséquence ne serait pas bonne.

La lumière baisse, nous nous remettons en marche, à pas comptés, vers le pont qui ramène à Saint-Florent.

C'est par un jour de printemps que j'ai compris ma bévue. Au cours d'une simple promenade en barque en sa compagnie. J'ai compris que je n'attraperais jamais la formule, en « saisissant » les lieux. Il m'avait conduit vers son petit Combray à lui, au cœur de son enfance, dans le vallon dormant de l'Èvre, cette rivière quasiment invisible dont il a tiré l'intime joyau de son œuvre, le court récit intitulé *Les eaux étroites*. Il y raconte « la promenade entre toutes préférée » de ses années lointaines, à quelque trois kilomètres de sa maison. Ce paysage, il le rêve les yeux ouverts, le dépayse, l'accompagne en chemin, plume en main, au fil du courant, dans une dérive sinueuse et sans mélancolie, qui devient le fil de sa propre vie sans passé ni présent. Ce matin-là donc, Gracq prit les rames lui-même, pour remonter vers l'amont du bief navigable. C'était le cadre de son livre ; la même barque, ou son double ; les mêmes silhouettes de pêcheurs à la ligne ; les mêmes sentiers herbeux ; le même clocher quadrangulaire derrière nous ; le même défilé des « stations jalonnant le chemin d'eau élu de l'enfance », le lavoir disparu, le château deviné au sommet d'un coteau, la falaise de schiste surnommée La Roche-qui-boit — « pas de lieu qui semble mieux fait pour s'y noyer ». Je flottais sur une jolie rivière de France, sous le soleil du joli mai, et mon cœur ne battait pas, comme il l'avait fait quand j'avais lu son livre. C'est peu de dire que je n'ai pas reconnu les couleurs, la profondeur, la dramaturgie initiatique dont la lecture m'avait transmis le vertige mental, et par instants quasi physique. Mes yeux de chair n'en prélevaient qu'une copie inerte, sans le halo mental qui l'agrandissait démesurément. La patrie inconnue dont Gracq est le citoyen unique (mais dont il entrouvre les portes au lecteur qui veut bien se donner la peine de dériver avec lui au fil des pages) échappait à mes regards, comme si me manquait le nuancier intérieur seul susceptible de détailler et d'émouvoir un cadre qui décidément ne chantait pas tout seul. *Les eaux étroites* restituent, déroulent un blason de mémoire, dont je ne percevais, sur le site même, qu'un ensemble de traits, de couleurs, de figures sans signification — de celles qui faisaient les hiéroglyphes avant Champollion, ou qui font des armoiries quand on ne connaît rien à l'héraldique. J'aurais beau multiplier les angles de vue, faire crépiter l'appareil photo tout au long de la promenade, cette juxtaposition d'instantanés ne réussirait jamais à changer la vision en mouvement, à passer de l'enregistrement à l'émotion, si tant est qu'en littérature, comme il le dit lui-même, « d'écrire, c'est substituer à l'appréhension instantanée de la rétine une séquence associative d'images déroulées dans le temps ». Seuls les mots peuvent restituer le tempo du songe. De là vient sans doute la déception qu'infligent aux lecteurs les films « tirés du livre ». Les meilleures adaptations nous font l'effet d'un opéra sans le son. Tout y est, sauf la substance émotive. Frustration d'autant plus vive que la transposition se veut fidèle, et les prises de vues opérées sur les lieux mêmes (comme l'a fait l'excellent *Hussard sur le toit*). La qualité de la réalisation n'est pas en cause mais la nature d'un médium impropre à nous faire passer de l'autre côté et qui croit remonter à la source quand il va au plus visible, alors qu'il faudrait fermer les yeux pour *voir* ce que la baguette de sorcier tenue par l'écrivain nous a montré en profondeur et en mouvement. *Les eaux étroites* coulent à l'intérieur (comme le fait la lecture, silencieuse et solitaire); et seule une fiction plus ou moins fantastique pourrait prendre, à l'emplacement des choses réelles, quelque valeur documentaire. Comment restituer, sinon, une fabuleuse traversée du Tartare devant la Roche-qui-boit, modeste falaise d'une dizaine de mètres? Il me frappa comme une évidence que les enchantements les plus véridiques échappent aux caméras, et que j'avais bien eu tort, par le passé, de jalouser les splendeurs du grand écran. J'aurais plutôt dû les oublier une fois pour toutes. Oui, toutes les mauvaises habitudes contractées via photo, cinéma et télévision, il serait grand temps de les dénouer, les détortiller avec application (comme devrait le faire d'une corde à domicile celui qui aurait des envies de se pendre). Si l'on ne veut pas, du moins, que l'image en nous tue l'imagination; ni le culte de l'instant, l'initiation aux durées; si l'on ne veut pas que ce qui frappe et choque nous fasse perdre le sens de ce qui germe, imprègne ou suggère. Il était clair et, pour un canoteur, assez consolant (l'excursion exigeant quelques heures et ampoules aux mains, bien peu pour une traversée des songes), qu'un changement de registre de cette nature suppose un changement de vitesse, et cette conversion aux géographies du dedans, une *décélération* très attentive. Ramer, patiner, marcher, gravir, pédaler, tout ce qui permet de se déplacer entre cinq et vingt kilomètres à l'heure, sans carapace de protection, met un peu mieux en état d'habiter dynamiquement notre monde. De le repeupler, le réenchanter, le miniaturiser. Un promeneur de rivières et de sentiers est mieux à même d'atteindre cette *lenteur de libération* permettant d'échapper au champ de gravité historique, ralentissement intérieur correspondant peu ou prou à la vitesse d'un homme à pied.

Décourageante découverte. N'avais-je pas été dupe d'une conception par trop pédagogique, et livresque, de l'éducation? N'avais-je pas trop compté, pour grandir, sur les savoirs et les diplômes? N'avais-je pas oublié que les vibrations de départ, si elles ne sont pas entièrement intransmissibles, ne se reçoivent pas par les mêmes canaux que nos idées et nos informations; et que l'acquis n'est pas seulement — oserais-je dire : fondamentalement — ce qui s'engrange sous la lampe? Pour le kaléidoscope qui précède le film d'une vie d'adulte, et lui donne seul ses vraies couleurs, j'arrivais bien tard. Cent cours de Muglioni, mille séminaires d'Althusser ne pourraient jamais me faire respirer « l'odeur des barges de chanvre

roui qu'on poussait à l'eau », et encore moins le
« parfum frais, neigeux et modeste » des hautes
piles de linge bardées de lavande. Pour un gosse
du pavé urbanisé jusqu'à l'os, qui ne se mettait au
vert qu'en vacances, pour s'ennuyer et se distraire,
la route de l'ortie et de la ronce restera coupée. Il
m'eût fallu une longue enfance campagnarde pour
réveiller les harmoniques dormantes sous les feuil-
lages de ce ruisseau. Mais l'enfance, pour un intellectuel de ville, ce n'est pas un nom de pays ou de
rivière ; c'est un nom de lycée ; d'où un coefficient
de mémoire affective singulièrement pauvre. Je dus
prendre acte, ce jour-là, que les naïfs mystères de
l'Èvre sont infiniment plus prometteurs, et profonds, que les mystères de Paris et tous les ponts
Mirabeau qui vont avec.

D'un autre côté, et à la réflexion, il y avait là
comme un avertissement susceptible de redonner
courage, un stimulant « deviens ce que tu es ». Fais
advenir ton singulier. Ose. Sans doute, pour
prendre cette tangente, pour franchir l'espace qui
sépare un simulacre à deux dimensions d'une
image 3-D replongée dans notre temps intérieur, il
faudrait payer de sa personne. Pour passer derrière
l'écran des idées générales, pour approcher cette
langue qu'on appelle à tort littéraire alors qu'elle
est sans littérature, et qu'on ne peut la répéter ni
l'imiter parce qu'il faut à chaque fois la tirer de son

propre fond, on ne doit s'en remettre à personne d'autre, ni même aux œuvres de grand format. Et le mieux que peut enjoindre un maître à un néophyte, c'est d'oublier tous les maîtres. Et de refaire, s'il en est encore temps, l'école buissonnière, pour s'ouvrir avec les moyens du bord son propre chemin d'inconfort au bout duquel il pourra enfin parler comme il est, et non comme il faut. Ce sera une flânerie hors autoroutes, avec force zigzags, une randonnée au petit bonheur, comme en fait l'herborisateur ou le promeneur égaré. Tant la fidélité à soi suppose d'actes d'indiscipline. Je n'aurais plus le temps de le faire, ce chemin ; mais je pouvais remercier le jeune Julien Gracq de m'avoir indiqué la bonne direction, celle qui permet aux hommes d' « habiter leur pays », chacun le sien. En somme, le tourisme et les vacances, c'est dans les bibliothèques et les amphis qu'ils nous guettent ; et celui qui muse ou chine, le nez en l'air, a moins de chances de rester dans le vague que celui qui glose et fait des fiches. Baudelaire disait qu'il s'amusait plus en travaillant qu'en s'amusant. À ceci près qu'on peut travailler mieux à la connaissance, à la naissance simultanée des choses et de soi-même en canotant qu'en bachotant. Chacun sait qu'il faut un grand sens de l'organisation pour apprendre, sinon à ne rien faire, du moins à faire le vide en soi, béatitude qui n'est pas donnée au premier paresseux venu. Surtout en période de paix. Plus dur est l'apprentissage de la déprise, quand on ne peut compter sur la salutaire secousse, le cas de force majeure

— mobilisation générale, séisme, exode — qui oblige un encombré à vidanger d'un coup l'inutile. Il est vrai que, dans ces conditions-là, le grand nettoyage confine à l'article de la mort. Péguy, 17 août 1914 : « Je vis dans cet enchantement d'avoir quitté Paris les mains pures. Vingt ans d'écume et de barbouillage ont été lavés instantanément. » Quinze jours plus tard, il recevait sa balle en pleine tête.

Les activistes qui accusent les contemplatifs de « se réfugier dans l'écriture » — comme qui cherche un abri par temps d'orage — me paraissent ignorer le courage que cela suppose, d'apprendre à désapprendre. Je ne vois pas d'exercice qui force à s'exposer plus, à sortir du bois et des langues de bois — nu, vulnérable et louche. Car on ne naît pas individu, pas plus qu'écrivain, on le devient ; et le style n'est pas l'homme, c'est l'effort qu'il nous faut fournir (chacun selon ses moyens) pour devenir ce qu'on est à notre insu — contre tout ce qui nous pousse à rester masse, classable et dûment validé, et qu'on peut nommer la culture. Si s'entend par là l'ensemble des modèles de conformité inculqués à tout un chacun par son groupe d'appartenance, l'art est un interminable complot contre la culture, sans cesse en passe d'être éventé. Les ritournelles du jour, son et lumière et cartes postales, s'opposent sans relâche au labeur d'accouchement qui vise à extraire l'original des copies, à enlever aux choses, un par un, leurs vêtements d'idées. « S'approcher le plus possible du réel », comme le recommandait Braque, n'est-ce pas s'éloigner le plus possible du « culturel » — qui serait à l'artistique ce que le touriste est à l'aventurier ou l'historien à celui qui fait l'histoire ? Écrire, pour un Gracq, c'est désécrire tout ce que les réflexes inscrivent sur une feuille, à notre place ; nous, nous écrivons « d'après », comme les créatures d'atelier, prisonniers que nous sommes du copier/créer des académies ; écrire vrai, en revanche, comme photographier pour Cartier-Bresson, ce n'est pas styliser le réel, c'est mettre sur la même ligne d'un cahier « la tête, l'œil et le cœur ». Pour cet alignement-là, mieux vaut utiliser son propre appareil de prise de vue, et prendre ses photos en tâtonnant, sans la mise au point automatique assurée par l'époque. L'acte artistique est celui qui dérange et déclasse. Opposer au tout fait culturel le fait main artisanal exige de notre part un refus résolu de déléguer. Et présente l'incontestable inconvénient d'avoir à tourner le dos aux mannequins orthopédiques mis en circulation par l'industrie universitaire et culturelle qui permet à chacun de se protéger. Non pour le plaisir un peu vain de faire bande à part, de se singulariser soi-même, mais pour rendre les êtres et les choses à leur singularité perdue, enfouie sous les stéréotypes. Comment sinon faire advenir l'individuel en soi et l'original chez les autres ? Le regard analytique du géographe et l'arachnéen découpage qu'il opère dans ses grandes lignes supposent un peu plus, me semble-t-il, que de l'attention. L'esprit d'observation n'est jamais donné, et il va d'autant moins de soi que tout, au siècle des masses et des machines, pousse à l'indifférence et à l'indistinction. Regarder une fleur en face de nous est devenu plus difficile. « C'est pour moi le même travail, disait Caravage, que de peindre la tête d'un saint ou une corbeille de fruits. » Eh bien non. Les effigies des sanctifiés s'étalent sur nos murs et dans nos magazines ; les pommes et les poires obligent à travailler sur le motif. Différence du chromo au tableau, de la convention à la surprise. En quoi il y a du sulfureux dans l'injonction artistique. Un Julien Gracq est un sauvage courtois, un primitif lâché dans la culture. Ce n'est pas un retour à l'ordre qu'il symbolise à mes yeux ; plutôt un retour au beau désordre des sensations, un aller simple pour l'aventure, après l'épuisement des académismes conceptuels. Une remise en jambes après des années d'engourdissement.

Je n'aurais certes pas l'outrecuidance de me prendre pour un artiste ; du moins en ai-je assez appris, à le lire, pour soustraire mon fantôme aux enquêtes de moralité qui, depuis des siècles, font peser le soupçon sur l'irresponsable, le déserteur, l'égoïste insensible à la misère des hommes. Sans doute (et sur ce point je ne fais pas exception à la règle quasiment biologique du « communiste à vingt ans, individualiste à cinquante ») mentirais-je en m'affirmant encore lié par la même communauté de destin avec les opprimés, sentiment qui m'avait poussé à prendre les armes à la fin de mes études. Et ce n'est pas une signature au bas d'une pétition, un voyage chez les Tzotzil mexicains ou une manifestation à la République qui peuvent remédier à ce déliement affectif, auquel ces gestes de politesse servent à la fois d'alibi et de réassurance, puisqu'ils tendent à prouver, à nos yeux comme aux autres, que oui, nous avons toujours bon cœur, nous sommes du bon côté, nous protestons contre l'injustice. Ces formalités accomplies, revoilà l'ancien militant au pied du mur, face à la dernière des questions canoniales, comme les heures, que notre film égrène, ce « Qu'est-ce qui va rester de tout ça ? » qui nous monte à la gorge avant que ne s'inscrive le mot *Fin* sur l'écran. Elle succède au « Qu'est-ce que je suis en train de faire ? » de l'adulte affairé — après le « Mais qui suis-je enfin ? » du boutonneux devant sa glace. Ce que retiendra ou non le tamis des mémoires ne dépend pas de nous, mais ne resterait-il d'une existence que deux ou trois mots justes mis à disposition des successeurs, la partie serait déjà gagnée, moralement parlant. Atteindre à la justice sur terre est un but qui dépasse nos forces, même si nous pouvons, devons donner un coup d'épaule dans la « voie du progrès »; et nous ne saurons jamais, au reste, si ce que nous avons pris pour la voie la meilleure ne va pas se révéler, vingt ans après, par un de ces dévoiements dont Julien Gracq a raison de s'étonner, l'une des pires. Ce qui est de notre responsabilité en revanche, et qu'aucun retour de bâton ne peut venir nous voler, dans notre dos ou après notre mort, c'est de rendre sans tarder justice aux visages, aux couleurs, aux pierres et aux arbres. En donnant à chacun son nom, en lui restituant son coloris, cette nuance, ce trait qui n'appartiennent qu'à lui et le distinguent entre tous. En l'arrachant à cet arrière-fond grisâtre dans lequel, par muflerie, fainéantise ou soumission, notre premier mouvement ne tend que trop à les noyer. Cette politesse-là ne dépend que de nos propres efforts, et la *morale du mot juste* n'a pas à rougir devant les autres, militantes ou bien humanitaires.

Ne consiste-t-elle pas, en bonne loi, à disputer la place au « roi On » qui gouverne le monde, en faisant au moins en sorte qu'il ne nous gouverne pas nous ? Julien Gracq n'a jamais songé à faire la morale à personne, lui qui ne trouve rien d'édifiant à l'activité créatrice. Il ne peut empêcher « la propagande par le fait » qu'est une réussite aussi professionnelle à inciter l'amateur à substituer au *on* qui l'occupe en maître un *je* encore timide, mal assuré, mais déjà redressé et qui ne tournera plus casaque. C'est du moins l'envie que m'inspire, irrépressible, son écriture d'ondes frémissantes, vibratile et sensuelle. Il ne prise guère le Siècle des Lumières, ni les « phares » à messages. Mais ce qu'il y a d'émancipateur dans ce « parlez donc en votre nom » ne rejoint-il pas la leçon d'autonomie d'un Kant : transformer le fantoche, l'automate que nous sommes à la naissance, et demeurons bien après, en un sujet affranchi capable de se donner à lui-même ses propres règles de goût, de conduite et d'appréciation ? Un long chemin à parcourir. Nous naissons tous langés de grands mots, ceux des autres, qui nous collent à la peau ; à chacun, ensuite, d'inventer ses petits mots à lui. Les grands à majuscule — chaque époque, chaque société se faisant son assortiment — sont ceux que les pouvoirs préfèrent et nous transmettent en premier, les « Travail, Famille, Patrie » que nous répétons à l'aveugle parce qu'ils sont automatiques, et qu'ils nous donnent prise sur les assujettis, nos frères en docilité. Mais seuls les petits nous appartiennent vraiment ; non que nous les sortions de notre chapeau ; ils gisent dans le clair-obscur du dictionnaire, cachés dans ses taillis ; il faut du temps pour les dénicher, les coudre ensemble et en faire le costume sur mesure, et non de confection, qu'un bon artiste permet à tout un chacun d'enfiler.

« Atteindre à la vérité dans une âme et un corps... » C'est la tâche dévolue aux athlètes de l'art, où il entre plus de charnel que de mystique, et qui ne va pas, reconnaissons-le, sans un certain recroquevillement sur soi. Sans un minimum d'indifférence, voire une certaine hostilité à tout ce qui n'abonde pas dans notre sens. Quiconque veut se mettre en mesure d'écouter sa musique d'enfance aura tout à gagner à se montrer dur d'oreille aux trompettes et violons qui font frémir les cœurs dans le voisinage. Car il en va des inspirations comme des civilisations : si elles s'ouvrent

trop aux autres, elles perdent leur sève et le fil.
C'est en quoi l'artiste, au contraire de l'intellectuel, cet être de débat, d'échange ou de collectif, a
intérêt, s'il ne veut pas diminuer ses chances, à ne
pas trop communiquer avec son époque, le public,
et les autres artistes. Il pourra ainsi faire de sa surdité plus ou moins volontaire aux belles voix
concurrentes un stimulant, un levier de plus pour
poursuivre son patient dialogue avec les choses,
dans sa propre langue. Et l'égoïsme des moyens ne
contredit pas l'altruisme des effets, d'autant plus
efficace qu'involontaire. L'auteur du *Roi Cophetua*
ne pensait certainement pas à nous rendre service
quand, baissant la herse et se coupant des effervescences effectives de l'avant-guerre, il s'est mis à
vouloir « matérialiser l'espace, la profondeur d'une
certaine effervescence imaginative débordante, un
peu comme on crie dans l'obscurité d'une caverne
pour en mesurer les dimensions d'après l'écho ».
Le paradoxe est qu'en se réfugiant dans sa cave
intérieure, il a fini par percer de nouvelles trouées
sur le dehors, pour notre plus grand bénéfice spirituel, avec maintes échancrures sur nos propres
espaces du dedans. Ainsi, en nous rendant le
monde un peu moins inconnu, ce nommeur a-t-il
apporté sa quote-part à la cause de la diversité,
celle des cultures, des idiomes et des paysages
— cette cause morale et même politique, commune à tous les pays et les partis, et qu'on pourrait
à bon droit juger sacrée s'il n'était de pire destin à
envisager pour l'humanité que de se voir réduite à
un tête-à-tête avec elle-même, dans l'uniformité

terminale d'un seul mode de pensée et de vie. Le clocher de Saint-Florent, et l'esprit de ce clocher filtré par ses lentilles contribuent, dans des proportions infinitésimales (et à raison même du caractère microscopique du champ d'expérience par elle dégagé), à élargir la donne de l'espèce, à « augmenter le nombre de joueurs », comme dirait Lévi-Strauss, dans la civilisation planétaire, si elle existe, comme en chaque amateur de littérature. Étant entendu qu'aucune « clé » ne peut ouvrir toutes les portes, ni disqualifier les autres — pas plus qu'une culture particulière ne serait en droit, sur la planète, d'imposer ses normes à ses voisines. Ce n'est pas seulement la survie d'une trace personnelle — à quoi travaille inconsciemment la marginalité de l'artiste —, c'est la fécondité de tous que sa révolte contre les ritournelles permet de relancer. Tout altière et sécessionniste qu'elle soit, et pour cela même, l'œuvre d'un grand auteur renforce notre main, élargit notre jeu, à nous qui ne pourrions sans délirer rêver d'« en faire autant ». Telle serait, du moins pour un élucubrant, la providence de l'art. Derrière le culte du singulier, sous la hantise parfois coquette du « style personnel », n'y aurait-il pas une deuxième ruse de la nature, après la sexualité : assurer ce qu'il faut de disparate au genre humain pour qu'il reste intéressant — comme la recherche égoïste de la jouissance sert d'attrape-nigaud à l'espèce pour se reproduire, indifférente à nos petites personnes. L'absorbant plaisir du travail en cours, chez le créateur, joint à la joie suscitée en nous, simples témoins, par tant de bonheurs d'expression accumulés, viendrait alors témoigner du service gaiement rendu à une cause qui le dépasse. Et qui est la nôtre. N'est pas irresponsable qui veut.

*

Je me faisais ces réflexions dans le Angers-Paris du soir. La nuit était tombée. Des rafales de pluie giflaient la vitre, on ne voyait plus rien. Je retournais aux lumières de la ville, repris par le culturel, l'accélération, les références apprises. Lévitation, spéculation. Le TGV va trop vite, c'est un pousse-au-crime philosophique. Remonté sur mon belvédère théoricien aux prétentions panoramiques, j'avais quitté pour les pensées de survol les sentiers au ras du sol où un homme à pied, les yeux bien ouverts, s'employait à fixer dans son cerveau quelques parcelles de réalité. J'avais pourtant ouvert sur mes genoux *La forme d'une ville*, ce comprimé de lenteur tendre, et voilà que je traduisais, normalien normalisant, les figures naïves d'un poète en un petit système portatif. Déjà infidèle, je trahissais l'embellie d'une journée à la campagne, enfonçais mon passe-partout dans une serrure rustique, oubliant que l'œuvre d'art est celle qu'aucune grille de lecture préexistante ne permet de déchiffrer, qu'aucune théorie ne peut prévoir et encore moins produire. Mon « sésame ouvre-toi » s'éloignait, mon *amour de l'art* durcissait en cours du soir. « Rien n'est jamais acquis à l'homme. Ni sa force/Ni sa faiblesse ni son cœur. Et quand il croit/Ouvrir ses bras son ombre est celle d'une croix/Sa vie est un étrange et douloureux divorce/Il n'y a pas d'amour heureux. »

J'en avais été plus proche, du bonheur, dans la micheline traînarde, ce petit train d'intérêt local qui unit Nantes à Angers, s'arrêtant à chaque bourgade. Julien Gracq nous avait déposés au volant de sa voiture, peu avant la tombée de la nuit, à la petite gare de Varades, juste au bout du pont. Onirique, venteuse et vide, on la dirait sortie d'une toile de Delvaux, et posée là en décor pour on ne sait quel *Rendez-vous de Bray*. Le vent balayait de pleines brassées de feuilles sur les quais ; la nature imite l'art ; c'était le quai désert de Braye-la-Forêt où débarque le narrateur, à la Toussaint 1917, pour un rendez-vous qui n'aura pas lieu, un mystère qui ne sera pas éclairci, et qui est aussi une leçon de vie — rien n'arrive comme prévu, ne cherchons pas à comprendre. D'ailleurs, Gracq l'intemporel, ce soir-là, était bien embêté : il n'avait pas eu le temps de lire les nouvelles du jour.

— La seule chose que je regretterai quand je serai mort, me dit-il en voiture, c'est de ne plus pouvoir lire le journal.

— Pardon ?

— Oh oui, l'imprévu du matin ! La surprise à tout instant possible ! Je suis curieux, vous savez, mais ne vous méprenez pas : comme un simple spectateur.

Nous avons dit au revoir à notre cicérone, l'omnibus s'approchait. Et défilèrent les gares de son enfance quand il se rendait à Angers la nuit, durant la Grande Guerre : Ingrandes, Champtocé, La Possonnière, Béhuard, Bouchemaine. « Odeur de charbon mouillé, bouillottes, faible lueur des lumignons jaunâtres, grelottement ininterrompu des glaces mobiles, tressautant dans leur cadre de bois contre la ténèbre rayée de pluie oblique, haltes de nuit ensommeillées où une voix scande et répète un nom inintelligible en s'enfonçant dans le brouillard... » Hormis l'odeur de charbon, on pouvait s'y croire encore. Les rives mouchetées d'or, les flaques d'eau sur le chemin, les profils de château, entre chien et loup. C'est à partir d'Angers que le client de la SNCF retombe chez les hommes pressés, du mauvais côté du fleuve. « Vous verrez, c'est le trajet idéal pour avaler un roman policier. » Non, moins que cela, hélas. Juste le temps d'une ou deux idées générales. Excès de vitesse généralisée.

Assis dans le sens de la marche, sans paysage à observer, la nuit venue, je retombais ainsi dans l'ornière du tout fait. J'oubliais déjà la leçon de naturel, le cheminement champêtre sans idée préconçue. Je revenais en somme d'où j'étais parti : à la culture, à la morale, aux grands mots qui m'avaient fait une âme taillée comme un buis, éla-

guée, soigneusement obturée. Au piano à queue.
« Un homme n'est pas une route, m'a dit un jour le
peintre Matta. C'est un pommier. Souvent, il n'a
pas le temps de donner des fruits parce qu'on
coupe les fleurs pour les mettre sur le piano, au
salon. Alors, l'arbre ne sait même pas qu'il est fait
pour donner des fruits. » Aurais-je manqué de
temps pour le deviner ? Non, j'en ai eu plus que
mon compte. Et de même que nul n'arrive tout
seul à la solitude — c'est le rôle de nos maîtres,
qui doivent s'y mettre à plusieurs pour nous y
conduire —, nul n'est naïf de naissance, qui ne
soit passé par un certain nombre d'artifices
et d'astuces. Que de méandres pour une ligne
droite... Je n'accuse pas la sinuosité du chemin, je
regrette l'ordre des étapes. J'aurais cheminé mes
envies de vivre en trois parties, comme dans les
dissertations et la sainte religion catholique. Dieu,
le Saint-Esprit, le petit Jésus. L'amour, l'ambition,
l'art. Trilogie classique et rebattue, je n'innove
pas. Une vie de bon élève. Conforme aux meilleurs
schémas académiques, mais sens dessus dessous.
Hegel tient que l'humanité commence par l'art,
poursuit son propos dans la religion et le para-
chève dans la philosophie. J'aurais aimé lui déso-
béir, inverser les stades, c'est plus prudent. On
peut toujours aller du film à la sémiologie du
cinéma, du poème à la génétique textuelle, ou
d'un poste de ministre à un rôle d'éditorialiste. Il
est beaucoup plus dur de remonter la pente en
sens inverse, de la prose d'idées à la poésie chantée
ou de la leçon de morphologie au dessin de nu. On

peut retrouver la naïveté quand on en vient. Sinon, le naturel restera notre résidence secondaire. Je ne serai jamais chez moi à la campagne. Gracq, oui. S'il était à refaire, je ne referais pas mon chemin.

Curieux comme une vie se défait au fur et à mesure qu'elle se fait. Comme un château de sable à marée haute. Le donjon fini, la tour d'angle s'effrite ; nous colmatons la brèche et le donjon, pendant ce temps, tombe en ruine. Nous n'avons pas atteint notre premier but que nous courons déjà au second. À seize ans, il m'apparaissait qu'une vie était réussie lorsqu'elle s'achevait par une cantilène, un lai pour la reine, une chanson souveraine et triste. Être Apollinaire, ou rien. À vingt-six ans, je ne voyais pas qu'un texte pût avoir une quelconque valeur s'il ne culminait pas sur un soulèvement d'esclaves, l'insurrection des gueux. Spartacus, ou rien. À quarante-six ans, foin des banquets où s'ouvraient tous les cœurs, il faut, seul dans son coin, produire le graphe, la loi, la fonction mathématique, qui condensera l'ordre entier des choses. L'Einstein du fait social, ou rien. Cette *Chanson du mal-aimé*, je ne l'ai pas composée ; je n'ai pas vu de mes yeux le soulèvement des Andes contre la nouvelle Rome, ni trouvé le fin mot de l'histoire.

La belle affaire ! Insolite, vraiment ?

Quoi de neuf? Rien de neuf, mon frère. Tout va mal : on licencie, on triche, on souffre, c'est l'hiver. Tout va bien : on se caresse, on souffle les bougies, on mange à sa faim, il fait soleil. Et on recommence.

C'est la ronde de toujours. Chaque redite est dans le dictionnaire. Y contredire est un devoir. Rigoureusement inutile.

Fin du voyage, copie remise, au suivant.

DU MÊME AUTEUR

Œuvres littéraires

UN JEUNE HOMME À LA PAGE, *nouvelles, Le Seuil,* 1967

L'INDÉSIRABLE, *roman, Le Seuil,* 1975

LES RENDEZ-VOUS MANQUÉS, *Le Seuil,* 1975

JOURNAL D'UN PETIT-BOURGEOIS ENTRE DEUX
  FEUX ET QUATRE MURS, *Le Seuil,* 1976

LA NEIGE BRÛLE, *roman, Grasset,* 1977 (prix Femina)

ÉLOGES, *Gallimard,* 1986

COMÈTE MA COMÈTE, *Gallimard,* 1986

LES MASQUES. Une éducation amoureuse (LE TEMPS
  D'APPRENDRE À VIVRE I), *Gallimard,* 1988 (Folio n° 2348)

COLOMB, LE VISITEUR DE L'AUBE, *La Différence,* 1991

L'ŒIL NAÏF, *Le Seuil,* 1994

CONTRE VENISE, *Gallimard,* 1995 (Folio n° 3014)

PAR AMOUR DE L'ART. Une éducation intellectuelle (LE
  TEMPS D'APPRENDRE À VIVRE III), *Gallimard,* 1998
  (Folio n° 3352)

SHANGAI, DERNIÈRES NOUVELLES. La mort d'Albert
  Londres, *Arléa,* 1999

Œuvres philosophiques

LE SCRIBE, *Grasset,* 1980

CRITIQUE DE LA RAISON POLITIQUE OU L'IN-
  CONSCIENT RELIGIEUX, *Gallimard « Bibliothèque des
  Idées »,* 1981 (*Tel* n° 113)

LE POUVOIR INTELLECTUEL EN FRANCE, *Gallimard,*
  1989 (Folio Essais n° 43)

COURS DE MÉDIOLOGIE GÉNÉRALE, *Gallimard, « Bibliothèque des Idées »,* 1991

CONTRETEMPS, Éloges des idéaux perdus, *Gallimard*, 1992 (Folio Actuel n° 31)

VIE ET MORT DE L'IMAGE, Une histoire du regard en Occident, *Gallimard*, « *Bibliothèque des Idées* », 1992 (Folio Essais n° 261)

L'ÉTAT SÉDUCTEUR, Les révolutions médiologiques du pouvoir, *Gallimard*, 1993 (Folio Essais n° 312)

MANIFESTES MÉDIOLOGIQUES, *Gallimard*, « *Hors-série* », 1994

TRANSMETTRE, *Odile Jacob*, 1997

LES ENJEUX ET LES MOYENS DE LA TRANSMISSION, *Pleins feux*, 1998

CROIRE, VOIR, FAIRE, Traverse, *Odile Jacob*, 1999

Œuvres politiques

RÉVOLUTION DANS LA RÉVOLUTION, *Maspero*, 1967

LA CRITIQUE DES ARMES, I et II, *Le Seuil*, 1974

LA GUÉRILLA DU CHE, *Le Seuil*, 1974

MODESTE CONTRIBUTION AUX DISCOURS ET CÉRÉMONIES DU DIXIÈME ANNIVERSAIRE, *Maspero*, 1978

LA PUISSANCE ET LES RÊVES, *Gallimard*, 1984

LES EMPIRES CONTRE L'EUROPE, *Gallimard*, 1985

QUE VIVE LA RÉPUBLIQUE, *Odile Jacob*, 1989

TOUS AZIMUTS, *Odile Jacob*, 1989

À DEMAIN DE GAULLE, *Gallimard*, 1990 (Folio Actuel n° 48)

LOUÉS SOIENT NOS SEIGNEURS, Une éducation politique (LE TEMPS D'APPRENDRE À VIVRE II), *Gallimard*, 1996 (Folio n° 3351)

LA RÉPUBLIQUE EXPLIQUÉE À MA FILLE, *Le Seuil*, 1998

LE CODE ET LE GLAIVE, Après l'Europe, la nation ? *Albin Michel*, 1999

Composé et achevé d'imprimer
par la Société Nouvelle Firmin-Didot
à Mesnil-sur-l'Estrée, le 21 mars 2000.
Dépôt légal : mars 2000.
Numéro d'imprimeur : 49803.
ISBN 2-07-041280-6/Imprimé en France.

Composé à réalisé chez Nord...
par ... Nord Compo à Villeneuve-d'Ascq
Achevé d'imprimer par ... Bussière
Dépôt légal : ... 2006
...
...
94208